中国传统文论的现代意义

——关于中西文论对话的再思考

邹广胜　著

2015年·北京

图书在版编目(CIP)数据

中国传统文论的现代意义:关于中西文论对话的再思考/邹广胜著.—北京:商务印书馆,2014(2015.4重印)
ISBN 978-7-100-09143-5

Ⅰ.①中… Ⅱ.①邹… Ⅲ.①文学理论—对比研究—中国、西方国家 Ⅳ.①I0-03

中国版本图书馆 CIP 数据核字(2012)第 090415 号

所有权利保留。
未经许可,不得以任何方式使用。

中国传统文论的现代意义
——关于中西文论对话的再思考
邹广胜 著

商 务 印 书 馆 出 版
(北京王府井大街 36 号 邮政编码 100710)
商 务 印 书 馆 发 行
三河市尚艺印装有限公司印刷
ISBN 978-7-100-09143-5

2014 年 10 月第 1 版 开本 880×1230 1/32
2015 年 4 月北京第 2 次印刷 印张 12 1/2
定价:58.00 元

目　　录

前言 …………………………………………………………… 1
第一章　文论传统与文化传统的内在关联及其现代意义 …… 11
第二章　道法自然与天人合一的现代意义 ………………… 60
第三章　中西文论传统的历时与共时 ……………………… 110
第四章　中国传统文化的亲缘与性别原则及《路得记》的非
　　　　亲缘原则 …………………………………………… 165
第五章　基督教个体平等与普遍幸福的基本理念对现代中
　　　　国的意义 …………………………………………… 233
第六章　从孔子与苏格拉底比较看中西知识分子的两种
　　　　不同理念 …………………………………………… 289
第七章　审美特性的民族性与善的基本原则的普遍性 ……… 344

前　言

　　本书是笔者对目前中西文论对话中几个热点问题的思考与反思,是用对话的基本原则——多元、平等与交流来反思自身文论与文化传统的结果。

　　笔者认为中国传统文化中的核心部分儒学最为匮乏的就是平等的理念,没有平等的精神就没有普遍幸福的观念。对平等原则的思考与对平等理念对中国文化意义的反思乃是本书的出发点与最终归宿。笔者的思考不仅来自对文化传统,更重要的是来自对现实人的价值理念的反思。虽然我们在《论语》与《礼记》中都能看到普遍幸福的理念,但随着中国文化的发展,普遍幸福的理念愈来愈淡漠了。本书看似互不关联的各章都是围绕这个问题展开的,都是用平等的理念与原则来反思现实与传统各个层面的结果。第一章是提出问题。无论是文化间的还是文化内部的对话最为理想的就是以平等的原则来反思自身的传统与他者的现实。第二章对道法自然的反思讨论了平等理念的来源与最终依据。善与平等的原则并非来自对自然的思考,而是来自对人自身生存可能的反思。欧洲文明传统也并非自古就是平等的原则主宰者,当今的西方也并非是平等原则的一统天下,平等原则作为人美好存在的基础,它来自人对自身的思考。第三章认为由于平等精神的匮乏,强烈的等级差异与对立必然导致强势霸权话语对空间价值观念的追求。

第四章主要讨论平等观念匮乏的一个重要表征乃是对亲缘关系的过分强调与宣扬。虽然这个问题被很多理论家所反复论及,但这个问题并未得到切实的解决,究其原因还是由于平等观念匮乏而导致的普遍幸福理念的匮乏。中国文化至今仍然保持着强烈的地缘、血缘、情缘观念,与平等观念形成了强烈的对照。第五章详细分析了平等的理念与神的观念的必然联系。第六章主要讨论了知识分子。知识分子是平等原则产生、传播、反思的主体。本章通过对苏格拉底、耶稣、孔子的比较,阐明了中西关于知识分子的两种根本不同的理念。我们每一年都有大量的知识分子到西方学习交流,他们对西方著作的阅读更是从未间断过,然而他们对平等精神的向往、对普遍幸福观念的宣扬仅仅局限在个体的、审美的范围之内,从未贯穿于自己的行为之中,甚至很少在自己的行为中得到体现,对平等理念的宣扬成为他们强化自身话语霸权的资源。知识与权力的结合成为平等理念转化为现实原则的重要障碍,对一个教育资源极为不均衡的民族更是如此。这也是目前理论界往往谈论中西文论对话太多、谈论文化内部对话较少的根本原因。因此,所谓精英文化应该加强与大众文化的交流与对话,同时要不断地反思自身。第七章阐明了在中西文论对话中美可以保持民族性与个性,而真理与善是相通的,并不能以民族性来拒斥善的普遍原则。理论界往往把西方自然科学的发达归结为西方哲学的发达,但笔者认为古希腊哲学对人与善的思考同样对西方哲学的发展有着根本的意义,西方自然科学的发展与人文科学的发展是完全一致的,互为因果。

在这几个问题之中,笔者认为关于知识分子的思考乃是问题的关键。

在当今全球一体化的大形势下，中国应当如何在保持传统的同时向前发展？知识分子在其中应该担当怎样的角色？这是每一个关注自身民族命运的有责任感的人都在竭力思考的问题。以儒家为代表的文化对中国传统文化的影响是全面而深刻的，对知识分子的影响更是如此。因此在中国传统文化的发展过程中，知识分子阶层是个非常关键的环节。如何反思自身，使传统文明发扬光大并为解决当今文化所面临的时代困境提出自己的选择，是每一个知识分子都应当承担的时代任务。我们应该清楚地认识到在当今的国际思想界中儒学的地位还不够理想，它必须充分吸收包括西方文化在内的多种文化的长处以显示自己在新时代的巨大生命力。因此本书关注与思考的一个重要问题，就是儒家文化传统与中国知识分子历史角色的现代转换。

士在中国历史上形成了一个具有自身高度统一性的传统。研究与讨论传统士的价值观念，特别是它的仕途观念与现时代对知识分子的要求之间的对比与抉择，对我们思考古今知识分子面对时代的要求在求真与求善的哪一个层面来充分实现自己的理想和目标有决定意义。传统的"外王"理想与中国现代知识分子社会角色的转换是其关键问题。从《论语·阳货》中孔子提出"吾将仕"后，以天下为己任的胸怀就一直成为中国知识分子的最终理想。屈原、司马迁、杜甫、苏东坡、朱熹、王守仁、康有为、梁启超、王国维、蔡元培、鲁迅、郭沫若、茅盾等在观念和人生旅程中都不同程度地表现了这种倾向。"学而优则仕"成为中国传统文化中一个非常重要的观念并广泛地发挥作用，特别是知识分子阶层，至今亦然正如孔子在《论语·泰伯》中说："三年学，不至于穀，不易得也。"或"君子疾没世而名不称焉"（《论语·卫灵公》）。但是现代文明的兴起对知识分子的社会角色提出了新的要求,即直接参与政治还是思考与宣扬真理、正义、善等理念,成为现代中国知识分子必然面临的选择。因此孔子的为政思想和苏格拉底的背离政治的思想有很大不同。本书重点讨论了知识分子对传统角色的体认与追逐对中国文化的深刻影响及中国知识分子的传统角色在现代社会所面临的挑战与困境。特别是在理论上明确了入世与救世和从政与仕并不能完全等同的思想。本书认为知识分子在现时代担当的基本角色,也就是实现自己理想的基本途径应该是卢梭在《爱弥儿》中所表达的中心思想教育,即通过改造人来改造社会。本书还特别分析了政治权力与话语知识霸权的密切结合对中国传统文化所带来的不可低估的影响。

对物质生活与政治权力的向往是知识分子从政的一个基本追求。孔子在《论语》里无论从理论上还是从生活实践上都作出了具体的说明并身体力行。孔子虽然赞同颜渊的"安贫乐道",但他仍然认为荣华富贵是君子的一个重要目标。孔子在《论语·学而》中说:"君子食无求饱,居无求安,敏于事而慎于言,就有道而正焉,可谓好学也已。"子贡问:"贫而无谄,富而无骄,何如?"孔子说:"可也;未若贫而乐,富而好礼者也。"安贫乐道自然很好,但富贵和贫穷相比还是富贵更为可取,只是不要脱离道的要求,所以《述而》中孔子讲:"饭疏食饮水,曲肱而枕之,乐亦在其中矣。不义而富且贵,于我如浮云。""富而求也,虽执鞭之士,吾亦为之。"他在《子罕》中反对子路终身诵咏"不忮不求,何用不臧?",认为富贵还是应该的。当然富贵是很难达到的,孔子一生的穷困就是证明。因为对富贵的追求和对真理的追求毕竟不是一回事,对富贵的追求主要是智慧的问题,而对真理的追求不仅是智慧更重要的是道德上善的问题,一个没有道德的人并不影响他发财致富,特别是在一个不道德的世界里,在一个混乱的国度里可能更容易使不道德的人获得世俗的利益。所以孔子反对在混乱时代获得利益。他在《泰伯》中说:"笃信好学,死守善道。危邦不入,乱邦不居。天下有道则见,无道则隐。邦有道,贫且贱焉,耻也;邦无道,富且贵焉,耻也。"《宪问》也讲:"邦有道,穀;邦无道,穀,耻也。"他对世俗权益的尊重是有界线的。我们不能因为孔子没有达到世俗的富贵而发出的怨言就误认为孔子是反对世俗利益。《论语·卫灵公》讲孔子在陈国断绝粮草,很多人得病,生活非常艰难,子路就问孔子:"君子亦有穷乎?"孔子说:"君子固穷,小人穷斯滥矣。"在孔子看来,君子的穷困有一定的必然性,但君子并不喜欢穷,他只是能安于贫穷,因为其心中有更高的道存在,小人由于心中没有道的存在就不能安于贫困。由此看来,我们不能因为历史上的知识分子由于被逐出政治权力中心而不得已发出来的言论来判断他最初的根本想法。对自身理想的设定和现实的可能性毕竟不是一回事。孔子把教育当作生活物质的一个来源,他的教育是收费的,这也是他和苏格拉底的一个重要不同。

"内圣"的基本原则与现代知识分子阶层的自我反思是今日中国知识分子面临的另一个重要问题。孔孟的儒家传统与老庄的道家传统对中国传统士的价值观念都产生了深刻的影响,使他们在人生或仕途的不同阶段采取了不同的价值取向。一般说来,仕途顺达就信奉儒家,一旦被逐出官场都往往采取了老庄的逃避态度。孔子自身也存在着避世自保的态度,《论语》中有很多记述。《论语·公冶长》中孔子的"道不行,乘桴浮于海","宁武子,邦有道,则知;邦无道,则愚。其知可及也,其愚不可及也"等都是很明显的例证。现代儒家往往过多地强调儒家入世所带来的正面意义,而忽视儒家还有避世的一面。本书着重讨论了中国传统知识分子入世与避世之间的密切关系。孔孟和老庄对自身生命的重视,乃是其入世与避世的根本出发点。这种重视主要是每个个体对自身的重视,而不是每个个体从尊重自身出发来推导出对他者的尊重。当然,我们可以从每个个体都尊重自身得出每个个体都得到尊重的结论,但二者得出结论的过程是根本不同的。每个人都尊重自己的生命和每个人都尊重他者的生命虽然都能达到所有生命都得到尊重的结论,但由于中间得出结论的逻辑不同,在现实中所表现出来的最终结果也不同,从每个人都尊重自己的生命得不出每个人都尊重别人生命的结论。如权力的上层和权力的下层都尊重自己的生命,但得不出权力上层尊重权力下层生命的结论。与儒道注重世俗利益相反,苏格拉底与耶稣没有把世俗利益作为自己人生理念的根本出发点而给予过分的关注。苏格拉底虽然也参与政治,但政治不过是他实现自己哲学原则的途径,当然孔子也把从政当作实现自己哲学原则的途径,但由于哲学原则不同,因此结论也就不同。苏格拉底在理论上反对世俗利益导致了他既无权力也无财富,这虽然和孔子的实际生活是一样的,但孔子是因为追求没达到,苏格拉底是反对从政,更反对从中获得个人利益。耶稣更是如此,他只是由于自己处在一个宗教和政治一体化的时代里,为宣扬自己的哲学而无端地和政治联系在一起。其实任何关注人生的思想家总是和政治密切相连的。《为政》中有人问孔子说:"子奚不为政?"孔子回答:"书云:'孝乎惟孝,友于兄弟,施于有政。'是亦为政,奚其为为政?"因此,在一个普遍都认为犹太人为上帝特选子民的世界里,耶稣到处宣扬所有人都是上帝的子民,相互平等,政治的效果是可想而知的。孔孟、老庄对自身生命的爱护使他们虽没有达到世俗的荣华富贵却以寿终正寝来结束自己的生命。孔子与耶稣都提到自己没有枕头睡觉,但二者的根本价值取向是不同的,耶稣更多为天下,而孔子更多的是受明哲自保理念的主宰,所以与孔子不同,苏格拉底和耶稣都献出了自己的生命。当然,中国历史上也存在很多知识分子在民族的危亡关头为民请命、以身试法的情况,但文化遗传基因的不同对整个文化的影响是不容忽视的,不能根据少数知识分子的抉择对普遍存在的一种价值倾向作出判断。

"天人合一"与"和而不同"是我们思考现时代知识分子的定位问题时不可避免的另一个重要问题。"天人合一"与"和而不同"被视为儒家,甚至是中国文化传统的一个非常重要的理念,它们如何在今日发挥巨大作用,很多人都提出了自己的看法,但其中很多问题还有待作进一步的探讨。特别是中西言说语境的不同为讨论"天人合一"、"和而不同"的现实意义有根本的决定作用,它们能否解决中国传统文化遗留的很多问题,在"五四"等中国文化发生巨大变革的时候为何没能发挥巨大的作用,而在今日却取得了其不可替代的地位,其价值在何种层面上才能充分发挥它的作用,这是本书讨论的重点。"兼爱"、"泛爱"与平等——墨子与基督教传统的内在关联是本书思考中西文化对话的一个非常重要的出发点。葛兰西在《狱中笔记》中把以改变世界为己任的现代知识分子比作中古的传教士,其中的缘由在于知识分子的最终目的不仅在于追求真理,还在于使爱能够充满世界,正如亚里士多德、柏拉图、康德等所宣称的善乃是整个关于人的科学的最终目的。其实无论孔孟的儒家传统还是老庄的道家传统,都把他们关于人生的最终理想归结为人的行为上。中国士传统与现代知识分子都深受儒道的影响,不同程度上具有"爱众"、"拯救大众"的理想,然而其中明显存在等级观念,而在墨家"兼爱"、老子"受国之垢,是谓社稷主;受国之不祥,是为天下王"(七十八章)的思想里则含有更多的平等与爱的思想,可以成为和基督教传统相比的中国另一传统,它的文化意义至今还远远没有揭示出来。另外,我们还应该充分反思韦伯对儒家文化研究的现代意义。韦伯对基督教和儒家、道家文化做出了杰出的研究,现代儒家一般都对其成果的合理性提出质疑。本书将重点研究韦伯研究成果的现实意义及其评价,从韦伯对儒家文化研究的个案来分析不同文化语境下对儒家文化价值的不同取向,从另一个角度来揭示现代知识分子在跨文化对话交流中如何达到一种普遍的真理观念,民族的利益与人类共同的理想之间的矛盾关系是本书讨论的中心。

刘勰在《文心雕龙·序志》中评论自己时说:"及其品列成文,有同乎旧谈者,非雷同也,势自不可异也;有异乎前论者,非苟异也,理自不可同也。同之与异,不屑古今,擘肌分理,唯务折衷。"本书大多是中国文学理论与文化理论所反复探讨的问题,但作者认为如果存在的问题没有得到根本的解决,那就有继续讨论与研究的必要,谈论与研究的前提是问题的存在,而不是以前是否谈论过,正如善的问题、美的问题几千年前就已经开始谈论,今天我们仍有继续谈论的必要,因为这个问题并没有得到彻底而完满的解决,如果将来没有解决,这些问题仍将继续谈论下去。

关于中西文论的交流对话,历来就争论很多,不仅中国如此,西方自身也同样面临这个问题。本书的基本观点是:在中西文论的对话中,真与善的问题应该是基本相通的,而美的问题则应更多地保持自己的民族特性,如《文心雕龙》的语言对称优美,可以作为民族文学理论的一大特色,是理论与文学作品的高度融合,虽然这种传统现在已经基本消失,但它作为民族文论传统的独特个性仍然具有强烈的审美效果。但我们也应该认识到审美对人的行为与观念有着直接的影响,康德所说"美乃是道德的善的象征",孔子所谓"兴于诗,立于礼,成于乐"(《泰伯》),贺拉斯所谓艺术的本质乃是"寓教于乐",都明确地表达了美不仅给人以快乐,同样给人以益处和教育的观点。《孟子·公孙丑章句上》说得更清楚:"矢人岂不仁于函人哉?矢人唯恐不伤人,函人唯恐伤人。巫匠亦然。故术不可不甚也。"在孟子看来,造箭的人虽然没有直接杀人,但他的杀人的心情和直接使用箭的人是一样的,而造甲的人虽然没有直接保护人,但他保护人的心情和直接保护人也是一样,作巫医的人希望人能健康痊愈,做棺材的木匠希望能多多死人以便推销自己的棺材,这其中的心情都是一致的。孟子非常精妙地解释了美作为从真理到道德过渡的桥梁作用。审美虽然没有直接参与现实生活,但审美者的心情与现实的心情是密切相关的,甚至是一致的。正如各种艺术中展示杀人的情境,虽然没有产生直接现实的结果,但在反映人的本性上是一致的。因此审美的民族性也应该与善的基本原则相统一。东西方没有不同的真理,东西方也没有不同的善的基本原则。孔子的忠恕之道,"己所不欲,勿施于人"(《颜渊》),"己欲达而达人"(《雍也》);康德的"自己的行为原则能够成为一种普遍的行为原则";耶稣的"爱邻如己";苏格拉底的正义原则等等都是在他者与自我之间寻求一种平衡。本书的这个观点既不是美化西方的文化现实,也不是美化西方的文化价值观念,更不是把中西对话的现实加以理想化,而是认为,人类在追求真理,追求善的最高原则方面应该而且可能最终达到一致,只有审美的领域应该而且可能保持自己的民族特性。当然我们也应该看到西方的发展离它自身的哲人所提出的理想原则也同样相差甚远。我们并不是要在现实的意义上成为西方人,或者在中国的大地上重新建立一个新的西方国家,而是要在充分吸取西方哲人思考人、自身、他者、社会与自然精神成果的基础上,使自己的民族能够强盛与进步。

最后感谢王元骧先生、赵宪章先生、杨正润先生、易丹先生长期以来对我学业与生活方面的关心与指导。没有他们真诚的支持,本书的出版将遥遥无期。感谢国家社科基金、中国博士后科学基金、浙江省社科基金在写作与出版过程中给予的资助。

第一章　文论传统与文化传统的内在关联及其现代意义

一、超越狭隘的民族主义与文化的内在复杂性

中外文明的争论由来已久,《论语·八佾》中孔子就讲:"夷狄之有君,不如诸夏之亡也。"文化落后的国家虽然有君主,但还不如中国没有君主。孔子的话虽然是指当时的中原与夷狄的关系,这种中强外弱的基本观念在鸦片战争以前,还是在中国的知识分子和大众之中普遍流行。但鸦片战争之后,中西强弱的巨大对比,中国被侵略、被凌辱、被殖民的现实使每一个中国人都开始反思自身的传统,反思传统的"夷狄"观念,东方与西方、民族与世界、中体与西用、自身与他者等关于中西文化对立的基本观念至今仍然是我们不得不面临的问题,关于它们的争论至今仍未平息,我们今天仍然在思考讨论这个问题,说明这个问题仍然客观地存在,并依然是我们每一个从事文化、文学,甚至美学研究的人所首先要思考的问题。当然我们也应该看到,中与西的民族问题始终和国内的各种利益之间的争夺是密切结合在一起的,所以,即使面临遭受侵略,遭受殖民这样巨大的民族灾难,仍然有相当一部分中国人能从这

种巨大的民族危机中获得个体的利益,在强大的西方殖民者与衰弱艰难的民众之间生活得舒适异常。

古今中外文化的发展证明,对自身传统文化的批判与取舍,对外来文化的态度与原则,主要取决于人的现实需要与可能,文化内部的争论与文化之间的争论是扭结在一切的,具体的文化背景与言说语境使所有纯粹抽象地谈论文化的时代性与民族性、文化的客观标准的言论都无法为自身文化的发展带来太多的指导意义。在文化建设上,毛泽东"古为今用,洋为中用"的主张,"向古人学习是为了现在的活人,向外国人学习是为了今天的中国人"的观点,还有鲁迅的"拿来主义"等都成为众所周知的口头禅,但中与外、古与今的辩论至今不息,它们的辩证关系至今也没有得到合理地解决,甚至这种精辟的论述在混杂着各种观念的中西、古今文化的争论中没有得到彻底的,甚至是合理的解释与贯彻,恐怕和文化自身的复杂性有关,"五四"时期陈序经、胡适等人的"全盘西化"论,康有为、梁启超、章太炎等人的复古倾向至今仍有余响。但是无论怎样,它们不仅在为中国这个国家、这个民族,同样也在为自身所代表的阶层利益、政治利益所努力。梁启超在《译印政治小说序》与《论小说与群治之关系》等文中表现了一个政治家为实现自己的政治使命而要求文学改良,文学为政治服务的基本理念,这是中国传统文化、传统文论中"诗教"理论在新时代的另一种呈现方式,因为他希望小说和其他艺术都能开启妇女与粗人的民智,使政治的改良成为可能。但有更多的文人仍然在把文学的观念与政治的观念融为一体化时,而和科学的观念对立,认为中国的科学和西方的科学相比是有巨大的差别的,但是中国的文化、艺术和文论却和西方不相上下,甚至还优于西方。西方有拜伦、莎士比亚、但丁、托尔斯泰等,中国则有杜甫、李白、曹雪芹、白居易等,怎能说中国的文学不如西方的呢?至今还有大量的知识分子持这种观点。殊不知,文学乃属于审美的领域,审美的个性化与民族化和文化其他领域的特征是不能相提并论的,可以说就是因为文化的某些基本特性不能适应新的时代,而使自然科学的发展处于落后状态,并遭受侵略和殖民,而不仅仅是自然科学的落后,而其他科学则处于超前的状态,换言之,就是因为人文科学的落后,传统的人文科学无法处理解决现代文明为人们所带来的各种问题:人与人、人与自然、人与社会、人与传统、人与民族的关系等,才使得各种科学,当然也包括自然科学处于落后状态,自然科学的落后仅仅是其中的一个表征而已。当然我们并不能因中国文论没有像西方一样具有庞大体系、严密逻辑的系统而认为它处于落后的状态。这种缺乏系统逻辑、严密论证、清晰理性的文论传统是人的思维方式的一种反映,同时对人的思维方式产生深远影响,也就对人文科学的其他领域甚至自然科学的发展产生了不可估量的作用。总之,纯粹的复古主义,没有任何比较的民族自豪感并不能为民族的进步带来任何有益的动力,相反这种民族性的情绪化只会为民族的进步设置各种障碍。

关于文化的概念多种多样,但最为根本的是指贯穿于一个民族精神文明或物质文明内部的最根本的原则,此原则是社会成员所共同掌握而又作为遗传因素代代相承的精神方式与价值准则。无论是强调自我中心、强调民权论的政治民主主义,强调民族精神和文化传统的文化民族主义,还是以儒家文化为主流的中国传统社会,抑或伊斯兰文明、佛教文明等,它们都有一个或几个根本的原则贯穿于整个文明的各个部分和整个文明的发展始末,这种原则就是一个民族最为精髓的宝贵财富,也是一个民族之所以区分于其他民族的基本特征。当然这种原则并不是一成不变的,而是在文化交流和时代发展中不断地改变与进步。很多理论家都强调文化的民族性,认为文化的民族性一旦发生变化,也就是贯穿于整个文明发展始终的根本原则发生了变化,会丧失民族的基本特性,就导致民族性的丧失,甚至一个民族的消亡,至少在精神层面意义上的消亡。但这往往是理论家自己的担心,一个真正有活力的民族正是一个不断消亡自己的过去,不断改造自身的民族,而不是一个始终保持自身传统而不发生任何变化的民族,历史已经证明这种凝固传统的想法是根本不可能的,在理论上也是异常可笑的。历史的发展与民族的进步恐怕是一个民族自身内部结构与利益重新调整的结果,每一次重大的历史革命,每一次巨大的文化冲突与交流失去的往往是占主导地位的知识分子的话语权力,而不是广大民众的民族身份。无论是强调自我中心和排斥他者的民族中心主义,还是在不断同外部交往的基础上认同他者,同时也确认自我的开放的民族主义都将在自身文化内部的争论与交流中获得最终的意义,自身传统的文化价值体系必将在新时代的价值语境中重新找到自己的合理性。同样,生物学的、遗传学的因素并不能说明文化的古今流传,也不能论证不同种族、不同性别、不同阶层之间的交流与对话,文化的互相融合与影响,传统文化的消亡,新文化的产生乃是历史的必然。传统文化精英分子站在原有文化的立场上,面临优势地位的丧失,郁郁寡欢,总是以民族文化的代言人身份来表达自己的价值取向,狭隘的民族情趣、片面的阶层利益取舍并不能决定历史的未来选择。同样也不能用简单的输赢观念,自豪自卑心理来解释民族之间的互相影响与变化,无论站在广大民众的立场上,还是站在未来人类发展趋向的立场上都必须超越简单的中西对立的思维模式和狭隘的民族情结。中国传统的农业文明讲求信和信义,我们不能因为西方资本主义文明同样讲求信和信义而否认信和信义在今日的意义,当然,二者传统的价值背景有着具体不同的文化含义,中国传统的信义是与宗法制家族社会的为尊者讳,为长者讳,为仁者讳相联系的,而西方资本主义文明中的信义更多地含有平等、自由、公平的意义,我们不能因为信义的观念来自中国的传统,它的意义就更为伟大,同样也不能因为信义的观念来自西方就认为我们不应该讲求信义,正如韩愈所说的,道之所存,师之所存,不论古今,不能把民族的利益超越于对真理和善的探讨之上。

歌德在1827年1月1日与爱克曼的谈话中说:"中国传奇并不像人们所猜想的那样奇怪。中国人在思想、行为和情感方面几乎和我们一样,使我们很快就感到他们是我们的同类人,只是在他们那里一切都比我们这里更明朗,更纯洁,也更合乎道德。在他们那里,一切都是可以理解的,平易近人的,没有强烈的情欲和飞腾动荡的诗性,因此和我写的《赫尔曼与窦绿台》以及英国人理查生写的小说有很多类似的地方。他们还有一个特点,人和大自然是生活在一起的。"还说:"有一对钟情的男女在长期相识中很贞洁自持,有一次他俩不得不同在一个房间里过夜,就谈了一夜的话,谁也不惹谁。还有许多典故都涉及道德和礼仪。正是这种在一切方面保持严格的节制,使得中国维持到几千年之久,而且还会长存下去。"他对中国古典仪礼的尊重无疑和他的古典主义理论主张是一致的,至于他对中国古典文学的赞美就更加显示了他无限博大的胸怀。当爱克曼问他,是否他正在读的中国传奇是中国最好的作品时,他回答说:"中国有成千上万这类作品,而且在我们的远祖还生活在野森林的时代就有这类作品了。"这并不是歌德的自谦,而是他心里始终怀着"世界文学"的理想的结果。"我愈来愈深信,诗是人类的共同财产,诗随时随地由成千上万的人创造出来。这个诗人比那个诗人写得好一点,在水面上浮游得久一点,不过如此罢了。马提森先生不能自视为唯一的诗人,我也不能自视为唯一的诗人。每个人都应该对自己说,诗的才能并不是那样稀罕,任何人都不应该因为自己写过一首好诗就觉得自己了不起。不过说句实在话,我们德国人如果不跳开周围环境的小圈子朝外看一看,我们就会陷入上面说的那种学究气的昏头昏脑。所以我喜欢环视四周的外国民族情况,我也劝每个人这么办。民族文学在现代算不了很大的一回事,世界文学的时代已快来临。现在每个人都应该出力促使它早日来临。不过我们一方面这样重视外国文学,另一方面也不应该拘守某一种特殊的文学,奉它为模范。我们不应该认为中国人或塞尔维亚人、卡尔德隆或尼伯龙根就可以作为模范。如果需要模范,我们就要经常回到古希腊人那里去寻找,他们的作品所描绘的总是美好的人。对其他一切文学我们都应只用历史的眼光去看。碰到好的作品,只要它还有可取之处,就把它吸收过来。"①歌德的这段话被讨论中西文化或文论对话的人所反复引用,但看一下目前的跨文化的各种讨论,我们仍然感到我们的认识水平和胸怀和180多年前的歌德相比有很大的差距。这段话中歌德首先否定了狭隘的民族主义,特别是他对尼伯龙根的评价,认为

---

① 爱克曼辑录,朱光潜译:《歌德谈话录》,人民文学出版社1998年版,第112—114页。

这部伟大的德国民族史诗并不能成为模范,能成为模范的应该是古代希腊的文化,可见歌德在谈论文化与文学时并不以民族性为价值的判断标准,而是站在世界性的高度,从人类未来发展的高度来看待任何个别民族的文化,所以他并没有陷入个体主义和民族主义的泥坑里,而是以异常清醒的态度来关照自身民族文化的现况和未来。如果我们的文化研究者以歌德这种开阔的胸怀来看待自身民族的传统经典的话,那来自各方的攻击恐怕是必不可免的。这种脆弱的民族心理、异常狭隘的民族自豪感、对所谓传统与民族性的斤斤计较与固执于成见,并不能表明对民族的真挚热爱,仅仅是从另一个角度表明了对民族传统的不自信而已。所以陈寅恪讲授唐史时说:"唐代乃中国最盛时代。地域之大,东至朝鲜,南至安南,西至波斯、阿富汗。唐的特点是:虽以汉族为主,而汉族待各族却很好,不以'大汉族'自居。文化上也与各不同民族融为一体。这是历史上所未有。"①唐代不仅仅由于它吸取了其他民族的优秀之处而强大,更表明了它由于自身的强大而彰显出无限的自信与开放。唐代之所以能成为中国历史上最为强大的时代之一,就在于它在它所处的时代达到了一个民族在某一个历史时期所可能达到的理想高度,体现了当时整个人类所能达到的完美状态与基本原则。同样歌德理解的希腊文明对于德国的发展也是这样,他强调要反复学习希腊人:"我们要学习的不是同辈人和竞争对手,而是古代的伟大人物。他们的作品从许多世纪以来一直得到一致的评价和尊敬。一个资禀真正高超的人就应该感觉到这种和古代伟大人物打交道的需要,而认识这种需要正是资禀高超的标志。让

---

① 陈寅恪:《讲义及杂稿》,生活·读书·新知三联书店2002年版,第475页。

我们学习莫里哀,让我们学习莎士比亚,但是首先要学习古希腊人,永远学习希腊人。"①但是歌德并不想使德国成为第二个希腊,而是梦想借助贯穿于整个希腊文明的基本原则,如自由、民主、和谐等,为德国民族的强大带来精神上的动力。他说:"我们都惊叹古希腊的悲剧,不过用正确的观点来看,我们更应惊叹的是使它可能产生的那个时代和那个民族,而不是一些个别的作家。因为这些悲剧作品彼此之间尽管有些小差别,这些作家之中尽管一个人显得比其他人更伟大、更完美一点,但是总的看来,他们都有一种始终一贯的独特性格。这就是宏伟、妥帖、健康、人的完美、崇高的思想方式、纯真而有力的关照以及人们还可列举出的其他特质。但是,如果这些特质不仅显现在流传下来的悲剧里,而且也显现在史诗和抒情诗里,乃至在哲学、辞章和历史之类著作里;此外,在流传下来的造型艺术作品里这些特质也以同样的高度显现出来,那么我们由此就应该得出这样的结论:上述那些特质不是专属于某些个别人物,而是属于并且流行于那个整个时代和整个民族的。"②按照歌德的原则向希腊人学习"宏伟、妥帖、健康、人的完美、崇高的思想方式、纯真而有力的关照",总比向我们传统学习一些不合历史时宜的价值观念更好。我们不能因为中国文化和古希腊文化属于不同的文化传统而拒绝古希腊文明给整个人类带来的优秀遗产。

　　文化作为人类文明无论在物质,还是在精神上的体现,作为人性外化的必然产物,必然具有地域性、时间性和民族性,传统的积累、教育的培养、社会氛围的熏染,甚至自然环境的影响,都对其基

---

① 爱克曼辑录,朱光潜译:《歌德谈话录》,第129页。
② 同上书,第141—142页。

本结构与原则的形成与变化产生巨大影响。但这一切并不意味着文化是凝固的和一体化的，无法交流与沟通。历史的发展证明，人自身在许多基本原则上是相通的，虽然存在西方人与东方人、黑人、白人与黄种人的巨大差异，但在思想的基本内容、行为的基本原则、情感的价值取向等方面都是可以互相交流、互相理解、互相融合的，在某种程度上也是可以达成共识的。从这个角度来看，文学艺术的全球化，在很大程度上应该理解为文学作为一种审美方式，它最终的价值取向应该为全人类所共享，也就是文学艺术的审美应该在行动的伦理领域达到价值的共识，即善的原则，在提高自我的同时，实现对他者的尊重与爱。艺术的审美并不排斥个性，自然也就不排斥民族性、多样性、多元化，甚至说，民族性、多样性、多元化乃是艺术的生命，但它最终在价值领域的体现乃是统一的。中国人能欣赏《荷马史诗》、但丁的《神曲》、歌德的《浮士德》、莎士比亚的戏剧、塞万提斯的《堂吉诃德》、托尔斯泰的小说，体会柏拉图的《理想国》、亚里士多德的《诗学》、康德的《三大批判》、黑格尔的《美学史》等的伟大，同样，西方人也能欣赏《左传》、《庄子》、《论语》、《红楼梦》、《西厢记》、《文心雕龙》等，艺术的五彩缤纷给人的审美领域带来了无限的想象空间，但这并不意味着人在行为领域的价值观念的不可调和甚至是对立，在人的行为价值领域之中，也许只有唯一的原则应该无所不适，那就是互相的理解与关怀。孔子在《论语·子路》中说"和而不同"，《左传·昭公二十年》记载齐侯与晏子的一段对话更准确地阐释了其中"和而不同"的基本精神。齐侯从打猎的地方回来，晏子在遄台随侍，梁丘据驱车来到。齐侯说："唯据与我和夫！"晏子说："据亦同也，焉得为和？"齐侯说："和与同异乎？"晏子便详细地解释了和与异的根本不同："和如羹焉,水、火、醯、醢、盐、梅,以烹鱼肉,燀之以薪,宰夫和之,齐之以味,济其不及,以泄其过。君子食之,以平其心。君臣亦然。君所谓可而有否焉,臣献其否以成其可,君所谓否而有可焉,臣献其可以去其否,是以政平而不干,民无争心。故诗曰:'亦有和羹,既戒既平。鬷嘏无言,时靡有争。'先王之济五味、和五声也,以平其心,成其政也。声亦如味,一气,二体,三类,四物,五声,六律,七音,八风,九歌,以相成也;清浊、小大、短长、疾徐、哀乐、刚柔、迟速、高下、出入、周疏,以相济也。君子听之,以平其心。心平,德和。故诗曰:'德音不瑕。'今据不然。君所谓可,据亦曰可;君所谓否,据亦曰否。若以水济水,谁能食之?若琴瑟之专一,谁能听之?同之不可也如是。"①晏子讲述了两种根本不同的对待事物的态度,一个是梁丘据的态度,"君所谓可,据亦曰可;君所谓否,据亦曰否"。就是"若以水济水,谁能食之"。另外一种就是晏子的态度:和谐如同做羹,用水、火、醋、酱、盐、梅来烹调鱼肉,用柴火烧,厨师调和味道使之适中,味道太淡就用调料调浓,味道太浓就用水来冲淡。君子食用这种汤羹就会心平气和。同样,君臣的关系也和厨师调和汤羹一样,国君认为行而其中有不行的,臣下就指出他的不行之处而使行的地方更加完备,国君认为不行的,臣下就指出可行之处而使不行的地方更加稳妥,这样就使政事和正,不违背礼仪,平和百姓,没有争夺的想法。先王调和五味、五音都是为了使人心平和,不起争执之意,政治太平。声音和味道一样是由一气、二体、三类、四物、五声、六律、七音、八风、九歌互相调和而成的,由气的清浊、小大、短长、疾徐、哀乐、刚柔、迟速、高下、出入、密疏互相融合而

---

① 杨伯峻编著:《春秋左传注》四,中华书局2000年版,第1419—1420页。

成。君子听了这种音乐就心平气和,心平气和就行为和谐而不错乱。所以《诗经》上说"德音没有缺失"。同样,《国语·郑语》十六卷有史伯回答桓公的话:"夫和实生物,同则不继。""故先王以土与金木水火杂,以成百物。是以和五味以调口,刚四支以卫体,和六律以聪耳,正七体以役心,平八索以成人,建九纪以立纯德,合十数以训百体。"①这段话和晏子的话有异曲同工之妙。文化本身就是一种多样化的统一。中国的盛唐文明乃是一种多元文化的结合,欧洲文明也是古希腊文明与希伯来文明的结晶,美国文化同样是一个目前世界文明的聚合体,就是我们自身的传统也不是铁板一块,既可分为儒道释三家,也可从阶层上分为上层精英文化和民间文化,又可分为各个民族自身独特的文化。从另一个角度讲,文化的丰富性与包容性是一个民族强大与生命活力的标志。强烈的爱国心与民族自尊心不仅是正常的,而且是美好的,但这并不意味着对自己民族与祖国的爱就是对他者民族与祖国的轻视与排斥。所以在歌德看来,问题并不在于各民族都应按照一个方式去思想,而是应该互相认识,互相了解,互相鞭策,即使不肯互相喜爱,至少也要学会互相宽容。他说:"什么叫作爱国,什么才是爱国行动呢?一个诗人只要能毕生和有害的偏见进行斗争,排斥狭隘观点,启发人民的心智,使他们有纯洁的鉴赏力和高尚的思想情感,此外他还能做出什么更好的事吗?还有比这更好的爱国行动吗?"②

与歌德对中国文化和文化的赞美与尊重形成对比,黑格尔认

---

① 徐元诰撰:《国语集解》,中华书局2006年版,第470—471页。
② 爱克曼辑录,朱光潜译:《歌德谈话录》,第259页。

为,东方哲学是较为原始的、没有主体自由、主体融入普遍性之中的哲学,西方哲学则强调和充满主体的自由。他说:"在东方宗教中主要的情形就是,只有那唯一自在的本体才是真实的,个体若与自在自为者对立,则本身既不能有任何价值,也无法获得任何价值。只有与这个本体合而为一,它才有真正的价值。但与本体合而为一时,个体就停止其为整体(主体就停止其为意识),而消失于无意识之中了。这就是东方宗教中的主要情形。正相反地,在希腊的宗教和基督教中,主体知道自身是自由的,并且必须保持自身的自由。"①在他看来,希腊、罗马的神和犹太人的基督和上帝所具有的明显的人格化形象充分体现了希腊人和基督徒心中的自由原则,和东方哲学中强调普遍性、完全消解主观精神的观念相比,西方更强调个体,而东方更强调普遍性。从希腊人看重个人自由、强调独立自主与个性的特点,和东方的个体融入实体中的哲学理念相比,要建立起自身的普遍性,以便使思想从个体性中解脱出来的目标应该更为困难,因为哲学的本质在于使思想获得真实有效的普遍性,但是黑格尔却认为这种强调个体自由的观点是一种"本身较高的观点",因为它产生了个体"更快乐更优美的生活",和东方消除个体的哲学相比处于更高的层次。他在评价《易经》哲学时也说,中国哲学虽然"也达到了对于纯粹思想的认识,但并不深入,只停留在最浅薄的思想里面"②。黑格尔对中国哲学的评价与其哲学的内在逻辑是一致的。他说:"有限的事物要达到真实的本体,只有没入本体才可能。若和本体分离,有限的就成为僵死的、

---

① 黑格尔著,贺麟、王太庆译:《哲学史演讲录》第一卷,商务印书馆1997年版,第117页。

② 同上书,第120页。

干枯的。"在他的理论里"本体"是最重要的,是所有个体价值赖以依存的东西,而东方文化的代表,中国和印度的哲学并不代表整个人类世界的"本体",它们只是符合自己的"本体",保持着自身内在高度的统一,但对整个人类文化并不意味着普遍有效:"中国人和印度人一样,在文化方面有很高的声名,但无论他们文化上的声名如何大、典籍的数量如何多,在进一步的认识之下,就都大为减低了……不能令我们满足。"① 如孔子的哲学,在黑格尔看来不过是一些道德常识,对人类文明没有任何的特殊贡献:"孔子的教训在莱布尼兹的时代曾轰动一时。它是一种道德哲学。……我们看到孔子和他的弟子们的谈话,里面所讲的是一种常识道德,这种常识道德我们在哪里都找得到,在哪一个民族里都找得到,可能还要好些,这是毫无出色之点的东西。孔子只是一个实际的世间智者,在他那里思辨的哲学是一点也没有的——只有一些善良的、老练的、道德的教训,从里面不能获得什么特殊的东西。西塞罗留下给我们的'政治义务论'便是一本道德教训的书,比孔子所有的书内容丰富,而且更好。我们根据他的原著可以断言:为了保持孔子的名声,假使他的书从来不曾有过翻译,那倒是更好的事。"孔子哲学作为以道德训诫为主要内容的"国家哲学",孟子著作的内容"也是道德性的"②,在黑格尔的哲学理论中,法律应该置于道德之上,不能过分神化道德的功用,孔子、孟子的道德教训和法律的现实意义是无法相提并论的:"孔子道德教训所包含的义务都是在古代就已经说出来的。孔子不过加以综合。道德在中国人看来,是一种很高

---

① 黑格尔著,贺麟、王太庆译:《哲学史演讲录》第一卷,第118页。
② 同上书,第132页。

的修养。但在我们这里,法律的规定以及公民法律的体系即包含有道德的本质的规定,所以道德即表现并发挥在法律的领域里,道德并不是单纯地独立自存的东西,但在中国人那里道德义务的本身就是法律、规律、命令的规定。所以中国人既没有我们所谓法律,也没有我们所谓道德。那乃是一种国家的道德。当我们说中国哲学,说孔子的哲学,并加以夸耀时,则我们须了解所说的和所夸羡的只是这种道德。这种道德包含有臣对君的义务,子对父、父对子的义务以及兄弟姐妹间的义务。这里有很多优良的东西,但当中国人如此重视的义务得到实践时,这种义务的实践只是形式的,不是自由的内心的情感,不是主观的自由。"① 与此形成对比的是黑格尔对苏格拉底和柏拉图哲学的崇拜与详尽研究。在他看来,古希腊乃是欧洲各国文化共同的基础,他的内在的精神活动始终以古希腊的伟大思想家为榜样,这一切都反映在他的思想和著作中,他甚至认为只有把德国自己的民族史诗《尼伯龙根之歌》译成希腊文才能得到很好地理解。② 和温克尔曼、莱辛、赫尔德、歌德一样,黑格尔作为德国知识界古典热的一个杰出代表,他并不想使德国成为第二个希腊,而是想在希腊的传统文化中寻找到为德国人取得进步的基本原则与价值观念,但是这种原则与观念在中国传统哲学中如孔子的哲学中并没有找到,所以他对孔子的态度也就可想而知了。理论界一般都把黑格尔对中国哲学的否定态度和对苏格拉底与柏拉图的肯定态度看成西方文化霸权与不同文化间的价值取向问题,也就是黑格尔对柏拉图的肯定乃是对自身文

---

① 黑格尔著,贺麟、王太庆译:《哲学史演讲录》第一卷,第 125 页。
② 阿尔森·古留加著,刘半九等译:《黑格尔传》,商务印书馆 1997 年版,第 66—67 页。

化的肯定,对孔子的否定乃是对他者的否定。但从另一个角度看,黑格尔对希腊的崇拜在某种意义上也是对德国传统文化的一种否定,在黑格尔看来,问题不在于这种基本原则是希腊的、是德国的,还是中国的,问题是,这种原则是什么,它对今日的我们有何意义,不同文化间是否有一个可以共同遵守的原则,中国文化和欧洲文化能否有一个共同的标准问题。与此相关,黑格尔对他所处时代的德法战争表现了一种更加与众不同的态度,他希望拿破仑领导的法军获胜,在他看来拿破仑乃是一个真正的革命家,是法国大革命的继承者,他将把传统德国的各种腐朽势力彻底扫除,为德国的未来开辟新的道路,他对拿破仑个人的崇拜也充分说明了这个问题。① 在黑格尔看来,民族的利益与价值观念应该让位于一种更为伟大的、更为客观的历史力量,也就是不可阻挡的理念的发展所展示的时代意义,个人的意志与情趣就更是如此,所以他认为伟人的人生目标应该保持与历史的发展方向一致。所以他根本不赞成各种狭隘的民族主义,以至于这位保守的为普鲁士君主服务的哲学家,每一年都要为法国大革命庆祝一番。② 也就是黑格尔这种特殊性服从于普遍性的逻各斯中心主义遭到了20世纪理论家来自各方的攻击与批评,而对特殊性更为宽容的康德哲学则受到了更多的关注。但问题的实质并不在于哪种文明更为优越,而是在所有的文明之中是否有一种共同的价值观念,如果有这种共同观念,应如何对待? 这也同样是中西文化交流中一直存在的"中体西用"的实质。"中体西用"主张,中国的传统道德应与西方科技的成

---

① 阿尔森·古留加著,刘半九等译:《黑格尔传》,第47、56、96页。
② 同上书,第108页。

果相结合,用中国固有的道德文明来统治现代西方的科技文明。然而问题的实质是中国传统的道德文明的真正所指是什么,它过去是什么,现在是什么,将来是否会发生变化?一个民族所谓的道德文明是生来固有的,还是长期积累,并随着时代的进步而进步,不断发生变化?评价自身道德文明的价值标准是自身的道德文明,还是有着人类必须共同遵守的道德原则?道德文明与科技文明是否是一种共生的关系?"中体"和"西用"能否完美结合在一起?"中体"为何没有自己产生"西用",而要用"西体"产生的"西用"呢?"中体"自己产生的"中用"是什么?它是否会自动消除,也就是说与"中体"自动解除必然的依赖关系?"中体"和"西用"怎样才能完美结合在一起?理论界对这些根本的问题并没有做出合理的解答,抽象地空谈"兼容并包"、"学术自由"、"吐故纳新"并不能带来任何正面的指导意义。

随着全球经济的进一步一体化,全球文化的一体化问题逐步成为学术界的焦点问题。首先的问题就是是否会出现一体化的文化。部分理论家把一体化当作历史发展的必然趋势,从全球经济一体化的趋势中得出文化一体化的必然结论。当然这首先是一个理论问题,我们既可以从以往文化的交流中得出关于今日文化交流的结论,也可以从国内不同民族文化间的交流得出相关的看法。例如中国文化的发展中多次的民族融合完全可以为我们思考目前中西文化交流的问题提供有益的见解。国内文化间的交流与对话,虽然属于同一个文化圈内部的交流,但在具体的交流实践上并不比一个跨文化的交流更容易成为现实。关于全球文化一体化是否可能的问题,同样有一部分学者表示了自己的疑虑。首先,一部分学者认为不可能有一个整一的全球文化,因为从未出现过全球性的一体化的任何征兆,经济全球化的可能与文化全球化不是一回事。但更多的学者担忧,一体化必然导致所谓全球性的规范与文化价值观念对本地规范与价值观念的压制,在全球化、一体化的口号下更多的是西方价值观念,特别是以美国为代表的文化帝国主义向落后国家的文化侵略与文化霸权。如果说最原始的侵略方式是通过枪炮的军事行为来实现的话,第二种侵略则是通过强大的经济实力来实现的。更为现代化的、更为隐蔽的则是现在的所谓文化殖民,殖民者更重要的是在文化观念、心理感受和媒体舆论的层面实现自己侵略的目的。但是,应该说殖民的三种方式历来都是融为一体的,互相促进,互为因果,特别是文化的殖民历来都与军事经济的殖民融为一体,成为军事殖民的最初前提与最终保障。当然随着科学技术的进一步发展,特别是媒体与网络的进一步发展,文化的殖民在现今呈现出许多新的与传统殖民根本不同的特点与表现方式。中国知识界就是在这种文化大交流的背景下重新思考东方与西方、民族与世界、自我与他者的问题的。由于19世纪末20世纪初中国文化发展过程中的内忧外患使民族的进步受到了巨大的创伤,中华文化的影响力和辐射面逐步缩小,西方文化的辐射范围则日益扩大,中国文化在世界文明的面前很难再恢复到盛唐时期的气象与自信,因此对自身的怀疑与反思,对西方文化的向往与恐惧融为一体。主要反映西方价值观念、利益冲动的全球化为中国文化的发展到底能带来什么,成为每一个中国知识分子所必然面临的问题,全球化是民族文化复兴的机遇还是更大的挑战,在经济文化全球化一体化的趋势下,如何复兴传统的中华文化,使之既跟上时代,又能在一体化的趋势下保持自身独特文化的多元?这个困扰着中华民族一个多世纪的难题至今也没有得到很好的解答。

全盘西化与复古的辩论从未停息过,特别是陈序经1935年出版的《乡村建设评议》一书,重新提出了胡适曾经倡导而随后又放弃的"全盘西化"的建议,全力主张学习西方,从而成为我国现代文化发展思想史上"全盘西化论"的代表人物。他认为在中西文化关系的出路上从逻辑上讲只有三条路:全盘接受西方的文化,再者是返回到中国固有的文化,第三是调和中西文化。他认为折中派和复古派都没有出路,只有全部接受西方文化。针对此种说法,王新命、黄文山等联名在《文化建设》上发表了题为《中国本位的文化建设宣言》的文章,反对"全盘西化",主张"中国本位"的文化建设,认为对西洋文化要"吸收其所当吸收,而不应以全承受的态度,连渣滓都吸收过来"。陈序经又发表了《评〈中国本位的文化建设宣言〉》一文,指出"宣言"表面上是"老生常谈的折中论调",骨子里则是"复古与守旧"。全国文化界、思想界从此展开了范围更广、内容也更为深刻的、更为激烈的大辩论。反思这场辩论,关于返回到中国固有的文化的论调现在已经很少见,全盘西化的论调也逐渐稀少,但更多的是所谓"吐故纳新"、"吸取西方的精华,放弃传统的糟粕"这样的"老生常谈的折中论调",对于何谓"西方的精华"、"传统的糟粕",理论界至今仍有很大的争论,没有取得一致的意见,"折中派"也名不副实,对现实的发展没有任何的指导意义。至于更为流行的"西体中用",其本质是用西方的物质文明来促进和保证中国传统精神文明的传播与延续。但西方的物质文明怎样才能保证中国传统的传播和延续呢?我们自身为何不能产生西方式的物质文明?难道自己精神文明的伟大之处就在于物质文明的极端匮乏吗?如果自己能产生伟大的物质文明,那自身精神文明的价值不就得到更为充分的展示吗？其中的问题恐怕还是物质文明和精神文明往往是一种共生的关系。和西方处于同一历史时期的中国文明落后的原因恐怕还在自身，自然科学不发达正是由于人文科学的不发达，而不是相反。正如亚里士多德所反复强调的："人在本性上是政治的"，"人是政治动物，天生要过共同生活"，"孤单一人则难于生活，并且只靠自身就难于进行不断的现实活动，只有在他人的帮助下，与他人的协作之中才更容易些"。① 自然科学是人类对自然与物质世界的探讨，但人首先是一个社会的人，他时刻处于各种社会关系之中，在对自然进行探讨之前和进行自然研究的同时，都是一个社会的人，同样，他对自然探讨的成果也一定会对社会产生影响。事实上，人类历史任何一次伟大的自然科学革命都对人类社会的精神领域产生了巨大的影响，因为人类的很多精神观念与对自然的理解是密切相关的。只有从这个角度我们才会理解宣布"太阳围绕地球转"的布鲁诺为何被活活烧死，因为"太阳围绕地球转"虽然是一个关于自然科学的命题，但他在另一个方面却否认了上帝的权威与万能，自然也否认了天主教控制人精神与物质利益的巨大权力。很多伟大的自然科学家为何遭受无数的迫害，就是因为他们自然科学的成果给人类的精神领域带来了巨大的冲击。相反，也就是从这个角度，康德才反对科学万能的独断论偏见，反复强调自然科学必须接受哲学的指导与监督，主张哲学永远是科学的维护者与导师。② 20世纪哲学的一个最重要的命题就是对自然科学局限性的反思，反对用自然科学的方法来思考处理

---

① 亚里士多德著，苗力田译：《尼各马科伦理学》，中国人民大学出版社2003年版，第11、202—203页。

② 阿尔森·古留加著，贾译林等译：《康德传》，商务印书馆1981年版，第103、169页。

人文科学的问题。首先是自然科学的对象与人文科学的对象不一样,前者是物,是死气沉沉、对自己一无所知、对外界一言不发的物,既听不见,也不应答,更不会同意。它不能对话,只是自然地存在着,无法成为主体,只能是客体,是谈论对象,而不是谈话者,人也不可能对物采取对话的态度。但是人与物不同,人是自由的,有自己的立场、价值、情趣、爱好和审美观念,而这一切都是人之所以成为人的根本标志。因此在思考人的问题时不能像思考自然那样把人当作物来处理,人不是被谈论的对象,而是交流的对象,是一个听者,同时他也是一个言说者。这样,活生生的人及其话语决定了人文科学要不断地阐释他人话语,理解他人话语,和他人交流,也决定了人文科学的特殊方法,即对话的方法。所以巴赫金说:"人文科学对自然科学方法的责难,我可概括如下:自然科学不知道'你'。这里指的是:对精神现象需要的不是解释其因果,而是理解。当我作为一个语文学家试图理解作者贯注于文本中的含义时,当我作为一个历史学家试图理解人类活动的目的时,我作为'我'要同某个'你'进入对话之中。物理学不知道与自己对象会有这样的交锋,因为它的对象不是作为主体出现在他面前。这种个人的理解,是我们经验的形式;这种经验形式可施于我们亲近的人,但不能施于石头、星斗和原子。""是否可以把人当作自然现象、当作物来观察和研究呢?人的身体行动应该当作行为来理解;而要理解行为,离开行为可能有的符号表现是不可能的。我们好像在强迫人说话。无处不是实际的或可能的文本和对文本的理解。研究变成为询问和谈话,即变成对话。对自然界我们不会去询问,自然界也不会对我们应答;我们只能对自己提出问题,以一定方式组织观察和实现,以此获得回答。而在研究人的时候,我们是到处寻找和发现符号,力求理解它们的意义。"①但这并不意味着巴赫金否认人文科学与自然科学的内在必然联系。人文科学与自然科学的发展往往是互为因果的,很难想象一个处于落后不堪的人文氛围的国家能够有广泛的巨大的自然科学方面的进步。

二、中国传统文化与西方现代文明的融合与对立

目前理论界大都赞同引进先进的文化和保留优秀的传统文化,但对何谓先进的西方文化、何谓优秀的传统文化语焉不详,"中国人是勤劳的民族"、"中国有着几千年的悠久文化"、"中国有着尊老爱幼的传统"等这样简单的陈述没有任何的价值意义,因为,从另外一个角度讲,西方人也是如此,因为他们的文明正是他们自身创造的,并不是其他民族替他们创造的。同样西方文化也有着几千年的历史。至于古代埃及文明、伊斯兰文明、印度文明等都有着更悠久的历史。同样,其他民族也有着尊老爱幼的传统。例如《旧约》中的"摩西十戒"的第五戒就是要孝敬父母。《新约》中耶稣的主张就更加超越了这样要求,因为他认为要像关爱自己一样关爱邻人,要像关爱亲人那样关爱陌生人,他的谦卑和爱心更是众所周知,而这正是《新约》的精华所在,让人充满爱心,努力趋善。在中西文化交流与对话中,不能用这种简单的方法来互相比附。

---

① 钱中文主编:《巴赫金全集》第四卷,河北教育出版社1998年版,第311—317页。

更重要的是从中西文化深处所隐含的基本原则中，找出更能满足现代人物质生活与精神生活需要的成分。有些理论家把文化与文明加以区分，认为文明是发明出来的，它既可以从一个民族流传到另一个民族而不失其特性，也可以从一代流传到另一代而依然保存其基本特性。文化是被创造出来的，是一个民族在一个特定时空中的具体表现，超越了这个时空，它会失去特有的意义，无法被另一个民族准确地传达或模仿。哲学、宗教、艺术等都属于这一类。特别是表现人与人之间、人与自我之间关系的精神文化是一个民族的基本特性，它虽经数千年的流传，无数朝代的更替，仍深深隐含在一个民族的血液之中，始终处于相对稳定、相对完整，甚至是一种凝固的状态。特别是像中国这样有着几千年悠久历史的文明，其传统的稳定性更强。然而跨文化对话中真正有本质意义的问题不是这些宏大而空洞的理论问题，而是具体的历史事实。目前从事跨文化理论研究的人最为缺乏的就是对跨文化对话中各种活生生的现实进行分析。首先是：在跨文化对话中，在接受西方文化反思传统文化的过程中，谁，也就是社会的哪个阶层、哪一部分人获得了利益，谁在这种巨大的社会变革中失去了其原来的优势而被社会所边缘化，而这种巨大的社会变革是否合理，是否合乎时代的发展与可能？只有真正的理论家才能站在一定的高度，对历史所产生的巨大变革做出客观的符合历史事实的判断，正如黑格尔所说的"伟大个人的目的与历史的可能相一致"[1]，大多数人则只是根据自身的利益，根据自己的情趣，甚至仅仅根据自身的好恶来对伟大的历史变革做出仅仅代表个体价值，甚至是代表某种

---

[1] 阿尔森·古留加著，刘半九等译：《黑格尔传》，第119页。

社会阶层价值观念的判断，在巨大的历史变革的时代更是这样，利益的驱动导致理论的选择。从整个中西文化的大辩论中可以看到，不同观点之间的激烈辩论不仅仅是一种简单的智力游戏，或是一种个体情趣之间无聊激情的表达，而是各种社会利益之间的关于人生与社会的大辩论，在这场辩论中，个体的利益往往服从于集体的利益。东方与西方、传统与现代、先进与落后、贫穷与富裕、文明与愚昧、民族与世界，这些看似空洞而抽象的理论问题无时无刻不体现在每一次关于中西文化大辩论中，成为每一个参与者所必须思考与面对的问题，而真正从民族利益与大众利益出发的理论才是最有活力的，终将取得胜利，任何狭隘的目光与自私自利的见解都将在大辩论中自动退出历史舞台，虽然它常常以大公无私的包装出现。正是由于目前文化理论界忽视对社会阶层的深入考察，忽视对各种利益集团在中西文化抉择中所持价值观念与自身利益关系的研究，致使很多关于中西文化重大理论问题的讨论最后都显得空洞而无聊。理论家不谈论政治，不谈论历史，不谈论现实，仅仅谈论他自己所熟悉的几本书籍，从一章到另一章，从一个人到另一个人，从一本书到另一本书，就是没有民众，没有对人的生存状态的关心，没有自我的反思，没有对真理的追求，没有对善的关注，只有自我的标榜、知识的炫耀与文字的杂耍游戏，对解决现实文化的发展没有任何的说服力，自然也没有任何的影响力。

目前理论界大都把焦点集中在这个问题上：全球化是以欧美文化为准则的，是欧美中心主义的集中表现，如果中国按照西方的游戏规则来参与游戏，看起来是追赶西方先进潮流，但最终的受害者还是自己，正像一个弱者在没有强大之前如果和强者正面较量只会自取灭亡。然而问题在于不和强者正面较量又怎能强大起来呢？正如鲁迅所说，人不可能在床上学会游泳再下水。再者，中华民族在历史上无数次的文化交流中都没有被强者或者侵略者消灭，这次为何如此担心呢？这恐怕是一种民族不自信的表现吧。其实一个时期落后的民族的强大只有直面比自己强大的民族，努力地向它学习，反思自我，发愤图强才有出路。躲在安全的角落里，自我欣赏，津津乐道于过去的伟大是没有任何出路的。一个不发展的民族很难保留住自己的传统。理论界总是担心哪一天消失了自己民族的特性，但中华民族最大的特性是什么，到现在理论界还没有说清。中华民族是一个最追求真理的民族吗？中华民族是一个最善良的民族吗？中华民族是一个最美丽的民族吗？世人展现着众说纷纭的判断。应该说，中华民族还没有达到它自身应该达到的理想，亦即它离它应该达到的境界还有很大的差距。既然这样，相对它应该达到的境界，它应更多地考虑未来，考虑它应该达到的高度，而不是把注意力仅仅集中在它过去已经达到的高度。这样它就不会过多计较自己在前进中失去什么，而它是不是在所有民族中最追求真理的民族、最善良的民族、最美丽的民族，这要由它为人类文明的发展做出最大的贡献来定。中华民族从过去走到今天，无论从任何角度，无论从外在的物质层面还是从内在的精神层面都和过去发生了质的或量的变化，虽然作为中华民族的名称没有变化，但具体内涵迥然不同。将来的中华民族和今天的关系也与今日中华民族与昨日的关系同样，没有东西可以神圣到它不为民族的发展带来任何进步却被奉为圭臬，民族与民众的强大才是一切。与此同时我们总是把西方文明看作是一体化的，从古至今就是如此，其实西方今日的状况也不是一天造就的。黑格尔在他的《哲学史演讲录》中反复说中国人不知道人是自由的,只有希腊人才知道人是自由的。① 其实欧洲人知道人是自由的也是启蒙时期的事情,柏拉图和亚里士多德更多地强调人是社会的动物,人应该自制,应该符合一种普遍的理念。至于人是平等的理念则更是东方文明的伟大成果,是《新约》中的基本信念,西方人也不是天生的基督徒。所以但丁在《神曲》中把代表希腊文明的伟大人物,这些善良的异教徒都放在地狱的第一圈"林菩狱"里"悬而未决"。维吉尔对但丁说:

他们没有犯过罪;虽然他们有优点,

这还不够:因为他们没有受过"洗礼",

那是你所信奉的宗教之门;

因为他们生于基督教之前,

他们敬拜上帝不能无误;

我自己就是他们中的一个。

为了这种缺点,并不是为了其他错误,

我们堕落了;所受的苦仅是这样,

我们没有希望地生活在欲望之中。

在"林菩狱"里有伟大的荷马这位"至尊的诗人",讽刺诗人贺拉斯、奥维德、卢甘、维吉尔,甚至但丁自己。此外还有泰勒斯、苏格拉底、柏拉图、亚里士多德、芝诺、赫克托尔、恺撒、欧几里得等。② 但丁的困惑就是一个伟大诗人对基督教文明与希腊文明内在矛盾的困惑,这至少说明了欧洲人对上帝的信仰也不是天生的,也有一个过

---

① 阿尔森·古留加著,刘半九等译:《黑格尔传》,第120页。
② 但丁著,朱维之译:《神曲·地狱篇》,上海译文出版社1984年版,第23—30页。

程,虽然西方文明是两希文明的结合,但这种结合经历了异常漫长的艰苦过程,这也就是西方文明不断发展、不断创造自身的过程。

在中西文化对话中有一个观点较为流行:从中西哲学各自关注的中心来看,古希腊罗马哲学更多地关注作为纯客体的自然,因而自然哲学比较发达。中国传统哲学,特别是较长时间占据中国传统文化主导地位的儒家哲学更多地关注人伦,也就是人与人之间的伦理道德,探讨完美的处理人际关系的基本原则。当然中国传统哲学也讲自然,如《老子》和《庄子》中的自然哲学,但老庄哲学中的自然,不仅是指人之外的客观自然世界,更重要的是指人自身的天然本性,人应该达到的顺其自然、自然而然、人的本性不受外物束缚的根本原则。从这种认识前提中就产生了以下的结论:从思维方式看,古希腊哲学强调主体与客体的区别与对立,在方法论上追求以分析为主的观察、实验、理性的方法;中国古代哲学则主张天人合一,强调行为主体依靠自身的内在意识和道德理性来实现自我与自然的和谐统一,这种反求诸己的内省方法更多地采用综合的方法。中西哲学探讨的根本问题不同,因此阐明哲学问题的基本范畴也迥然不同,中国哲学讲理与气、有与无、动与静、形与神、知与行的辩证统一;西方哲学则讲质与量、一元与多元、感性与理性、肯定与否定等多与自然世界相关的概念。最后得出的结论就是中西哲学各有特点,各有长短,不能分出上下高低,只有取长补短的问题。以上诸观点普通流行,但是否准确地反映了中西文化本质的差异是值得怀疑的。如其中最为关键的问题就是在以希腊哲学为代表的西方哲学中关于人的问题的哲学,也就是关于善的哲学问题到底处于什么地位。答案应该是处于同自然哲学一样,甚至更为重要的地位。我们不能把西方自然科学的发达归结为自然哲学的发达,而应该认为自然科学的发展在某种程度上是人文科学发展的必然结果。古希腊自然哲学的发展并不比人文科学的发展更为突出,甚至可以这样说,希腊文明对后世的影响不在于它的自然哲学,而在于它的人文哲学。普罗泰戈拉的"人是万物的尺度"自不必说,苏格拉底、柏拉图、亚里士多德的核心观念之一是"善",苏格拉底关于真理的讨论在很大程度上都是关于善的真理的讨论,不是关于自然的真理的讨论。理论界,包括康德都认为苏格拉底把真理和善混为一谈,把聪明和善当成一回事,其实,苏格拉底的聪明就是关于善的聪明,关于反思自我局限性的聪明,所以他说自己之所以是神预言最聪明的人,就是因为他知道自己不是最聪明的人,这乃是一个关于道德与善的原则的论述。所以他始终把"认识自己"作为他哲学的出发点与最终归宿,他的聪明并不表现在对自然的认识与探讨上。最为明显的证明就是苏格拉底对自然没有任何兴趣:"他并不像其他大多数哲学家那样,辩论事物的本性,推想智者们所称的宇宙是怎样产生的,天上所有的物体是通过什么必然规律而形成的。相反,他总是力图证明那些宁愿思考这类题目的人是愚妄的。首先,他常问他们,是不是因为他们以为自己对于人类事务已经知道得足够了,因而就进一步研究这一类题目,还是因为尽管他们完全忽略了人类事务而研究天上的事情,他们还以为自己做得很合适。更令他感到惊异的是,他们竟看不出,对于人类来说,不可能使自己满足于这类事情,因为即使那些以研究这类事为夸耀的人,他们彼此的意见也不一致,而是彼此如疯如狂地争执着。"① 由此看来,苏格拉底反对在没有搞清关

---

① 色诺芬著,吴永泉译:《回忆苏格拉底》,商务印书馆2001年版,第4页。

于人的事情之前去研究所谓天上的事情,正如《论语·先进》中孔子所谓"未能事人,焉能事鬼?""未知生焉知死?"人的问题对苏格拉底和孔子都是首要的问题,人之外的问题,无论是自然、死,还是死后的神都要在把人的问题搞清之后再讨论。具体讲,苏格拉底关心以下问题:"他时常就一些关于人类的问题作一些辩论,考究什么事是敬虔的,什么事是不敬虔的;什么是适当的,什么是不适当的;什么是正义的,什么是非正义的;什么是精神健全的,什么是精神不健全的;什么是坚韧,什么是懦怯;什么是国家,什么是政治家的风度;什么是统治人民的政府,以及善于统治人民的人应当具有什么品格;还有一些别的问题。他认为凡精通这些问题的人是有价值佩受尊敬的人,至于那些不懂这些问题的人,可以正当地把他们看作并不比奴隶强多少。""关于天空的事情,一般说来,他劝人不必去探究神明是怎样操纵每一个天体的:他认为这些都是人所不能发现的,并且认为,那些求神喜欢的人不应该去探究神所不愿意显明的事情。他还说,那些胆敢探究这些事的人,和阿拿萨革拉斯一样,都有丧失神智的危险;阿拿萨革拉斯以能解释神明的造化而夸耀,因而丧失了神智。"①苏格拉底对情欲的控制和对神的探讨也就是对完美人生的探讨,对善、正义、法律、家庭、健康等等的探讨,都是对人的探讨,并不是对自然的探讨,因此其哲学也不是什么自然哲学,他的一生就是"从事爱智慧之学,检查自己,检查别人",座右铭是"没有省察的人生没有价值"。② 柏拉图也是这样,如他与苏格拉底共同关注的节制问题是其哲学中一个非常重

---

① 色诺芬著,吴永泉译:《回忆苏格拉底》,第183—184页。
② 柏拉图著,严群译:《游叙弗伦 苏格拉底的申辩 克力同》,商务印书馆2000年版,第65、76页。

要的问题。在苏格拉底与柏拉图看来,节制是调节欲望并使人达到理性控制的必由之路。与叔本华这样仅仅在理论上宣称禁欲的哲学家不同,苏格拉底本身就是自己理论的实行者。他对自身行为的节制受到了他的对话者一致的称赞。正如他的对话者所说,他"非常敬仰他的性格与节制,从来没有想到会遇上如此有克制力的人"。"他以吃苦耐劳见长,不仅胜过我,而且胜过队里的其他人。每逢给养跟不上,这在战斗中是常有的事,没有人能像他那样忍饥挨饿。供应很充足的时候,也不会有人像他那样吃得津津有味。尽管他本来不大爱喝酒,但要强迫他喝酒,他的酒量比谁都大。最奇怪的是,从来没有人见过他喝醉过。""有一次天气骤变,冰冻三尺,我们全在帐篷里待着,不敢出去。如果出去,我们全身穿得非常厚实,还在鞋上裹着毡子,但他照样出去行走,穿着他原来常穿的那件破大衣,赤着脚在冰上走,比我们穿鞋的人走得还自在。"①柏拉图在国家的建设中一直主张哲学王,正如他在一封信中所说的:"我被迫宣布,只有正确的哲学才能为我们分辨什么东西对社会和个人是正义的。除非真正的哲学家获得政治权力,或者出于某种神迹政治家成了真正的哲学家,否则人类就不会有好日子过。"②他劝说政治家要过哲学的生活,并鼓励年轻人也如此。但这并不意味着柏拉图反对任何形式的参与政治活动,而是认为作为哲学家应该以追求真理为主。他的哲学王就是哲学家与政治家最好的结合。所以他在信中反复规劝狄奥尼修献身于哲学:"他必须全身心地从事这项任务,绝不松懈他的努力,直至最后的完

---

① 柏拉图著,王晓朝译:《柏拉图全集》第二卷,人民出版社 2002 版,第 265 页。
② 同上书,第 80 页。

成,或者说他由此获得独立探索的能力,不再需要引路人的陪伴。拥有这一信条的人无论从事何种职业,都不会停止实践哲学和奉行这样生活习惯,使自己有效地成为聪明的、有很强记忆力的学生,能够独立进行清醒的推理。除此以外的其他活动,他则加以回避。"①他希望在狄奥尼修的身上实现哲学与政治权力的统一,使真正的信仰为帝国统治下的希腊人或野蛮人带来正义的法则,希望在大流士身上出现的理想典范再次出现,然而狄奥尼修本性上不相信任何人,没有真正的朋友,自以为是,令柏拉图非常失望。这却从另一个角度证明了他的另一个坚定信念,那就是借苏格拉底的口讲出的:哲学家的任务在于思考真理,至于怎样达到真理,那就是另一个问题了,他并没有太大的责任来说明如何达到这个真理,他在一封信中说:"事实上每个人都清楚,照料自己的事务是人生最愉快的事,尤其是当一个人选择你现在从事的工作的时候。然而你也必须考虑这样一个事实,我们每个人并非生来只为自己而活。我们生下来,部分是为了我们的国家,部分是为了我们的父母,部分是为了我们的朋友。占据我们生活的各种偶然事件也会对我们提出许多要求。当国家召唤我们参与公共生活的时候,对此不作响应是一件怪事,因为人们若是抱着优良动机而拒不参加公共生活,这样做的实际结果是给那些卑鄙者让位。"②这和孔子的言行是一致的,也和老子在理论上与实践上的避世是一致的。但随着现代教育的发展,苏格拉底的哲学与孔子的哲学仅仅被作为研究的对象,而不是被作为实践的对象,他们的哲学在某种程度

---

① 柏拉图著,王晓朝译:《柏拉图全集》第四卷,第95页。
② 同上书,第115—121页。

上仅仅被作为某种装点门面,甚至被作为一种谋生的手段。这种言行不一,正如《文心雕龙·情采》所讲的:"故有志深轩冕,而泛咏皋壤,心缠几务,而虚述人外。真宰弗存,翩其反矣。夫桃李不言而成蹊,有实存也;男子树兰而不芳,无其情也。夫以草木之微,依情待实,况乎文章,述志为本,言与志反,文岂足徵?"①自己热衷于高官厚禄,在高高的庙堂之上迷恋于各种权力之争,却常常口头上歌颂自己对世外桃源、荒郊野外的思恋之情,这和男子栽种兰花无法表达兰花所具有的天然情趣又有什么区别呢?自己的言辞与自己内心的想法根本不同,这样的文章连自己都无法相信,怎么又能打动别人呢?卡莱尔评价《古兰经》时曾说:"《古兰经》是我读过的书中最难读的一种。令人厌烦的杂乱,修辞粗糙生硬;不断重复,冗长艰涩;结构极为粗糙拙劣;——总之,乏味得令人无法忍受!欧洲人只是出于一种责任感才能将《古兰经》读完。我们读它,犹如在政府公文机关中查阅不值一读的大量无用资料,也许从中能发现'一位杰出人物'的生平的某些片断。"但他接着又说:"然而,我认为,阿拉伯人对《古兰经》如此热爱并非不可理解的。人们一旦完全摆脱《古兰经》的混杂纷乱,不纠缠于它,其精华部分就会显现,就会看到其他文学作品全然不可比拟的优点。如果一本书是出自肺腑,它就会激动人心,一切艺术和写作技巧就显得是次要的。应该说,《古兰经》首要特征在于它的真诚性,在于它是一本真诚的书。我知道,普里多等人把它说成仅仅是一派谎言,连篇累牍都在为作者的种种罪行做辩解,热衷于吹嘘他的野心和骗术。现在应该是清除这些说法的影响的时候了。"因此他坚决反对穆罕默

---

① 周振甫:《文心雕龙今译》,中华书局1998年版,第288页。

德在写《古兰经》是"伪造者与骗子的伎俩"这种说法:"我想,一切正直的人,读了《古兰经》绝不会有此结论。""不论从哪种意义上来说,真诚是《古兰经》的优点,它由此而为原始阿拉伯人所珍视。"①卡莱尔反复强调真诚对于人生及对于一个民族品格形成,特别是对于伟大人格的重要意义,所以他评价但丁与莎士比亚时说:"诗人是真诚对待世上的一切,而其他人却对此极不严肃,他作为预言家首先是因为他是真诚的人。至于诗人和先知,尤其都是'公开秘密'的洞察者,二者是同一的。"他在评价清教时说:"实际上它算不上什么新理论:它只是把过去听说过的一切旧理论再重提一遍。旨在重申:要真实要真诚。穆罕默德全心全意地信仰,奥丁本人及奥丁精神的一切忠实信徒也是一样虔诚。他们都是按照他们的自我判断,做出'判断'——就是如此。"在评价诺克斯时也同样申明:"我们认为英雄的首要特征是真诚,这对诺克斯显然是适用的。"甚至他还认为诗人的人格和他的作品应该是一致的:"只能坐在椅子上拼凑诗句的诗人,是决不会写出什么传世之作的。歌颂英雄战士的人他自身至少也应该是一位英勇的战士。我承认,在真正的伟人身上往往同时具有政治家、思想家、立法者、哲学家的品质——在或大或小的程度上,他都有可能成为他们当中的一种人,或者是一身而具全才。伟人一个重要的基本品质就是:他本身是伟人,他这个人是伟大的。"②看看《论语》、《庄子》、《文心雕龙》、《人间词话》等,我们很容易明白这个问题,中国传统文化的精华如《论语》、《孟子》、《老子》、《庄子》等为何很少能在当代引起较大反

---

① 托马斯·卡莱尔著,周祖达译:《论英雄、英雄崇拜和历史上的英雄业绩》,商务印书馆 2005 年版,第 74—75 页。

② 同上书,第 88、91、143、168 页。

响,主要是因为多数人只是把它们当作研究与关照的对象和达到人生世俗利益的工具,从未把它们当作自己行为的准则,当作思考社会、人生、自我的理论源泉。当然,很多人也从未想过要打动别人,而只是从文章的写作中捞取些许名利而已。言行如一是苏格拉底与孔子这两位伟大的哲学家留给人类的共同财产。人们之所以从未中断过对这些经典著作的研究与思考,其中最为重要的就是,无论从思想的境界上,还是从行为的实践上,即使以现代文明自居的今人也离几千年前哲人人生的理想和目标相差甚远。作为古希腊最伟大的科学家、博物学家,亚里士多德在他对自然的思考中也从未忽视对人的思考与对人类自身的关注。《尼各马科伦理学》一开始就表达得非常清楚:"一切技术,一切规划以及一切实践和抉择,都以某种善为目标。""如若在实践中确有某种为其自身而期求的目的,而一切其他事物都要为着它,而且并非全部抉择都是因他物而做出的(这样就要陷于无穷后退,一切欲求就会变成无穷的空忙),那么,不言而喻,这一为自身的目的也就是善本身,是最高的善。"①亚里士多德虽然和他的老师柏拉图有很大的差别,但在关于善的理念上应该是基本一致的,他关于中庸、控制欲望与节制自我的理念更是如此。除古希腊哲人,康德更是以古希腊为典范,他的座右铭"人是目的本身"就直接来自于古希腊这些哲人对人的思考。② 自身的完善、他人的幸福乃是康德哲学的根本出发点与最终归宿,所以他在《实践理性批判》中强调:"在目的的秩序里,人(以及每一个理性存在者)就是目的本身,亦即他决不能为任

---

① 亚里士多德著,苗力田译:《尼各马科伦理学》,第1—4页。
② 阿尔森·古留加著,贾泽林等译:《康德传》,第44页。

何人(甚至上帝)单单用作手段,若非在这种情形下他自身同时就是目的;于是,我们人格之中的人道对于我们自身必定是神圣的,因为它是道德法则的主体,从而是那些本身乃是神圣的东西的主体,一般来说,正是出于这个缘故并且与此契合,某些东西才能够被称为神圣的。"① 从真理经过美,最后达到善乃是康德三大批判的基本理念。《圣经》,特别是《新约》中对善的理念的宣扬乃是整个西方文明的一个基本原则,特别是众生平等的理念,是它相对于古希腊文明为西方文明,乃至世界文明最为伟大的贡献。耶稣这位谦卑善良充满爱心的伟人之所以被处死,就在于他所宣扬的众生平等,在他的眼里只有两种人,善人与不善之人。客观地反思中国古典文化传统,应该说平等精神是异常缺乏的,甚至在今日,无论从人的基本观念、心理层面,还是从制度层面上,都非常缺乏这种精神。如何培养人的平等观念,乃是现代西方文明为中国传统文化提出的一个异常富有挑战性而又极具现实意义的问题。以我们传统文化中的民间文化为例,可以说民间文化无论在过去还是在现在都没有得到应有的重视。

所以,中国传统文化对人伦关系的重视并不意味着人伦问题已经得到彻底的解决,而是从另外一个角度折射出这个中国文化的基本困境,正如《老子》第十八章与第十九章所讲的:"大道废,有仁义;智慧出,有大伪;六亲不和,有孝慈;国家混乱,有忠臣。""绝圣弃智,民利百倍;绝仁弃义,民复孝慈;绝巧弃利,盗贼无有。此三者以为文不足。"老子的"绝学无忧"虽然有严复所说的"非洲鸵鸟之被逐而埋其头目于沙"做法之嫌,但表明中国传统文明并没有

---

① 康德著,韩水法译:《实践理性批判》,商务印书馆2000年版,第144页。

完美地解决这个问题,无论是在老子、孔子的时代还是在今日。①理论界至今还普遍流行着下面观念:中西思维方式的不同是显而易见的,中国文化是一种"天人合一"的思维模式,感性思维比理性思维得到更为充分的发展,而且中国传统文化具有明显"求善"的伦理学倾向。西方却从古希腊时期就形成了"物我分离"的思维方式,理性比感性更受推崇,即使是在人文主义思潮兴盛时期对感性和诗性的推崇也是以一种理性思维的方式来表述的,自古西方就有"求真"的传统,人文科学也受其影响总是追求自然学科的科学精确。基督教认为人的本性是恶的,有"原罪"之说,儒家则主性善说,所以两者在性质上不相合。印度佛教主张行善、积德,所以很容易进入中国,并得到广泛传播。从文化性格来看,中华文化是内向型文化,西方文化是外向型文化,中国传统文化的核心是"和","和"的哲学追求"和合、和解、和平、和谐、和睦、和美"的境界,主张"稳定,和谐,平安,相互忍让,互助互爱"。中国传统文化是"成人之性",而西方文化是"成物之性"。因此每一个民族都有自己独特的文化传统和价值观念,与其他民族的文化传统和价值标准是难以比较的。以上诸种论调颇为可疑。从一个非常简单的逻辑来看,主张行善、歌颂善者本身就说明行善是一个非常难的事情,虽然《论语·述而》说"仁远乎哉?我欲仁,斯仁至矣",仁义并不遥远,只要自己努力就可以达到,但又有多少人能达到孔子所说的仁义呢?即使孔子自己,包括尧舜也不能说已经达到仁义。所以他说君子"苟志于仁矣,无恶也"(《里仁》)。"富与贵,是人之所以欲也;不以其道得之,不处也。贫与贱,是人之所恶也;不以其道

---

① 陈鼓应:《老子注译及评介》,中华书局 2001 年版,第 134—138 页。

得之,不去也。君子去仁,恶乎成名?君子无终食之间违仁,造次必于是,颠沛必于是。""我未见好仁者,恶不仁者。好仁者,无以尚之;恶不仁者,其为仁矣,不使不仁者加乎其身。有能一日用其力于仁矣乎?我未见力不足者。盖有之矣,我未之见也。"①(《里仁》)在孔子看来,君子一生应该努力于仁义的实践,在吃饭的时候、在匆匆忙忙的时候、在颠沛流离的时候都应该有仁义同在,但是孔子又看到人人都喜欢发大财,当大官,只有君子才能达到"不以其道得之,不去也"的境界。但是谁能达到君子的仁义境界呢?所以,孟武伯问子路是否仁时孔子说:"不知也。"又问。孔子说:"由也,千乘之国,可使治其赋也,不知其仁也。""求也何如?"孔子说:"求也,千室之邑,百乘之家,可使为之宰也,不知其仁也。""赤也何如?"孔子说:"赤也,束带立于朝,可使与宾客言也,不知其仁也。"(《公冶长》)至于他最喜欢的颜说:"回也,其心三月不违仁,其余则日月至焉而已矣。"②(《雍也》)在孔子看来,他的学生,子路、冉求、公西赤都不能达到仁义的境界,只有颜回能够稍长地不离开仁义,别的人都不过能短暂地达到仁义罢了。甚至他评价他自己也说:"若圣与仁,则吾岂敢?抑为之不厌,诲人不倦,则可谓云尔已矣。"③(《述而》)至于他一直崇奉的尧舜,他也说他们没有达到。所以当子贡问:"如有博施于民而能济众,何如?可谓仁乎?"孔子说:"何事于仁!必也圣乎!尧舜其犹病诸!夫仁者,己欲立而立人,己欲达而达人。能近取譬,可谓仁之方也已。"④(《雍也》)自己能够达到,同时也要使别人能够达到。这种仁义的根本原则和康

---

① 杨伯峻译注:《论语译注》,中华书局 2000 年版,第 36 页。
② 同上书,第 44、57 页。
③ 同上书,第 76 页。
④ 同上书,第 65 页。

德所说的基本一致:"自身的完善和他人的幸福,这是义务最完整的公式。""康德绝对律令的最高标准为,要这样行为,使你意志的规范始终能成为普遍立法的原则。对别人采取你希望他对你采取的态度。"①可见,他们都要求自我的完善与他人的幸福,并不像大多数理论家为了区分中国传统文化的独特性而过分强调二者在关于人类理想原则方面并不存在的差异。理论界把儒家文明,甚至中国传统文明归结为:忧患精神、乐道精神、和合精神、人本精神、笃行精神等等。西方文化中就不存在这些精神吗?苏格拉底对真理的思考、耶稣对善的追求,他们最后的死亡难道不是同样的精神吗?相反,教育的落后、人文精神的普遍丧失、地区的巨大差异又在何种程度上成就了完美的人性呢?其实鲁迅早就批评了这种观点。换一个角度讲,难道只有孔子对仁义的追求才是一种忧患精神、和合精神、人本精神、笃行精神?那样中国文化中对善的定义和对仁义的思考就没有什么普遍性了,孔子对世界文明的贡献就是一种无稽之谈,因为他关于善的原则并不适合于其他文明,所谓的推广中国传统文化也就成为一种不攻自破的荒谬言论。总之,中西文化中伟大的哲人都认为善与仁义是人类的最高理想原则,善的原则应该使自身和他者都应该达到共同的幸福。二者都同样认为,现实的人和理想的仁或者善有着很大的差距,他们都认为善是很难达到的境界,无论是从人是善的本性还是从人是恶的本性的观点出发,结果都是一样。

《荀子·解蔽》说:"天下无二道,圣人无二心。"②西方不仅有

---

① 阿尔森·古留加著,贾译林等译:《康德传》,第162—165页。
② 张觉撰:《荀子译注》,上海古籍出版社1995年版,第447页。

求善的传统,还有为善而善、强调善自身价值的传统。善的意义并不是因为它能带来巨大的物质利益,它是自足的,是自身完满的,是自为的,是自己决定自己,善的原则是人类反思自身,是人类存在的理性原则的内在需要。所以亚里士多德说:"既然在全部行为中都存在某种目的,那么这目的就是所谓的善。""既然目的是多种多样的,在其中有一些我们是为了其他目的而选取它。例如,钱财、长笛,总而言之是工具。很显然并非所有目的都是最后的,只有最高的善才是某种最后的东西。倘若仅只有一个东西是最后的,最完满的,那么,它就是我们所寻求的最后的目的。我们说为其自身来追求的东西比为了他物的东西更为完满。那从来不因为他物而被选取的东西,比时而由于自身,时而由于他物而被选取的东西更为完满。总而言之,只有那由自身而被选取,而永不为他物的目的才是最后的。我们现在主张自足就是无待而有,它使生活变得愉快,不感匮乏。这也就是我们所说的幸福,我们为了它本身而选取它,而永远不是因为其他别的什么。""幸福是终极的和自足的,它是行为的目的。"①在他看来,只有自足的、不依靠他物而存在的事物才有自身特殊的价值和意义,善与幸福都是这样。同样他认为知识的价值乃在于自身:"哲学以其纯洁和经久而具有惊人的快乐。在政治活动之外,所寻求的是权势和荣誉以及自身和公民的幸福。不过这和政治活动是两回事,显然是被当成另外的东西来追求的。如若政治行动和军事行动以辉煌和伟大取胜,而它们是无闲暇的,并不是由于它们自身而选择,而是为了追求某一目的,那么,理智的活动则需要闲暇,它是思辨活动,它在自身之外别

---

① 亚里士多德著,苗力田译:《尼各马科伦理学》,第 10—11 页。

无目的可求,它有着本己的快乐(这种快乐加强了这种活动),它有着人可能有的自足、闲暇、孜孜不倦,还有一些其他的与至福有关的属性,也显然与这种活动有关。如果一个人能终身都这样生活,这就是人所能得到的完满幸福,因为在幸福之中是没有不完全的。如若理智对人来说是神,那么合乎理智的生活相对于人的生活来说就是神的生活。如果人以理智为主宰,那么,理智的生命就是最高的幸福。"①人追求知识并不是为了其他的用途,而是为了免于无知,为了真理与知识。只有为了知识而追求知识的人才能达到真理的顶峰,只有为了自我而存在的人才是自由的人。亚里士多德把事物为自身而存在的理念贯穿于他的整个哲学思想之中。因此黑格尔说亚里士多德的现实性"更确定说就是隐德来希,它自己就是目的和目的的实现。这就是那贯穿在亚里士多德全部思想中的诸范畴,要理解亚里士多德就得认识这些范畴"。② 黑格尔认为亚里士多德的"能力"、"现实性"、"隐德来希"表达了事物为自身而存在的基本理念:"在亚里士多德那里通常成为能力的,也被称为'隐德来希'。这个'隐德来希'其实就是和能力相同的范畴,不过是就其为自由的活动性而言,就其具有目的于自身之中、为自己设定目的、并积极为自己确立目的,——就其为规定、目的的规定、目的的实现而言,就叫'隐德来希'。灵魂本质上就是'隐德来希','逻各斯',——普遍的规定,自己设定自己并自己运动的东西。""亚里士多德把能力称为'隐德来希';它自身有一个目的,而不仅是形式的活动性,在形式的活动性里面,内容是从别

---

① 亚里士多德著,苗力田译:《尼各马科伦理学》,第224—225页。
② 黑格尔著,贺麟、王太庆译:《哲学史演讲录》第二卷,第290页。

的地方来的。"①康德则更加继承了亚里士多德这个事物为自身而存在的基本观念,并且把这种观念彻底地贯穿于自己的整个哲学体系之中,并以辩证的观念使之更为合理。他对真、善、美的基本特性进行了区分,这种区分并非出自对艺术本身的思考,而是出自哲学体系的完备。康德对审美特性的强调往往被理解为各种现代形式主义的理论发源地,这乃是对康德理论的一种曲解。正如古留加所说:"《判断力批判》的主要成果就在于,美不能归结知识也不能归结为道德,又强调指出它与真和善不可分割的联系,是二者的桥梁。"所以康德的著名论断"美是道德上善的象征"是他对自己整个哲学体系的简明论断。② 无论亚里士多德、黑格尔还是康德对真、善、美自身价值的论述都是为了强调它们中的任何一项都不能作为工具,或者是一个手段来使用或者是放弃。人不能因为真理、善、甚至美所能带来物质利益或声望来追求它们,而应该为追求真理而追求真理,为善而追求善,如果真理或善被当作工具,那它就有被当作工具被使用过就放弃的可能,自然也有被篡改、掩盖、扭曲的可能。

中国传统的儒家文化虽然强调善与仁的意义,但他们主要是从善能带来巨大的现实利益来推导出其意义的。如《孟子·梁惠王章句上》一开始就讲:"万取千焉,千取百焉,不为不多矣。苟为后义而先利,不夺不厌。未有仁而遗其亲者,未有义而后其君者也。王亦曰仁义而已矣,何必曰利?"孟子反对梁惠王讲利,认为人是不能讲利的,如果国王讲怎样对自己的国家有利,大夫讲如何对

---

① 黑格尔著,贺麟、王太庆译:《哲学史演讲录》第一卷,第294—295页。
② 阿尔森·古留加著,贾译林等译:《康德传》,第273、192页。

自己的封地有利,普通的民众讲如何对自己有利,那天下就会互相追逐利益,而变得非常危险,大夫就会杀掉君王,不把国君的财富夺完是不会罢休的。但是讲求仁义的人既没有遗弃父母的,也没有怠慢君主的,因此还是应该讲仁义好。孟子讲应该实行仁义主要是从仁义所能带来的现实利益厉害来考虑的,并没有从哲学的、甚至历史的必然性推导出来。至于孟子说:"今夫天下之人牧,未有不嗜杀人者也。如有不嗜杀人者,则天下之民皆引领而望之矣。诚如是也,民归之,由水之就下,沛然谁能禦之?"①也同样是从一种利益的角度来推导出仁义必然实行的原则。既然能从"未有仁而遗其亲者,未有义而后其君者也"的利益原则推导出应该实行仁义,从同一个利益原则同样能推导出,"王曰何以利吾国,大夫曰何以利吾家,士庶人曰何以利我身"。孟子同样是在言利,不过是大利和小利、君主之利与民众之利、眼前之利与长远之利罢了。因此王的问题不是在言利,而是在不知怎样获得更大的利。这就使仁的原则依附于利的原则,而不是使仁的原则完全与利的考虑断绝开来。这与亚里士多德关于善的原则是根本不同的。同样,基督教也完全从善的原则出发来谈论爱的原则,它不仅要强调善的原则与现实利害无关,甚至宣扬善的原则与现实利益处于对立状态。所以当耶稣看到一个年轻的富人不愿意抛弃自己的财富而信仰上帝时便说:"富人进天堂,比骆驼穿过针眼还难。"这种对现实幸福的强烈拒斥,表现了《圣经》,特别是《新约》纯粹以宣扬追求善为人生根本目的的基本原则。《圣经》中说对待穷人要善:"不可在穷人

---

① 杨伯峻译注:《孟子译注》,中华书局2000年版,第13页。

争松的事上屈枉正直。"①"塞耳不听穷人哀求的,他将来呼吁,也不蒙应允。"②"你们怨恨那在城门口责备人的,憎恶那说正直话的,你们践踏贫民,向他们勒索麦子,你们的罪恶何等大。你们苦待义人,收受贿赂,在城门口屈枉穷乏人。"③《圣经》告诉人要追求正义:"不可欺压你的邻舍,也不可抢夺他的物。雇工人的价,不可在你那里过夜留到早晨。不可咒骂聋子,也不可将绊脚石放在瞎子面前。"④"那藉着律例架弄残害、在位上行奸恶的,岂能与你相交吗?你们大家聚集攻击义人,将无辜的人定为死罪。"⑤《圣经》告诫人要有爱心,爱邻人,爱仇人:"若遇见你仇敌的牛或驴子迷了路,总要牵回来交给他。若看见恨你人的驴压卧在重驮之下,不可走开,务要驴主一同抬开重驮。"⑥"不可报仇,也不可埋怨你本国的子民,却要爱人如己。"⑦《新约》更是如此。耶稣在遭受试探被问及律法上的哪一条最重要时说:"你要尽心、尽性、尽意,爱主你的神。这是戒命中的第一,且是最大的。其次也是相仿,就是要爱人如己。这两条戒命是律法合先知一切道理的总纲。"⑧这句话只有一个关键的词,那就是爱。所以《哥林多前书》说:"我若能说万人的方言,并天使的话语,却没有爱,我就成了鸣的锣、响的钹一般。我若有先知讲道之能,也明白各样的奥秘、各样的知识,而且

---

① 《圣经·出埃及记》,23:6。
② 《圣经·箴言》,21:13。
③ 《圣经·阿摩司书》,5:10—12。
④ 《圣经·利未记》,19:13。
⑤ 《圣经·诗篇》,94:20—21。
⑥ 《圣经·出埃及记》,23:4。
⑦ 《圣经·利未记》,19:18。
⑧ 《圣经·马太福音》,22:35—40。

有全备的信，叫我能够移山，却没有爱，我就算不得什么。我若将所有的周济穷人，又舍己身叫人焚烧，却没有爱，仍然与我无益。如今长存的有信，有望，有爱；这三样，其中最大的是爱。"① 总之，《圣经》中主要贯穿了两个，其实就是一个基本原则，那就是"信仰上帝"，"爱邻如己"，"爱邻如己"和"信仰上帝"是一个问题，爱邻如己乃信仰上帝的标志。耶稣在安息日为病人治病，在安息日允许其门徒掐食麦穗，并说"安息日为人而设，人并不为安息日而存在"。他的爱并不是为了什么利益与好处，而是为了爱本身。这种精神与理念在康德的《纯粹实践理性批判》中得到了进一步的发挥与解释，那就是道德就是为了道德本身而不是道德之外的利益、快感或幸福之类。因为，把道德之外的东西作为道德的标准与目的，道德也就会因为道德之外的原因而可能被放弃。这种艺术、道德、真理为自身而存在的精神是贯穿康德哲学美学思想的一个基本原则。当然，我们应该区分基督教与《圣经》和耶稣的行为思想，正如我们应该区分孔子和后来的儒家、释迦牟尼和后来的佛学一样，因为开创者的勇猛气魄和胸怀都是后来者所不能比拟的。特别是要区分基督教会和《圣经》，每次重大的宗教改革都是对《圣经》基本精神的回归，如马丁·路德倡导的宗教改革。其实耶稣对自己宗教观念的宣传一开始就是对《旧约》做出自己的解释，如他对关于洗手、禁食、独身等做出不同于《旧约》的解释。

　　文论的对话与文化的对话是一致的，文论作为文化的一部分隐含了文化的基本原则。中国现当代文论经过近百年的发展，无论在语言、论题还是在价值取向上都和传统的古典文论有着根本

---

① 《圣经·哥林多前书》，13:1—13。

的不同,在某种程度上可以说这种不同甚至超过与西方文论的巨大差异。因此,如何反思传统文论在今日的意义,同如何评价西方文论对中国文论的意义一样是一个一直困惑中国文学理论界的问题,至今也没有得到很好的解决,以至于西方文论、古代文论、现当代文论成为互相孤立的三张皮,现当代文论与西方文论的关系远远超过它与中国传统文论的关系。具体讲,理论界大致认为在中西哲学文化背景的不同下形成了极为不同的中西文论传统。中西哲学传统最为根本的区别就是:主客二分的西方哲学科学传统与天人合一的中国哲学人伦传统的内在差异。这是目前学术界比较一致的看法,由两者所产生的经济、政治、文化背景的不同决定的。西方的哲学传统是在古希腊民主制奴隶社会中产生,并在资本主义工业社会中发展起来的,而中国的哲学传统是在氏族制宗法社会中产生,在封建农业社会中发展起来的。由此决定了中国传统哲学相对于西方传统哲学的根本不同的特点,这些不同的特点又决定了中国传统文论相对于西方传统文论根本不同的特性。注重自然的西方哲学文化观念与注重人伦的中国传统哲学文化观念决定了注重自然的西方文论传统与注重人生的中国文论传统之间的差异。这是中西哲学对文论影响的根本差异,它直接决定了文论其他不同的特点。古希腊哲学家泰勒斯一开始就把他的关注点集中在探讨世界的本原上,认为世界的本原是"水",赫拉克利特认为是"火",阿那克西美尼认为是"气"。亚里士多德则在《形而上学》中认为第一哲学的任务则是"探讨世界的本原与基质"。这种思想几乎支配了直到19世纪2000多年的西方哲学研究。虽然普罗泰戈拉很早就提出人是万物的尺度,苏格拉底、柏拉图等对善、美的观念提出自己的思考,但注重自然的西方哲学传统仍然是其文化的一个重要维度。近代西方自然科学的发展更加促使哲学家把研究自然的成果用来思考人的问题。虽然德国古典哲学以及现代人本主义哲学对此进行过深刻反思,但这股科学主义的潮流仍然十分强大。中国古代哲学则是通过阐述自然来论证人伦,用天道来论证人道。所谓"君臣、父子、兄弟、夫妇"的关系都"与天地同理,与万世同久",所谓"王道之纲,可求于天",孟子"尽心"、"养气"、"所以事天",庄子"心斋"、"坐忘"、"安时而处顺",都是如此。因此,注重自然的西方知识论哲学往往着眼于人的自然属性和个体的人的需求,并以追求现世的幸福为目标。我们在伊壁鸠鲁"快乐就是目的"、文艺复兴时期对禁欲主义的反叛、18世纪唯物主义哲学中都表达了这种观念。中国哲学则把人与自然、人与社会的和谐作为根本,在天道与人道之间要求人道服从天道。孔子"群"与"仁"的思想,荀子人优于牛马就在于"人能群,彼不能群"的思想,使中国的古代文论在强调"诗言志"的同时强调"发乎情止乎礼仪",强调以理性为主,虽然魏晋、明清曾出现不少反对理性、宣扬个性的理论作品,但基本没有改变我国古代文论的这种倾向。注重认识的西方哲学传统与注重实践的中国哲学传统决定了注重模仿的西方文论传统与注重情志的中国文论传统。这是中西哲学在社会功能方面的不同差异。因为西方注重自然,而人与自然的关系主要就是真的关系,因此追求知识和智慧就被提到了哲学的首要地位。正如苏格拉底"德行就是知识"的口号,亚里士多德在《形而上学》中所说的"人们追求智慧就是为了求知,并不是实用"。到了文艺复兴及启蒙时期为了反对神学,情况更是如此。中国哲学则是把"立德、立功、立言"作为人生的最终理想,"内圣外王"、"以天下为己任"就充分显示了中国传统哲学中积极进取身体力行的观念。这就导致了中西文论对文学功能和性质不同的理解。西方受知识论哲学的影响,通常注重文学的模仿功能。文艺复兴时期、启蒙时期、现实主义和自然主义的代表人物都是这样,这样真就成了衡量文学作品的最高原则。与我国传统的人生哲学相一致,"诗言志"强调的是人的情志和行为,属于情感和意志的范畴。所谓"兴观群怨","经夫妇成孝敬,厚人伦,移风俗","劝善惩恶","有益于世道人心"等就是,因此善是它的最高原则。注重知性分析的西方哲学传统与注重直觉感悟的中国哲学传统决定了注重分析的西方文论传统与注重整体的中国文论传统。这是中西哲学在思维模式上对文论影响的根本差异。西方哲学注重科学知识,而认识必须以主客二分为前提。随着近代西方自然科学的发展,哲学不可避免地打上了自然科学特别是数学的印记,很多哲学家本身就是自然科学家。中国哲学则追求天人合一的最高境界,借助于神秘的直觉和体验而不注重科学的分析,从而带有整体性的特点。思维方式对文论的影响是深远的。西方在哲学主客二分的思维模式下,往往用自然科学的方法、分析的方法来研究文学,把文学分解为各种元素来把握。中国文论则注重文学的整体特征。与西方文论形成的一整套概念、范畴、体系相反,中国文论往往陷于人伦哲学之中而缺少自然科学的理论形态。以上就是目前学术界对中西文论不同的根本看法与认识。

至于如何对古代文学批评与文学理论进行现代转换的问题,目前理论界还有很大争议:有人认为现代转换就是拿西方的文论来阐释我国古代的范畴,有人则认为这种方法不仅行不通,做出来也没有多大的价值,因为两者属于完全不同的话语体系;也有人认为应该以现代的观念和方法来研究和清理我国古代文学理论,同时也可以尝试着用中国古代的文论范畴和思想来解释西方古典或现代的文学思想，仅仅局限在古代文论领域或是西方文论任何一个领域中都不会有太大的建树。但是简单地把西方的作家论和中国的"文如其人、知人论世"相提并论，把西方的"崇高"和中国的"大美不言"、西方的"移情说"和中国的"物我两忘"、西方的"对话"理论和中国的"和而不同"互相比附，缺乏对深层文化与价值观念的比较与思考，无论对文论研究还是对文化的研究都不能带来任何创新意义，也不能对反思传统的文化与文论，吸取西方现代文论与文化所隐含的时代精神带来任何意义上的价值参照。因为互相比附的结论只能是不分上下、取长补短这种没有任何意义的老生常谈。但是理论界大都对用西方的理论来研究中国传统文学与文论的做法抱有强烈的警惕，因为这种方法论隐含了西方文学理论的强势霸权，往往把中国文学思想作为一种异质性的他者来进行思考与关照，同样也促使中国传统文论对自我"弱势文化身份"的认可，最终导致"人为刀俎，我为鱼肉"的状况，从而加深中西文化的根本对立，巩固了西方的话语霸权，加强了中国传统弱势文化身份的形象，从而使其更加边缘化。但我们更应该看到，中国传统文论是否作为被解释者并不是它边缘化的原因，而是边缘化的结果，其并不能为传统文论的边缘化承担任何责任，它自身也很难从根本上扭转这种被动的局面。从另一个角度讲，对传统文论的解释如果能够使我们更加清晰地看到、理解到用传统方法所无法把握、理解的精神内涵，洞察其局限和优势，那这种解释无疑正是我们要追求的。我国近现代文学理论的发展，特别是以王国维、梁启超、钱锺书、宗白华、王元化等为代表的理论家的理论与批评实践为我国文学理论的民族化提供了丰富的资源。但文学理论的民族化是一个艰难而漫长的过程，还有很多问题需要作进一步的探索。

（一）如何估价民族文学理论传统的价值与局限。我国传统基于天人合一的人生论哲学思想所具有的重视践履精神、重视人自身修养、重视个人对社会的责任、注重文以载道，最终追求人生、道德与审美密切结合的完美境界等，都是西方传统的知识论哲学所无法企及的，也是今日西方生命哲学、意志哲学、存在哲学所无法比拟的。因为他们都把自己的理论基础建立在个体与社会的对立上。但中国传统人生论哲学并不能达到科学精神与人文精神的统一，常常忽视独立个性与主体精神的建立，从而导致个体对群体的消极依附，即所谓"顺天命"，而不能使人成为自觉承担社会责任和义务的个体。

（二）如何在正确的语境下克服不同层面的错位并展开对话。文学是一个整体，我们可以从不同的视角、不同的层面来展开研究，如社会学的、心理学的、美学的、文化学的、语言学的。但理论界往往把对文学某一结构某一层面的研究来代替对文学整体全面的把握，从而导致对文艺的混乱认识。如把政治上的个人主义、自由主义和文学上艺术家的个性、创造性混为一谈，把生存论、价值论和审美论、艺术论混为一谈等，都对我国的文艺研究产生了不好的影响。因此在中西文论对话中我们必须克服不同层面的错位。

（三）如何在对话中处理好分析与综合的辩证关系。要实现中西文论的对话和融合，不仅在观点上，而且在方法上都要进行相应的改造，把中西文论的传统方法当作从感性具体到理性具体过程中的一个环节来对待。把我国传统注重知觉和感悟来把握文艺整体形象的方法和西方传统偏重知性分析的知识论哲学密切结合在一起，遵循从感性具体经过知性抽象上升为理性具体的普遍规律，使之提升为科学的理论形态，消除那种主客不分的、混朴的、带有鲜明原始思维的性质和特征。

很多理论家都对以上几个方面持有类似的观点。但怎样进行具体而深入的研究却缺乏较为具体的考查。这必须使我国传统的文论进行一番脱胎换骨的改造才能实现,古代文论不可能仅仅通过简单的"转换"就能适应今天的需要。更重要的是我们要把属于审美领域的文学与对真理与善的思考区分开来,因为中西文化的对话中在求真求善的领域应该是一致的,虽然目前离达到一致的境界还有很大的距离,并不存在西方的真理与东方的真理或者西方的善与东方的善的区分。但在美的领域应该而且可能保持自身的民族性,只有在审美的领域才可能说西方的美与中国传统的美,才可能说中国的民族特性。但是我们也不能忽视审美的过渡特性,正如康德所反复强调的,美乃道德的善的象征,审美虽然没有直接的利益关联,但它作为从真到善的过渡与桥梁,对人的行为有着直接的影响,甚至有决定性的影响,人在审美时是处于静观状态,这种静观状态却为以后的行动提供动机、欲望与可能性。也就是说小说、诗歌、戏曲、书法、绘画等各种形式的民族艺术虽然是审美的艺术形式,但它们对人的各种基本观念的形成,如何对待自我、如何对待他人、如何对待自然、如何对待国家等都有直接的影响,这也就是贺拉斯在《诗艺》中所提倡的寓教于乐的本质。艺术不仅要给人以乐趣,还要给人以益处,在给人以快感的同时对生活要有所帮助。[1] 其实苏格拉底和柏拉图关于艺术不仅要带来愉快,同时还必须实用的观点在本质上是一致的。当然孔子的诗乐合一的观点同样表达了这个问题:文学及其各种艺术不仅要成为欣赏的对象,同时要成为人自我反思、自我教育、人格形成的必要手段。因此我们在坚持文学艺术的民族化的同时还应该反思这种民族化给我们的精神带来了什么有意义的影响。

---

[1] 贺拉斯著,杨周翰译:《诗艺》,人民文学出版社1997年版,第155页。

第二章 道法自然与天人合一的现代意义

一、道法自然与天人合一的基本表现形态

道法自然与天人合一是中国传统哲学的基本思想,对中国传统文化产生了深远的影响,至今仍然是如何评价传统哲学与文化所不可回避的问题。其对中国传统文化的影响具体表现在各个层面,特别是《老子》中表现最为明显。老子的"德"就是从"道"中推演出来的,如《老子》第二十一章所谓"孔德之容,惟道是从",形而上的道推演到人生的层面就是德,老子常用的句法就是:一开始讲自然之道,接着用"是以"讲人之道,从自然之道过渡到人之道。老子的道为万物根源,所以超越于道德之上,《老子》第六十二章说:"道者万物之奥,善者之宝,不善者之所保",善人和不善人都要依靠道,美好的言辞、忠厚的行为、贵重的礼品都不如"道"更有意义,有求的可以得到,有罪的可以免除,善人和不善人都要保有它,因此超越于道德之上。其他著作也如此。《易经》中的阴阳关系是直接从观察宇宙万物矛盾中得出的,天地、男女、昼夜、阴阳、强弱、冷热、上下、君臣、胜负等都是体现着普遍的相互对立、相互依存的关系。《礼记》中道法自然与天人合一的思想更是比比皆是,《礼记》

认为礼的根源在于"凡礼之大体,体天地,法四时,则阴阳,顺人情,故谓之礼"①,《易经》中所谓:"知崇礼卑,崇效天,卑法地。"②礼的基本原则来自宇宙天地的运行,并体现了人的内在需要,至于具体的规定也同样体现了这种基本原则:《周礼·大宗伯》"以禽作六挚,以等诸臣。孤执皮帛,卿执羔,大夫执雁,士执雉,庶人执鹜,工商执鸡。"郑玄解释为:"羔,取其群而不失其类。雁,取其候时而行。雉,取其守令而死,不失其节",卿、大夫、士之所以用羔、雁、雉为礼物,就在于这些礼物所隐含的文化意义。至于《礼记·丧服四制》讲"天无二日,土无二王,国无二君,家无二尊,以一治之也。故父在为母齐衰期者,见无二尊也",孔子也在《礼记·曾子问》中说:"天无二日,土无二王,尝、禘、郊、社、尊无二上",孔子从天上没有两个太阳得出人间没有两个君主、家庭没有两个主人是根据同样的道理。孔子论天的基本含义一般有三种,一是自然之天,一是主宰或命运之天,一是义理之天。③ 孟子论天与孔子基本相同。④ 但有人把《孟子·万章章句上》中的"天不言,以行与事示之而已矣"解释为"天就是民意",把《孟子·离娄章句上》中的"顺天者存,逆天者亡"解释为现代意义上的民主思想并不是很妥当。

具体讲,道法自然与天人合一的思想表现为以下几个方面:首先是指自然万物能直接引起人的情感、欲望、行为或者道德上的具体行为。如《礼记·乐记》中所说:"人心之动,物使之然也。感于物而动,故形于声。"⑤人内心情感的涌动都是外界引发的结果。"诗言其志也,歌咏其声也,舞动其容也,三者本于心,然后乐器从

---

① 杨天宇撰:《礼记译注》,上海古籍出版社2004年版,第854页。
② 黄寿祺、张善文撰:《周易译注》,上海古籍出版社2004年版,第507页。
③ 杨伯峻译注:《论语译注·试论孔子》,第10页。
④ 杨伯峻译注:《孟子译注·导言》,第10页。
⑤ 杨天宇撰:《礼记译注》,第467页。

之。""唯乐不可以为伪。""奋疾而不拔,极幽而不隐。独乐其志,不厌其道,备举其道,不私其欲。是故情见而义立,乐终而德尊,君子以好善,小人以听过。故曰'生民之道,乐为大焉。'"在《乐记》看来,无论是诗、音乐还是舞蹈都直接表达了人的内心情感世界,乐器只是跟着配合演奏,由于直接来自内心的感受,所以音乐是不可以虚伪的。道法自然另一个表现就是通过类似或者联想的方式来启发人获得道德行为的方式,和自然有着相似内在结构、整体风格甚至是外在类似的情状都往往成为道法自然的基本根据,语言上的基本结构往往是"像什么一样",如亚里士多德所谓隐语:"老年人之于生命如黄昏之于白日,可称黄昏为白日的老年,老年称为生命的黄昏。"[1]不是两种事物之间的相同或相似,而是二者关系的相似。《诗经》中起兴手法的运用就是根据这个原则,通过事物本身的内在相似性来暗示行为的基本原则与方法。《诗经·伐木》中的比兴手法:"嘤其鸣矣,求其友声。相彼鸟矣,犹求友声;矧伊人矣,不求友生?神之听之,终和且平。"[2]用鸟与鸟的相求来比人和人的相友:鸟儿之所以嘤嘤叫,就是要寻找朋友,比鸟儿更懂情谊的人难道不找朋友吗?神会听到人的友爱并保他们平安和好。人从鸟的叫声中体会到人也要朋友的帮助与关照,但没有鸟的叫声,人仍然需要建立友谊,人的友谊与鸟的求友声只是内在结构的相似,并不具有因果上的必然联系。《诗经·小弁》用"雉之朝雊,尚求其雌"来引出"譬彼坏木,疾用无枝"。《诗经·大东》中说:"维南有箕,不可以簸扬。维北有斗,不可以挹酒浆。"天的南边有簸箕

---

[1] 亚里士多德著,罗念生译:《诗学》,人民文学出版社1997年版,第74页。
[2] 余冠英注译:《诗经选》,人民文学出版社2002年版,第148页。

星,但不能拿来簸谷糠,天的北边有斗星,但是不能拿来舀酒喝,何止天上的星星,人间也是这样!不合理的事情无处不在:有人吃得酒足饭饱,穿着鲜亮轻暖的熊皮,佩戴着珠玉,坐着官车在周朝如砥的大路上奔驰,可有人在寒霜中穿着粗葛布的鞋子挨冻受饿,涕泪涟涟!《诗经·江有汜》里弃妇就用长江有支流来原谅丈夫的另有新欢,并希望将来丈夫后悔,能回心转意:"江有汜,之子归,不我以。不我以,其后也悔。"新人嫁来,自然不再需要旧人,现在不要旧人,但是将来会后悔的,表现了一夫多妻制度下女性的悲哀与无奈。《椒聊》则用椒的多子来取多子吉祥的意义:"椒聊之实,蕃衍盈升。彼其之子,硕大无朋。"花椒的果实挂满了枝,装满了一升又一升,那位妇女的子孙多,身材高大无双正如花椒的果实一样。《老子》中反复强调人要向婴儿学习,论述婴儿对人生修行的重要作用,其根本原因就是婴儿的清静无为、外在与内在的完美统一状态对人的一种启迪作用。《老子》对婴儿的论述很多,如:"知其雄,守其雌,为天下溪。为天下溪,常德不离,复归于婴儿"。(二十八章)"载营魄抱一,能无离乎?专气致柔,能如婴儿乎?涤除玄鉴,能无疵乎?爱民治国,能无为乎?"(十章)"众人熙熙,如享太牢,如登春台。我独泊兮,其未兆;沌沌兮,如婴儿之未孩;儡儡兮,若无所归。"(二十章)"圣人在天下,歙歙焉,为天下浑其心,百姓皆注其耳目,圣人皆孩之。"(四十九章)"含德之厚,比于赤子。毒虫不螫。猛兽不据,攫鸟不搏。骨弱筋柔而握固。未知牝牡之合而朘作,精之至也。终日号而不哑,和之至也。"(五十五章)婴儿虽然没有成年人的智慧,也同样没有智慧对道德的善所产生的负面作用,而有成年人所没有的美和道德的完善,从美与善的角度讲,婴儿是成年人的老师。这也就是耶稣所讲的,如果不如儿童那样,人就不能进入天堂的原因,都是指儿童所特有的善而言。当然,童年的纯朴是没有经历困苦洗礼的纯朴,和经过人生磨难后形成的纯朴相比在某种程度上仍有局限性,但正因如此,成年人才更难达到儿童所特有的纯朴。老子对儿童美好的描述并不意味着老子提供了到达儿童境界的必然逻辑。陈鼓应在论述老子中的类比法时说:"我们要谈谈老子哲学上的缺点:首先,我们很容易发现老子常使用类比法(Analogy)去支持他的观点。例如,他从柔弱的水可以冲击任何坚强的东西,因而推论出柔弱胜刚强的结论来。这种类比法的使用,虽然有相当的说服性和提示性,但是并没有充分的证据力。因为你可以用同样的形式列举不同的前提而推出相反的结果来。你可以说,坚强的铁锤可以击碎任何柔脆的东西,因而推论出刚强胜过柔弱的结果来。这里仅就老子所使用的类比手法加以批评。当然我们了解老子的用意,只求在经验世界中找寻说明他的道理的论据,这些论据虽然无法保证他的结论之必然性,然而并无妨碍于他的道理之能在经验世界中得到运用。"[①]中国传统文化中"和"思想的起源与理论依据也是道法自然的思想。《左传·昭公二十年》晏子对齐景公批评梁丘据的话"和如羹焉。君臣亦然",与《国语·郑语》十六卷史伯回答桓公的话"夫和实生物,同则不继",都是从自然事物的调和中得出人伦之道,也就是《论语·卫灵公》中所谓"君子矜而不争,群而不党",礼之用和为贵的意思。这也就是《易经》中"天人感应"的基本含义,宇宙万物不仅直接感应作用于人,而且还启发人以规律、道理与原则,给人以可为与不可为的启迪。《易经·乾卦》的根本原则"天行健;君子以自强不息",《尚书·大

---

① 陈鼓应:《老子注译及评介》,中华书局2001年版,第46页。

禹谟》中"满招损,谦受益,时乃天道"等,就是从观察宇宙万物的运行中直接得出的。《易经·坤卦》"君子以厚德载物"。《大畜卦》"大畜,刚健笃实,辉光日新其德;刚上而尚贤,能止健,大正也"。《晋卦》"明出土上,晋;君子以自昭明德"。《益卦》"风雷,益;君子以见善则迁,有过则改"。《升卦》"地中升木,升;君子以顺德,积小以高大"。《井卦》"木上有水,井;君子以劳民劝相","井泥不食,旧井无禽","养物不穷,莫过乎井"。《革卦》"泽中有火,革;君子以治历明时"。《震卦》"洊雷,震;君子以恐惧修省"。《艮卦》"兼山,艮;君子以思不出其位",直至《归妹卦》"归妹,天地之大义也。天地不交,而万物不兴;归妹,人之终始也",等等,都是这种道法自然天人合一观念的具体体现。

　　《礼记》同样以道法自然作为自己的根本原则,来直接得出关于人的礼的各种结论。《礼记·礼运》中引用《诗经》"相鼠有体,人而无礼;人而无礼,胡不遄死"来说明礼的重要性,从而得出"是故夫礼,必本于天,殽于地,列于鬼神,达于丧、祭、射、御、冠、昏、朝、聘。故圣人以礼示之,故天下国家可得而正也"[①]。在《礼记》看来,礼的基本原则来自天地,达于鬼神及人生的各个角落,"礼也者,合于天时,设于地财,顺于鬼神,合于人心,理万物者也"(《礼器》),"地载万物,天垂象,取财于地,取法于天,是以尊天而亲地也"(《郊特性》),就是因为这种取法天地,贯穿自然万物的礼的存在,所以儒者必须要"澡身而浴德。慎静而尚宽,强毅以与人,博学以知服"(《儒行》),加强自我的修养,保持宁静的心态,崇尚宽容的道德,通过刻苦的努力来实现人生的理想。《礼记》从这种贯穿宇宙万物的礼中得出了君民一体的观念:"民以君为心,君以民为

[①] 杨天宇撰:《礼记译注》,第267页。

体。君好之,民必欲之。君以民存,亦以民亡。生则不可夺志,死则不可夺名。"①但关于君民的等级秩序更是其中的基本原则,所谓"下之事上也,不从其所令,从其所行。上好是物,下必有甚者矣。上之所好恶,不可不慎也,是民之表也。""一人有庆,万民兆之。""上好仁,则下之为仁争先人"(《缁衣》),也就是孔子所说的"唯天子受命于天,士受命于君。故君命顺则臣有顺命,君命逆则臣有逆命"②,这样道法自然的原则就在社会伦理中得到了彻底的贯彻。天子受命于天,士听命于天子,在某种程度上也可以说是法天子,所谓上行下效。道法自然中下级效法上级的等级秩序也就自然建立了。在某种程度上父母关系也是对自然关系的一种效法,特别是用父母关系来指称臣民关系时,"凯弟君子,民之父母。使民有父之尊,有母之亲,如此,而后可以为民父母矣。母亲而不尊,父尊而不亲。水之于民也,亲而不尊,火尊而不亲;土之于民也,亲而不尊,天尊而不亲;命之于民也,亲而不尊,鬼尊而不亲"③。人类的父母关系不仅仅来自天然的父母关系,更重要的要取法天地之间的尊亲关系,取法天与地、火与水的关系。所以《尔雅·释言》说"履,礼也",《荀子·大略》"礼者,人之所履也",礼的根本目的就在于"辨上下,定尊卑,定民志"。所以《易经》中讲"干父之蛊,小有悔,无大咎"。犯难而上,"君子以思不出其位","天尊地卑,乾坤定矣。卑高以陈,贵贱位矣"④。与宇宙万物的秩序保持在结构上的一致,性别间的等级秩序也同样是法自然的,它取法

---

① 杨天宇撰:《礼记译注》,第741页。
② 同上书,第729页。
③ 同上书,第723页。
④ 黄寿祺、张善文撰:《周易译注》,第150、403、493页。

于天地之间的乾坤阴阳关系,所谓"子曰:'乾、坤,其《易》之门邪?'乾,阳物也;坤,阴物也。阴阳合德而刚柔有体,以体天地之撰,以通神明之德"①。阴阳之德是天地神明的原则,阴阳是自然与人类万物中一切对立与矛盾关系的总结:天地、昼夜、男女、上下、冷热、君臣、夫妻、父子、利弊等,也就是《系辞上传》所说的"一阴一阳谓之道",《庄子·天下》中"《易》以道阴阳",朱熹《朱子语类·读易纲领》中所说的"天地之间无往而非阴阳;一动一静,一语一默皆是阴阳之理"。阴阳的存在不仅是天地万物的存在方式,还是天地变化的根本原因,所以《礼记·郊特性》"天地合,而后万物生焉;夫昏礼,万世之始也"。男婚女嫁为人类繁衍之必需,其中尊重自然中的性别差异原则的思想应该说是有道理的。但女子出嫁以后必须以柔顺为本,严守正道,成内助之功,否则即成凶兆,即《易经》中所说的"天地恒长不易之道",就不一定是自然本身的原则,而是人类自身现实原则的反映了。我们从《礼记》中关于玉的论述中同样准确地看到这种道法自然的根本理念。对美玉的欣赏乃是中国传统文化中一个有着典型民族个性的问题,我们可以从古人对待玉的基本态度看出:"君无故玉不去身。大夫无故不彻县。士无故不彻琴瑟。"②而且君子身上所佩美玉都有一个基本的原则,那就是"古之君子必佩玉,右徵、角,左宫、羽,趋以《采齐》,行以《肆夏》,周还中规,折旋中矩,进则揖之,退则扬之,然后玉锵鸣也",君子无故玉不去身的根本原因就是"君子于玉,比德焉"③。人们从君子所佩美玉看出君子的人格理想和根本的人生理念,可以从孔子与子贡的对话中清楚地看出这一点。子贡问孔子:"敢问君子贵玉而贱碈

---

① 黄寿祺、张善文撰:《周易译注》,第 548 页。
② 杨天宇撰:《礼记译注》,第 41 页。
③ 同上书,第 378—379 页。

者,何也? 为玉之寡而碈之多与?"孔子回答说:"非为碈之多故贱之也,玉之寡故贵之也。夫昔者,君子比德于玉焉:温润而泽,仁也;缜密以栗,知也;廉而不刿,义也;垂之如队,礼也;叩之其声清越以长,其终诎然,乐也;瑕不掩瑜,瑜不掩瑕,忠也;孚尹旁达,信也;气如白虹,天也;精神见于山川,地也;圭璋特达,德也;天下莫不贵者,道也。《诗》云'言念君子,温其如玉'。故君子贵之也。"①在孔子看来,玉的被看重并不因为玉的稀少,而是因为它的象征意义:玉的一切特点正如君子的德性,温润如仁义,缜密有文如智慧,像义一样有棱角但不会伤人,下坠如谦卑有礼,声音悠扬如乐,瑕不掩瑜如忠,色彩不隐如诚等都是君子品道的象征,因此君子应该随身佩戴以加强自我的修养。当然玉的象征意义是非常美好的,但这并不意味着玉就直接具有这种意义,而不需要人的精神依托。正如《尚书》中所说"侯以明之",侯的本义为射的,人在作射礼时不但要身体直,还要内心正,只有这样才能中的,所以古人用射侯之礼来教育人。② 但这并不意味着射礼与道德之间的必然联系。射礼与美玉一样乃是一种物与人之间的审美关系,道法自然的很多启示都是指自然作为一种审美中介来影响人。所以《礼记》中讲:"君无故不杀牛,大夫无故不杀羊,士兵无故不杀犬豕。君子远庖厨,凡有血气之类,弗身践也。"③君子远庖厨乃是因为血气会为君子的道德修行带来不好的影响,并不是因为庖厨本身的道德问题。正如《易经》中所说"风行水上"的自然美一样,苏洵讲文章

---

① 杨天宇撰:《礼记译注》,第 852 页。
② 李民、王建撰:《尚书译注》,上海古籍出版社 2004 年版,第 43、47 页。
③ 杨天宇撰:《礼记译注》,第 363 页。

如"风行水上"为"天下之至文",因为"天下之无营而文生者,唯水与风而已",这并不意味着水乃是文章,是指水的流动对写文章的启发,是为了说明"自然成文,自然之妙境","饰终反素"就是这个道理。

这种"比德"说对中国传统文化与审美的民族特性产生了深远的影响,如莲花的出淤泥而不染,菊花的孤枝傲霜,竹子的中空外直,松柏岁寒之后凋,蜡梅的凛冽幽香,都是从比德的原则而来。石涛《画语录·资任章》中也有一段关于道法自然的著名论述,他是从两个方面来说的,首先他说大山:"且天之任于山无穷:山之得体也以位;山之荐灵也以神;山之变幻也以化;山之蒙养也以仁;山之纵横也以动;山之潜伏也以静;山之拱揖也以礼;山之纡徐也以和;山之环聚也以谨;山之虚灵也以智;山之纯秀也以文;山之蹲跳也以武;山之峻厉也以险;山之逼汉也以高;山之浑厚也以洪;山之浅近也以小。"接着他说水:"夫水:汪洋广泽也以德;卑下循礼也以义;潮汐不息也以道;决行激跃也以勇;瀁洄平一也以法;盈远通达也以察;沁泓鲜洁也以善;折旋朝东也以志。"石涛通过对山的观察与体验感悟到了山对人的启迪:山的外在形貌在令人赏心悦目给人以无限的美感的同时,它的神秘性也启发了人,它的变化无穷启迪了人应该顺应自然,而不是和自然的规律背道而驰,山的包蕴万物启迪人以仁德来包容一切,山脉的伏卧沉稳动静结合,山的拱揖礼貌、舒缓中庸、紧凑严谨、虚幻缥缈、清纯秀媚、威武豪迈、惊险严厉、高不可攀、深沉洪大、小巧近人等都给了人以无限启迪与联想。水也是一样:水的普降甘霖启迪人也应该像水那样为人类带来福音;水的卑下谦让启迪人应该尊敬他人;水的潮汐永不停止启迪人不能超越自然与社会;水的激流奔腾启迪人应该以自强不息;水的回旋缓和启迪人应该顺时而变,不能固陋偏执;水的充盈致远启迪人要兼收并蓄;水的净洁鲜活启迪人要洁身自好;水在曲折中永远朝东启迪人要勇于追求自己的理想,百折不回。山水的外在形态与变化给人以道德方面的无限启迪,当然这种启迪自然要通过人自身的道德觉悟为前提,并不是人人都可以达到这种认识境界的。但是这种比德说的局限也是非常明显的,首先是自然自身的无限性,自然能给人以仁义的启发,同样能给人以恶的启发,自然的凶险比比皆是:悬崖峭壁、深沟大海、沙漠戈壁、狂风暴雨,甚至弱肉强食等。然而更为根本的就是,即使自然不能给人以善的启迪,难道人不需要善了吗?不是,人有自身独特的规则来塑造自身,当然这个规则有些与自然相通之处,但并不意味着人的规则与自然的规则是完全统一的。所以陈鼓应说:"老子一再地强调人顺应自然,然而如此纯任自然的结果,一切事物的发展是否能达到预期的效果,这很值得怀疑的。此外,道家思想都肯定了人和自然事物的一体情状,然而人和自然事物在本质上究竟是否同一?这显然是有问题的。事实上,人是有意志、有理性、有情感的。意志的表现、理性的作用、感情的流露,都使得人之所以为人,和自然事物在本质上有很大的差别。"[①]正如萨特所说的自然是必然,是自然而然,是不自由,而人是自由,人是为自己行为负责任,可以自己决定自己命运的独立个体,不然他就没有为自己行为承担责任的必要与可能了。

  道法自然还有尊重自然本身、顺应自然规则、热爱自然的内容。人乃是自然的一部分,人的存在也必须依附于自然,按照自然的原则来行为,而不是与自然潮流背道而驰。这在庄子的思想中

---

① 陈鼓应:《老子注译及评介》,第47页。

表现最为集中,但这并不意味着是庄子独自的发明。孔子也主张顺应自然。《论语·公冶长》中孔子说:"臧文仲居蔡,山节藻棁,何如其知也。"①孔子反对臧文仲为鸟盖大房子,特别是上面还雕刻像山一样的斗拱,梁柱上还画着藻草。这种违反自然本性的做法,孔子认为是愚蠢的。但与庄子不同,孔子并不认为一切要纯认自然。《论语·雍也》孔子说:"质胜文则野,文胜质则史。文质彬彬,然后君子。"文采也是一样,所谓"言之无文,行而不远"。文采也要道法自然,《文心雕龙·原道》一开始就讲:"文之为德也大矣",文采作为自然万物的基本特点,它的表现是非常广泛的,其中"辞之所以能鼓天下者","乃道之文也",刘勰从自然的"道"之文,推演到人的"文",再到文章的"文采",都是用的"道法自然"原则,其实文采的道法自然更多的是人自身取法自然的结果。至于爱护自然的理念,《易经·比卦》"王用三驱,失前禽"表现最为明显,所以《史记·殷本纪》记载:"汤出,见野张网四面,祝曰:'自天下四方皆入吾网。'汤曰:'嘻,尽之矣!'乃去其三面,祝曰:'欲左,左;欲右,右。不用命,乃入吾网。'诸侯闻之,曰:'汤德至也,及禽兽。'"汤这种"用三驱,失前禽"顺应自然而无私的态度表明了他对人也同样具有仁义的道德行为。我们在《礼记》中能够常常看到对自然的爱护的表述:"天子不合围,诸侯不掩群。""草木零落然后入山林。昆虫未蛰,不以火田。不麛,不卵,不杀胎,不殀夭,不覆巢。"(《王制》)"命祀山林川泽,牺牲毋用牝。禁止伐木,毋覆巢,毋杀孩虫、胎、夭、飞鸟,毋麛,毋卵,毋聚大众,毋置城郭,掩骼埋胔。"(《月令》)天子打猎不采取合围的方法,不杀成群的野兽,树木落叶才进山林砍

---

① 杨伯峻译注:《论语译注》,第48页。

伐木材,昆虫没有冬眠前不可放火烧山。不杀幼兽,不取鸟卵,不捣坏鸟巢,不杀怀孕的母兽,要掩埋腐尸。古人对自然的这种态度不仅来自对自然的热爱与利用,还来自对自然的一种尊重,尊重自然本身的规则而不越俎代庖。对人的死亡也是如此,《庄子》对人的死亡淡然处之,特别是《庄子·大宗师》中的"临尸而歌,以生为伏赘悬疣,以死为决疣溃痈"更是如此。《庄子·至乐》中"庄子妻死,鼓盆而歌","庄子援骷髅枕而卧"的描写,非常鲜明地表现了庄子对待人生的积极态度,顺应自然,而不是和自然背道而驰①。《礼记》中国子高说:"葬也者,藏也。藏也者,欲人之弗得见也。是故衣足以饰身,棺周于衣,椁周于棺,土周于椁。反壤树之哉!"②在国子高看来,葬的本义就是藏,就是不让人看见的意思,所以衣服足以盖住身体,棺材足以盖住衣服,土足以盖住棺材就行了,反对厚葬,甚至是陪葬的风气。《礼记》中对自然特点的尊重集中表现在《礼记·月令》中对时令的论述上:每个月都有不同的特点,不可违时。《月令》首先描写了孟春之月的特点"日在营室,昏参中,旦尾中。天子居青阳左个",接着指出如果孟春行夏令就会出现自然的反常现象,"则雨水不时,草木早落,国时有恐";行秋令就会"则民大疫,猋风暴雨总至,藜莠蓬蒿并兴";行冬令就会"则水潦为败,雪霜大挚,首种不入"。接着又描写了仲春行秋令会出现的情况"则其国大水,寒气总至,寇戎来征";行冬令的情况"则阳气不胜,麦乃不熟,民多相掠";行夏令的情况"则国乃大旱,暖气早来,虫螟为害";季春行冬令的情况"则寒气时发,草木皆肃,国有大

---

① 陈鼓应注译:《庄子今注今译》,中华书局1983年版,第193、450、454页。
② 杨天宇撰:《礼记译注》,第92页。

恐";季冬行秋令的情况"则白露蚤降,介虫为妖,四鄙入保",等等;把一年中不同节气的特点及其反常现象做出了极为详尽的描写。①《礼记·内则》"凡和,春多酸,夏多苦,秋多辛,冬多咸,调以滑甘"在某种程度上是对自然的尊重。《王制》"凡民居材,必因天地寒暖躁湿,广谷大川异制。民生其间者异俗:刚、柔、轻、重、迟、速异齐,五味异和,器械异制,衣服异宜。修其教不易其俗,齐其政不异其宜";"中国、戎夷五方之民,皆有性也,不可推移";"中国、夷、蛮、戎、狄,皆有安居,和味,宜服,利用,备器",同样是对自然形成的人的特点的尊重,但《月令》中有许多把自然现象与人的行为甚至是政令混为一谈的地方,这种完全的天人感应观念的直接结果就是把天人关系混在一起,从而产生了很多非理性的,甚至是非人道的结果。如关于仲春之月的描述中"雷将发声,有不戒其容止者,生子不备,必有凶灾",也就是说雷声大发,有不慎修容貌举止的,生下小孩会有残疾。

这样在道法自然的观念中就自然产生很多非理性的、非科学的观念,甚至是胡乱联系。我们在《诗经·正月》中就可看到通过描写反常的自然现象、自然界的各种灾异来表达诗人忧伤的做法。诗的开始说:"正月繁霜,我心忧伤。"《毛传》:"正月,夏之四月",是孟夏时节,在孟夏时节多霜冻,乃是一种反常的自然现象。天人合一的观念认为天与人是一体的,天的反常必然带来人与社会的反常,天的灾祸必然带来人的不幸。因此诗人把自然反常与自身现实的忧伤互相印证,来表达对生逢乱世的无奈,对小人得势的憎恨,对自己孤独无依的哀伤。《十月之交》就通过对日食的描写,来表现作者对周幽王荒淫无道,以致灾异频生的哀叹:"十月之交,朔

---

① 杨天宇撰:《礼记译注》,第172—219页。

日辛卯。日有食之,亦孔之丑。彼月而微,此日而微。今此下民,亦孔之哀。"十月初一的早晨,太阳出现了日食,真是不祥的征兆。不久前出现了月食,现在又出现日食。今天的老百姓恐怕要遭殃了!当然历史学家可以从中得出中国最早关于日食的记载,但诗人的用意并不在此。他是想表达这样的想法:"日月告凶,不用其行。四国无政,不用其良。彼月而食,则维其常。此日而食,于何不臧!"日食、月食都是上天在告知凶兆:到处都充满了邪恶,违反伦理纲常,良人贤才得不到重用,上次的月食还算正常,这次的日食可就没有办法了!作者是把自然的灾异和政治的状况联系一起来看待月食和日食的,人的灾难、统治者的荒淫无耻会带来自然的灾异与反常。其实作者是清楚的,人的灾难来自人自身,与自然并没有根本的因果关系:"下民之孽,匪降自天。噂沓背憎,职竟由人。"老百姓的灾难不是从天上降下来的,而是由那些表面和好、背后互相憎恨的小人造成的。如《雨无正》中所说的:"旻天疾威,弗虑弗图。舍彼有罪,既伏其辜。若此无罪,沦胥以铺。"老天暴虐,没有任何原则,有罪的坏人得不到惩罚,可无罪之人却遭殃受苦。"如何昊天!辟言不信。如彼行迈,则靡所臻",上天不听良言,像这样走下去,不知道要成什么样子!以至于"谋臧不从,不臧复用","战战兢兢,如临深渊,如履薄冰"(《小旻》),好坏不分,人人自危,生不如死,这恐怕是统治者所造成的,早晚会在自然的现象里表现出来。但《文王》中讲"上天之载,无声无臭",上天的意志无声无臭,无法看透,只有自己的行为才是决定自己命运的根本原因。"无念尔祖,聿修厥德。永言配命,自求多福。殷之未丧师,克配上帝。宜鉴于殷,骏命不易。"只有修炼自己的德行,才能自己得到福气。殷灭亡之前,是和上帝的意愿一致的,现在它灭亡了,应该以它为鉴啊！只有这样才能"不识不知，顺帝之则"(《皇矣》)，在不知不觉中顺应了上天的要求。《板》中也针对厉王的罪行说："敬天之怒，无敢戏豫。敬天之渝，无敢驰驱。昊天曰明，及尔出王。昊天曰旦，及尔游衍。"老天的眼睛和心里是明亮的，老天的怒气和变化是可畏的，老天和王一样伟大可敬，不然只好自作自受了。《诗经》中这种通过描写反常的自然现象来反衬作者对社会人生看法的艺术手法是可以的，但如果把对自然反常现象的确认当作一种关于自然与人类社会的真理，那就是道法自然所产生的另一种不可预料的后果了。《尚书》中记载："(周公死)秋，大熟，未获，天大雷电以风，禾尽偃，大木斯拔，邦人大恐。王与大夫尽弁，以启金縢之书，乃得周公所自以为功代武王之说。""王出郊，天乃雨，反风，禾则尽起。二公命邦人，凡大木所偃，尽起而筑之，岁则大熟。"①《尚书·金縢》的这段描写通过刻画自然现象的怪异来阐明周公从被误解到澄清的过程，把人的道德品质与自然现象的各种表现互为一体的观念乃是天人合一的另一个重要结论。我们在《礼记》中看到，当大旱的时候，穆公找来县子，问他原因，说："天久不雨，吾欲暴尪而奚若？"县子回答说："天久不雨，而暴人之疾子，虐，毋乃不可与。"穆公又说："然则吾欲暴巫而奚若？"回答说："天则不雨，而望之愚妇人，于以求之，毋乃已疏乎？"穆公说："徙市则奚若？"县子这次回答说："天子崩，巷市七日；诸侯薨，巷市三日。为之徙市，不亦可乎？"②穆公因为天不下雨，就根据天人合一的原则，想出了很多办法，暴晒尪病的人，因为尪病之人是仰面朝天的病，暴晒巫者，

---

① 李民、王建撰：《尚书译注》，第240页。
② 杨天宇撰：《礼记译注》，第139页。

因为她们能通鬼神,这些都被县子所否定了。因为在县子看来,暴晒这些人与消除天旱没有必然的联系,最后只好采取为天旱而罢市的办法。当然我们可以在《礼记》中看到很多这种天人合一、天人感应的胡乱联系。如"正色,五方之纯色,即东方青色,南方赤色,西方白色,北方黑色,中方黄色","东方者春,春之为言蠢也,产万物者圣也。南方者夏,夏之为言假也,养之、长之、假之,仁也。西方者秋,秋之为言愁也,愁之以时察,守义者也。北方者冬,冬之为言中也,中者藏也。是以天子之立也,左圣,乡仁,右义,偝藏也"。① 如果说把天的四方与四种颜色、一年四季与人的各种感受互相联系在一起还有些客观依据的话,把君、臣、民、事、物和音乐中的五声相连,如"宫为君,商为臣,角为民,徵为事,羽为物,五者不乱,则无怗懘之音矣"②,就是从人类社会的现实反过来推导自然与人类社会的联系了。如把衣服做得"袂圜以应规。曲袷如矩以应方。负绳及踝以应直。下齐如权、衡以应平。故规者,行举手以为容。负绳抱方者,以直其政,方其义也","下齐如权、衡者,以安志而平心也。五法已施,故圣人服之。故规、矩取其无私,绳取其直,权、衡取其平,故先王贵之。"衣服符合圆规规矩,象征公平正义,这样正如佩戴玉器对戴者有一定的警示作用一样,衣服的设计也隐含了设计者的良苦用心,但这也仅仅是一种审美作用,与现实中人的道德水准没有任何的必然联系。所以孔子说:"丘闻之也,君子之学也博,其服也乡,丘不知儒服。"③孔子认为儒者、君子的本质特征不在于穿什么衣服,而在于他的博学与德性。在《春秋繁

---

① 杨天宇撰:《礼记译注》,第 370、831 页。
② 同上书,第 469 页。
③ 同上书,第 782、791 页。

露·审察名号》中明确提出"天人之际合而为一"的董仲舒在《春秋繁露·天副人数》中提出"天人相类",认为天有12个月,人有12个大骨头乃是其重要表现,我们在《礼记》也能看到相同的理念,"制有十二幅,以应十有二月"(《深衣》),衣服用十二幅布,与一年的十二个月相应。至于《礼记·表记》中提到"外事用刚日,内事用柔日",外事在单日,内事在双日举行等都是如《易经·系辞上传》中所说的"《易》与天地准,故能弥纶天地之道。仰以观于天文,俯以察于地理,是故知幽明之故"的缘故。人文科学的基本原则很多都来自对自然万物的观察与体验,都是取法自然的结果,但并不是全部人文科学都建立在取法自然、观察自然、明白自然道理的基础上,而是建立在对人类社会自身、对人自身反思的基础上,正如《周易·系辞上传》中所说的"仁者见之谓之仁,知者见之谓之知,百姓日用而不知,故君子之道鲜矣",那是应该反思的。因为对道的基本原则的确定与取舍最终还是取决于对道的反思,无论这个原则是来自对自然的观察,还是来自对人自我的反思。因此对道法自然的反思也就是必然的了。

荀子很早就对道法自然的基本原则进行了反思。荀子反对天人合一的说法,他在《天论》中就提出:"天行有常,不为尧存,不为桀亡。应之以治则吉,应之以乱则凶。强本而节用,则天不能贫;养备而动时,则天不能病;循道而不贰,则天不能祸。故水旱不能使之饥,寒暑不能使之疾,妖怪不能使之凶。本荒而用侈,则天不能使之富;养略而动罕,则天不能使之全;背道而妄行,则天不能使之吉。故水旱未至而饥,寒暑未薄而疾,妖怪未至而凶。受时与治世同,而殃祸与治世异,不可以怨天,其道然也。故明于天人之分,则可谓至人矣。"在荀子看来,大自然的规律是永恒不变的,它不为尧舜而存在,也不为桀纣而消亡。用好的措施来治理就吉利,用坏的措施来治理就遭殃。能够强化本源而节制消费,上天就不能使他贫困;供养丰富而做法适时,上天就不能使他窘迫;不违反规律,上天就不能带来祸害。大水干旱不能使他饥饿,寒暑来往不能使他生病,自然的怪异不能给他带来灾害。如果相反,则导致相反的结果:忘记根本而过度消费,上天也无法使他富裕;供养不足而做法违时,上天也无法保全;和规律背道而驰又胆大妄为,上天也不能使他获得吉利。所以没有大水旱灾就遭受饥饿,寒暑未至就生病,自然没有怪异就遭受凶险。处在社会安定的时代而遭受安定社会不同的灾祸,这不能埋怨上天,只能埋怨自己。所以明白大自然与人类社会的根本不同就可称为思想修养达到最高境界的人了。他又说:"天有其时,地有其财,人有其治,夫是之谓能参。舍其所以参,而愿其所参,则惑矣。"上天按照自己的节气自动地运行,大地有各种各样的物质财富,但人有自己的行为方法,它们是互相并列的,人要舍弃自己的作为,而把一切都归结为上天,那就糊涂了。① 关于人类社会也是一样。他说:"治乱,天邪?曰日月、星辰、端历,是禹、桀之所同也;禹以治,桀以乱;治乱非天也。时邪?曰:繁启、蕃长于春夏,畜积、收藏于秋冬,是又禹、桀之所同也;禹以治,桀以乱;治乱非时也。地邪?曰:得地则生,失地则死,是又禹、桀之所同也;禹以治,桀以乱;治乱非地也。《诗》曰:'天作高山,大王荒之;彼作矣,文王康之。'此之谓也。"荀子通过尧桀的对比来指出社会的治理与动乱纯粹出于统治者的行为,与自然上天没有任何关系,因为他们都面对同一个自然与上天。同样的太阳、月亮、一年四季、大地、高山,社会的安定与动乱与四季的变化、

---

① 张觉撰:《荀子译注》,第345—346页。

大地的寒来暑往没有直接的关系。所以他说君子与小人的差别就在于:"君子敬其在己者,而不慕其在天者;小人错其在己者,而慕其在天者。君子慕其在己者,而不慕其在天者,是以日进也;小人错其在己者,而慕其在天者,是以日退也。故君子之所以日进与小人之所以日退,一矣。君子、小人之所以相县者,在此耳!"[①]荀子认为,小人和君子的差别在于如孔子所说的"君子求诸己,小人求诸人"(《论语·卫灵公》)。君子对自己的行为严加要求,谦虚谨慎,根本不去羡慕上天决定的东西,小人正好相反。所以君子日日进步,而小人日日退步。荀子反对把日食、月食、流星坠落、树木发响、不和时节的暴风骤雨等自然现象当作一种怪异的灾害的看法,认为清明的君主统治时期也有这种自然现象,但没什么妨碍,昏聩的君主即使没有这种自然灾害也同样使人民遭受罪孽。最重要的是由于人的行为所导致的灾害,也就是人事的反常才是真正令人可怕的:政治的黑暗、礼仪的混乱、人心的险恶、外敌的入侵等都是人与人之间正常关系的丧失导致的灾害,这并没有什么值得奇怪的:"故人之命在天,国之命在礼。君人者,隆礼、尊贤而王,重法、爱民而霸,好利、多诈而危,权谋、倾覆、幽险而尽亡矣。"君王只有尊重礼节、爱护贤人、关心民众、依法治国,才能使天下兴旺。[②] 所以《荀子·解蔽》说:"曷谓至足? 曰:圣也。圣也者,尽伦者也;王也者,尽制者也;两尽者,足以为天下极矣。"什么是学习的最完美的境界? 是通晓圣人之道。圣人就是精通人情事理的人,君王则是精通制度的人,能精通这两者,就足以为天下最高的境界了。

---

① 张觉撰:《荀子译注》,第351—353页。
② 同上书,第357页。

主张道法自然观念最明显的就是老庄哲学，《老子》第二十五章"人法地，地法天，天法道，道法自然"就是老庄哲学的基本原则。道在《老子》中的基本含义正如陈鼓应所说的："'道'是老子哲学的一个中心观念，在《老子》书上它含有几种意义：一、构成世界的实体。二、创造宇宙的动力。三、促使万物运动的规律。四、作为人类行为的规则。"这几个基本含义都以第一个含义为依托，都是第一个含义的派生物，只有构成世界的实体才是创造宇宙的动力，因为宇宙乃是自在自为的，它自己运动自己，只有自然才是自然而然，无为无不为的，同时人作为自然的一部分，也深受其规则的作用。可见老子道的基本含义就是贯穿自然、社会和人类思维的基本规则，特别是老子用他的道的基本原则来贯穿到整个人类社会，推一及全。也就是从这个角度老子的无欲无为并不仅仅针对周王朝剥削者之间无耻争夺财物而发的，而是指整个宇宙万物的基本原则，由此关于的人基本原则的德来自人与自然的同一性。所以关于《论语·雍也》"知者乐水，仁者乐山"，《韩诗外传》对"知者乐水"作了详细的解释："问者曰：'夫智者何以乐于水也？'曰：'夫水者，缘理而行，不遗小间，似有智者；动而下之，似有礼者；蹈深不疑，似有勇者；障防而清，似知命者；历险致远，卒成不毁，似有德者。天地以成，群物以生，国家以宁，万事以平，品物以正。此智者所以乐于水也'。《尚书大传》则对"仁者乐山"做了说明："子张曰：'仁者何乐于山也？'孔子曰：'夫山者，岌然高，岌然高，则何乐焉？夫山，草木生焉，鸟兽蕃焉，财用殖焉，生财用而无私为，四方皆伐焉，每无私予焉。出云雨以通乎天地之间，阴阳和合，雨露之泽，万物以成，百姓以飨。此仁者之乐于山也。'"同样道理，《荀子·法行篇》则记载了孔子关于君子乐玉的观念："子贡问孔子曰：'君子之所以贵玉而贱珉者,何也?为夫玉之少而珉之多也?'孔子曰:'恶!赐!是何言也!夫君子岂多而贱之,少而贵之哉?夫玉者,君子比德焉:温润而泽,仁也。栗而理,知也。坚刚而不屈,义也。廉而不刿,行也。折而不挠,勇也。瑕適并见,情也。扣之,其声清扬而远闻,其止辍然,辞也。故虽有珉之雕雕,不若玉之章章。《诗》曰:'言念君子,温其如玉。'此之谓也。'"①荀子这段关于玉的论述与《礼记·聘义》中子贡与孔子的对话基本一致。

由于老子对自然本体特性的认识,所以老子重无为,目的在于修身。如《庄子·让王》中所说的:"道之真以治身,其绪余以为国家,其土苴以治天下。由此关之,帝王之功,圣人之余事也。"老子虽然注重人生,他的哲学思想最终指向人生,但这种人生乃是静与虚的人生,静虚在老子哲学中具有根本意义。我们在《老子》里随处都可找到对静虚的强调,如:"致虚极,守静笃。万物并作,吾以观复。夫物芸芸,各复归其根。归根曰静,静曰复命。"(十六章)"天地之间,其犹橐籥乎!虚而不屈,动而逾出。"(五章)因此老子反对浮躁,反对满与盈,认为"自见者不明,自是者不彰,自伐者无功,自矜者不长"(二十四章)。只有清净才能审察自然万物的哲理,所谓"清净为天下正"(四十五章),"不欲以静,天下将自正"(三十七章)。老子特别反对统治者与所谓圣人的胡作非为,主张"我无为,而民自化;我好静,而民自正;我无事,而民自富;我无欲,而民自朴"(五十七章),统治者的浮躁只会为大众带来灾难,所谓"重为轻根,静为躁君。轻则失根,躁则失君"(二十六章),"治大国,若烹小鲜"(六十章)。但这并不意味着老子的言论仅仅是针对统治

---

① 张觉撰:《荀子译注》,第665页。

者而发,而是针对所有人的,所以老子说:"五色令人目盲,五音令人耳聋,五味令人口爽;驰骋田猎,令人心发狂。难得之货,令人行妨。是以圣人为腹不为目,故去彼取此"(十二章),"孰能浊以静之徐清;孰能安以动之徐生"(十五章)。从此看来,陈鼓应讲"在《老子》书上,除了十六章以外,凡是谈到'静'字的地方,论旨都在政治方面,而且都是针对着为政者的弊端而发的",恐怕不很符合老子的实际,因为静在老子哲学中具有根本意义。"我"和"圣人"主要是得道者,得道者才能静,才能引导天下静而有为,为而不恃,统治者不能成为得道者,如果仅对统治者而发,老子的理论就自相矛盾了。总之,静虚问题是老子哲学的一个根本问题,在老子哲学中具有普遍的意义,并不针对某一部分人。与静虚一致的就是柔弱在老子哲学中的意义。这是老子哲学的一大特色,与《周易》的尚健不同,老子说:"柔弱胜刚强。"(三十六章)柔弱同样在老子哲学中具有根本的意义:"人之生也柔弱,其死也坚强。草木之生也柔脆,其死也枯槁。故坚强者,死之徒;柔弱者,生之徒。是以兵强则灭,木强则折。"(七十六章)"揣而锐之,不可长保。"(九章)"天下莫柔弱于水,而攻坚强者莫之能胜,以其无以易之。弱之胜强,柔之胜刚,天下莫不知,莫能行。"(七十八章)"天下之至柔,驰骋天下之至坚。"(四十三章)"水善利万物而不争。"(八章)"为而不争。"(八十一章)"功成而弗居。"(二章)"功成而不有。"(三十四章)"功遂身退。"(九章)老子常常用水、山谷的处下、不争和利物来比喻得道者的伟大德行。在老子哲学里,"静"、"朴"、"不欲"、"无为"都是一个意思。老子把人分成"上德"、"下德"、"无德"、"上仁"、"上义"、"上礼"和"德"、"仁"、"义"、"礼"以及"有为"、"无为"等几个层次,仅仅把无为看成老子对统治者的警告是不合适的,不妥当的。如果那样解释,无为在老子哲学中就不是一种道,而是一种下降到"德"、"仁"、"义"、"礼"层面的,被老子视为毫无意义的技术问题了,这样在某些儒家看来老子的无为思想就更被认为是一种"阴谋"了,因为老子用他的"无为"来成就他的有为,其实无为在老子的哲学中是一种普遍的原则,对道和德都是一样的。对老子"静"的思想的理解也是如此。老子的无为思想自然对统治者穷奢极欲的不道德行为有一种警示作用,但这并不意味着仅仅适用于统治者,如老子反对经济的思想,并不仅仅是针对统治者,而是针对所有人。老子说"人多利器,国家滋昏;人多伎巧,奇物滋起"(五十七章),"绝巧弃利,盗贼无有"(十九章),"不贵难得之货,使民不为盗"(三章),虽然他反对"田甚芜,仓甚虚"(五十三章),主张"天下有道,却走马以粪"(四十六章),主要是为了使民虚心实腹,在老子看来人的欲望乃是最违反自然的一种表现,他反对物质和精神的过度欲望,认为只要保证正常的生理机能就可以了,认为"甘其食,美其服,安其居,乐其俗"(八十章),反对"服文彩,带利剑,厌饮食,财货有余"(五十三章),主张"圣人去甚,去奢,去泰"(二十九章)。因此胡寄窗说:"老子所以对工艺抱有这种特殊的反感,把它作为社会经济活动的攻击重点,其原因是多方面的。从哲学上看,他们重视自然之本性,即所谓'朴'。工业生产首先就是改变自然的形体以适合人们需要的,这在他们看来,是破坏自然物的本性。从社会经济方面来看,战国手工业的巨大发展,在军事器械的制造上和在贵族阶级的豪奢建筑及精巧用品的制造上表现得最为突出,这和他们反对兼并战争,憎恶当权贵族的思想更是不相容的。他们以一个贵族破落户的态度,否定社会经济进步发展中一切新鲜事物,以为工艺技巧的日新月异,商品交换的发展,都是社会混乱的根源。老子着重反对工业技巧的这一点,非常奇特,与战国各学派以及战国以后各封建时期的思想都迥然不同。这一点本身不仅是消极落后,而且是反动的。"[1]老子从哲学上反对任何人为的东西,主张道法自然,也就是自然而然,更不要说靠激发人的欲望来发展经济了,因此老子主张"小国寡民"是其哲学逻辑的必然结果:"使有什伯之器而不用;使民重死而不远徙。虽有舟舆,无所乘之;虽有甲兵,无所陈之。使民复结绳而用之。""邻国相望,鸡犬之声相闻,民至老死,不相往来。"(八十章)老子这种倒退无为思想的局限在今日是显然的。当然老子也看到了无为之难,所以他说:"载营魄抱一,能无离乎?爱民治国,能无为乎?明白四达,能无知乎?"(十章)可见,达到"生之畜之,生而不有,为而不恃,长而不宰"的"玄德"是不容易的,需要付出很大的努力。"孰能浊以静之徐清;孰能安以动之徐生"(十五章),谁能在浊中安静下来慢慢地澄清?谁能在安静之中行动起来而慢慢获得生机?也是讲的这个道理。所以严复说老子"绝学无忧"乃是"非洲鸵鸟之被逐而埋其头目于沙"的做法是有道理的。"绝圣弃智,绝仁弃义,绝巧弃利,少私寡欲,绝学无忧"乃老子的根本主张,他并不是站在民众利益的立场上来反对统治者的统治行为,而是站在道的立场上。当然老子谈论更多的是统治者违反常道的痴心妄为,因为统治者的行为对天下人行为与心态的影响大。虽然孟子也讲"莫之为而为者天也",万物是在无为自然的状态下生长的,没有目的和意识,"为无为,事无事,味无味",但人如何才能达到这种自然无为的境界,还是根本就没有必要与可能,他们并没有给出令人满意的答案。

---

[1] 胡寄窗:《中国经济思想史》,上海人民出版社 1962 年版,第 211 页。

二、对道法自然与天人合一观念的现代反思

老子从道法自然的观念出发得出贵虚的结论,但是自然天地万物只是物理的存在,并不像人类那样具有意志、感情、目的和价值意识,它只是按照自己的规则运行着。圣人和人类怎样对道法自然与天呢?人与天地不同,人怎样从自然的规律中得到善与仁的启示呢?圣人能否从天地间万物自然生长的状况来得出无为而治的原则呢?《老子》第五章讲"天地不仁,以万物为刍狗;圣人不仁,以百姓为刍狗",可见天地之间没有什么仁义道德,虽然老子也讲"天道无亲,常于善人"(七十九章)。老子以目的为根源来思考德的原则,并不仅仅依从于道的特征,道是一体的,但如何选择,老子有自身的原则。老子讲"功成身退"时并不是讲从世界上遁出,而是要保全自己。老子讲圣人要"不自伐,故有功;不自矜,故长。夫唯不争,故天下莫能与之争"(《二十二章》),并非从自然的"曲"出发来得出必须"曲"的结论,而是从现实出发得出"曲"的原因。由此可见,只有自然才能自然而然,人的自然而然是很难达到的。不仅老子,《论语·雍也》也讲过这样的故事:"子华使于齐,冉子为其母请粟。子曰:'与之釜。'请益。曰:'与之庾。'冉子与之粟五秉。子曰:'赤之适齐也,乘肥马,衣轻裘。吾闻之也:君子周急不继富。'"孔子反对那种"损不足以奉有余"的做派。《先进》中则讲了另一个相似的故事:"季氏富于周公,而求也为之聚敛而附益之。子曰:非吾徒也。小子鸣鼓而攻之,可也。"季氏虽然比周公还富有,但冉求替季氏搜刮钱财,孔子就认为冉求不是与他们志同道合的人,学生们可以大张旗鼓地攻击他。《左传·哀公十一年》季氏

让冉求问孔子关于增加赋税的问题,孔子就认为应该遵守"施取其厚,事举其中,敛从其薄"的原则。① 这也是孔子中庸思想的体现,但现实的原则和自然完美的原则是有很大差距的,此亦老子所极力推崇天之道的根本原因。老子认为人道应该效法天道,他也以现实的眼光看到事实并不如此,正是因为并不如此,他才要呼吁以天道来代替不合天道的人道。老子虽然想用他的天道观来代替现实的人之道,但他这种均衡调和的原则是解决不了实际问题的。关于天道与人道的不同,老子还有一个重要的理论来源就是对人自身的反思,老子认为,能了解别人和外部世界的叫聪明,能反思自己的叫智慧,两种认识是根本不同的,战胜别人的是由于力量和智慧,但战胜自己的是由于意志和自我的控制。这样老子反对对外界事物的认识,与加强对自我的反思结合起来了。

中庸之道是孔孟哲学乃至中国传统哲学的一个基本原则。《论语·宪问》中孔子说:"晋文公谲而不正,齐桓公正而不谲。"正也就是中庸,主要是指人的行为与道德的恰到好处。《论语·卫灵公》颜回问怎样治理国家,孔子就回答:"行夏之时,乘殷之辂,服周之冕,乐则韶舞。放郑声,远佞人。郑声淫,佞人殆。"这和《阳货》中是一致的:"恶紫之夺朱也,恶郑声之乱雅乐也,恶利口之覆邦家者。"郑的音乐过分,为靡靡之音,郑声和佞人是一样的。孔子认为应该以韶舞也就是舜与周武王的音乐为准,主张有利于农时的夏历、质朴的殷辂、华美的周冕,可见孔子并不是禁欲主义者,而是要使人的行为保持中和与适可而止,不要过分放纵欲望,也就是《礼记·曲礼上》所说的"志不可满,乐不可极"。作为儒家经典著作的

---

① 杨伯峻编著:《春秋左传注》四,第1668页。

《礼记》充满了中庸的思想,特别是后来作为《四书》之一的《中庸》一章。《中庸》一开始就说:"天命之谓性,率性之谓道,修道之谓教。君子慎其独也。喜怒哀乐之未发谓之中,发而皆中节谓之和。中也者,天下之大本也;和也者,天下之达道也。致中和,天下位焉,万物育焉。仲尼曰:'君子中庸,小人反中庸。君子之中庸也,君子而时中。小人之中庸也,小人而无忌惮也。'"①"中也者,天下之大本也;和也者,天下之达道也",阐明了中庸之道在整个儒家哲学中的根本地位,中庸之道与"天命"、"率性"、"修教"、"达道"、"君子"等密切联系在一起,因此人的喜怒哀乐都要符合中庸之道。但是孔子也看到中庸之道乃是很难达到的修养,只有很少修行极高的君子才可达到。所以他说:"中庸其至也乎,民鲜能久矣。道之不行也,我知之矣:知者过之,愚者不及也。道之不明也。我知之矣:贤者过之,不肖者不及也。人莫不饮食也,鲜能知味也。道其不行也夫。"在孔子看来一般人是很难达到中庸的,聪明人与贤明的人容易过分,而愚笨与不肖之人又往往达不到,只有舜才能依靠自己的"大知"而达到"执其两端,用其中于民"的境界吧,而普通人都说自己聪明,"人皆曰予知",但"择乎中庸,而不能期月守也",保持中庸之道却不能坚持一个多月。只有颜回才能达到"择乎中庸,得一善,则拳拳服膺而弗失之矣",只有颜回才能保持中庸之道时刻在心中而不丧失,所以他讲:"天下国家可均也,爵禄可辞也,白刃可蹈也,中庸不可能也。"②在孔子看来,也只有舜与颜回这种人才能达到中庸的境界,一般人是不可能达到的,虽然一般人都自

---

① 杨天宇撰:《礼记译注》,第691页。
② 同上书,第692—693页。

认为很聪明。也就是孔子所说的:"素隐行怪,后世有述焉,吾弗为之矣。君子遵道而行,半途而废,吾弗能已矣。君子依乎中庸,遁世不见知而不悔,唯圣者能之。"①孔子既不愿意做"素隐行怪"的人,也不愿意做"遵道而行,半途而废"的君子,只愿意做"依乎中庸,遁世不见知而不悔"的圣人。也就是"在上位不陵下,在下位不援上,正己而不求于人","上不怨天,下不尤人,居易以俟命"的君子。中庸之道同样也是道法自然的结果,《周易·丰卦》:"日中则昃,月盈则食;天地盈虚,与时消息,而况于人乎?况于鬼神乎?"②《周易》的一个基本原则就在于告诫人们要"盈不忘亏",也就是顾炎武在《日知录》中所说的,"天地之化,过中则变。日中则昃,月盈则食。故《易》所贵者中"。可见持中乃是《周易》的一个基本原则。我们从《周易》关于颜色的论述中也可看出贯穿其哲学思想的中庸之道。《周易·坤卦》讲:"黄裳,元吉。"在《周易》看来,黄色居五色之中,寓意中道,所以《正义》说"黄是中之色",也就是"君子黄中通理,正位居体,美在其中,而畅于四支,发于事业,美之至也"。君子美好的品质,职位适中,文质彬彬,如中和的黄色一样美好。《周易》常常通过对黄色的赞美来表达对中庸之道的坚持。如《噬嗑卦》"噬干肉,得黄金;贞厉,无咎";《离卦》"黄离,元吉";《遯卦》"执用黄牛,固志也";《解卦》"田获三狐,得黄矢;贞吉";《革卦》"初九,巩用黄牛之革";《鼎卦》"鼎黄耳金铉,利贞",等等。③《尚书》中也充满了这种中和的思想,《舜典》舜对夔所说的关于音乐的话就最为典型:"夔!命汝典乐,教胄子,直而温,宽而栗,刚而无虐,简而

---

① 杨天宇撰:《礼记译注》,第694页。
② 黄寿祺、张善文撰:《周易译注》,第424页。
③ 同上书,第171、233、255、307、379、390页。

无傲。诗言志,歌永言,声依永,律和声。八音克谐,无相夺伦,神人以和。"①音乐最后要达到的目的就是要使人正直而温和,宽爱而明辨,刚健而不暴虐,俭约而不傲慢,只有这样才能达到声音、人伦、人神之间的和谐。在舜看来,"人心惟危,道心惟微,惟精惟一,允执厥中",人心自私自利,危险异常,道的原则又是幽暗难明,只有精诚守一,始终保持中和之道,才能达到天下的大治。② 至于《毕命》"不刚不柔,厥德允修",《吕刑》"哀敬折狱,明启刑书胥占,咸庶中正"等,都是中庸思想的体现。

中庸之道并非儒家所专有。亚里士多德《尼各马科伦理学》中所反复论证的一个基本原则就是中庸之道。亚里士多德说:"勇敢是被过度和不及所破坏,而为中道所保存。伦理德性就是关于快乐和痛苦的德性。快乐使我们去做卑鄙的事情,痛苦使我们离开美好的事情。正如柏拉图所说,重要的是,从小培养起对所应做之事的快乐和痛苦的情感。"③伦理学就是关于快乐与痛苦的学问,快乐与痛苦的根据原则就是要始终保持中庸之道,所以他说:"已经充分地说明了,伦理德性就是中间性,以及怎样是中间性,中间性在两种过错之间,一方面是过度,另一方面是不及。它所以是这样,因为它就是对在感受和行为中的中间的命中。"④由此可见亚里士多德所说的中庸并不是事实,而是关于人的行为准则的一种理想,是达到幸福的必由之路。他说:"人们应该选取中庸,既不过度,也非不及。中庸之道,也就是过度和不及的居间者,由于它以

---

① 李民、王建撰:《尚书译注》,第19页。
② 同上书,第32页。
③ 亚里士多德著,苗力田译:《尼各马科伦理学》,第28页。
④ 同上书,第39页。

正确的理性为依据,就存在某种准则。"①伦理学所思考的基本问题就是幸福的生活是合乎德性的生活还是追求愉快的生活,亚里士多德就以梭伦对幸福的描述为例,来说明幸福乃是一种适中的生活,有中等的财产做保证,悠游地从事着高尚的事业,过着简单朴素的生活。同样阿那克萨戈拉也不认为最大的财富和最高的权势就能带来幸福,因为它们都违背了中庸之道。亚里士多德的中庸之道并不来自对自然的思考,也不来自对所谓自然而然法则的运用,而是来自对人、对道德原则的反思。在他看来,那些为自身而存在的东西才是最完满的,他说:"我们说为其自身来追求的东西比为了他物的东西更为完满。那从来不因为他物而被选取的东西,比时而由于自身,时而由于他物而被选取的东西更为完满。总而言之,只有那由自身而被选取,而永不为他物的目的才是最后的。"为自身而存在也是幸福的本质,幸福就是为幸福而幸福,而不是为其他任何东西而存在。②当幸福成为其他一切事物的附属品,成为其他事物达到自身目的的手段和媒介时,幸福就会没有任何可靠的根基,而始终处于可有可无的偶然性之中。在亚里士多德看来,最高的与自身统一的、自己就是自己目的的事物就是善本身。这与亚里士多德关于人的理念有关,在他看来,灵魂有一个非理性的部分和一个理性的部分,或者说,在灵魂中有三种因素主宰着人的行为与真理,那就是感觉、理智与欲望,在这些因素中,非理性的部分为一切生物所共有,灵魂中反理性的东西与理性原理相反,并往往走向它的反面,人们从有自制能力和无自制能力的人那

---

① 亚里士多德著,苗力田译:《尼各马科伦理学》,第118页。
② 同上书,第10页。

里,可以看到这类灵魂的原理和理性。① 亚里士多德的这种区分来自柏拉图关于灵魂三驾马车的描述。柏拉图说:"每个灵魂划分为三部分,两部分像两匹马,第三部分像一个御车人。两匹马一匹驯良一匹顽劣。"他在《理想国》中则根据自己的理论原则把人性分为理智、意志、情欲,国家的结构则与此相同,有相当于理智的哲学家、相当于意志的武士、相当于情欲的工商阶层,武士与工商阶层受哲学家的控制,诗和艺术应服务于政治,用效用来衡量诗。②

柏拉图与亚里士多德对真善美的区分及其人格结构理论对欧洲后来人学的发展起到了决定意义的作用,弗洛伊德的人格结构理论就直接来自他们对人的思考。最为典型的还是康德三大批判结构的内在逻辑直接来源于柏拉图与亚里士多德的人格结构理论。康德哲学体系的最终完成形式如下表所示:

心灵的机能	认识的机能	先天原则	应用于
认识的机能	悟性(知性)	规律性	自然
愉快与不愉快的情感	判断力	合目的性	艺术
欲求的机能	理性	最后目的	自由③

这是康德哲学的基本结构,是研究和思考康德哲学的基本出发点和最终归宿。特别是康德关于美的观点,它既与真和善相区别,也就说审美在心灵的机能上表现为愉快或不愉快,它需要的是判断力,遵循的原则是合目的性,适用的领域是艺术,但美又与真、善相联系,成为联系真和善的过渡与桥梁。所以康德反复强调美是道德上善的象征。科学主要探讨的是人与自然的关系,它追求的是

---

① 亚里士多德著,苗力田译:《尼各马科伦理学》,第22—23、117—119页。
② 朱光潜译:《柏拉图文艺对话集》,人民文学出版社1997年版,第131、321页。
③ 阿尔森·古留加著,贾译林等译:《康德传》,第189页。

对自然规律性的认识与掌握,靠人的知性(悟性)来达到。善作为最后的目的,它追求的是人的自由,个体的完善和整体的幸福,靠理性和意志来达到。关于真、善、美关系的论述是整个康德哲学的灵魂,特别是康德关于美的论述,对美、真与善的清晰而严密的区分和辩证态度使我们看到了人类精神领域内各个要素之间的巨大差异与整体的内在必然联系。康德哲学的基本结构与康德在《纯粹理性批判》中所要解决的三个关于人的根本问题相一致:"我之理性所有之一切关心事项(思辨的及实践的),皆总括在以下之三问题中:(一)我所能知者为何?(二)我所应为者为何?(三)我所可期望者为何?""第一问题纯为思辨的"……"第二问题纯为实践的"……"第三问题——我如为我所应为者,则所可期望者为何?——乃实践的同时又为理论的其情形如是,即实践的事项仅用为引导吾人到达解决理论问题之线索,当此种线索觅得以后,则以之解决思辨的问题。"①三个问题又与另一个更为根本的问题相关:人是什么?康德哲学的三个组成部分对后来哲学产生了很大影响,特别是西方现代哲学中对科学万能论与机械理性的批判。康德从理论上系统地说明了对科学的盲目乐观及万能的奢望乃是一种独断论的偏见,认为哲学永远是科学的维护者与导师,科学必须为人类的自由、为善、为美、为理想留下地盘,对外部宇宙的研究不能代替对内部宇宙的研究。所以康德说:"有两样东西,我们愈经常愈持久地加以思索,它们就愈使心灵充满日新月异、有加无已的敬仰和敬畏:在我之上的星空和居我

---

① 康德著,蓝公武译:《纯粹理性批判》,商务印书馆2002年版,第554页。

心中的道德法则。"①自然和道德居于同样的地位,虽然依据不同的原则,然都能产生崇高感。那种用研究外部宇宙得出的结论来代替对内部宇宙研究的做法是没有任何依据的,也是盲目乐观的,不能仅仅用逻辑的证明来代替对人的现实存在及未来可能性的思考。

《诗经·卢令》同样存在对美、善、智的区分。"卢令令,其人美且仁。卢重环,其人美且鬈。卢重鋂,其人美且偲。"②这首赞美猎人的诗,认为他"美"、"仁"、"鬈"、"偲",也就是既有才智,又美,又仁义。《诗经·叔于田》"洵美且仁",很美又仁爱,"洵美且好",很美又和好,"洵美且武",很美又勇敢;《诗经·羔裘》"洵直且侯",很正直又美;《诗经·有女同车》"洵美且都",很美又大方等都表现了这种区分。孔子也同样对真、善、美不同的原则进行了区分。《论语·八佾》中孔子评价韶乐说:"尽美矣,又尽善也。"评价武乐说:"尽美矣,未尽善也。"孔子在《里仁》中说:"不仁者不可以久处约,不可以长处乐。仁者安仁,知者利仁。"有仁德的安于仁,按照仁的原则行事,而聪明的人知道仁能带来好处,便利用仁。孔子在《述而》中说:"志于道,据于德,依于仁,游于艺。"孔子的目标在道,根据在德,依靠仁义,而游于艺,虽然艺含有"礼、乐、射、御、书、数"六艺,但游的本质却是一样的,乃是一种达到善的媒介与过渡,与《泰伯》中的观点基本一致,"兴于诗,立于礼,成于乐"。诗歌使人振奋,礼仪使人能立足社会,音乐使人的学业达到完美的境界。至于孔子在《子罕》、《卫灵公》中所说"吾未见好德如好色者也",更加明

---

① 康德著,韩水法译:《实践理性批判》,商务印书馆 2000 年版,第 177 页。
② 余冠英注译:《诗经选》,第 86 页。

确地表明了道德与欲望的矛盾关系,好德乃是后天的磨炼,好色乃是先天的本性,虽然对色的理解有所差异,但人的本能和对善的追求并不完全一致。孔子在《子路》中说:"诵诗三百,授之以政,不达;使于四方,不能专对;虽多,亦奚以为?"他认为文学要对社会有益,不然熟读《诗经》也没有什么用处,也就是,他认为审美要最终过渡到善,变成对社会有益的行为,而不能仅仅局限在审美静观之中。他在《季氏》中说:"益者三乐,损者三乐。乐节礼乐,乐道人之善,乐多贤友,益矣。乐骄乐,乐佚游,乐宴乐,损矣。"孔子认为,以礼乐的快乐为快乐,以宣扬别人的优点为快乐,以交往贤良的朋友为快乐,是三种有益的快乐;以骄傲为乐,以游玩为乐,以宴会为乐,这是三种无益的快乐。可见孔子把快乐和道德密切结合在一起。快乐既有审美的因素,也有道德的因素,二者往往混合在一起,虽然康德尽力把道德从快乐中区分出来,使道德成为为自身而存在的东西,反对从道德中获得快乐,这样容易使道德成为获得快乐的手段,因而降低了道德的价值,使道德成为纯粹依附性的东西,因此快乐是结合审美和道德的纽带。孔子在《阳货》中说:"由也!女闻六言六蔽矣乎?"子路回答说:"未也。"孔子就说:"居!吾语女。好仁不好学,其蔽也愚;好知不好学,其蔽也荡;好信不好学,其蔽也贼;好直不好学,其蔽也绞;好勇不好学,其蔽也乱;好刚不好学,其蔽也狂。"在孔子看来,善也必须通过学习来达到,爱好仁德的不学习就愚蠢,爱好聪明的不学习就自以为是,爱好诚实的不学习就会听信坏话,爱好正直的不学习就会尖刻不饶人,爱好勇敢的人不学习就会犯上作乱,爱好刚强的人不学习就会狂大自负。可见他把学习当作达到中庸之道的必由之路,学习乃是智慧获得与道德磨炼的过程。所以他强调学习诗:"小子何莫学夫诗?诗,可以兴，可以观，可以群，可以怨。迩之事父，远之事君；多识于鸟兽草木之名。"孔子认为学诗可以培养人的观察力，使人合群，教人讽刺的方法。用其中的道理来侍奉父母，侍奉君主，也可以对鸟兽草木增加了解。① 孔子对智与美的区分是很明显的。《雍也》中说："不有祝鮀之佞，而有宋朝之美，难乎免于今之世矣。"假使没有祝鮀的口才，仅有宋朝的美丽那一定会带来祸害。"知之者不如好之者，好之者不如乐之者。"懂的人不如喜爱的人，喜爱的人不如以此为乐的人。孔子区分智与善则表现在《公冶长》中："十室之邑，必有忠信如丘者焉，不如丘之好学也。"《子罕》中说"知者不惑，仁者不忧，勇者不惧"。聪明人不疑惑，仁德的人不忧愁，勇敢的人不畏惧。《宪问》中说"骥不称其力，称其德也"，千里马获得称赞不是由于它的力气，而是由于它的品质。《季氏》"齐景公有马千驷，死之日，民无德而称焉。伯夷叔齐饿于首阳之下，民到于今称之。其斯之谓与？"②齐景公财产的富有和道德的缺乏，与伯夷、叔齐道德的富有与财富的缺乏形成了鲜明对比，通过人们对齐景公的遗忘，对伯夷、叔齐的称述表明了孔子注重道德的基本态度。在他看来，财富与道德是根本不同的两回事，这与康德对智慧和道德的区分、陀思妥耶夫斯基小说中对有钱人与贫穷人的区别是一致的。

在苏格拉底看来美和善是统一的："一个粪筐也是美的，只要它有用。即使一个金盾牌也可能是丑的，如果对于其各自的用处来说，前者做得好而后者做得不好的话。"苏格拉底在承认美在于

---

① 杨伯峻译注：《论语译注》，第185页。
② 同上书，第95、156、178页。

有用的同时,也承认美善是一种相对的关系。他说:"一切事物,对于他们所适合的东西来说,都是既美而又好的,而对于他们所不适合的东西,则是既丑而又不好。"①苏格拉底对善美一体的看法和康德对真善美严格区分的看法相比,说明苏格拉底更强调善,更强调美对善的依附,反对美的独立价值,因为他反对审美所带来的快感,快感有害于道德的纯粹。苏格拉底对于道德由于立场的不同而导致的性质的变化,也和康德对道德纯粹性的要求根本不同。同样苏格拉底和亚里士多德也是不同的,这首先在于他们对人的理解与对人的要求与观念的不同。苏格拉底更强调一种理想,而亚里士多德更多的是承认一种现实;苏格拉底是为道德而存在的理想主义者,他主要考虑人的最终目标到底在哪里,而亚里士多德则是考虑如何从现实的可能出发来达到最后目标。所以苏格拉底在读到文学艺术描绘人的形象的时候,他说:"当你们描绘美的人物形象的时候,由于在一个人的身上不容易在各方面都很完善,你们就从许多人物形象中把那些最美的部分提炼出来,从而使所创造的整个形象显得极为美丽。"②因此苏格拉底的美是高于现实的,正如精神超越于物质的肉体一样。苏格拉底认为,审美领域的巨大差异和正义领域的一致性是根本不同的。康德就在《论优美感与崇高感》中对性别、不同性格、不同民族特性对崇高感和优美感的不同表现做出了详尽的考察。他说:"人们各种悦意的和烦恼的不同感受之有赖于引起这些感受的外界事物的性质,远不如其有赖于人们自身的感情如何。"③人们无法要求在欣赏音乐,阅读

---

① 色诺芬著,吴永泉译:《回忆苏格拉底》,第114页。
② 同上书,第120页。
③ 康德著,何兆武译:《论优美感与崇高感》,商务印书馆2001年版,第1页。

诗歌,观赏事物时保持一致,但在遵守法律与主持正义时却不能有任何其他的原则超越于其上。苏格拉底如老子一样关于智慧与善的原则的认识主要来自对自我、对人的反思。苏格拉底关于刻在德尔非神庙上的格言"认识你自己"说:"人们由于认识了自己,就会获得很多的好处,而由于自我欺骗,就要遭受很多大的祸患吗?因为那些认识自己的人,知道什么事对于自己合适,并且能够分辨,自己能做什么,不能做什么,而且由于做自己所懂的事就得到了自己所需要的东西,从而繁荣昌盛,不做自己所不懂的事就不至于犯错误,从而避免祸患。而且由于有这种自知之明,他们还能够鉴别别人,通过和别人交往,获得幸福,避免祸患。但那些不认识自己,对于自己的才能有错误估计的人,对于别的人和别的人类事务也就会有同样的情况,他们既不知道他们所与之交往的人是怎样的人,由于他们对于这一切都没有正确的认识,他们就不但得不到幸福,反而要陷于祸患。"① 在苏格拉底看来,善与幸福的根源在于智慧,关于自己、关于他人的智慧,而不是关于宇宙万物的智慧,所以当苏格拉底被问及为何一向不出城去到国境以外走一走,甚至连到城墙外散步也不曾有过时,就说:"田园草木不能使我学到什么,能让我学得一些东西的是城市里的人民。"② 只有自我的反思和认识,才能使人保持在一种合理的平衡状态,控制自己过分的欲望,从而获得幸福。由于苏格拉底的智慧是关于人的智慧,因此在某种程度上也就是关于善的智慧,关于智慧与人的行为善的必然联系。但是正如康德所指出的善和智慧毕竟不是一回事,智慧

---

① 色诺芬著,吴永泉译:《回忆苏格拉底》,第150页。
② 朱光潜译:《柏拉图文艺对话集》,第96页。

与道德属于人类存在的两个根本不同的领域,智慧和善虽然有着密切的关联,二者的区别却是不容忽视的。很多人的行恶不是因为没有智慧,恰恰相反是因为他的智慧缺乏善的方向,正如苏格拉底自己所说的,缺乏对自我的控制,而控制就是意志,是善的原则。所以苏格拉底哲学的一个很重要的原则就是对人的欲望控制。他说:"照我看来,凡是不锻炼身体的人,就不能执行身体所应执行的任务,同样,凡不锻炼灵魂的人,也不可能执行心灵所应执行的任务,这样的人既不能做他们所应当做的,也不能抑制住自己不做他们所不应当做的。……依我看来,每一件光荣和善良的事情都是靠操练而维持的,自制也不例外;因为和人的灵魂一起栽植在心里的欲念,经常在刺激它,要它放弃自制,以便尽早地在身体里满足欲念的要求。"[1]人的欲念是万恶的根源,人只有在控制自身欲念的过程中才能磨炼自己,锻炼自己的肉体,洗练自己的灵魂,使自己的境界不断得到提升。所以他在教育学生的时候,"并不急于要求他的从者口才流利,有办法能力和心思巧妙,而是对他们说,首先必须的是自制;因他认为,如果只有这些才能而没有自制,那就只能多行不义和多做恶事罢了。"[2]在苏格拉底看来,人在饥饿、焦渴、瞌睡、性的欲望方面和动物没有什么差别,因为动物也有相同的欲望,只是人能根据善的要求来控制和调节自己。控制欲念乃是对欲念的压制或输导,任由欲念膨胀和满足只会导致对善的直接违背。所以他说:"一个不能自制的人和最愚蠢的牲畜有什么分别呢?那不重视最美好的事情只是竭尽全力追求最大快感的人,

---

[1] 色诺芬著,吴永泉译:《回忆苏格拉底》,第10—11页。
[2] 同上书,第155页。

和最蠢笨的牲畜有什么不同呢？只有能自制的才会重视实际生活中最美好的事情,对事物进行甄别,并且通过言语和行为,选择好的,避免坏的。"①因此言行如一的苏格拉底首先就是锻炼自己的身体。他吃最粗陋的粮食,连奴隶都不愿意吃。穿最破烂的衣服,没有冬夏之分,既无鞋袜又无长衫,他不为自己的教育而收取任何金钱费用,在当时的人的眼里,他是一个最不幸的人。可是他却通过锻炼自己的身体来抵御外来或内在欲望的侵袭,愈是天冷,愈是在室外锻炼,天热也从不乘凉,即使在脚痛难忍步履维艰的时候都能忍受继续前行。因此他锻炼出了坚强的体魄,同时更是通过对体格的锻炼来提升自己对自己欲望与行为的控制。在他看来,人的任何行为都必须通过身体,人的很多思维活动也都和身体密切联系在一起。人往往因为身体不好而抑郁、健忘、易怒,甚至疯狂,这就直接导致人的神志与行为的错乱。更重要的是健康的身体不会自动产生,它必须经过艰苦的磨炼才能达到,任何懈怠与疏忽都将导致身体的孱弱和堕落。对欲望的过分追求还会导致欲望本身的折磨,甚至生命的灾难。奥德修斯在同伴都变成猪的情况下,他为何没有被女巫基尔克变成猪呢？因为他听从了赫尔墨斯的忠告,拒绝了和进魔药的食物和饮料,拒绝了她的"同寝"邀请——"来自裸身的加害",就是因为他不断地控制自己的欲望才能最终返回到故乡和亲人身边。② 关于色情,苏格拉底更是规劝人要严格禁戒和容貌俊美的人亲热,在他看来这是人所有欲望中最难控制的欲望。只要激发或放纵起来,就更难以控制。苏格拉底的时

---

① 色诺芬著,吴永泉译:《回忆苏格拉底》,第173页。
② 荷马著,王焕生译:《奥德赛》,人民文学出版社1997年版,第204—205页。

代是一个男风盛行的时代,他用非常形象的语言讲述了爱情对人所带来的影响。他曾对色诺芬说:"难道你以为因为你没有看见,美人儿在接吻的时候就没有把一种东西注射到人体里面去吗?难道你不知道人们之所以称之为'青春美貌'的这种动物比毒蜘蛛还可怕得多?因为毒蜘蛛只是在接触的时候才把一种东西注射到人体里来,但这种动物不需要接触,只要人看他一眼,甚至从很远的地方看他一眼,他就会把一种使人如痴如狂的东西注射到人体里面来吗?人们把爱情称作射手,可能正因为这个缘故,美人儿可以从很远的地方使人受伤。但我劝你,色诺芬,当你一看到一个美人儿的时候,赶快拼命跑开。"①他自己则在面对最青春美貌的人也能保持自己的操守,坦然自若,不为所动。总之在苏格拉底看来,神所赏赐给人的所有美好的事物,没有一样是不需要辛苦努力就可以换来的。人必须艰苦磨炼自己的身体和意志才能达到神所希望的结果。我们看到苏格拉底对人的基本态度后,就非常容易明白他为何要反对文艺了,很明显,文学艺术有助于实现人的欲望,容易象征性地满足人在现实中无法满足的想法。

由此看来苏格拉底的问题还是人的问题,色诺芬说他并不像其他大多数哲学家那样,辩论事物的本性,推想智者们所称的宇宙是怎样产生的,而总是力图证明那些宁愿思考这类题目的人是愚妄的,可见苏格拉底最为关注的还是人的问题,天和神的问题在苏格拉底看来一定是存在的,但他认为那些都应该放在解决人的问题之后,人应该首先思考自身的问题,再思考自然与神的问题。他把神的问题悬置起来,在某种程度上与孔子在《论语》中所表达的

---

① 色诺芬著,吴永泉译:《回忆苏格拉底》,第26页。

观念是一致的:未知生,焉知死? 未能事人,焉能事鬼? 孔子和苏格拉底都把对生的了解与思考放在对死的了解与思考的前面,把对人的思考和对神的思考联系起来。只是孔子很少谈论神与死。苏格拉底并不因为神和死的难于了解而讳而不谈,甚至通过对神的思考来反思人类自身。神在苏格拉底的逻辑里某种程度上可被置换成绝对真理、完全美、最高善的化身,是他关于人的最高理念的具体化,也就是最高的原则。苏格拉底对人的问题的关注使古希腊哲学把哲学的核心问题从对天的思考转变为对人的思考。这与康德后来实现的第二次转变的本质都是一样的。康德人是目的本身的观念使人们一直把他比作苏格拉底,因此古留加说:"人们把康德比作苏格拉底,因为他的哲学富有人情味。埃利亚的智者第一次把哲学从天上降到人间,使它扎根于大地,抛开宇宙而去研究人。人的问题对于康德是一个首要的问题。他虽然并没有忘记宇宙,而人对他却是首要的。"①因此他的座右铭就是:"人是目的本身。"康德在《实践理性批判》里说:"在目的的秩序里,人(以及每一个理性存在者)就是目的本身,亦即他决不能为任何人(甚至上帝)单单用作手段。"正是对人的问题的思考才使苏格拉底认为人必须为自己建立原则,而不能把关于人的最终原则从自然中推导出来,自然的原则可以为人的存在提供启迪,但不能作为最终的根据。所以黑格尔说:"苏格拉底的原则就是:人必须从他自己去找到他的天职、他的目的、世界的最终目的、真理、自在自为的东西,必须通过他自己达到真理。这就是意识复归于自己,这种复归,在另一方面就是摆脱它的特殊主观性;这正意味着意识的偶然性、偶

---

① 阿尔森·古留加著,贾译林等译:《康德传》,第1—2页。

然事件、任意、特殊性被克服了,——亦即在内部去获得这种解脱,获得自在自为者。客观性在这里具有自在自为的普遍的意义,而非外在的客观性。"①苏格拉底认为关于人的最终真理必须通过人自身的努力而达到,关于人的真理的客观性也不可能建立在外在的、自然的客观性的基础之上,而应该建立在经过思考的精神之上,像善、正义、公正、礼仪,甚至神这种观念,只有人才具有,自然和动物都没有。《诗经·相鼠》讲:"相鼠有皮,人而无仪!人而无仪,不死何为?相鼠有齿,人而无止!人而无止,不死何俟?相鼠有体,人而无礼,人而无礼,胡不遄死?"诗中讲老鼠还有皮、牙齿和身体呢,作为人如果没有礼、仪,那还不如老鼠,不如死了好呢!《诗经·巷伯》中也讲:"彼谮人者,谁适与谋?取彼谮人,投畀豺虎,豺虎不食,投畀有北。有北不受,投畀有昊。"那些不道德的人最好把他扔给豺虎吃,豺虎不吃,就扔到很远很远无人而寒冷的北边去,如果北边不要,那只有让老天来惩罚处理了!② 礼对人很重要,但也仅仅是人所特有,动物则没有,正如《礼记·问丧》中所说的,"礼义之经也,非从天降也,非从地出也,人情而已矣"。由此可见,人必须通过自己独立的思考为自己建立精神与理想的家园,而不能把一切都建立在仅仅对自然原则的理解上。

　　道法自然所讨论的问题本质就是人生的意义在于何处?如何理解与寻找人生的意义?人生的意义是来自对自然的观察与思考,还是来自对人生的体验与反思?特别是我们如何解释与理解人生各种"毫无道理"的苦难,那些最成功的人往往并不是最聪明

---

① 黑格尔著,贺麟、王太庆译:《哲学史演讲录》第二卷,第41页。
② 余冠英注译:《诗经选》,第45、194页。

的人,也不是最善良的人,而是一些由于某种命运的偶然性,如出生、机遇、时代的局限等所创造的畸形人,他们的成功无论从社会任何阶层的价值观念来看都令人感到怀疑,古今中外的现实都是这样,这个问题的本质乃是人的智慧与道德的善的不一致问题,也就是聪明能使人达到荣华富贵,但荣华富贵并不意味着善,有时还有着相对立的一面,我们从孔子、苏格拉底、耶稣、释迦牟尼、但丁、司马迁、王国维等人的命运中就可看出。所以《诗经·苕之华》就说:"苕之华,其叶青青。知我如此,不如不生。"从花木的繁荣感叹人生的忧伤憔悴。因此《诗经·考槃》中就对独善其身的隐居生活进行了描述:"考槃在涧,硕人之宽。独寐寤言,永矢弗谖。考槃在阿,硕人之薖。独寐寤歌,永矢弗过。考槃在陆,硕人之轴。独寐寤宿,永矢弗告。"隐逸之人在溪谷旁、山坡上、高原上架起小屋,自由自在,一个人睡觉,一个人醒来,一个人说话,一个人唱歌,一个人独自躺着,从不与人一起,那其中的美妙,外人是永远不知道的。隐居生活的本质就是对人生的怀疑。《頍弁》也表达了生命的无常和及时行乐的思想:"如彼雨雪,先集后霰。死丧无日,无几相见。乐酒今夕,君子维宴。"①人生好比雪一样早晚都要消失散尽。不知什么时候才能相见,只有这宴会的痛饮才是真的!可见所谓存在主义并不仅仅是西方文化独有的东西,对人生意义的探询与困惑乃是古今中外所有伟大文学作品共同具有的特性。哈姆莱特对人的赞颂往往仅被引用前面一段:"人类是一件多么了不得的杰作!多么高贵的理性!多么伟大的力量!多么优美的仪表!多么文雅的举动!在行为上多么像一个天使!在智慧上多么像一个天

---

① 程俊英译注:《诗经译注》,上海古籍出版社 1985 年版,第 86、374 页。

神！宇宙的精华,万物的灵长!"而更为符合《哈姆莱特》主题的后面一段往往被省略了:"可是在我看来,这一个泥土塑成的生命算得了什么? 人类不能使我发生情趣;不,女人也不能使我发生兴趣。"①哈姆莱特对人类的评价成为研究莎士比亚和文艺复兴时期文化的必引文献,但一般都引用"宇宙的精华,万物的灵长"来说明文艺复兴时期人的地位的变化,可《哈姆莱特》所隐含的深厚的存在主义思想,却常常受到忽略:"仿佛负载万物的大地,这一座美好的框架,只是一个不毛的荒岬;这个覆盖众生的苍穹,这一顶壮丽的帐幕,这个金黄色的火球点缀着的屋宇,只是一大堆污浊的瘴气的集合。"这虽然是哈姆莱特针对自己命运与状况而发的,对理解人类永恒境遇的普遍性具有跨越时空的意义。存在主义成为贯穿《哈姆莱特》始终的一个基本主题,特别是戏剧对父子的亲缘、母子的关爱、情人的忠贞、兄弟的亲情、老人的智慧、人生的幸福这些在人类文学历史的长河中被反复歌唱吟咏的主题进行的讽刺与反思更是令人感慨万千。情人的忠贞不过是奥菲利亚歌中所唱的:"她进去时是个女郎,出来变成了妇人。"②兄弟的情谊就是:"原始以来最初的诅咒,杀害兄弟的暴行。"③老年的智慧不过是像罗森克兰兹所说的波洛涅斯:"是第二次裹在襁褓里,因为人家说,一个老年人是第二次做婴孩。"至于哈姆莱特对他母亲的讽刺更是整部戏剧的一个异常令人值得深思的问题。母亲在父亲死后立即嫁给了叔父,因此母亲的双重角色成为哈姆莱特揭示人类困境的一个标本。他称呼他的叔父、母亲为"我的叔叔父亲,和婶母母亲"。因为

---

① 莎士比亚著,朱生豪译:《哈姆莱特》,人民文学出版社 2002 年版,第 41 页。
② 同上书,第 90 页。
③ 同上书,第 72、105 页。

他的叔父就是他的继父,因此也是他的父亲。"你是皇后,你丈夫的兄弟的妻子,你又是我的母亲,但愿你不是","即使她十次是我的母亲,我也一定服从她。凭我这双扒手起誓",因为她母亲的改嫁,哈姆莱特便说是第二次成为他的母亲。哈姆莱特说他自己始终是清醒的,这种清醒借助了疯的外衣而发挥了它的力量。当他的母亲认为他心神恍惚时,他对母亲说:"心神恍惚!我的脉搏跟你的一样,在按着正常的节奏跳动哩。我所说的并不是疯话;要是你不信,不妨试试,我可以一字不漏地复述一遍,一个疯子是不会记忆得那样清楚的。母亲,为了上帝的慈悲,不要自己安慰自己,以为我这一番说话,只是出于疯狂,不是真的对你的过失而发;那样的思想不过是骗人的油膏,只能使你溃烂的良心上结起一层薄膜,那内部的毒疮却在底下愈长愈大。"[①]清醒的现实意识是哈姆莱特装疯的根本原因。这看起来有些类似后现代的荒诞效果,其实却是人类某种境遇的真实写照。与哈姆莱特有着相同处境的奥狄普斯王也讲过同样的话,不过他的境遇比哈姆莱特更令人同情。由于他杀死了自己的父亲,同时又娶了自己的母亲,因此预言家特瑞西阿斯说:"他将成为和他同住的儿女的父兄,他生母的儿子和丈夫,他父亲的凶手和共同播种的人。"[②]奥狄普斯王所担当的人类伦理中截然对立的角色成为理解整个悲剧冲突的基础,也是弗洛伊德所谓"弑父娶母"的奥狄普斯情结的根据缘由。这种截然对立的意象与话语在悲剧中反复出现。第四合唱的歌队唱道:"哎呀,闻名的奥狄普斯!那同一个宽阔的港口够你使用了,你进那里

[①] 莎士比亚:《哈姆莱特》,第78页。
[②] 索福克勒斯著,罗念生译:《奥狄普斯王》,人民文学出版社2002年版,第23页。

做儿子,又扮新郎做父亲。不幸的人呀,你父亲播种的土地怎能够,怎能够一声不响,容许你播种了这么久?那无所不见的时光终于出乎意料发现了你,它审判了这不洁的婚姻,这婚姻使儿子成为了丈夫。"①同样高贵的伊奥卡斯特在面对这令人无法容忍的现实时终于上吊自杀了,因为正如传报人所说:"她进了卧房,砰的关上门,呼唤那早已死了的拉伊奥斯的名字,想念她早年所生的儿子,说拉伊奥斯死在他手里,留下做母亲的给他的儿子生一些不幸的儿女。她为她的床榻而悲叹,她多么不幸,在那上面生了两种人,给丈夫生丈夫,给儿子生儿子。"②伊奥卡斯特和奥狄普斯共同组成了按照弗洛伊德的观点看来人类最伟大的悲剧。打击最大的还是奥狄普斯,他强烈感受到这不可抗拒的悲惨命运:"婚礼啊,婚礼啊,你生了我,生了之后,又给你的孩子生孩子,你造成了父亲,哥哥,儿子,以及新娘,妻子,母亲的乱伦关系,人间最可耻的事。"③他在刺瞎了自己的双眼要自我流放时对自己的孩子说:"孩儿们,你们在哪里,快到这里来,到你们的同胞手里来,是这双手使你们父亲先前明亮的眼睛变瞎的,啊,孩儿们,这双手是那没有认清楚人,没有了解情况,就通过生身母亲成为你们父亲的人的。我看不见你们了;想起你们日后心酸的生活——人们会叫你们过那样的生活——我就为你们痛哭。……什么耻辱你们能少得了呢?'你们的父亲杀了他的父亲,把种子撒在生身母亲那里,从自己生出的地方生出了你们。'你们会这样挨骂的。"④主人公的双重身份是整

---

① 索福克勒斯:《奥狄普斯王》,第49页。
② 同上书,第51页。
③ 同上书,第55页。
④ 同上书,第58页。

个悲剧的最终根源,反复出现的播种的隐语也使我们强烈感受到人类自身命运的不可捉摸,谁能预言在人的身上会出现什么呢?人的巨大智慧可远远不足以决定他自身的命运,人总是自以为是,总是想占有一切,成为整个自然的主人,而他不过是自然微不足道的一部分。克瑞昂说:"别想占有一切;你所占有的东西不会一生跟随你。"歌队长也讲出了同样的道理:"特拜本邦的居民啊,请看,这就是奥狄普斯,他道破了那著名的谜语,成为最伟大的人;哪一位公民不曾带着羡慕的眼光注视他的好运? 他现在却落到可怕灾难的波浪中了。"①奥狄普斯猜到了那著名谜语的谜底,也就是众所周知的"人",可他猜不透他自己,当奥狄普斯咒骂预言家特瑞西阿斯时:"别人有力量,你却没有;你又瞎又聋又懵懂。"可特瑞西阿斯却说:"只要知道真情就有力量。""你骂我是瞎子,可是我告诉你,你虽然有眼也看不见你的灾难,看不见你住在哪里,和什么人同居。"②人类的智慧仅仅能够解决自然界的一定区域内的东西,但他却认为可以解决所有问题,甚至用自然科学的方法来解决审美与道德的问题。在当今的时代就表现在用自然科学的态度来代替对人自身特性的思考,用理性的、逻辑的、直线式的科学方法来解决人类审美、道德等属于情感和意志领域的问题。存在主义的一个重要贡献就是打破了这种自然科学方法所产生的虚幻胜利,而人自身无数的困惑就在于奥狄普斯王早已回答但仍没有解决,人永远也不会解决的问题——人是什么? 克尔凯郭尔的很多寓言就形象而准确地说明了人类困惑,特别是现代人的困惑。他在《昂

---

① 索福克勒斯:《奥狄普斯王》,第59页。
② 同上书,第20—22页。

贵的买卖》中说:"这就像许诺卖给塔昆一批书籍的那个女人,但塔昆不愿支付她索要的价款时,这个女人就将书的三分之一烧掉,并索要同样数额的款项。而当他再次拒绝给付时,她又烧掉那批书籍的三分之一,仍索要同样的价款,最后塔昆只好付出原来的代价买下剩下的三分之一。"[①]克尔凯郭尔用这个奇怪的故事来说明"若良知受到蒙蔽,最终是否造成损害"这个千古流传的问题,人的良知是不可能用数学的方法来测量,用物理的方法来观察,用化学的方法来检验的,它最终的检验与效果就是对良知的态度与感觉。道德良知的规则有可能正好和自然科学的原则相反,最少的东西可能获得最大的报酬与代价。对幸福的追求也是这样,人人都在追求幸福,可谁能追求到真正的幸福呢?真正的幸福又在哪里呢?他在《侏儒的七里靴》中说:"大多数人在追求快乐时急切得上气不接下气,以至于和快乐擦肩而过。"[②]人类自生以来就追求快乐,特别是忙碌异常的现代人。对快乐追求的反思也从未间断过,反思的一个根本目的就是要解决忙碌的现代人,也就是这些"准机器人",他们人生的意义究竟为何?他们不是追寻不到,而是根本不知现代人的意义为何,正如匆匆忙忙的旅游,匆忙贯穿了整个旅游的过程,消费成为一切,为快乐而休闲带来的只有劳累与厌烦,在注重过程的口号下,过程成了某种需要被充满的东西,结果的唯一结果就是等待下一个过程重新开始,生活的意义在不断被塞满的过程中消费掉。无论开着汽车,还是坐着飞机都和在跑步机上奔跑来获得快乐的人一样,最大的收获就是荒诞,而对科学的盲目崇

[①] 克尔凯郭尔著,杨玉功译:《哲学寓言集》,商务印书馆2000年版,第16页。
[②] 同上书,第46页。

拜更加使人茫然。正如盲目乐观的黑格尔哲学遭遇到克尔凯郭尔的彻底的批判一样。其实,主张理念一往无前的黑格尔哲学在当时就遭遇到来自叔本华的激烈反对:"叔本华以令人难以置信的狂怒扑向他的哲学对手们。他骂费希特和谢林是吹牛大王,骂黑格尔是哲学骗子。整个说来,黑格尔的哲学有四分之三是胡说八道,有四分之一是陈词滥调。……通过奴颜婢膝和正统观念以博取王侯们的好感。"①这位在自己著作中经常出现咒骂口气的哲学家并没有战胜黑格尔,很显然他的悲观主义超越了时代,而时代的主导精神乃是黑格尔哲学中所表明的国家的进步和未来。基本上与叔本华同时,克尔凯郭尔也开始了对黑格尔哲学的批判,"与黑格尔斗争,是他毕生的使命"②。在这位"全部生活即思考"的哲学家看来,黑格尔把无限丰富的现实通过思考塞进一个哲学体系的做法本身就是荒谬的,黑格尔庞大的哲学体系,在他看来不过是一个幻觉。在克尔凯郭尔看来,以自由为人生根本原则的存在哲学和黑格尔的个体在历史洪流中如尘沙一般的哲学是根本对立的,人的行动不属于逻辑学,不属于必然性,而属于心理学和自由范畴。克尔凯郭尔在他的第一本著作《非此即彼》中就明确地提出了"审美的生命观"和"伦理的生命观"的根本对立,但是他自己则选择了第三条生活方式:宗教的生活方式。③感性审美的生活方式与理性伦理的生活方式的提出对加缪《西西弗神话》产生了决定性的影响,也成为各种后现代价值观念的一个最初源头。

---

① 阿尔森·古留加著,刘半九等译:《黑格尔传》,第114页。
② 沃德著,鲁路译:《克尔凯郭尔》,河北教育出版社2001年版,第19页。
③ 同上书,第111页。

第三章 中西文论传统的历时与共时

一、文体形式的审美言说方式与共时性的价值取向

王国维在《宋元戏曲史·自序》说:"凡一代有一代之文学:楚之骚,汉之赋,六代之骈语,唐之诗,宋之词,元之曲,皆所谓一代之文学,而后世莫能继焉者也。"可见抒情言志的文学传统一直就是中国传统文学的一个根本特征。不仅是文学创作,就是文论也呈现出相同的特点。且不说《论语》、《孟子》、《老子》、《庄子》等对文学艺术的基本观点产生深远影响的哲学著作,就是后来纯粹意义上的文论著作,强调表达内心情感世界的价值标准也表现得非常明显,如曹丕的《典论·论文》、钟嵘的《诗品》、刘勰的《文心雕龙》、司空图的《二十四诗品》、严羽的《沧浪诗话》、王国维的《人间词话》、宗白华的《意境》等,加以大量的诗体文论,充分显示了这个基本特点。对抒情言志的强调必然呈现出对艺术与价值观念的共时性与空间性的强调,从而与文化的基本特点密切相关。中国古代文化强调礼与乐的意义,是在固定的时空中来理解的,而不是从时间的前后发展变化中来理解的。诗歌更多的是抒情言志,特别是短诗,以关注自我对世界的感受为主,也就更加趋向于一种空间化

的艺术,小说把反映或模仿客观世界作为基本原则,因此也就更趋向于一种时间的艺术,诗歌的审美表达方式与权力的解释空间也更容易结合在一起,小说不发达与单一的价值观念有着深层的关联,因此中国文学传统中小说文体是不发达的,其与王国维所说的中国戏剧的地位是一致的。

中国古代文论审美、感悟、体验、直观的言说方式、有韵律的文体等作为中国古代文论的一个基本特点,在《文赋》、《诗品》、《二十四诗品》、《沧浪诗话》、《人间词话》等中最为典型,以《文心雕龙》为代表的骈文押韵的文体形式,其中对称、隐喻、比喻、象征、典故等都是西方文学理论中较少出现的。主张以朴素为美的《老子》、《庄子》也是如此,所以《文心雕龙·情采》中讲:"老子疾伪,故称'美言不信';而五千精妙,则非弃美矣。庄周云,'辩雕万物',谓藻饰也。韩非云,'艳乎辩说',谓绮丽也。绮丽以艳说,藻饰以辩雕,文辞之变,于斯极矣。研味孝老,则知文质附乎性情;详览庄韩,则见华实过乎淫侈。"①老子虽然认为"信言不美,美言不信",但是《老子》五千言,也是字字珠玉,且有很多对称之美。如《老子》四十一章:"明道若昧;进道若退;夷道若纇;上德若谷;广德若不足;建德若偷;质真若渝;大白若辱;大方无隅;大器晚成;大音希声;大象无形。""上德若谷"、"大辩若讷"、"大巧若拙"、"大直若屈"、"大盈若冲"、"大成若缺",语言和谐对称。《文心雕龙·丽辞》讲"言对为易,事对为难,反对为优,正对为劣"。很多关于《老子》语言的校对都是根据它美文的特点来进行的。如第二章的"长短相形"之所以是"形",就是因为"长短相形"和下句的"高下相盈"相对,"形"和"盈"成韵;第十六章的"公乃王,王乃天"之所以改为"公乃全,全乃天",是因

---

① 范文澜注:《文心雕龙注》下,人民文学出版社2006年版,第537—538页。

为"王"与"全"相似,"全"与"天"成韵;第三十九章的"侯王无以贵,将恐蹶"改为"侯王无以贞,将恐蹶"因"贞"与上文"万物无以生,将恐灭"之"生"成韵;第四十五章的"躁胜寒,静胜热"改为"静胜躁,寒胜热",因"静躁"与"寒热"相对,等等。如果《老子》不是美文,那这种校对方法无疑就是南辕北辙了。中国传统文论独特的审美言说方式在中国文论的发展中具有独特的文化意义,王元化认为《文心雕龙》比亚里士多德的《诗学》写得好,恐怕与这种言说方式有关,特别是对中国的文论家来说。然而这种言说方式并不能扩大为整个文化占主导地位的言说方式,因为这种言说方式虽然适应了文学这种艺术的审美形式,但对政治、经济、法律等来讲将具有相反的意义,因为这种言说方式给权力的运作带来巨大的空间与可能。审美的言说方式在西方文学理论中也有一定的表现,但与强大的中国诗话文论传统相比还是较弱的,只有柏拉图、克尔凯郭尔等哲学家言说方式充满了比喻、典故、象征、隐语等。就是因为这种根本不同的表达方式,最终导致了中西文学批评和理论体系的巨大差异,西方文学批评理论体系叙事宏大、论述充分,中国古典文论多是一种即兴感悟式的佳句评点,就规模与体系而论,《文心雕龙》要算是最为重要的了。

中国古代文论重直觉的思维方式对文论基本品格的形成起到了重要的作用,主客兴会、天机自流、心灵感悟、追求创作中机趣的论述随处可见。由于灵感在生命过程中短暂的呈现状态,导致了注重偶然性、即时性特征,这都是由强调抒情言志的文论传统决定的。陆机《文赋》中就形象地描写了灵感现象:"若夫应感之会,通塞之纪,来不可遏,去不可止。藏若景灭,行犹响起。方天机之骏利,夫何纷而不理。思风发于胸臆,言泉流于唇齿。纷葳蕤以馺逯,唯毫素之所拟。文徽徽以溢目,音泠泠而盈耳。及其六情底滞,志往神留,兀若枯木,豁若涸流,览营魂以探赜,顿精爽于自求。理翳翳而愈伏,思乙乙其若抽。是以或竭情而多悔,或率意而寡尤。虽兹物之在我,非余力之所勠。故时抚空怀而自惋,吾未识夫开塞之所由。"①这段对灵感与想象的描写可谓生动之至,特别是强调了灵感的"来不可遏,去不可止。藏若景灭,行犹响起"的特点。刘勰《文心雕龙·神思》篇对灵感的描述更是被古文论家所反复引述:"文之思也,其神远矣。故寂然凝虑,思接千载;悄焉动容,视通万里;吟咏之间,吐纳珠玉之声;眉睫之前,卷舒风云之色;其思理之致乎？故思理为妙,神与物游。神居胸臆,而志气统其关键;物沿耳目,而辞令管其枢机。枢机方通,则物无隐貌;关键将塞,则神有遁心。是以陶钧文思,贵在虚静,疏瀹五脏,澡雪精神。积学以储宝,酌理以富才,研阅以穷照,驯致以怿辞,然后使元解之宰,寻声律而定墨;独照之匠,窥意象而运斤;此盖驭文之首术,谋篇之大端。夫神思方运,万涂竞萌,规矩虚位,刻镂无形。登山则情满于山,观海则意溢于海,我才之多少,将于风云而并驱矣。"②刘勰对"神思"的描述与陆机对"感应"的描述基本一致,那就是灵感的偶然性、不可捉摸性、与作家长期修炼之间的关系等,古代文论中的灵气、灵感往往被称为兴会、神思、天机、感应、灵机、性灵、性、神来、入兴、顿悟等。严羽《沧浪诗话》讲诗歌的顿悟更是如此:"夫诗有别材,非关书也;诗有别趣,非关理也。然非多读书,多穷理,则不能极其至。所谓不涉理路,不落言筌者,上也。诗者,吟咏

---

① 张少康集释:《文赋集释》,人民文学出版社2005年版,第241页。
② 范文澜注:《文心雕龙注》下,第493页。

性情也。盛唐诸人惟在兴趣,羚羊挂角,无迹可求。故其妙处透彻玲珑,不可凑泊,如空中之音,相中之色,水中之月,镜中之象,言有尽而意无穷。"①严羽在《沧浪诗话》中认为诗禅相通,提出"悟入"、"直截根源"、"顿门"、"妙语"、"单刀直入"等观念,把对诗歌的创作完全当作了一种偶然的、即兴的,甚至是天才的能力,多读书、多穷理也是为了达到这种对诗的神悟,从而创作出出神入化的诗歌。其内容和刘勰、陆机的观点基本一致,只不过是把关于灵感的理论从另一个角度更加强化了。关于"羚羊挂角,无迹可求"的解释可谓各异,但其根本问题还是言意问题。用语言来表述思想,读者可以根据语言来追溯作者的最初心意,正如羚羊跑过可以根据羚羊留下的足迹来判断羚羊的去向,对于只可意会不可言传的言意之精髓,如轮扁所言,是不可根据语言来找出它的真谛的,如好的猎狗只能根据羚羊留下的踪迹和气味来判断羚羊去向,悬挂在羚羊身上的角就没有任何踪迹和气味,也就没有什么根据找到。对作家的考证主要依靠留下的文字,文字并不是最为可靠的根据,很多如羚羊角一样的事物是后来读者所无法探究的。从这个角度我们就全明白索引派、考据派在理论上的根本局限。对文学艺术即兴特点的强调导致了文学及其理论空间性的特点,反过来又对文学内容及文体形式产生巨大影响,对即兴的强调仅仅适用于对较小文体的运用,而对较大体制的文学形式显然是不适用的,对灵感的强调与我国文学强大的抒情诗歌传统是相一致的。我们从先秦与希腊文学及理论发展状况的简单比较中就可看出。这种对灵感偶然性的强调对后来文论的发展产生了深远的影响。王昌龄在《诗

---

① 郭邵虞校释:《沧浪诗话校释》,人民文学出版社 2006 年版,第 26 页。

格》中说:"凡诗人,夜间床头,明置一盏灯。若睡来任睡,睡觉即起。兴发意生,精神清爽,了了明白,皆须身在意中",因此要"纸笔墨常须随身,兴来即录",否则灵感随时失去,就没有好诗了。苏轼在《书蒲永升画后》中描述了画家黄知微作画的情景,"始知微欲于大慈寺寿宁院壁作湖滩水石四堵,营度经岁,终不肯下笔。一日仓皇入寺,索笔墨甚急,奋袂如风,须臾而成,作输泻跳蹙之势,汹汹欲崩屋也。"他在《腊月游孤山访惠勤惠思二僧》中也表达了同样的观点:"道家恍如梦蘧蘧。作诗火急追云逋,清景一失后难摹。"这种观点与杨万里对自己创作经验的叙述是一致的,他在《答建康府大宰库监门徐达龙》中说:"我初无意于作是诗,而是物是事适然触乎我,我之意亦适然感乎是物是事,触光光焉,感随焉,而是诗出焉。"王夫子在《夕堂永日绪论·内编》论诗的灵感时说:"情感须臾,取之在己,不因追忆,若援昔而悲今,则如妇人泣矣,此其免夫!""以神理相取,在远近之间。才着手便煞,一放手又飘忽去:如'物在人云无见期',捉煞了也……'青青河畔草'与'绵绵思远道',何以相因依,相含吐?神理凑合时,自然拾得。"袁宏道在《序小修诗》中说:"有时情于景会,顷刻千言,如水东注,令人夺魄。"李梦阳在《空同集》中说:"情者动乎遇者也。遇者物也,动者情也,情动则会,心会则契,神契者音,所谓随遇而发者也。"葛立方《韵语阳秋》卷二云:"小说载谢无逸问潘大临云:'近日曾作诗否?'潘云:'秋来日日是诗思。昨日捉笔得"满城风雨近重阳"之句,忽催租人至,令人败意,辄以此一句奉寄。'亦可见思难而易败也。"如浪漫主义诗人柯尔律治在创作《忽必烈汗》时的情景,只不过柯尔律治是在记录自己梦中的情景罢了。由此看出,对灵感的强调是中国传统文论一个异常重要的一部分,不仅在诗论中,在戏曲与小说理论中也是一样:李渔在《闲情偶记·词曲部》中认为"'机趣'二字填词家必不可少","离、合、悲、欢、嘻、笑、怒、骂,无一语、一字不带机趣而行矣",他为了反对当时普遍流行的迂腐板实的道学气而提倡文学性。顾彩在《桃花扇序》中也说:"何意六十载后,云亭山人以承平圣裔,京国闲曹,忽然兴会所至,撰出《桃花扇》一书。"①他认为小说《桃花扇》的创作也与灵感密不可分。由此看来,灵感问题不仅仅是一个诗学的问题,它深深地隐含在中国传统文化的骨髓之中,触物兴怀,情来神会,兔起鹘落,稍纵即逝的奥妙,兴趣、机神、机趣、妙机、天机自流、神理凑合、会心之际、灵机各异等成为传统文化表达人与自然关系的一种重要理念。所以《庄子·至乐》说:"万物皆出于机,皆入于机",《大宗师》讲"其耆欲深者,其天机浅",只有达到神机的境界才能真正把握自然,超脱自我。《二十四诗品》所谓"素处以默,妙机其微"(《冲谈》),只不过是一种哲学的理念在文学理论中的反映而已。《周易·系辞上》云:"阴阳不测之谓神"、杜甫所谓"下笔如有神"、严羽所谓"诗而入神",都是指一种普遍存在的神奇的偶然性与突发性,这种神秘而不可捕捉、稍纵即逝的灵感并不仅仅指诗歌的创作现象,它充满天地之间。曾国藩在《求阙斋日记类抄卷下》讲神机时说:"机者,无心遇之,偶然触之。姚惜抱谓文王、周公系'易'象辞爻辞,其取象亦偶触于其机;假令《易》一日而为之,其机之所触少变,则其辞之取象亦少异矣。神者,人功与天机相凑泊。唐人如太白之豪、少陵之雄、龙标之逸、昌谷之奇及元、白、张、元之乐府,亦往往多神到机到之语。"可见无论从诗歌创作还是中国传统文化中对自然、自我的认识中都贯穿着这种关于灵感的理念。

---

① 孔尚任:《桃花扇》,人民文学出版社2002年版,第274页。

列维·布留尔指出原始思维是一种"超空间,有时甚至也是超时间的"思维,它能"对一切事物做出十分迅速而合理的解释","对所感知的东西迅速的几乎是瞬间之际的解释而行动的"①。列维·斯特劳斯也指出了这种超越时间的原始性思维方式,他说:"野性的思维没有区分观察的时间和解释的时间","野性思维的特征是它的非时间性,它想把握既作为同时性又作为历时性整体的世界"。"然而也正是在这个意义上,野性的思维有别于那种包括历史知识在内的'开化的'思维,因为历史知识关注的连续性在时间秩序内表现为一种间隙式的和结合性的统一性,这种分析式的、连续的、抽象的理性乃是与个体的实践体验相对立的。"② 我们在《二十四诗品》与《人间词话》对意境的强调中更能强烈地体验到对空间性感受经验的强调。当然,这并不意味着区分二者在文化与艺术发展中所具有的高低不同的意义。郭绍虞在解释《诗品》之《典雅》"落花无言,人淡如菊"时说:"落花无言,幽寂可想;人淡如菊,萧疎可知。于无字句处体会,其味弥永。"③注释与原文完全一致,只是丧失了原文的恬淡悠远的意境,重新落入不可言说的即时体验中。王国维的《人间词话》也是如此。这种审美方式的本质在于意境空间的多元化,而不是时间前后相继的多样化。当然中国古代哲学中尚变的意识也是有一定的传统的,正如张岱年所说,"中国思想家都认为变动是实在的。这是中国哲学的一个特

---

① 列维·布留尔著,丁由译:《原始思维》,商务印书馆1981年版,第351、374—375页。
② 列维·斯特劳斯著,李幼蒸译:《野性的思维》,商务印书馆1987年版,第254、301页。
③ 司空图著,郭邵虞集解:《诗品集解》,人民文学出版社2006年版,第13页。

点"①,只是变从未占据主流话语的地位。《周易》中处处隐含着反思传统的尚变意识,这种意识与它的"尚健、忧患、反思"的意识是密切结合在一起的。《易经》说:"君子终日乾乾,夕剔若,厉无咎""天行健;君子以自强不息"②。《系辞下传》讲得更为清楚:"作《易》者其有忧患乎?"所谓为君子谋。《易经》中的"贞凶"、"贞吝"、"贞疾"、"贞厉"等一般都解释为"守正防凶"、"守正防吝"、"守正防疾"、"守正防厉"就是贯穿整个《易经》基本思想的表现。③ 所以郑玄说:"《易》一名而含三义,'简易'一也,'变易'二也,'不易'三也。"《大畜卦》"刚健笃实,辉光日新其德",《乾卦》与《益卦》"与时偕行",《革卦》"天地革而四时成;汤武革命,顺乎天而应乎人:革之时大矣哉",《震卦》"君子以恐惧修省",《系辞上传》"日新之谓盛德",《系辞下传》"变通者,趋时者也","《易》穷则变,变则通,通则久","君子安而不忘危,存而不忘亡,治而不忘乱。是以身安而国家可保也","惧以终始,其要无咎,此之谓《易》之道也"等都告诉人要按照《恒卦》中所警戒的"持之以恒",也就是《论语·子路》孔子所说的:"人而无恒,不可以作巫医。""不恒其德,或承之羞。"同时要按照《蹇卦》中所说的"君子以反身修德",最后达到《艮卦》中所谓"厚终"。总之,《易经》整个尚变的本质就是为了表达一种"其亡其亡,系于苞桑。惧危则安。否终则倾,何可长也","否极泰来"的思想,也是老子所谓"夫唯病病,是以不病"的根本原因。《孟子·告子章句下》说:"入则无法家拂士,出则无敌国外患者,国恒亡。

---

① 张岱年:《中国哲学大纲》,中国社会科学出版社1982年版,第98页。
② 黄寿祺、张善文撰:《周易译注》,第3、7页。
③ 同上书,第43页。

然后知生于忧患而死于安乐也。"①《礼记·曲礼上》"志不可满,乐不可极",《尧戒》"战战兢兢,日谨一日;人莫踬于山,而踬于垤",都是同一种观念的不同表达,然而尚变的思想往往被一种明哲自保与悲观的情绪浸染。《论语·子罕》中"子在川上曰:'逝者如斯夫,不舍昼夜'"。《庄子·知北游》"人生天地之间,若白驹之过隙,忽然而已"。《庄子·盗跖》"天与地无穷,人死者有时,操有时之具而托于无穷之间,忽然无异骐骥之驰过隙也"。这种对时有始终、世有变化、无时不移观念的强调,并不仅仅告诉人们《礼记·大学》中所说的:"苟日新,日日新,又日新。周邦虽旧,其命维新。君子无所不用其极"②,同样隐含了变化不定,人生无常的含义,在中国传统文化中往往与悲观主义联系在一起。主流话语意识很少含有变动的理念,变动的理念往往被主流的强权话语所消解。中国传统的变动意识由于和悲观意识密切结合在一起,变化往往是循环的一部分,是回归自身,或者是回归初始的过程,变化不是带来进步,而是带来悲剧与动荡,在某种程度上变化意识在本质上仍然是一种前后如一的凝固空间意识。当然古今中外持有变化悲观理念的存在主义者大都主张静止的文明一说,因为在悲观主义者看来,人类的存在与历史都是处于相同的循环之中,没有什么太大的变化,时间与空间的变化并不带来人类生存状况的进步,生存状况的悲剧色彩与悲剧命运的必然性是不会发生变化的。

空间的多样性与时间前后相继性的对立在以儒家为代表的注重伦理道德的哲学观念中得到深刻体现。孔子对人伦的注重与明

---

① 杨伯峻译注:《孟子译注》,第 298 页。
② 杨天宇撰:《礼记译注》,第 803 页。

哲保身的人生理念导致了对空间观念的注重,表现在善的原则的稳定性相对于处于变化之中的真理原则更具有空间性,仁者乐山,智者乐水。中国古典文化的复古与凝固的价值倾向就是由于它过分强调空间价值的意义决定的。在中国传统文化中儒家文化占有主导地位,这就决定了中国传统文化的特色是以人伦为核心的文化,着重调整人的各种关系,如国家政治生活中的君臣及各种等级隶属关系,家庭中的父子、夫妻、兄弟关系,各有职责,不能混乱。儒家伦理常常反对变革,成为历代统治者不可缺少的统治工具。我们在孔子的思想中可以看到这些基本倾向。在学生与老师的关系上,亚里士多德主张我爱我师,我更爱真理。孔子在《论语·卫灵公》说:"当仁不让于师。"师生之间的秩序在仁义面前是可以打破的,但在孔子看来,自己和学生都没有达到仁的境界,那怎能打破呢?《论语》中充满了各种评价,但最为重要的就是孔子的自我评价、对弟子们的评价、对别人的评价及他人对孔子的评价。这些评价基本上是同一价值的体现,互相说明,互相印证,孔子对他者的评价也是一样,所有这些评价都是在同一个价值系统的时空中完成的,时间的变化对于这些评价没有任何的意义,没有前后发展的观念。孔子的自我评价与对学生的评价充分展示了孔子对人生、对世界、对自我的理解与根本态度。孔子的言说方式的单一性也是他人生价值观念单一的表现,在他的价值观念中没有多元即不同价值观的互相辩论与发展变化的可能。在这几种评价中我们首先看到孔子的自信与自我评价。《子罕》中讲:"子绝四——毋意,毋必,毋固,毋我。"①孔子虽然不固执,不唯我独是,但仍然把

---

① 杨伯峻译注:《论语译注》,第87页。

自己的观点看成最合理的观点。所以他在匡地被拘禁时说:"文王既没,文不在兹乎?天之将丧斯文也,后死者不得与于斯文也;天之未丧斯文也,匡人其如予何?"在孔子看来,天下之人只有他才真正继承了周公的文化,匡人是不能把他怎样的。《宪问》中孔子表达了同样的观点:"道之将行也与,命也;道之将废也与,命也。公伯寮其如命何!"孔子对命的提出表现了他的无奈,同时也表现了他的自信。所以他说:"君子道者三,我无能焉:仁者不忧,知者不惑,勇者不惧。"所以深深了解孔子的子贡说:"夫子自道也。"孔子自认为有仁德、不迷惑,有智慧而不忧愁,有勇气不害怕。但正如孔子自己所说的:"莫我知也夫!""不怨天,不尤人,下学而上达。知我者其天乎!"当他谦虚地说:"吾有知乎哉?无知也。"(《子罕》)其中的真实性是令人怀疑的。所以当子贡问他:"有美玉于斯,韫椟而藏诸?求善贾而沽诸?"孔子回答道:"沽之哉!沽之哉!我待贾者也。"可见待价而沽的孔子并不自认为是什么"无知之徒",而是"待价而沽的高士"。孔子想搬到九夷去住,有人就问:"陋,如之何?"他却回答:"君子居之,何陋之有?"可见孔子自认为是君子。《述而》中当叶公问子路孔子怎样,子路没有回答,孔子便说:"女奚不曰,其为人也,发愤忘食,乐以忘忧,不知老之将至云尔。"可见孔子的自我评价还是很高的。① 由于孔子哲学思想的不合时宜,现实给孔子所带来的各种磨难,使他也是经常反思自己。《卫灵公》中孔子说:"民之于仁也,甚于水火。水火,吾见蹈而死者矣,未见蹈仁而死者也。"百姓需要仁德更甚于水火,有人死在水火里,未见人死在仁德里,其实他自己不是很好的例子吗?不为时代所容,其

---

① 杨伯峻译注:《论语译注》,第71—91页。

实为仁义而困顿者是数不胜数的,耶稣与苏格拉底难道不都是为仁德而死吗?追求仁德也要付出巨大代价的,不然要明哲保身干吗?孔子的自省也是经常的,《学而》所谓"吾日三省吾身——为人谋而不忠乎?与朋友交而不信乎?传不习乎?"所以《颜渊》中当司马牛问:"不忧不惧,斯谓之君子已乎?"孔子回答:"内省不疚,夫何忧何惧?"在孔子的自我评价与自省中反映了孔子的坚韧与独立精神。《阳货》中讲佛肸在中牟谋反,叫孔子去,孔子也打算去,于是子路就说:"昔者由也闻诸夫子曰:'亲于其身为不善者,君子不入也。'"从前老师讲过,君子是不到亲自做坏事的人那里去的,如今你怎么要去了呢?孔子却说:"然,有是言也。不曰坚乎,磨而不磷;不曰白乎,涅而不缁。吾岂匏瓜也哉?焉能系而不食?"孔子认为最坚硬的东西是磨不薄的,最白的东西也染不黑,自己又不是匏瓜怎能仅仅挂起来不吃呢?可见孔子为社会所用的心理是很坚定的,但从另一个角度也反映了孔子为时代所困的情境。《卫灵公》中记载在陈地绝粮,从者大都生病了,子路很生气,对孔子说:"君子亦有穷乎?"孔子回答:"君子固穷,小人穷斯滥矣。"这一问一答就更清楚地反映了孔子被时代所抛弃的处境,也表现了孔子对社会的愤慨。这样孔子对颜渊的赞赏也就非常明确了,那就是君子能安于贫困,小人如在颜渊的状态下早就承受不了。在所有的学生中他最喜欢颜渊。《先进》中讲:"回也非助我者也,于吾言无所不说。"孔子对颜渊的评价可谓中肯,也显示了孔子作为一个教育家所具有的风范。当季康子问:"弟子孰为好学?"孔子回答说:"有颜回者好学,不幸短命矣,今也则亡。"当颜渊死的时候,孔子非常伤心:"噫!天丧予!天丧予!"当别人劝他不要太伤心时,他却说:"非夫人之为恸而谁为?"当门人欲厚葬颜渊时,孔子说:"回也视予犹父也,予不得视犹子也。非我也,夫二三子也。"①可见孔子对颜渊的深厚感情。在他对颜渊的赞赏中,同时也对其命运的坎坷表达了自己的不平:"回也其庶乎,屡空。赐不受命,而货殖焉,亿则屡中。"颜渊道德学问都很好,但一无所有,端木赐不安本分,投机取巧却发家致富。孔子从颜渊的生存状态看到了自己的命运,所以对颜渊更情有独钟,特别是颜渊安贫乐道更使他在反思自身的同时看到了寄托。当然颜渊对孔子也是非常尊重的,从下面就可看出来。孔子在匡被囚禁之后,颜渊最后才来,孔子说:"吾以女为死矣。"颜渊回答:"子在,回何敢死?"颜渊一句似玩笑的话显示了他对孔子的尊重,然而不幸他还是先孔子而去世了,孔子的伤感是可想而知的。《颜渊》中颜渊问仁。孔子讲:"克己复礼为仁。一日克己复礼,天下归仁焉。为仁由己,而由人乎哉?"颜渊说:"回虽不敏,请事斯语矣。"可见颜渊作为孔子最赞赏的学生是因为他按照孔子的话去做,而不是阳奉阴违。在孔子所提到学生中,对子路的批评是较多的,和对颜渊的喜爱形成了对比,孔子并不喜欢子路的刚强,他说:"若由也,不得其死然。"(《先进》)闵子骞的恭敬正直,冉有子贡的快乐而温和孔子都认为很好,但对子路的刚强,他却认为"可能得不到好死"。孔子对子路的言行是有看法的,他说:"片言可以折狱折者,其由也与?"子路为人坦诚直率,打官司仅凭一方的言辞就可判决。这句话恐怕是讲子路作为法官,而不是作为证人而言,应该是"听讼,吾犹人也,必也使无讼乎"中的"听讼"而不是参加"诉讼",孔子不是在称赞子路的正直和直率,而指责他的思想简单,考虑问题不周全,这既是对子路的评价,也是孔子明哲保身的反映。

---

① 杨伯峻译注:《论语译注》,第 111—113 页。

子路的结局也正如孔子所预言的一样,反映了孔子对当时社会状况的深刻认识。所以《子路》中孔子说:"野哉,由也!君子于其所不知,盖阙如也。"孔子批评子路"鲁莽",认为君子对于自己不懂的要持保留态度,子路对自己不了解的也敢于大胆发表意见,违背了孔子所极力主张的中庸之道,所以当子贡问他:"师与商也孰贤?"他回答:"师也过,商也不及","过犹不及",在孔子看来,这都不能让他满意,因为过分和不及都不适中。

我们从《论语》中孔子和隐士之间的对话与辩论看出二者价值观念的冲突与对立。《论语》记载了很多隐士对孔子的评价。守门的"晨门"、荷锄具的"杖人"、"耦而耕"的"长沮、桀溺"、楚狂人接舆等,表现了不同价值观念在动荡时期的争辩。孔子自以为是"凤",不合时宜的"凤",所以接舆说他"往者不可谏,来者犹可追","今之从政者殆而",过去的不可能追回,将来的还赶得上,可现在从政真是危险啊!孔子想去辩论,却被对方给拒绝了,"趋而辟之,不得与之言"①。在接舆看来这是不证自明的道理与事实,有什么值得辩驳的呢?在孔子遭到隐居之人的讽刺中最为出名的就是《宪问》中的"是知其不可而为之者",孔子在隐居者的眼里是一个"知道做不到却一定要做"的不识时务的人。至于"子击磬于卫"的描述更有深意:一个从门前经过的挑筐人都能听出孔子击磬的深意,磬声好像在说,"没有人知道我啊,没有人知道我啊!"挑筐人因此说:"真不好意思啊,没有人知道就算了,就像蹚水一样,水深连衣裳一起过,水不深撩起衣裳过。"这句引用自《诗经·邶风·匏有苦叶》的诗句准确地表达了孔子对当时黑暗社会的无奈想法,既想介入改造它,又想保身逃避它。《微子》中长沮、桀溺对社会的描述正是当

---

① 杨伯峻译注:《论语译注》,第193页。

时社会的准确反映,"天下像洪水泛滥一样,坏人到处都是,与其跟着孔子逃避坏人,不如跟着隐士逃避社会",说明了避世者的根本态度。可孔子与他们不同:"人不可能同飞禽走兽在一起,那不同人在一起,怎么办?如果天下太平,就不会出来从事改革了!"但隐者却说他们是:"四肢不勤快,五谷分不清",根本无资格做老师,孔子对于他们隐居的做法也表示了不满,"不做官是不对的。人不可能废除长幼关系,不可能废除君臣之间的义务。不能因为要显示自身的高洁而忘记了君臣、父子大义。君子出来做官就是要使这些大义付诸实现。道不能在天下实现,我们早就知道了。就因为道不能实行,我们才出来推行自己的主张。"隐逸之人有伯夷、叔齐、虞仲、夷逸、朱张、柳下惠、少连,没有辱没志向和身体的只有伯夷、叔齐;辱没自己的志向和身体的就是柳下惠、少连,不过言语合乎伦理,行为经过思考;至于虞仲、夷逸隐居世外,狂放直言,但行为廉洁,被废弃也是权术的结果。孔子则与他们不一样,认为行为应该廉洁,言语合乎伦常,既为世道所认可,为世所用,不能既辱没了自身高洁的志向,又玷污了自己的身体,都是不可取的。《子张》中记载了叔孙武叔对孔子的评价:"子贡贤于仲尼。"但子贡却说:"譬之宫墙,赐之墙也及肩,窥见室家之好。夫子之墙数仞,不得其门而入,不见宗庙之美,百官之富。得其门者或寡矣。夫子之云,不亦宜乎!"子贡认为他们的评价是不对的,就拿围墙来说吧,自己的墙只有肩膀那么高,任何人都可看到里面的美好,可老师的墙有几丈高,找不到大门进去,是看不见里面的美好与富丽的,能找到门径进入到里面的应该是很少的。子贡把别人评价自己比老师好的说法,看作是认识水平的限制所做出的错误结论。世人很多对孔子的批评都是因为对孔子的误解,不了解造成的。子贡还针对叔孙武叔的诽谤做出了还击:"仲尼不可毁也。他人之贤者,丘陵也,犹可逾也;仲尼,日月也,无得而逾焉。人虽欲自绝,其何伤于日月乎?多见其不自量也。"他说,孔子是不可能诽谤得了的,他人的贤能不过是丘陵还可超过,但孔子的贤能像日月一样是无法超越的。人要自己显示自己的无知,那对日月有何伤害呢?只能显示自己的不自量力罢了!子贡对孔子的赞扬可谓超越了古今,认为孔子的伟大像日月一样照耀着古今。子贡还对陈子禽相同的观点进行了批驳:"夫子之不可及也,犹天之不可阶而升也。夫子之得邦家者,所谓立之斯立,道之斯行,绥之斯来,动之斯和。其生也荣,其死也哀,如之何其可及也?"陈子禽也认为子贡超过他的老师,并认为子贡主要是由于谦虚而认为不如自己的老师。子贡就批评他,认为君子讲话应该谨慎,因为一句话就可表现他的有知与无知。孔子的无人可及,就像青天不能用阶梯爬上去一样,更不要说他的学生了。在当时,孔子并不像子贡所说的那样对社会很有影响:"如果得到国家或者采邑,就称为诸侯或者卿大夫,让人立足社会就能立足社会,引导他们就跟着前进,安抚他们就来投靠,动员他们就响应。"[①]孔子自己的悲惨遭遇就是证明。孔子的道不能迅速在社会上推行,本身就说明他的道在某种程度上是超越时代、超越历史的,不是对社会仅仅有一时一地之用,他的理想要经过历史的不断前进才能达到,有很多即使在今天,我们也不能说就已经实行得很好了。孔子与隐士争论的焦点在于是否参与政治。《子路》中孔子说:"苟有用我者,期月而已可也,三年有成。"可见孔子时时不忘能参与政治。《阳货》中"阳货欲见孔子"讲孔子与阳货关

---

① 杨伯峻译注:《论语译注》,第204—205页。

于从政的对话,阳货对孔子的心理还是很了解的:自己很有能力,却听任国事处于荒乱之中,算不上有仁德;自己一直喜欢从政,却屡屡失去机会,也算不上聪明。随着时光的流逝,谁知将来怎样呢?孔子只好回答:"好吧,我将要步入仕途了。"阳货对孔子的评价正中了孔子的内在矛盾之处,自己的愿望想法和自己达到的现实相差甚远,现实的无奈使他不停地抱怨天地。至于公山弗扰在费地造反让孔子去,他都打算去,以至于子路说他:"没地方去就算了,竟要到公山弗扰那里去!"孔子只好回答:"他让我去,也不会白白地去,如果有人用我,我将使周文王、武王的时代重新复兴!"这说明孔子已经走投无路了。至于《先进》中的"子路、曾皙、冉有、公西华侍坐"更能准确而全面地反映孔子对自我、对学生的评价。孔子之所以对子路的话发笑是因为他的话不谦让,和他为国以礼的主张相反,而谦逊的冉求、公西赤却得到了他的赞同,特别是公西赤谦虚的表达方式使孔子很满意。十分懂得礼仪的公西赤愿意在宗庙国家间的盟会上做一个小司仪,那孔子就说,"谁能做大司仪呢?"至于孔子对曾皙的赞同,"暮春三月,穿着春天的衣服,有五六位大人,六七位儿童陪伴着,在沂水旁游游泳泳,在舞雩台上吹吹风,一路唱歌回来",表现了孔子对时代的强烈不满,隐退和无奈的心情充满了内心。

以上的分析来看,孔子所思考的问题就是如《论语·卫灵公》中所说的"予一以贯之"的道,孔子主要关心什么是人不变的行为原则。《宪问》中孔子表达了自己的仁义之道,当南宫适问他什么是仁义之道时说:"羿善射,奡荡舟,俱不得其死然。禹稷躬耕而有天下。"孔子由此知道他是一个仁义之人:"君子哉若人!尚德哉若人!"学生南宫适的问话中已经含有了自己的观点,他对道德的强调,表达了尚力者不如尚德,尚力者不得善终,尚德者终得天下的观点,和以仁为天下的观点相同。《卫灵公》中孔子说:"吾尝终日不食,终夜不寝,以思,无益,不如学也。"孔子强调学习,认为整天不吃不睡去思考没有什么益处,不如学习,因为学习可以提高人的聪明才智,但孔子的智如苏格拉底的智一样是关于道德与仁义的智。孔子把仁义的问题,也就是善的原则问题当作自己哲学的出发点与最终归宿。儒家文化中对善的原则的追求与中国传统知识分子明哲保身的人生理念直接导致了对空间价值观念的认可与宣扬。《周易》所谓:"君子以慎言语,节饮食。"祸从口出,病从口入。慎言养德,节食养身。① 《孔子家语·观周》说:"有金人焉,三缄其口,而铭其背曰:'古之慎言人也。'"这样,对真理追求导致的对变动与时间观念的强调便自动消解了。知识分子对真理的追求无疑会导致对现实的变革,从而使以变动为基本原则的社会规则的形成。理论界大都认为中国哲学强调归纳,而西方哲学强调演绎,这不仅仅指出了中国哲学和西方哲学的思维方法的不同,同时也指出了中西哲学的根本差异,那就是中国哲学从现实出发,往往得出与现实一致,或保持对现实默认的结论来,而西方哲学从抽象的哲学原则出发,来规范现实,从而推动现实朝着一个理想的原则进发。这样中国的哲学往往为论证现实的合理性,依附于现实而存在,西方的哲学往往与现实保持着一定的距离,为自身的合理性而存在。总之,演绎往往从原则出发来改造现实,而归纳则从现实出发来推导出对现实合理性的认可。我们从赫拉克利特、亚里士多德、黑格尔、马克思强烈的时间观念可以看出与儒家哲学所根本不同的价值观念。虽然马克思反复批评黑格尔哲学观念的保守性,

---

① 黄寿祺、张善文撰:《周易译注》,第 211 页。

他的奴颜婢膝与同现实的妥协①,正如他批评歌德的庸俗性一样,但黑格尔哲学同样隐含着巨大的革命力量。黑格尔认为哲学家首先必须区分正确与真实,智力是认识世界,意志是使世界成为应当的样子,而且理念自身强大的动力使现实世界不断地朝着理想的目标前进,所以黑格尔反复强调自然美不如艺术美,从另一个角度阐明了现实与理想的巨大差异。同时黑格尔认为,个人是理念的手段,伟大个人的目的应该与历史一致,历史的发展与逻辑的发展保持一致,美是理念的感性显现。黑格尔哲学的革命力量主要来自他哲学思想中强烈的历史感,这些众所周知的经典论述表明了黑格尔哲学强大的现实意义和一种改革现实的强大渴望。对时间观念的强调与对真理的追求是密切联系在一起的,人的谦虚不是针对个别人的谦虚,乃是在永恒的真理与正义面前必须保持谦虚的态度,也就是说对真理的追求与人的主体空间上的多元性和时间上的开放性是统一的。人在时间上永远处于未完成状态,凝固不变的生活便是死的生活,是没有意义的生活。人关注的重心应在未来,人生如果只是盖棺定论,达到终结,不断重复自身,这就意味着取消了人的自由与积极性,使人成为一个封闭的实体,从而取消了时间对人生的根本意义。韦伯分析了对现世价值与实际利益更为注重的儒家为何很少推动经济与科学的巨大发展的根本原因,认为经济发展与社会进步和普遍幸福没有统一在一起,所以韦伯说中国资本主义的发展没有成功。韦伯针对为何在中国传统文化中到处充斥着传统至上的观念时说:"'在世界'中生活,而不是'靠'世界生活,有助于创造职业人阶层的优越的理性能力和'精

---

① 阿尔森·古留加著,刘半九等译:《黑格尔传》,第 50、127 页。

神',这些却为儒教及其适应世界的生活方式所不取,所谓适应世界,就是说:虽然理性,但都是由外向内,而不是像清教徒那样由内向外规定的。这种对立说明:单纯的冷静和节俭同'盈利欲'和重财结合起来,还远不是典型的近代经济职业人阶层所谓的'资本主义精神',也不能产生这种精神。典型的儒,用自己的或家庭的积蓄来获取文化教育,通过科举,进而拥有上等人生活条件的基础。儒教理性主义意味着适应世界;清教理性主义则意味着理性地把握世界。清教和儒家都'恬淡',但是,清教徒的'恬淡'建立在一种强烈的激情的基础之上,正是这种儒家根本没有的激情鼓舞了西方的修士。"①在韦伯看来,儒教甚至道教对现实的基本观念就是充斥孔子与老子思想的所谓"明哲保身"的基本观念。这种观念导致行为主体对现实的默认与依附,而不是以理想者的姿态来积极地改造现实。儒教无论在理论上还是在现实上更容易以君子的姿态来适应现实,从而导致现实的超稳定结构,而不是像清教徒那样以神的名义按照神的要求来积极地改造现实,促进现实的进步与发展,从而导致现实的不断变化。中国知识分子没有像优秀的清教徒那样所具有的受宗教观念制约的超越于自身之上的内在理性的生活原则,往往把对现实利益的追求放在人生的首位,因而并不能导致宗教所要求的普遍善的原则,而对于清教徒来说,经济的成功并非终极目标,而是神考验自己的手段,但儒家的很多知识分子却在自己个体的成功面前保持了稳定的人生理念。新教虽然有一种禁欲的倾向,但在韦伯看来,"这种世俗的禁欲虽然是出世的,因

---

① 马克斯·韦伯著,王容芬译:《儒教与道教》,商务印书馆1997年版,第299—300页。

为它看不起地位与美色、好酒与美梦、纯世俗的权力与纯世俗的英雄自用,谴责它们都是天国的对头,但是,正因为如此,它才不似冥想那样逃避世界,而是想要按照神的戒条使世界在伦理上理性化。因此,在更深层的意义上讲,比起古希腊罗马和世俗天主教的百折不挠的人的天真地'接受人世世界'来,这种世俗禁欲更加入世。那些宗教修养很高的人的仁慈与入选资格,正是在凡事中考验出来的。不过不是一般的凡人凡事,而是为神服务的、在方法上理性化了的平凡行动。"[1]至于老庄类似反对物质主义的自我修行则把人的注意力集中在日常作用之外,在自由的精神世界里遨游,完全背离了现实世界的基本原则从而直接阻碍了经济与社会的进步,虽然,变化的原则在它的哲学中起着重要的作用,但是在冥想中逃避世界和在积极禁欲中努力改造世界是根本不同的。在这种冥想的超现实的审美体验中无法找到通往人间实际日常行动的桥梁,因而也无法找到任何推动现实发展与进步的内在动力。

如果把追求真理当作人生的基本理念,把追求真理与追求善结合起来,而不是仅仅把追求善当作超越于其他原则之上的原则,即使善的原则是人文科学的出发点与最终归宿,那么,文化中共时性的特点就会和历史性的特点密切结合起来,民族文化的发展就会既注重文化的共时性,又会在历史的角度促进民族文化的进步。否则就会消解时间观念对于文化的内在意义,从而如中国传统文化所显示的那样基本上是一个空间共时结构,事物的价值与事物离权力中心的距离成正比,离权力中心越近事物的价值越高,反之亦然,事物的价值并不是体现在从时间的角度来衡量,也就是从发

---

[1] 马克斯·韦伯著,王容芬译:《儒教与道教》,第29—30页。

展及未来的角度来看待。我们可以从巴赫金批评弗洛伊德的价值取向来区分空间性与时间性在文学与文论中的意义,他批评弗洛伊德就是因为在弗洛伊德哲学中空间性的特征占据主导地位,过分强调事物的空间性,而不是活动的现实性,甚至空间性统治一切,用空间性来代替或者掩盖时间性的因素,他把医生与病人"相互关系的动力,全部投射到一个人的心灵中去"[1],把二者的关系看成是所有观点意图的象征与隐喻,忽视了人身上起重要作用的政治、经济、阶层、民族、性别之间的差异,企图用"性欲"这个生物本能来解释复杂的艺术活动,除"性"之外的其他一切因素都失去了存在意义,把生动审美事件的二元性、多元性对话关系变成了一元性独白,忽视了其他任何主体独立的个性。俄国形式主义和弗洛伊德的理论局限是一样的,过分肯定了艺术中的结构、手法、陌生化等同时性存在的形式方面的作用,造成了艺术作品中内容及意识形态方面的缺失。巴赫金说:"俄国形式主义是以下面一个错误的假设作为出发点的:作品任何成分的结构意义都是用丧失意识形态的含义为代价而获得的。"[2]形式主义把艺术作品看成一种完整的、抽象的功能与结构,降低到纯消费品或生产工具的地位,没有想到形式因素是在同内容因素和意识形态因素的相互作用中存在的,把形式因素看成绝对独立封闭的体系,看成只有在共时性的空间中才可理解的抽象存在。什克洛夫斯基一再强调他关心的是"棉纱的标号"和"纺织方法",并不关心"世界棉布市场形势"与"托拉斯政策",但是,"不了解市场形势总体技术水平"又怎能发现

---

[1] 钱中文主编:《巴赫金全集》第一卷,第456页。
[2] 同上书,第二卷,第170页。

理解"工厂生产的内部规律"呢?所以巴赫金说:"问题恰恰在于:织布的方法是与整体技术水平和市场形势紧密相关的,前者取决于后者,如果不了解、不考虑后者,那就不可能发现和理解任何的'内部规律'。"①形式主义者对艺术空间性的过分强调否定了语言及文本只是处在不同社会关系之中的人的中介桥梁,是二者相互关系的产物,只有在交往中才能是活的存在。艺术创作是意识形态创作,只有在社会交往中才能实现,得到理解。艺术作品处在作者、主人公、读者、文本等几要素之间而不在其中任何一个要素上,任何一个要素都无法完全说明作品的存在方式。意识形态符号都有其多面性,都是活生生的各种声音、各种价值与社会力量相互影响、相互斗争的小舞台,文本的具体含义也随着语境的变化而变化。话语与语言的根本差异就在于话语是各种价值交汇的共同体,而语言只是它自身。艺术事件就是由作者、主人公、读者(听众)三个持不同立场的参与者组成的。对艺术家来说,他的创作是各种社会话语体系、各种意识形态的焦点,他的作品愈丰富、价值体系愈复杂、立场愈有差别,也就会被强烈地感受到,作品也就愈有意义。小说中人物的各种语言都是从自己的角度独特地反映出世界的一部分,相对于诗歌独白式的语言,它反映的世界更为广阔、更为深刻,因为它是多层次的、多视角的。因此在小说与诗歌两种不同的文体之间,巴赫金认为小说具有更为重要的意义。在他看来,小说不像诗歌那样是一种统一的、独白式的、封闭的话语,而是无限丰富的杂语,小说更接近于活生生的杂语现实,而独白式的语言是一种抽象的理想式的存在。巴赫金说:"致力于文学的语

---

① 钱中文主编:《巴赫金全集》第二卷,第67页。

言意识,无论在标准语自身中,或者在它之外,都自然观察到更为丰富多彩的、更为深刻的杂语事实。对词语修辞的任何认真研究,都应该从这一基本的事实出发。观察发现这种杂语的性质,以及把握杂语现象的方法,决定着词语的具体的修辞生命。诗人所遵循的思想,是只有一个统一的又是唯一的语言,只有一种统一的独白式封闭的话语。"① 长篇小说的杂语性质来源于活生生的生活事件,并非是艺术家刻意努力追求的艺术效果。词语生活在对事物的真实指向之中,并非生活在一般的抽象里。抽象而纯净的语言只不过是一种理想化了的存在状态,是乌托邦式的语言观的反映。无限丰富的动态的杂语事实是语言的真正生命。杂语是不同历史时刻、不同社会阶层、不同年龄、不同性别、不同种族关系真实的反映。每一次交谈都是一个活生生的社会事件,是不可重复的、有形物质的、具体的、有时间空间形式的事件。如,很多当时影响很大的艺术作品为何随着时代的变迁而变得没有意义了呢?主要是因为它失去了它产生于其中、赖以依存的背景与语境,脱离了它获得活力的土壤而变成干枯、失去活力、失去在新的语境中获得新鲜意义的能力的词的尸体。由此看来,小说语言是真正的双声杂语,是不同语言之间的对话。而诗歌则追求极端的高雅纯洁,极力使用标准语,避免与杂语发生关系,提供语言的规范与格调,表现文本同一的价值与完美的风度。小说还融合各种体裁、知识、材料,提供各种语言、价值、视野,成为自己时代的百科全书。小说并不克服材料本身的异体性呈现出统一的、集中划一的意识,而是相反。所以,小说的发展总是同统一牢固的思想体系的解体衰落、杂语的

---

① 钱中文主编:《巴赫金全集》第三卷,第77页。

繁荣联系在一起的。小说内在的差异性、非集中化与封闭平衡的社会结构是不相容的。它产生于杂语繁荣、不同语言互相交融、语言之间界线开始消失的时代,需要不同社会集团、阶级、阶层之间,不同观点、派别、角度、评价之间的对立与斗争,小说是不同话语一起相互对话而形成的有机的艺术体系。在陀思妥耶夫斯基的小说中,主人公的心理活动就是各种不同声音互相斗争、互相辩论的舞台。这种深刻的双声性、双语性使小说与只有一个统一的视角、一个作者话语的诗歌相比,具有不同的特点。与诗歌具有的纯洁的、超生活、超历史的、乌托邦式的语言相比,小说的语言更具有生活性、具体性,也更为亲切。诗人语言完全是个人的独白,它只有作者一个人的面孔、一个视野,抽出了他人的意向语调,剔除了多语的混乱,是排除了粗鄙杂语的、高雅化净化了的语言,使作品呈现出严格统一的风格。小说的双声现象是由小说家生活的杂语多语事实决定的。小说是一个时代杂语的小宇宙。巴赫金说:"对诗人以及对任何说话者来说,语言是社会评价的体系,这个体系愈丰富,愈复杂,愈有差别,那么他的作品就愈重要和愈有意义。"[①]"小说学会运用所有的语言、所有的姿态、所有的体裁;小说强迫所有老朽过时的世界、所有在社会性和思想性上格格不入和相距遥远的世界,都用各自的语言,以各自的风格来讲述自己。作者则在这些语言之上,形成自己的意向和语气,并使这意向和语气同上述语言对话式地结合在一起。作者把自己的思想溶进他人语言的形象中去,却不强加于这一语言意志,不强行改变这一语言的自身特色。主人公讲述自己和自己世界的话语,有机地内在地同作者讲

[①] 钱中文主编:《巴赫金全集》第二卷,第275页。

述主人公及其世界的话语融于一体。像这样两种观点、两种意向、两种情感内在地结合于一种话语中,这一话语的模拟讽刺性便要获得特殊的性质:被讽刺模拟的语言会对他人的讽刺模拟的一方产生对话式的对立;在形象自身中开始听到一场没有结束的谈话,形成了不同世界、观点、语气公开而生动地相互作用的结果……形象成为多义的东西,不同时代有着不同的意义,都属形象内部的未决争论的继续。"① 从这个角度上讲,就必须反对把小说世界等同于现实世界的机械现实主义,把生活中的作者同作品中的作者混为一谈的生平考据学派,还有认为作品只有一种解读方式、只有一种主旨的消极客观主义。巴赫金对小说语言的解析,我们从苏格拉底的对话方式中也可看出,因为苏格拉底的对话与小说的对话在多种话语的特点上是一致的。所以希皮阿斯说苏格拉底:"你总是在嘲笑着别人,质问、驳斥着每一个人,这已经够了,而你自己却不肯把理由告诉任何人,无论关于什么事都不肯把自己的意见说出来。"② 所以,苏格拉底总是采取对话的、辩论的、揭示矛盾的、开放的方法来探讨真理,他自认为是真理的接生婆,而不是真理的拥有与宣布者,这样时间观念就成为苏格拉底的一个根本观念。

二、从萨特创作的共时性看后现代主义时空观念的根本转向

后现代主义的兴起对传统的时空价值关系在新时代的现实意

---

① 钱中文主编:《巴赫金全集》第二卷,第 200—201 页。
② 色诺芬著,吴永泉译:《回忆苏格拉底》,第 163 页。

义上进行了重新思考。正如加缪在《西西弗神话》中与克尔凯郭尔对质的伦理和量的伦理的区分,也就是对审美的伦理态度的论证。① 至于克尔凯郭尔对道德的婚姻与审美的恋爱的区分更是启发了后现代的基本价值观念。② 后现代主义哲学对价值的普遍性、对质相对于量在价值上的优先性提出了质疑,反对从时间发展的意义上来寻找最高的、绝对公正的、理想的追求,如完美的上帝、绝对的真理、人类的良心、最后的审判、人民的裁判、历史的答案、无所不能的科学等观念对人类文化的决定意义,这些具有乌托邦性质的最终要求与期望。相反,后现代主义者主张从空间的意义上来重新思考人类文化价值在新时代所具有的意义,任何普遍公认的价值只有在个人唯一实际的事件中才能成为真正有价值的东西,任何企图通过纯粹经济学、社会学、宗教、科学、生物学,甚至是美学、伦理学来推导出普遍合理的行为规则的做法都是貌似合理的绝对律令,都是纯理论世界对具体的活生生行为世界的空洞无力的强求,道德义务不可能从哲学的认识论中推导出来,追求真理的义务不可能从伦理学中推导出来,因为一个是从时间角度无限开放的现实,一个是从空间角度存在的封闭的理论体系。后现代艺术对空间性的强调,我们在分析萨特创作中的共时性中就可得到充分的解释,通过研究分析萨特在艺术形式上的创新,就可更为深入地把握后现代艺术理论对世界、人生与艺术的基本观念与看法,同时共时性作为后现代文化哲学的一个基本特征,对此特征的深入探讨有助于理解整个时代精神的基本特征。

---

① 沃德著,鲁路译:《克尔凯郭尔》,第108页。
② 克尔凯郭尔著,杨玉功译:《哲学寓言集》,第170页。

自从索绪尔在《普通语言学教程》中提出共时性以来,共时性研究成为当代西方美学、文学极为关注的问题。在当代西方哲学中发生的语言学转向,其本质就是从历时研究向共时研究的转向。艺术创作中的共时性是指小说和戏剧中的人物性格、情节发展等时间性因素出现凝固现象,把时间固定在某一点上,在空间中展开。小说的共时性既是小说向诗化的转移,也是向绘画的转移,由时间艺术向空间艺术转化,从而使对艺术的感受从历时走向共时,注重即时的横向性描述,而不是纵向的叙述,以造成艺术的平面感。莱辛在《拉奥孔,或称论画与诗的界线》中指出,诗与画的最根本的差别就是,诗是时间的艺术,画是空间的艺术。维吉尔在《伊尼特》中描述拉奥孔和他两个儿子的死是在时间中进行的,即有起因、开始、高潮、结束。而绘画(雕塑)只能把时间固定在一点上,在空间中展开。所以,绘画要选择富有包容性的一瞬间,这一瞬间要使人既能看到故事的开始,又能预见它的结束,使整个画面更富有想象力,更富有意蕴。萨特对小说戏剧的看法很类似于莱辛对绘画的看法,只不过萨特抛弃了那种把想象力与因果关系连接起来的观点。因为莱辛虽然认为绘画是一种共时性的存在,但这种共时性存在是处在开始、高潮、结束事物发展的因果链上,对绘画的共时性把握与这种因果链是不可分割的,如果失去了这种因果链的语境,莱辛所提出的"最富有包容性的瞬间"也就没有丝毫意义了。因为包容性是因果关系对人类想象力的一种作用,萨特否定了因果关系,他仅仅关注一种即时的情境,一种瞬间发生的感受,起因和结果都不是他所关心的。与其说不关心,倒不如说,萨特喜欢描述人类千古永存的"存在状态",这种状态就是荒诞感。它是人类存在的基本状态,既没有原因,也没有结果,是一种唯有自身存在的状态。这种状态由于缺乏原因和结果,也必然缺乏历史感,因而必然呈现出一种空间感与共时性。萨特创作共时性的小说与戏剧,并非是为了理解在小说和戏剧中描述的情境之前或之后所发生的事,而是为了描述情境本身。因为,在萨特看来,情境本身比原因和结果更重要,甚至情境本身根本就没有原因和结果,如果有原因和结果的话,就意味着情境可以消除或不存在。

萨特创作中的共时性并非出自他的无意识,而是他有意识表现出来的。萨特对共时性理论的阐述最典型体现在他所主张的"情境剧"(处境剧)之中。萨特在《铸造神话》一文里谈到"处境剧"时说:"我想用一种处境剧来代替性格剧,我们的目的在于探索人类经验中一切共同的情境,在大部分人的一生中至少出现过一次的情境。我们剧中人物的区别不是懦夫和吝啬鬼的区别或者吝啬鬼与勇士的区别,而是行为之间的对立与冲突,权利与权利的冲突。"[①]"既然我们首先感兴趣的是情境,我们的戏剧从一开始就表现情境即将达到顶点的那个确切时刻。我们没有工夫去做深奥的研究,我们不觉得有必要详细描述某一性格或某一情节的微妙过程,人们不是逐渐等待死亡的,人们突然一下子面对死亡——如果人们是逐渐接近政治或爱情的,突然之际也会出现一些紧急情况,不允许你缓步前进,我们从第一场戏起,就把主人公抛到他们冲突的中心,这就借用了人所共知的古典悲剧的手法,即在剧情趋近结局时开始叙述。"[②]萨特对情境剧的论述充分地体现在《禁闭》的创作之中。这个创作于1945年的独幕剧,讲述了伊内丝、艾丝黛尔

---

① 施康强等译:《萨特文学论文集》,安徽文艺出版社1998年版,第427页。
② 同上书,第429页。

和加尔撒三人的关系,主要阐明了萨特那众所周知的名言:"提起地狱,你们便会想到硫磺,火刑,烤架……啊,真是莫大的玩笑,何必用烤架呢,他人就是地狱。"①(第五场)伊内丝爱艾丝黛尔,艾丝黛尔爱加尔撒,加尔撒却爱伊内丝,这样人物关系就成了一个封闭的循环。用加尔撒的话说:"你什么也逮不住。我们像旋转木马似的一个追逐一个,永远也碰不到一块去。"(第五场)后来加尔撒喜欢上艾丝黛尔,伊内丝爱上加尔撒,又形成一个反循环。他们之间互相爱,又互相仇视。不仅他们的关系是一种循环,更重要的是这种"他人即是地域"的"情境"是万古如斯的循环。用剧本结束时的话说就是:"好吧,让我们继续下去吧。"(第五场)继续下去就是重新开始循环,重新开始爱和恨,重新开始新的组合和分裂。这种多重的循环便是在一个时间点上展开的空间存在状态,即情境。戏剧中仅有提到具体时间的地方是:"地狱"是一间第二帝国时代款式的客厅,加尔撒折磨妻子达五年之久,伊内丝则折磨她的情人半年,艾丝黛尔在瑞士住了五个月。这些准确的时间什么也不能使我们确定,连第二帝国也不过是一个时间的象征。它不仅发生在第二帝国,还发生在古希腊、中世纪,甚至现在。更重要的是戏剧本身,随着戏剧叙述时间的延长,并没有一个从开始到高潮再到结束按因果关系发生的故事。戏剧不是讲述二女一男的爱情纠葛,而是展示戏剧在开始时就已含有的人的存在状态与情境。戏剧的开始就是高潮,结尾也并非完结而是重新开始循环。《禁闭》也不是描述性格的剧本,因为性格必须在时间中形成,所以三个人并没有什么不同,语言、衣着,甚至性格、性别都是可以互换的,伊内丝

---

① 沈志明等译:《萨特戏剧集》(上),安徽文艺出版社1998年版,第125页。

对男人的讨厌和对女人的热情便象征性地取消了性别对于情境的特殊意义。"地狱"不是为展开性格而设置的"特殊环境",人物也不是"特殊环境中的特殊性格","地狱"和人物都是一致的,因为"地狱"的本质不是"死人待的地方",而是"他人",而"他人"无处不有,无时不在。(当然,萨特后来把"地狱即他人"解释成"与他人关系变坏时,他人才是地狱。")① 所以,整部戏剧是人类存在状态的一个共时性的象征。

萨特创作的共时性不仅表现在他的戏剧创作之中,还表现在他的小说之中。如他的代表作《恶心》。萨特在《一个陌生人的肖像·序》中提出了"反小说"的概念,"即不可能成其为小说的小说"。更确切地说,是与传统小说不一样的小说。加缪在评《恶心》时说:"就书自身而言,老实说它不像小说,更像一席滔滔不绝的独白。"《恶心》是由漂泊无根的知识分子安东纳·洛根丁的思辨日记构成的,他住在布威勒城旅馆的一个房间里,自己并不清楚为何要给一个叫罗莱邦的侯爵写传记。整个小说结束时这部传记也没写成。对于洛根丁来说,根本没有前后不同的日子,每一天都是一样,每个日子都在忧郁与孤独中度过,日记的日期不过是他在整理自己杂乱无章思绪时的一种标记。整部小说都是由他成片成片的感受与联想织缀而成的。如:

> 星期六下午四时左右,东站建筑工地由木板铺成的人行道的末端,一个矮个子身着天蓝色的女人跑着后退,一边笑一边挥着手帕。与这同时,一个穿着奶油色雨衣,黄皮鞋,戴着一顶绿色帽子的黑人,吹着口哨正好从街角上转过来。那个

---

① 施康强等译:《萨特文学论文集》,第453页。

女人马上就要撞到他身上,女人始终倒退着走,她的上头有一盏悬挂在栏杆上要到晚上才点着的路灯。因此,在这同一时间,这里散发着强烈的潮湿木材气味的栅栏,有这盏路灯,有这个倒在黑人怀抱里的矮小的金发女人,上面是火红的天空。我猜想如果我和四五个人在一起,我们就可以看见这场相撞,看见所有这些柔和的颜色,那件像鸭鹅绒被似的漂亮的蓝色斗篷,浅色的雨衣,路灯的红色玻璃,我们都会笑这两个人在孩子似的脸上流露出惊愕的神情。①

这是一幅图画,作者想象的不是一个过程,而是一个即时的景观,一个共时性的存在,叙述时间的延长并不表明事件的发展和延续,而是终止,就像画家在不同时间往同一块画布上涂彩一样。

与此同时,在《恶心》星期一的日记上有一段是:

在马路上,也有许多分辨不清的声音在荡漾。

这是单独的一段,作者把它独立出来无疑是为了表明"回荡的声音"像文字与上下两段同时并列在一页上一样,与上下两段发生的事件也并列在时间的同一点上。再如"再度寂静——空中有甜味,甜味在我嘴里,各种香味,吊带。"这是对同一瞬间的听、视、味觉和触觉的描写。"星期五"那段对自己脸,这副"立体的月球,世界的地质学地形图"②的描述绝不亚于葛里叶那段众口皆碑的关于西红柿切面的描述。③ 当然我们在《荷马史诗》也同样能够找到这种对画面的描述,如《伊利亚特》第十八卷中就详细描写了火神

---

① 邓永慧等译:《萨特小说集》(下),安徽文艺出版社1998年版,第470页。
② 柳鸣九编:《萨特研究》,中国社会科学出版社1981年版,第150—152页。
③ 葛里叶著,林青译:《橡皮》,上海译文出版社1981年版,第165—166页。

赫菲斯托斯为阿喀琉斯制造的铠甲与盾牌①,只是在史诗中并不普遍存在。

洛根丁说自己三年来太平静了,除了一点空洞的纯洁外,从悲惨的孤寂里什么也不能得到。然而,正是孤寂使被叙述的时间发生凝固或跳跃的根本原因,而不是像连绵不断的雨一样平静沉稳。孤独便是沉思,便是对相同事件的反复回味,这样便造成被叙述事件的共时性存在,准确地说是艺术性的共时性存在。叙述的东西不因叙述时间的变化而变化,而是可以停止,可以倒回,像可以倒唱的唱片一样,彻底打破了牛顿、黑格尔的那种时间观,根本没有可以抓住的情节,每篇日记都是一系列的感觉而不是一篇故事,整篇小说就像连在一起的画册一样,而不是一本连环画。它是由作者的组合连接而成的,不是根据事件本身的逻辑和故事的连续性。因为心理时间和外在世界的时间并不是一回事。正如柏格森所说的:"当我们谈论绵延中陆续出现的次序以及这次序的可逆性时,我们所涉及的陆续出现或者是纯陆续出现,如方才所已界说的那样,没有任何广度掺杂在内;或者是在空间发展着的陆续出现,它的发展方式使我们对于彼此有别而又并排置列的各因素可以一下子顾到好几个。现在要问,到底是哪一种?答案是毫无疑问的:如果我们起先对各项目不加以辨别,继而对于他们所占的地点不加以比较,则我们不能在各项目之中引入次序;所以我们必要把它们并排置列;而我们所以在陆续出现的东西之中引入次序,乃是由于陆续出现已被人们变为同时发生,并被投入到空间去。"②用手摸

---

① 荷马著,罗念生译:《伊利亚特》,人民文学出版社2003年版,第438—442页。
② 柏格森著,吴士栋译:《时间与自由意志》,商务印书馆1989年版,第68页。

一块平面所获得的先后次序乃是对空间的一种感觉,并不意味着空间先后的存在。我们可以把洛根丁四号的日记当成三号的,再把三号的当成别的什么号的也未尝不可。因为每个情境,每个片断都没有内在的必然的逻辑联系,它们只是它自身。主人公先到那里后到这里,先想这个问题,后想那个问题,都可以看成相反,没有必然的原因,像积木一样可以任意组合,像小溪的水一样,前面的水和后面的水都没有什么差别,像圆周上四周的点一样都占有同样相同的地位。

艺术创作的共时性给读者的阅读带来了与传统观念不同的感觉,也对读者提出了更高的要求。我们在阅读这篇小说的时候,只能注重阅读感受,从对整章的把握走向对即时阅读过程的体验。如萨特对洛根丁捡废纸时的感受的精彩描写,这段细致的心理刻画不仅仅是反映洛根丁的变态心理,更重要的是激发读者在阅读时的心理想象。洛根丁在感受,读者也必须在感受,如果想寻找最终的意义,那么这部小说的主要精华便有可能在阅读时白白地流失了。所以我们在阅读萨特小说的时候感到生活中那些常常被人忽视的东西,各种奇怪的感觉与想象铺天盖地向你涌来,它们飘忽不定,似是而非,根本无法用某种理论来整理清楚。萨特小说的精髓就在于激发读者的想象,使读者从对文本的思索走向对文本感性的体验,叙述的目的便在于叙述的过程之中。

这种时间的凝固在萨特其他小说和戏剧里也同样大量存在着,这是从时间向空间,从质到量,从质的伦理到量的伦理的转化。人物性格与人物感受的整一性,文本结构的前后相继并不推动情节的发展和人物性格的变化,占主要地位的是作者对于气氛的渲染描述和不同人物在悲剧面前不同的展示与表演。作者往往把时间固定在同一点上，然后对人物的状态进行共时性的考察，考察人物在不同情境下的表现，探索人自身存在的各种可能性，探索存在就是探索可能性。萨特在他的长篇小说《自由之路》中可谓达到极致。他在这部小说里系统地运用了"同时主义"，像电影里不断转换镜头一样，描写同一时间、不同地点人的活动，表现了欧洲各种各样的人都卷入了战争的情境。这种特殊手法的运用，不仅准确体现了萨特对战争的看法，而且更能使读者强烈感受到，每个人都只能从自己特有的视角对战争进行认识，不存在传统的全知全能的视角。过去那种对战争全知全能的叙述只是艺术创造的一种虚假的幻觉，并不存在一个无所不知的视角来描写或叙述整个战争的真实状况。萨特在谈论"处境剧"时说："我想用一种处境剧来代替性格剧，我们的目的在于探索人类经验中一切共同的情境。"①正如加缪在诺贝尔奖获奖演说时所说的："艺术是一种方法，一种向同胞们提供共有的同甘共苦的画卷的方法，因而得以激励大多数的人。"加缪曾在《西西弗的神话》中引用过品大的一句诗："噢，我的灵魂并不追求永恒的生命，而是要穷尽可能的领域。"这句话无疑体现了存在主义作家整个艺术观的核心思想。他又说："我下面的论述只选择这样的人，即只追求自我穷尽或者是自我意识到他们在自我穷尽的人。"②这就是加缪所说的由"质的伦理"向"量的伦理"的转化。质的伦理是在时间与历史的发展中追求完美，而量的伦理则是在空间与数的多样性中追求更多的可能性。人生就

---

① 施康强译：《萨特文论选》，人民文学出版社1991年版，第438页。
② 加缪著，杜小真译：《西西弗的神话》，生活·读书·新知三联书店1987年版，第87页。

像叠放在一起的东西一样,看似前后相继,但却无内在必然联系,所以可以同时并放,空间上的并置并不意味着内在的必然联系,他们不过是人生的各种境遇,人生经历的各种片断而已。这些看似短暂的人生片断却隐含了人生的基本,甚至是永恒的面貌与状态,萨特不过是只对人类永恒的境遇、感觉和选择感兴趣。只有从这个角度我们才能理解萨特为何强调:"《死无葬身之地》不是一个讲抵抗运动的剧本。"①"《脏手》不是政治剧,不带任何程度的政治色彩。"②迦洛蒂说:"恶心不再是一个解体的世界面前的历史性反应。"③还有萨特对于《苍蝇》的论述:"我想探讨与宿命悲剧相对立的自由悲剧,换言之,我这个剧本的主题可以概括为:一个人行了暴力,即使他自己也厌恶这个行为,但他肯承担全部的后果和责任,面对这种情况,他该怎么办?"④所以对共时性的把握是理解萨特文学与哲学的一个重要维度,否则就会无法把握住萨特对自己文学创作的解释而走向背离萨特的道路。

共时性的另一个重要表现便是萨特小说与戏剧的语言。萨特常常在小说中出现矛盾而荒诞的语言。如《恶心》中的:日期下面写着无事可记却写满了十页。《禁闭》中加尔撒的话:"我已习惯于跟自己过不去,可我总不能一刻不停地跟自己找别扭呀。"至于《恶心》中翻来覆去重复的语言俯拾皆是:"我在日记下面写今日无事可记……实际上有一件小事……今日无事可记……下面一件事如果不算什么也是可以的……甚至说不上是一件事。可是……这件

---

① 施康强等译:《萨特文学论文集》,第 455 页。
② 同上书,第 457 页。
③ 同上书,第 333 页。
④ 柳鸣九编:《萨特研究》,第 447 页。

事给我留下深刻印象。""我会代替安妮思想……我再也不代替任何人想了;我甚至不肯费心思去寻找字句……我一点也不使它(思想)停留下来……我的思想始终模糊……我马上就把它们遗忘了。"《苍蝇》中学究与白痴的对白:"阁下","唔","阁下","唔","请问","唔","阿尔戈斯的国王埃癸斯托斯的家在哪儿?""唔唔"。在《理智之年》里还有许多看似游戏,其实有着奇妙结构,充满重叠感与荒诞感的句子:"他本想死,他想他本想死,他想他想他本想死。""他双手捧着颤抖。"(法语中有"他双手颤抖得很厉害这样的表达法")"他这一辈子弯弯曲曲向他走过去。"这些有着奇妙结构的句子,像俄罗斯的民间工艺品娃娃套似的,大的套小的,层层叠叠,巧妙无穷,使读者在读到它们时要不停地回到开始,再重读一遍。语言不是在时间中展开故事,而是在空间中展开自身,使自身形成循环。读者的注意力不是关注叙述的内容而是关注叙述的形式,这是从时间到空间的一种转化。萨特虽然认为哲学中的技术性强的句子和文学中多层的、含义丰富的句子不同,但我们在《存在与虚无》中也同样能够到处看到这种句子。特别是他关于存在的各种语言描述。哲学家丹图说《存在与虚无》是一部充满怪诞表述的著作是一点不为过的。

艺术创作中出现共时性并不是从萨特开始的。自然主义小说、罗曼·罗兰的音乐小说、普鲁斯特的意识流小说、福楼拜的小说都有这种倾向,只不过萨特创作中的共时性更有自觉性,也更具有哲学意味。萨特在文本中追求共时性,是与萨特的哲学分不开的。萨特在评论《喧哗与骚动》时说:"(这部小说)什么也没发生,故事没有进展,是我们在每个字底下发现故事……如果认为这些反常做法不过是无谓地卖弄技巧,那就错了:一种小说技巧,总与小说家的哲学观点相关联。批评家的任务是在评论小说家的技巧之前首先找到他的哲学观点。"①萨特之所以关注共时性的景况，他要表现人在任何境遇下都是自由的，这个根本观念。在萨特看来，没有任何先天的逻辑与命题决定人不自由。两次世界大战的爆发给整个人类的生存带来了无法估量的影响。同样也给人类各种盲目乐观的思想以沉重的打击。在传统的历史观念中，上帝总能给人以安慰，对道德最后胜利的幻觉使人相信世界总是在进步，历史的发展就是人从愚昧走向聪慧，从恶走向善，从丑走向美的过程，然而事实证明，善和恶是随着人类的发展同时发展的，甚至如歌德在《浮士德》中所表达的一个根本观念，靡靡斯特乃是浮士德的一个巨大的动力。哲学家、艺术家开始了对人类赖以依存的各种价值体系，关于历史、道德、人的各种美好设想进行了深刻的反思和解剖。萨特也继克尔凯郭尔、尼采、海德格尔、弗洛伊德之后对人道主义、理性主义的各种盲目乐观精神进行了无情的批判。从而使对理性主义的怀疑和批判成为20世纪西方哲学、文学、艺术的一个基本主题。在萨特看来，世界的逻辑就是没有逻辑，就是荒诞，不能用理性的原则来观照世界，关照人。在荒诞的世界里，人的自由的最终结果也同样是荒诞，因为人无法找到自己生存的最终依据。人只有自己决定自己，自己创造自己，自己把自己当作人来看。这种没有任何客观依据的存在，其最终的结果只有虚无。正如萨特在《存在与虚无》中所说的，存在和虚无是人存在方式中不可分割的一对。传统理论中关于人类各种美好的设想转眼之间化为一片废墟。当

---

① 施康强等译：《萨特文学论文集》，第22页。

然这其中萨特对存在主义的宣扬有很大作用,但是人类自身经历的巨大灾难却成为萨特荒诞观念得以产生,并迅速影响全世界的客观基础。

萨特对传统价值观念的批判,他对创作中共时性的重视使他成为后现代主义思潮的一个重要理论来源。当然对萨特是否是后现代主义理论家,理论界有很大争论,主要有两种观点:一种否认萨特是后现代主义作家,如美国著名后现代主义理论家哈桑列出的长长的后现代主义作家的名单里并没有萨特,然而却包括同时期的新小说家葛里叶和布托(萨特曾和他们就文学的本质争论过)。[①] 另一位美国后现代主义理论家斯潘诺斯则与此相反,他认为萨特属于典型的后现代主义者,而葛里叶则不属于后现代主义的圈子。当然,关于后现代主义是否存在也很有争议。但是后现代主义的提出无疑为我们关照萨特提供了一个新的方法论工具,也为我们思考存在主义在新时代的意义,思考人在后工业时代的存在状态提供了很大的帮助,使我们从另一个角度看到了其他方法所无法看到的特点。后现代理论家对空间与共时性的强调是有其哲学与文化背景的,他们在对欧洲赖以发展的精神成就进行无情批判和全面否定的同时,特别是对古典形而上学关于历史、时间、因果的根本观念。黑格尔哲学作为理性主义的最高成就的标志就是他成功地将历史解释为理性的再现,历史在时间发展的因果链上不断展现自身,绝对精神的胜利只有在时间的维度上(而不是在空间的维度上)来一步步实现的。后现代主义者却认为:历史并不是连续的服务于某种目的的具有统一性的历史,历史中所谓

[①] 王岳川编:《后现代主义文化与美学》,北京大学出版社1992年版,第108页。

的整一性、连续性、目的性不过是形而上学的虚设而已。历史中唯一真实的就是人的欲望、无意识,而它们在本质上是反历史、反因果、反秩序的。尼采在《快乐的科学》中讲"我们杀死了上帝",这个"上帝"其中的一个根本含义就是指历史的乐观主义者对历史本质的思考,认为历史是朝着人类所希望的美好的前景进发的。随着社会的发展,时间进一步的推移,人类的一切问题都将得以解决,一切都将消失在人类为自身的成功而喝彩的欢呼声中。这在后现代主义者看来不过是一种理论的虚幻图景,没有任何的价值与意义,因为他们认为,在历史中起决定作用的不是决定论、有序渐进的线性关系,而是不确定的、非连续的多样性。萨特在《存在与虚无》中对黑格尔的历史乐观主义做了深刻批判:"一种本体论的乐观主义与认识论的乐观主义并行不悖:多样性能够而且应该向着整体被超越。但是黑格尔之所以能肯定这种超越的实在性,是因为一开始就给出了它。事实上,他忘记了他自己的意识,他是大全。"[1]黑格尔的这种历史乐观主义来自于认识论上的乐观主义,对历史的盲目信心有它的认识论基础。萨特在《存在与虚无》里一开始就对传统的认识论基础展开了彻底的批判。他在书的一开始就说:"首先人们确定摆脱了那认为存在物中有内部和外表对立的二元论。""与此同时,潜能与活动的二元性也消失了,活动就是一切,在活动背后,既没有潜能,也没有潜在的持久性和效力。""最终我们能同样否认现象与本质的二元论,现象并不掩盖本质;它揭示本质,它就是本质。"[2]整部书都是以对存在的思考作为出发点的,

---

[1] 萨特著,陈宣良译:《存在与虚无》,生活·读书·新知三联书店1987年版,第324页。

[2] 萨特著,陈宣良译:《存在与虚无》,第1—3页。

特别是对自为存在的思考。萨特认为自为的存在就是自由,自由就是荒诞,荒诞就是虚无。这一切都只有在人死时才能消失。他在《死无葬身之地》中说:"如果你今天死去,人家盖棺定论……如果你活下去,那就什么也尚未确定。"①由于自为存在绝对自由的本质,它自己规定自己,没有任何依据和支撑点,所以荒诞与虚无也就是必然的。他说:"我们被遗弃在世界中,这是我突然发现是孤独的,没有救助的,介入一个我对其完全负有责任的世界的意义下说的。"②这种建立在自由与荒诞基础上的价值观念,自然与传统的价值观念产生了根本的对立。萨特说:"本体论本身不能进行道德的描述,它只研究存在的东西,并且从那些直陈是不可能引申出律令的。"③这样由于否认了传统的认识论基础,传统的历史观与价值观的依据自然就被消解了。

总之,萨特与后现代主义理论家对共时性的强调,既反映了萨特对艺术形式的独到追求,同时也显示出萨特创作与时代的紧密联系,因为,共时性体现了后现代时代对人的认识、审美,甚至日常感觉带来的深刻变化,这是萨特艺术生命力的所在,也是他的伟大之处,他使自己成为一个时代的伟大记录者与沉思者。

从以上的分析来看,萨特是一个很典型的后现代主义作家,甚至理论家。但是萨特的终极关怀、自由论、历史意识、介入思想,这些不正是他不是后现代主义作家的见证吗?然而这一切在萨特自己看来也不过是一片虚无而已。在萨特的作品或哲学里,我们看

---

① 袁可嘉编:《外国现代派作品选》第二册(下),上海文艺出版社1981年版,第579页。
② 萨特著,陈宣良译:《存在与虚无》,第711页。
③ 同上书,第796页。

不到他对人类未来理想的展望,对失去的理想国的怀念,有的只是一个空洞的自由,行动不过是用来填补虚无的破棉絮罢了。从萨特文学思想的时空形式中,我们看到萨特作为《约伯记》与后现代主义之间的时空关联。《约伯记》作为《圣经》文本中对文学与哲学产生极大影响的篇章,它的魅力是随着时代的发展,人们认识社会、认识自我能力的提高而逐步深入的。它对存在主义的影响,如人如虫子,人生如风如影子的意象等,都是文学史中众所周知的事实,成为后现代社会人思考自身命运的前奏。

我们从萨特创作的共时性可以看出后现代主义与传统文化的内在关联。《约伯记》与后现代主义是艺术和理论在巨大灾难面前反思自我与人,思考自然与社会的必然结果。约伯是乌斯地方一个异常富有的人,很正直,且敬畏神,而且要求儿子也要敬畏神,从不做恶事。他共有七个儿子,三个女儿,七千只羊,三千只骆驼,五百对牛,五百母驴,很多仆婢。[①] 耶和华知道约伯正直,敬畏神,从不做恶事。但撒旦认为约伯敬畏神是由于他"蒙受神的赐福,家产在地上的增多",如果神"伸手毁他一切所有的,他必当面弃掉神"。耶和华同意了对约伯的考验。于是在一天之内约伯的牛驴就被士巴人掳去,羊群和仆人被大火烧死,骆驼被迦勒底人掳去,儿女在吃饭时被房屋砸死。约伯非常痛苦,撕裂外袍,剃了头,伏在地上下拜,说:"我赤身出于母胎,也必赤身归回。赏赐的是耶和华,收取的也应该是耶和华,耶和华的名是应当称颂的。"仍对神很忠诚。撒旦认为约伯之所以没有反对神是由于他自己没有受到伤害,他回答耶和华说:"人以皮代皮,情愿舍去一切所有的保全性命。

---

① 《圣经·约伯记》,1:1—3。

你且伸手伤他的骨头和他的肉,他必当面弃掉你。"于是约伯身上从头到脚长满毒疮,他就坐在炉灰中用瓦片刮身体。他的妻子劝他放弃神,但遭到了他的训斥,因为在约伯看来,人不仅要从神那里得福,还要从神那里受祸。他的三个朋友也来看他,非常痛苦,七天七夜坐在地上也没讲一句话。之后约伯开始诅咒自己的生日:

愿我生的那日
和说怀了男胎的那夜都灭没。
愿那日变为黑暗;
愿神不从上面寻找他,
愿亮光不照其上。
愿黑暗和死荫索取那日,
愿密云停在其上,
愿日食恐吓它。
愿那夜被幽暗夺取,
不在年中的日子同乐,
也不入月中的数目。
愿那夜没有生育,
期间也没有欢乐的声音。
愿那诅咒日子且能惹动鳄鱼的,
诅咒那夜。
愿那夜黎明的星宿变为黑暗,
盼亮却不亮,
也不见早晨的光线;
因没有把怀我胎的门关闭,

也没有将患难对我的眼隐藏。

……

我为何不出母胎而死？

为何不出母腹绝气？

为何有膝接受我？

为何有奶哺育我？

不然，我早已躺卧安睡。

……

或像隐而未现、不到期而落的胎，

归于无有，如同未见光的婴孩。

……

受患难的人为何有光赐给他呢？

心中愁苦的人为何有生命赐给他呢？

他们切望死，却不得死；

求死，胜于求隐藏的珍宝。

他们寻见坟墓就快乐，极其欢喜。

约伯对生的诅咒是整个西方文化史中对生与死的思考最为深刻的经典文献。约伯面对生的患难和命运的打击，产生了对生本身意义的怀疑，这种怀疑不仅仅针对约伯自身的灾难，而是对所有"受难的人"、"所有心中愁苦的人"，约伯由于自己生的灾难扩展为对生命意义的怀疑，他对生与死意义的思考也便具有了普遍的意义。

巨大的灾难使约伯开始对神的合理性产生了怀疑："人的道路既然遮隐，神又把他四周围困，为何有光赐给他呢？"接着约伯和他的三个朋友展开了辩论。提幔人以利法认为：约伯既然靠自己行为的纯正,依靠对神的敬畏来使自己坚强,但现在为何又软弱而惊惶呢?难道神会有什么不对的吗?神什么时候灭亡过无辜的人,剪除过正直的人呢?必死的人难道比神还公义,人难道比造他的主还洁净吗?那些住在土房子里、根基在尘土里被蠹虫所毁坏的人早晚之间就会毫无声息地被毁灭,愚蠢地死去。灾难与祸患并不是来自土地里发生的,它来自人。神是万能的,他能使卑微的人处于高处,使聪明的人陷入自己的诡计,神能使人的子孙像地上的青草,使人寿终正寝。约伯说:"我的灾难像海里的沙子一样沉重,神的伤害那样沉重,怎不叫人急躁呢?牛驴有草,还会叫吗?即使神剪除我,我也以从没有违背神的旨意而感到安慰。但人的身又不是铜做的,我并没有要求你们的帮助,你们的抱怨与失望就能显示我的不义吗?我的生命不过是一口气,日子在无望与虚空中如梭一般飞逝,我的肉体以虫子和尘土为衣,我又不是海洋,也不是大鱼,神为何要把我作为箭靶,时刻考验我呢?人算什么呢?"书亚人比勒达回答说,不要抱怨了!神不可能偏离公正,也许是你的儿女得罪了神,使他们受到报应,你如果清廉正直,一定会重新兴旺发达。人在世上的日子不过是影子,神不会丢弃完人,也不会扶助恶人,那些不虔诚的人,必像蒲草和芦荻一样在百草中最先枯萎,他的所有依靠就像蜘蛛网一样,即使依靠房屋,房屋也必倒塌。约伯回答说:"谁愿与万能的神争辩呢?他创造了万物,行了无数的奇迹,我根本不知道他在哪里,即使他从我面前,身边走过。可他用风暴无端地增加我的痛苦,不容我喘一口气,恶人和完人他都要灭绝,把世界交在恶人手里的不是他又是谁呢?我的日子比捕食的老鹰飞得还快,我的衣服都憎恶我,神却并不想象我们是人,可以听我们的申辩,我们中间也没有裁判,我并不惧怕他,我要说出我的隐情。神欺压蔑视自己的创造物,又让恶人得逞自己的阴谋,难道要以此为美吗?其实神知道我没有罪过,但他像抟泥一般制造了我,给我穿上皮肉的衣服,用骨筋把我连在一起,可如果犯罪而不赦免,为义而满心羞愧,那为何要让我生出母胎呢?不如在生出母胎之前就被送入坟墓!"拿玛人琐发回答说,约伯不应该多嘴多舌地称自己为义,神降罚他的比他应得的还少。他无法猜透万能的神,人像野生的驴驹子毫无知识,而神的赏罚是分明的。约伯回答说:"我像你们一样聪明。安逸的人藐视灾祸,而灾祸等待滑脚的。难道不是万能的神夺去人的智慧与聪明,使国家兴亡又毁灭,使国王像醉酒的人一样东倒西歪吗?你们不要替神说不义的话,他的恐惧也会来到你们身上,我倒要知道自己的罪过,为何像虫蛀的衣裳被人当作仇敌呢?人生如花无影无踪,不能像树木死而复生,但愿神使人永留阴间,不再数着他的脚步,窥视着他的脚步,灭绝他的希望!"

约伯与他的三个朋友讨论的内容主要有以下几个方面:首先是关于神的特性,其最重要一点就是,既然神是万能的,那恶的来源一定是神,这样就推翻了人必须遵守神的约定的律法。因为神既然含有恶的来源,那遵守神的约定就是遵守恶,这样就自然取消了神的万能。苏格拉底就看到了这个矛盾,所以他反复申明,神只是好的事物的因,不是坏的事物的因,这样才能在逻辑上阐明人必然遵守神给人制定的法律。所以他反对荷马描写神的各种恶行,因为神的恶行给人做出了坏的榜样。《约伯记》的一开始其实就隐含了神是各种恶的因,只不过这种恶是神对人的考验。这与一个更为根本的问题相联系,那就是神的存在方式是什么,神是一种客观的物质性质的存在还是一种道义上的设定。至少现在科学技术的进步没有证明神的物质性的存在,而理论家更明确认识到神乃是一种理论上的设定,神的特性只有符合理性的原则,符合信仰的规定,才能给人类真正带来福音,任何盲目的、非理性的、不人道的特性都将在现实的结果面前消失它的合理性。这也就是伏尔泰所说的,即使上帝不存在,也应该创造出一个来,即使统治一个村庄,也需要一个上帝。康德同样采取了这个观点,他认为不是上帝产生了道德,而是道德产生了上帝,而道德却是自足的,他是自己的目的,像"人"一样不能成为手段,由于人的局限性,必须在理论上设定一个完美的、全能的神圣立法者,来对人的行为与善的目的提出最后的要求。他说:"为使这种至善可能,我们必须假定一个更高大的、道德的、最圣洁的和全能的存在者。……这里最重要的是,这一理念产生自道德,而不是道德的基础;为自己确立一个目的,本身就已经以道德原理为前提。……因此道德不可避免地产生宗教。这样一来,道德也就延伸到了人之外的一个有权威的道德立法者的理念。""如果应该把最严格地遵循道德法则设想为造成至善(作为目的)的原因,那么,由于人的能力并不足以造成幸福与配享幸福的一致,因而必须假定一个全能的道德存在者来作为世界的统治者,使上述情况在他的关怀下发生。这也就是说,道德必然导致宗教。"[①]人的道德,人行善不是因为上帝的存在,而是相反,是由于人必须行善才设定了上帝的存在。从另一个角度说,如果上帝不存在,人就不行善了吗?也就是从这个角度,上帝必须是

---

① 康德著,李秋零译:《单纯理性限度内的宗教》,中国人民大学出版社2003年版,第3—7页。

善的同义词,如果以上帝的名义进行任何形式的邪恶行为,那就违反了善的原则,同时也就违背了上帝的意志。上帝最根本的特性不在于他的至高至善,而在于它能给人带来至高至善,如果不能它就违背了它自身。因此,《约伯记》由于按照神万能的设定,假设了对约伯的考验,来实现恶在现实生活中的出现。其实恶的最终根源还是在人自身,虽然这并不是说人就是恶的。也就是从善的原则中,我们才能找到所有宗教的根本关联,也就是在这个角度我们才能找到理解《圣经》的根本原则,在理解、翻译、解释《圣经》出现争执时找到最终的根据。所以康德说:"唯有纯粹的道德信仰,才在每一种教会信仰之中构成了它里面是真正的宗教的东西。对《圣经》的所有研究和诠释,都必须从里面寻找这个灵——这条原则出发。而'只有当它证明了这一原则时,人们才能在其中找到永生。'"[①]

约伯与友人讨论的第二个问题就是人的问题。按照《圣经》的观点,人是神的创造物,人的一切都来自神,因此人必须依附于神,必须按神的旨意行事。但是人的灾难是从何而来呢？约伯从自己切身的感受出发得出神是人的灾难的来源,当然《约伯记》说是神对人的考验,如果这样,神就必须承担后果,然而承担者却是人,这样在逻辑上就不合理了,也就为人违背神的旨意找到了借口。然而无论怎样,人生的苦难与必死的困惑却是一直成为困扰人类的一个基本问题,这个问题不是从《约伯记》开始,自然也不是从《约伯记》结束,因为,在约伯之后,人类又经历了无数的困苦,直到今天。人类自然科学技术的发展,跨文化交流的日益深入,财富的巨

---

① 康德著,李秋零译:《单纯理性限度内的宗教》,1973年第一版序言,第110页。

大积累,都没有解决人在认识自身时所产生的各种困惑:他从哪儿来,现在哪里,到哪儿去,人是什么,人在认识这样看似简单的问题方面至今仍然没有太大的进步。后现代主义者在认识人自身方面也没有得出比约伯更为深入的理论和观点,只不过如杂耍一样多出了一些仅供言说的道具而已:如荒诞、焦虑、恐惧、偶然性、虚无性等,我们在《约伯记》中都可找到更为真切形象的表达。

另一个重要的问题就是人和神的关系。人和神是平等的还是创造被创造的关系?当人受到不公正的待遇时人能否为自己申辩?根本的问题是人在上帝无穷的威力面前,还有没有自己的自由?约伯一直为自己的无辜申辩,这也正是他不断遭到朋友攻击的原因,因为在他们眼里,上帝的惩罚是不会错的,是永远公正的,只有人才会犯错误。申辩就是自认为正确,自以为是的表现,人应该毫无怀疑地接受神的安排,绝对信任神不会犯错误。正如以利法所说的:"你的罪孽指教你的口,你选用诡诈人的舌头。你自己的口定你的罪,并非是我;你自己的嘴见证你的不是。"在以利法和比勒达看来,辩白本身就是对神的不信任,就是对神的抗议,就是有罪的表现。人本身就是神的创造物,就是不完美的,从亚当和夏娃开始时就是有罪的,"人是什么,竟算为洁净呢?妇人所生的是什么,竟算为义呢?神不信靠他的众圣者,在他眼前天也不洁净;何况那污秽可憎、喝罪孽如水的世人呢?""在神面前,人怎能称义?妇人所生的怎能洁净?在神面前,月亮也无光亮,星宿也不清洁,何况如虫的人,如蛆的世人呢?"人和完美的神比起来不过是一条虫子,和他创造的石头是一样的,人本来就是有罪,如果自认为无罪,那罪过就更加不可饶恕。那挺直脖颈,以骄傲来攻击万能神的恶人和强暴人,那些腰中积满肥肉的受贿者,等待他的只有刀剑和痛苦,像未熟而落的葡萄和未开而谢的橄榄花。人更不能因为自己的信仰或自己是一个正直的人而自认为有权和能力来责备神,无论怎样他和万能的神相比都是微不足道的,自高自大只会增加自己的罪孽,而上帝只会拯救那些谦卑的人。约伯说:"我的嘴决不说不义之言;我的舌也不说诡诈之语。我断不以你们为是,我至死必不以自己为不正。我持定我的义,必不放松,在世的日子,我心必不责备我。"约伯这样为自己辩护在他的三个朋友看来,无疑具有不可怀疑的自大和对神的不恭敬,因此更加应该受到谴责。约伯在为自己不断辩护的同时自然对上帝的合理性甚至存在产生了怀疑。他认为自己灾难的直接根源就是神,他说:"神把我交给不敬虔的人,把我扔到恶人的手中。我素来安逸,他折断我,掐住我的颈项把我摔碎,又立我为他的箭靶子。他的弓箭手四面围绕我,他破碎我的肺腑,并不留情,把我的胆倾倒在地上。将我破裂又破裂,如同勇士向我直闯。"约伯从未行过强暴,他的祷告完全是纯洁的,但他的生命却充满了痛苦,脸因哭泣而发紫,眼皮布满了死亡的阴影。因此他认为:"愿人得与神辩白,如同人与朋友辩白一样。""惟愿我能知道在哪里可以寻见神,能到他的台前;我就在他面前将我的案件陈明,满口辩白。在他那里,正直的人可以与他辩论。"同样神也不能自以为是,必须为自己的所作所为做出说明,不能用"大能"与人争辩,而是要证据和真实:"愿主拿凭据给我,自己为我作保。"神使正直的人成为人中的笑谈,使无辜的人脸上被吐上唾沫,人中找不到一个有智慧的人,人生好像影子一样如梦如幻,转瞬即逝,人若对朽木说:"你是我的父",对虫子说:"你是我的母亲姐妹",那这一切的根源一定在神。如果约伯有错,错一定在约伯,可是神用罗网围住了约伯,用篱笆挡住了他的去路,他说:

"他的愤怒向我发作,以我为敌人。他的军旅一齐上来,修筑战路攻击我,在我帐篷的四周安营。"他遭到亲人和朋友的怨恨,被兄弟视为异邦人,这一切都是神造成的,"惹事的根乃在乎他"。同样恶人又得到什么报应和惩罚呢?约伯说:"恶人为何存活,享大寿数,势利强盛呢?……他们打发小孩子出去,多如羊群,他们的儿女踊跃跳舞。"可约伯自己的孩子却死于无辜,"恶人的灯何尝熄灭?患难何尝临到他们呢?神何尝发怒,向他们分散灾祸呢?他们何尝像风前的碎秸,如暴风刮去的秕糠呢?……他所行的,有谁当面给他说明?他所做的,有谁报应他呢?""有人挪移地界,抢夺群畜而牧养。他们拉去孤儿的驴,强取寡妇的牛为当头。……有人从母怀中抢夺孤儿,强取穷人的衣服为当头,使人赤身无衣,到处流行,且因饥饿扛抬禾捆。在那些人的围墙内造油、酿酒,自己还口渴。在多民的城内有人唉哼,受伤的人哀号;神却不理会那恶人的愚妄。"让义人得到不幸与灾难,却让不义人得享荣华富贵与天伦之乐,神的正义又在哪里呢?这种提法在《圣经》中是很少见的。因为在《摩西十戒》中首要的一条就是对上帝的信仰。对上帝的信仰是整个《圣经》的基本原则,如果没有了对上帝的信仰,那《圣经》也就不存在了。当然从另一个角度看,《圣经》本身就容忍了与它自身不同话语的存在,当然不是容忍另一种信仰的存在,而是客观地展示了一个信仰者从怀疑到觉悟的过程,从而也为自身的合理性提供了更强有力的论证。

约伯与三个朋友的辩论以沉默结束,因为"约伯自以为义,就不再回答他",也就不再听他的辩白。这时布西人以利户看到他们不能驳斥约伯,因此怒气大发,他要陈说自己的意见,但也同样认为约伯"自以为义,不以神为义",因此有罪。他的理由与前三位的基本相同。约伯自以为有义,他的灾难是由于神以他为敌,是神找机会攻击他,因此以利户问:"我要回答你说:你这话无理,因神比世人更大。你为何与他争论呢?因他的事都不对人解说?"在以利户看来,神是至高无上的,人不能与他争辩,也不能向神发问,神为何不回答人的问话,神只是通过各种异象来三番五次地警告世人。他针对约伯曾说的"我是公义,神夺去我的理。我虽有理,还算为说谎的;我虽无过,受的伤还不能医治",他说:"神断不至于行恶,全能者断不至于作孽。他必按人所做的报应人,使人照所行的得报。神必不作恶,全能者也不偏离公平。"人的犯罪并不能伤害神,人的道义也不能给神增加什么,神审判人并不像人审判人一样,一定要到跟前再三地审察,因为他知道人的罪恶。像约伯这样轻慢神讲出许多虚妄话的人一定得到惩罚,任何对神的怀疑都是罪孽,约伯的罪孽就在于"选择罪孽过于选择苦难"。他虽然认为约伯不是由于犯罪而受苦,而是因为受苦而犯罪,约伯在为自己的无辜申辩时不自觉地就骄傲起来。但他和前面三位在根本上仍然是相同的,都是从对神毫无疑义的尊崇出发,其论证的方法与最终的结论自然也是一样。接着就是耶和华以万能神的姿态对约伯的回答,提出了很多关于世界万物初始、终极与根源的问题,这些问题不要说约伯,即使现在和将来也不知什么时间能够得到解释,只有万能的神才能制造并解释这一切。他说:"雨有父吗?露水珠是谁生的呢?冰出于谁的胎?天上的霜是谁生的呢?你能系住昴星的结吗?能解开参星的带吗?"神在自然中为人所设置的秩序,同样适合于人在道德上的秩序,人的渺小和局限是人不能自高自大的根本原因。最后耶和华说:"强辩的岂可与全能者争辩吗?与神辩驳的,可以回答这些吧!"在神显示了自己创造万物的全能和智慧之后,约伯最后承认了自己的无知,在神的面前表示了自卑,同时也得到了神加倍的赐福。他并不为自己过去的罪过而求赦免,他只是为自己质问神的正义的态度而要求赦免。这是《圣经》的必然结论和归宿,约伯的争辩仅仅是在于过程,而不是对神最终的不服,他的表白和抗辩仅仅是论证神万能的另一种策略。

《约伯记》的结论无非是探讨人的智慧的极限或是可能,"智慧非用黄金可以得,也不能平白银为它的价值",最高的智慧不是认识世界和反思自我的聪明,而是"敬畏主就是智慧,远离恶就是聪明。"《约伯记》得出最高的智慧是关于善的智慧,而不是关于世界外物和自我的智慧,是关于信仰的智慧。当然这种智慧必须和善是统一的,约伯的反思已经充分说明了这个问题:神的本质就是善,并不是神的概念包含善的概念,而是善的原则与神的原则是同一的,甚至是善的原则高于神,任何不符合善原则的关于上帝的理解都是一种曲解,是一种导向其他路径的借口。所以约伯说,当神保佑他的时候,"奶多可洗我的脚,磐石为我出油成河",但这都由于"我以公义为衣服,以公平为外袍和冠冕。我为瞎子的眼,瘸子的腿。我为穷乏人的父,素不相识的人,我查明他的案件。我打破不义人的牙床,从他牙齿中夺了所抢的"。约伯并不倚仗自己的财产、地位、子女而是依靠自己的义,依靠自己行为的端正,他在和三个朋友辩论结束时说:"我若以黄金为指望,对精金说,你是我的依靠;我若因财物丰裕,因我手多得财物而欢喜;我若见太阳发光,明月行在空中,心就暗暗被引诱,口便亲手,这就是审判官当罚的罪孽,又是我背弃在上的神。"可见在约伯的眼里,公平、正义、善和神应该是一致的。也正因如此,他才敢质问他的朋友,并愿与上帝对质,在上帝面前为自己申辩。但在理性主义者看来,上帝不过是一种设定,并不是一种客观的物质存在,正如设定法律的公平和正义一样。当然这并不意味着善的原则就是一个异常明了的不存在任何争议的问题,正如人类历史上存在着无数次借着上帝名义进行的屠杀一样,人类同样也借着"善"的名义经历了无数次的灾难。

第四章　中国传统文化的亲缘与性别原则及《路得记》的非亲缘原则

一、中国传统文化的亲缘原则

中国传统文化中的亲缘原则一直到今日都深深扎根于文化的各个领域，成为影响其基本特性的一个重要因素。孟子关于亲情的论述最具有代表性。《孟子·离娄章句上》说："人亲其亲，长其长，而天下平。"①孟子认为只要人人都能达到亲爱双亲，敬爱长辈就能天下太平，而在这些原则中尊亲乃是最为根本的。所以孟子说："事，孰为大？事亲为大；守，孰为大，守身为大。不失其身而能事其亲者，吾闻之矣；失其身而能事其亲者，吾未之闻也。孰不为事？事亲，事之本也；孰不为守，守身，守之本也。"孟子把事亲和守身密切联系在一起，反对把事亲与守身对立起来，守身本身就是事亲的一个重要方面。② 所以他说："仁之实，事亲是也；义之实，从兄是也；智之实，知斯二者弗去是也；礼之实，节文斯二者是也；乐之实，乐斯二者，乐则生矣。"仁的主要内容是侍奉父母，义的主要

---

① 杨伯峻译注：《孟子译注》，第173页。
② 同上书，第179页。

内容是顺从兄长,智的主要内容是明白二者的道理,并坚持下去,礼的主要内容是合理地对它们加以调节和修饰,乐的内容就是从这两者中得到快乐,亲情在孟子哲学原则中的地位也就非常明显了。《万章章句上》中说得更为清楚:"天下之士悦之,人之所欲也,而不足以解忧;好色,人之所欲,妻帝之二女,而不足以解忧;富,人之所欲,富有天下,而不足以解忧;贵,人之所欲,贵为天子,而不足以解忧。人悦之、好色、富贵,无足以解忧者,惟顺于父母可以解忧。……大孝终身慕父母。"获得天下人的喜爱、美丽的妻子、财富与尊贵都没有父母的喜爱重要,没有什么能超越于孝之上。所以孟子称赞舜的大孝:"天下大悦而将归己,视天下悦而归己,犹草芥也,惟舜为然。不得乎亲,不可以为人;不顺乎亲,不可以为子。舜尽事亲之道而瞽瞍厎豫,瞽瞍厎豫而天下化,瞽瞍厎豫而天下之为父子者定,此之谓大孝。"在孟子看来,不能顺从父母的心意,不让父母高兴是不配做儿子的,只有像舜那样把天下人的佩服与归顺都不放在眼里,只把父母的欢心放在第一位,乃是真正的大孝。孟子认为,瞽瞍高兴了天下的风俗就转移了,瞽瞍高兴了天下父子的伦常也就确定了。但是瞽瞍的高兴毕竟和天下父母的高兴不是一回事,小孝和大孝还有很大的距离。《公孙丑章句下》说:"天下有达尊三:爵一,齿一,德一。朝廷莫如爵,乡党莫如齿,辅世长民莫如德。"[1]问题是怎样从小孝过渡,或实现大孝,也就是《礼记》中所说的:"人不独亲其亲,不独子其子。"[2]其中的原则,孟子没有讲清楚。在孟子看来,孝顺父母和尊敬长辈君主在道理上是一回事,可

---

[1] 杨伯峻译注:《孟子译注》,第206、183、89页。
[2] 杨天宇撰:《礼记译注》,第265页。

是二者有根本不同,因为君臣关系不是血缘关系,父母抚养了儿子,儿子不得不养父母,这是对等关系,可是君主却是由民众来供养,为何把二者的关系颠倒过来呢。对孟子尊亲观念的反思并不是从今日的民主思想来看待孟子思想的局限,而是正如《击壤歌》中所说的:"日出而作,日入而息。凿井而饮,耕田而食。帝力于我何有哉?"由此看来,孟子哲学里是产生不了平等思想的,他的仁爱思想也是有局限、不彻底的。《离娄章句下》孟子对具体不孝的情况做出了区分,他说:"世俗所谓不孝者五:惰其四支,不顾父母之养,一不孝也;博弈好饮酒,不顾父母之养,二不孝也;好货财,私妻子,不顾父母之养,三不孝也;纵耳目之欲,以为父母戮,四不孝也;好勇斗狠,以危父母,五不孝也。"反对"子父责善而不相遇也",认为"责善,朋友之道也;父子责善,贼恩之大者"。孟子认为,以善相责是朋友相处之道,父子之间以善相责往往导致感情的伤害,朋友之间相处的原则与父子之间的原则是根本不同的。孟子把亲情和长幼之间的等级关系看成社会稳定的一个最重要的基本原则,他不可能从这种血缘关系中得出平等原则的。即使这样,孟子仍然认为仁义是比亲情更大、更高的原则:"求也为季氏宰,无能改于其德,而赋粟倍他日。孔子曰:'求非我徒也,小子鸣鼓而攻之可也。'由此观之,君不行仁政而富之,皆弃于孔子者也。况于为之强战?争地以战,杀人盈野;争城以战,杀人盈城,此所谓率土地而食人肉,罪不容于死。"[1]孔子与孟子都认为仁义的重要性超乎师生、君臣关系之上,那些为君主的利益而烧杀掠夺,不行仁义之事的人都应遭受最重的刑罚,对等级的尊重必须建立在仁的基础之上,这比

---

[1] 杨伯峻译注:《孟子译注》,第175、200页。

后来把等级原则看得超于义之上的做法更加开明,也更符合人道原则。当然孟子也同样认为在实行仁义行为的时候量力而行,采取明哲保身的做法,如他在《万章章句上》中评价百里奚时所说:"不可谏而不谏,可谓不智乎?知虞公之将亡而先去之,不可谓不智也。时举于秦,知穆公之可与有行也而相之,可谓不智乎?相秦而显其君于天下,可传于后世,不贤而能之乎?"孟子认为仁义与孝是一致的,但毕竟还是有矛盾的时候,当二者矛盾的时候,孟子又怎样处理呢?以孟子最为崇拜的舜的孝来说。当万章问孟子:"父母使舜完廪,捐阶,瞽瞍焚廪。使浚井,出,从而掩之。象曰:'谟盖都君咸我绩,牛羊父母,仓廪父母,干戈朕,琴朕,弤朕,二嫂使治朕栖。'"这就是他的父母和兄弟,以残害自己正直无私的骨肉为能事。当万章问孟子:"象日以杀舜为事,立为天子则放之,何也?"孟子说:"封之也;或曰,放焉。"万章问:"舜流共工于幽州,放欢兜于崇山,杀三苗于三危,殛鲧于羽山,四罪而天下咸服,诛不仁也。象至不仁,封之有庳。有庳之人奚罪焉?仁人固如是乎?——在他人则诛之,在弟则封之?"孟子说:"仁人之于弟也,不藏怒焉,不宿怨焉,亲爱之而已矣。亲之,欲其贵也;爱之,欲其富也。封之有庳,富贵之也。身为天子,弟为匹夫,可谓亲爱之乎?……故'不及贡,以政接于有庳。'"①这是孟子对亲情的最高理解,最不仁义的兄弟因为自己一直残害的兄弟富贵,也富贵起来。孟子在《尽心章句上》也表达了同样的观点,当桃应问:"舜为天子,皋陶为士,瞽瞍杀人,则如之何?"孟子就回答:"执之而已矣。"桃应又问:"然则舜不禁与?"孟子回答:"夫舜恶得而禁之?夫有所受之也。"桃应接着

---

① 杨伯峻译注:《孟子译注》,第 230、209—213 页。

问"然则舜如之何?"他回答:"舜视天下犹弃敝蹝也。窃负而逃,遵海滨而处,终身欣然,乐而忘天下。"可见,在亲情和真正的正义发生矛盾时,孟子是把亲人看得比天下还重的,如果这样没有了公平和正义,哪还有仁义呢? 虽然孟子所讲的是父子亲情,这种亲情有一定的特殊性,但是对亲情的注重却是没有必要为之避讳的。至于孟子说:"杀人之父,人亦杀其父;杀人之兄,人亦杀其兄"①,则走向了极端。孟子对于亲情的美化和对权力与君主的美化是一致的,把亲情与等级的原则放在高于仁义的原则之上,特别是"亲之,欲其贵也;爱之,欲其富也。封之有庳,富贵之也。身为天子,弟为匹夫,可谓亲爱之乎"的观念,是与任何时代都背离的,孟子对舜的赞扬,无论如何也不能说明舜的做法有一种普遍的合法性,他的所为不能也不应该成为所有人的行为。从这个角度看来,孟子不如孔子更为中庸,孟子在君民矛盾的时候,主张臣可弑君,而在亲情方面,他比孔子看得更重。

孔子对血缘与亲情的尊重主要出于亲情对人心理与行为的影响与意义的考虑。《论语·学而》中说:"其为人也孝弟,而好犯上者,鲜矣;不好犯上,而好作乱者,未之有也。君子务本,本立而道生。孝弟也者,其为仁之本与?"孔子主要考虑,在家孝敬的人,在外就不好犯上。所以,刘向《说苑·辨物》中说:"子贡问孔子:死人有知? 无知也? 孔子曰:吾欲言死者有知也,恐孝子顺孙妨生以送死也。欲言无知,恐不孝子孙弃而不葬也。赐,欲知死人有知将无知也,自徐自知之,犹未晚也。"可见孔子是从现实的人生来考虑死的问题的,对死人的孝也是出于对活人行为的考虑,虽然他对人死

---

① 杨伯峻译注:《孟子译注》,第 317、327 页。

后的状况基本上是持存而不论的怀疑态度。对死者的报答也是孔子主张对死者孝的一个重要原因。《论语·阳货》宰我问"三年之丧,期已久矣"时,孔子回答:"予之不仁也!子生三年,然后免于父母之怀。夫三年之丧,天下之通丧也,予也有三年之爱于其父母乎!"宰我认为守丧三年太长,而且会产生很坏的结果:君子三年不为礼乐的话,礼乐就会崩坏,因此认为一年就可以了。但孔子认为,守丧三年是因为儿女生下来三年才能脱离开父母的怀抱,守丧三年是对的,况且守丧三年也是当时天下的通规。宰我认为应是一年,难道他没有从父母那里得到三年怀抱的关爱吗?可见孔子的孝也有报答的含义,不仅仅是对父子等级的尊重。至于曾子说:"吾闻诸夫子:孟庄子之孝也,其他可能也;其不改父之臣与父之政,是难能也。"也是对孝的一种极端的理解。① 其实对父亲的尊重并不一定表现在不改变父亲的老臣,不改变父亲的政策和制度设施上,这是两个根本不同的问题,对父亲的真正尊重是把父亲的事业继续下去,并发扬光大,而不是仅仅抱着旧的制度和物质状况而不改变,丧失了国家和政权那才是真正的不孝。从另一个角度讲,尊亲与尊重现实制度也是两个根本不同的东西,我们总不能说历史上伟大的改革家都是不肖之子吧,五四时期那些反对封建忠孝观念的仁人志士往往都是些孝子,政治上的伟大改革与对家庭亲情的义务并不存在根本对立与矛盾。但是无论怎样孔子都是认为尊敬父母是必然的,不可更改的规则,也就是《论语·里仁》所说的:"事父母几谏,见志不从,又敬不违,劳而不怨。"可见,血缘的重要性在某种程度上要高于真理、正义、爱的原则。孔子说:"君子笃

---

① 杨伯峻译注:《论语译注》,第 202 页。

于亲,则民兴于仁;故旧不遗,则民不偷。"①孔子并没有区分出"笃于亲"、"兴于仁"与"旧不遗"、"民不偷"的根本不同,一个有血缘或其他天然的关系,一个则无。孔子对亲情的注重,在叶公与孔子的对话中表现最为明显,叶公说:"吾党有直躬者,其父攘羊,而子证之。"孔子却说:"吾党之直者异于是:父为子隐,子为父隐。——直在其中矣。"②孔子反对父子互相揭发的行为。当然父子互相隐瞒是不合适的,但像"文革"那样,父子、夫妻之间互相揭发也不一定代表正派与直率。孔子认为个人的恩怨应该有一个原则来解决,所以当有人问:"以德报怨,何如?"孔子回答:"何以报德?以直抱怨,以德报德。"恩怨不要超越于"直"之上。③ 当然《论语》也并不是完全把血缘关系置于道德原则之上。当司马牛很忧伤地说:"人皆有兄弟,我独亡。"子夏就说:"四海之内,皆兄弟也——君子何患乎无兄弟也?"④子夏"四海之内,皆兄弟"的观点在某种程度上也反映了孔子的观点,这种胸怀对今日的我们仍然很有现实意义。《论语》中虽然引用过周公的话:"君子不施其亲,不使大臣怨乎不以。"但《论语·尧曰》中也同样说:"周有大赉,善人是富。'虽有周亲,不如仁人。百姓有过,在予一人。'"周朝大封诸侯要使善人富起来。"虽然有最亲的人,但还是不如有仁人。百姓有过失,责任由我一人来承担。"⑤这种把仁义超越于亲情之上的哲学原则乃是《论语》仁义思想的重要体现。但是孔子仍然没有解决从亲情到普

---

① 杨伯峻译注:《论语译注》,第 78 页。
② 同上书,第 139 页。
③ 同上书,第 156 页。
④ 同上书,第 124 页。
⑤ 同上书,第 198、208 页。

遍仁义的过渡问题。所以《论语·学而》说:"弟子,入则孝,出则悌,谨而信,泛爱众,而亲仁。行有余力,则以学文。"如何实现从"入则孝"、"出则悌"到"泛爱众"的过渡,孔子没有讲清楚,虽然孔子讲:"礼之用,和为贵。"但孔子并不像孟子那样过分地神化亲情与老人。所以当孔子看到原壤躺坐着时说"幼而不孙弟,长而无述焉,老而不死,是为贼"①,并以杖叩其胫。孔子并不主张像孟子所说的舜那样毫无原则地尊敬老人,对于那种小时不懂礼节,大时毫无作为,老又不自重自爱者,孔子都把他们当成害人精一样看待。但是更为重要的是我们要清楚,孔孟的亲缘原则主要是对一种理想化原则的赞颂,并不是中国文化的事实,因此孔孟的话语并不能当作一种史实的描述来接受。所以《庄子·盗跖》讲:"黄帝尚不能全德,而战涿鹿之野,流血百里。尧不慈,舜不孝,禹偏枯,汤放其主,武王伐纣……其行乃甚可羞也。……伯夷叔齐辞孤竹之君而饿死于首阳之山,骨肉不葬。鲍焦抱木而死。申徒狄负石自投于河,为鱼鳖所食。介子推自割其股以食文公,抱木而燔死。尾生抱梁柱而死。子胥沈江,比干剖心"②,这则是从另一个角度讲明了中国传统文化的现实。

尊亲并不仅仅表现在《论语》、《孟子》之中,它作为中国传统文化的一个基本原则贯穿于中国传统哲学与文化的各个层面。《尚书·大禹谟》中讲:"于父母,负罪引慝;祗载见瞽瞍,夔夔斋慄。瞽亦允若。至诚感神,矧兹有苗?"认为舜能感动父亲,自然也能感动三苗。③ 注重亲情自然在政治上就应该"立爱惟亲,立敬惟长,始

---

① 杨伯峻译注:《论语译注》,第159页。
② 陈鼓应译注:《庄子今注今译》,第778—779页。
③ 李民、王建撰:《尚书译注》,第34页。

于家邦,终于四海"①,但同样没有解释清楚如何从"始于家邦"到"终于四海",只是把治家的原则贯穿于治理四海而已。作为历史著作的《尚书》比作为哲学著作的《论语》、《孟子》更为现实明智,它看到了历史现实中的基本原则比想象中的亲缘原则更为符合现实人的需要与可能。所以它说:"惟天无亲,克敬惟亲;民罔常怀,怀于有仁;鬼神无常享,享于克诚。天位艰哉!"上天、万民、鬼神都是亲近有仁德之人,而不是按照亲缘原则行事的。所以要"任官惟贤才,左右惟其人","官不及私昵,惟其能;爵罔及恶德,惟其贤","建官惟贤,位事为能"②。只有亲近任用有贤才的人,而不是把官职让亲近的人担任,让有道德的人担任,才能保住江山,不被打败。商王之所以遭受上天的惩罚,就是因为它"罪人以族,官人以世",把没有犯罪的亲人也一并惩罚,把没有德性才能的亲人都给以世袭的官爵,所以上天是不容忍它的。商王虽然有亲近的大臣,但"虽有周亲,不如仁人",周有仁人志士,自然能夺取天下。因为亲亲的继承原则只会导致这样的结果:"若考作室,既厎法,厥子乃弗肯堂,矧肯构?厥父菑,厥子乃弗肯播,矧肯获?厥考翼其肯曰:'予有后,弗弃基。'""相小人,厥父母勤劳稼穑,厥子乃不知稼穑之艰难,乃逸。"③儿子并不一定能够继承父亲的基业,正如盖房子种地,父亲打好基础,儿子只是坐享其成,并不努力而行,只知道安逸享乐,并不了解父辈创业的千辛万苦,有时还会导致对父辈的轻蔑,认为年纪大了,什么也不懂。因此只有按照"皇天无亲,惟德是辅;民心无常,惟惠之怀。为善不同,同归于治;为恶不同,同归于

---

① 李民、王建撰:《尚书译注》,第122页。
② 同上书,第134、139、173、215页。
③ 同上书,第249、313页。

乱"的原则行事,达到"以公灭私,民其允怀"的要求才能使国家长治久安。①《尚书》虽然也主张应该按照亲缘的原则来推广及天下,但它从历史的史实说明了亲缘原则的巨大局限性。对亲缘原则展开深入而广泛论述的应该是《礼记》,它的基本思想与《论语》、《孟子》大致相同。首先《礼记》强调了亲亲的重要性:"为政在人。仁者,人也,亲亲为大;义者,宜也,尊贤为大。亲亲之杀,尊贤之等,礼所生也。"②在《礼记》看来,礼的本质就是要区分亲的远近,人的贤能,尊重他们之间的等级秩序,这就是仁的本质。亲缘的原则与尊尊、长长的原则一样是永远不可变化的,所谓"亲亲也,尊尊也,长长也,男女有别,此其不可得与民变革者也"。并把亲缘原则作为统治整个社会的基本原则,也就是说:"人道亲亲也。亲亲故尊祖,尊祖故敬宗,敬宗故收族,收族故宗庙严,宗庙严故重社稷,重社稷故爱百姓,爱百姓故刑法中,刑法中故庶民安,庶民安故财用足,财用足故百志成,百志成故礼俗刑,礼俗刑然后乐。"③从亲爱自己的亲属、尊敬自己的祖先,到尊敬宗族团结族人、保重社稷爱护百姓,然后到百姓安定财物充足,最后到礼乐大成。这一切都要从亲亲开始,以亲缘为基本原则。《礼记·祭义》所谓"立爱自亲始,教民睦也;立教自长始,教民顺也"。至于孝更是亲亲中最重要的原则。曾子说:"身也者,父母之遗体也,行父母之遗体,敢不敬乎?居处不庄,非孝也。事君不忠,非孝也。莅官不敬,非孝也。朋友不信,非孝也。战阵无勇,非孝也。五者不遂,灾及于亲,敢不敬乎。""众之本教曰孝。其行曰养。养可能也,敬为难。敬可能

---

① 李民、王建撰:《尚书译注》,第334、361页。
② 杨天宇撰:《礼记译注》,第700页。
③ 同上书,第428、434页。

也,安为难。安可能也,卒为难,父母既没,慎行其身,不遗父母恶名,可谓能终矣。"①他把一切问题都归结为孝:不爱护自己的身体不是孝,不忠君不孝,不尽职不孝,不守信用不孝,不勇敢不孝。孝不仅要在物质上奉养,还要在礼节上和心理上保持一种尊敬的态度,这比在物质上侍奉更难。孝要做得尽善尽美是很难的,因为"父母全而生之,子全而归之,可谓孝也。壹举足而不敢忘父母,壹出言而不敢忘父母。是故道而不径,舟而不游,不敢以先父母之遗体行殆",爱护自己的原因就是因为自己的身体乃是父母给予的,是不能伤害的,所谓"身也者,亲之枝也,敢不敬与?不能敬其身,是伤其亲。伤其亲,是伤其本;伤其本,枝从而亡"。但是为何要爱亲人呢?《礼记》讲:"凡生天地之间者,有血气之属必有知,有知之属莫不知爱其类。故人于其亲也,至死不穷。"②天地之间的生物都有血气,都有知觉,而有知觉的生物没有不爱同类的,因此人对亲人父母也是这样。但是这个原则并不能推导出亲缘原则成为整个社会的基本原则。其实《礼记》也并非把亲缘原则贯彻到底。《王制》说:"诸侯世子世国;大夫不世爵,使以德,爵以功。"诸侯的太子世袭封国,但大夫不世袭爵位,按照他的德性和功劳来授予爵位,既然太子可以世袭,大夫为何不可世袭呢? 这就和他的亲缘原则不一致了。总之,当父子关系与君臣关系发生矛盾时,《礼记》基本还是以父子关系为主,因为父子关系隐含了君臣关系。所以当曾子问:"君薨既殡,而臣有父母之丧,如之何?"当国君死了,入殡的时候臣遭遇父母的丧事,臣怎么办?孔子回答说:"归居于家,有

---

① 杨天宇撰:《礼记译注》,第614、621页。
② 同上书,第624、657、778页。

殷事,则之君所,朝夕否。"先回家为父母守丧,有重大祭奠时再回去参加。曾子又问:"君既启,而臣有父母之丧,则如之何?"国君的棺柩已经准备安葬,臣下遇到父母丧事怎么办呢?孔子回答:"归哭而反送君。"先回家哭父母,再回去为国君安葬。但是当曾子问:"父母之丧,既引,及涂,闻君薨,如之何?"也就是在拉着父母的棺材已经上路了,听到国君死了怎么办?孔子回答:"遂既封,改服而往。"把棺材送进墓穴后,再改穿丧服前往。①《曾子问》中孔子说:"夏后氏三年之丧,既殡而致事;殷人既葬而致事。"这也是把亲缘原则放在忠君的前面。从这儿我们也能看到《礼记》在加工与编纂的过程中亲缘原则与忠君原则的矛盾之处。总之《礼记》把亲缘原则当作一切原则的出发点,它们的逻辑关系就是《文王世子》中所说的"德成而教尊,教尊而官正,官正而国治。是故知为人子,然后可以为人父;知为人臣,然后可以为人君;知人事,然后可以使人","父子、君臣、长幼之道得而国治",亲缘原则与君臣原则互为一体,所谓"公族朝于内朝,内亲也;虽有贵者以齿,明父子也。外朝以官,体异姓也"。朝内同样注重亲缘原则,按照长幼次序,外族则以官位排列次序。由此看来,亲缘原则与君臣关系即使有些矛盾,也并非本质问题。至于《礼记》中对复仇的强调确是亲亲原则的极端表现,这是《论语》、《孟子》中较少提及的,如"父之雠,弗与共戴天。兄弟之雠,不反兵。交游之雠,不同国。"当子夏问孔子"居父母之仇如之何"时,孔子回答:"寝苫,枕干,不仕,弗与共天下也。遇诸市朝,不反兵而斗。"子夏又问:"请问居昆弟之仇如之何?"孔子回答:"仕弗与共国。衔君命而使,虽遇之不斗。"子夏问:

---

① 杨天宇撰:《礼记译注》,第238—239页。

"请问居从父昆弟之仇如之何?"孔子回答:"不为魁。主人能,则执兵而陪其后。"①对不同的仇人,不同对待。对于叛乱犯上的态度就截然不同了,自然是《檀弓下》所说的格杀勿论,"臣弑君,凡在官者,杀勿赦。子弑父,凡在官者,杀无赦。杀其人,坏其室,洿其宫而猪焉",不仅要杀头,还要给以破坏性的惩罚,以示对君臣、父子关系的尊重。在审理案件时也要考虑君臣父子之情,并区分对待,《礼记·王制》所谓"凡听五刑之讼,必原父子之亲,立君臣之义,以权之"。《礼记》对家族不同的姓氏也做出了规定,天子同姓谓之"伯父",异姓谓之"伯舅"。"其在东夷,北狄,西戎,南蛮,虽大曰'子'"②,这种区分原则,显然是仅仅根据家族原则来区分的。特别是"其在东夷,北狄,西戎,南蛮,虽大曰'子'"的规定,简单的称呼隐含了基本的价值倾向。当然《礼记》也谈到了君臣与父子的不同,"为人臣之礼,不显谏,三谏而不听,则逃之。子之事亲也,三谏而不听,则号泣而随之。拟人必与其伦"③。君臣关系乃是后天生成的关系,是可以改变的,可以避免的,与不可改变的、不可避免的父子关系不一样,自然也可采取不同的对待方式。至于在继承问题上,《檀弓上》记载檀弓与伯子的对话:"仲子舍其孙而立其子,何也?"伯子回答:"仲子亦犹行古之道也。昔者文王舍伯邑考而立武王,微子舍其孙腯而立衍也。夫仲子亦犹行古之道也。"④子游听到后便去询问孔子。孔子确回答:"否!立孙。"可见《礼记》是用孔子的话来宣扬自己的亲亲观念。《礼记》中对世子的重视,对嫡子

---

① 杨天宇撰:《礼记译注》,第29、75页。
② 同上书,第44、133、160页。
③ 同上书,第47页。
④ 同上书,第53页。

与庶子的区分也表现了同样的原则,所谓"嫡子、庶子,祇事宗子、宗妇。虽富贵,不敢以富贵入宗子之家,虽众车徒,舍于外,以寡约入","世子生,则君沐浴,朝服。妇人亦如之。皆立于阼阶,西乡。嫡子、庶子见于外寝","庶子不祭祢者,明其宗也"。① 嫡子与庶子即使富贵也不可以富贵的身份进入宗子家,嫡子、庶子的出生仪式也与宗子的仪式不同,宗子可以祭祀祢庙,但庶子不行,可见亲亲之中又有亲亲,亲亲原则的本质乃在于通过区分来决定人与人之间的等级秩序,《礼记》中尊长、尊君、尊左、重亲情、重同姓、重男性,甚至重复仇的等级关系是有内在联系的,《丧服小记》所谓"亲亲,尊尊,长长,男女之有别,人道之大者",《曲礼上》所谓"礼不下庶人,刑不上大夫,刑人不在君侧",《月令》"毋变天之道,毋绝地之理,毋乱人之纪"乃是更为明显的表现。从以上的分析看来,《礼记》中并没有真正地体现出《论语》和《孟子》中所说的仁,亲亲原则统治了一切。虽然孟子在亲亲原则与仁义原则之间也有犹豫,并没有找到亲亲与仁义原则在矛盾时的选择原则。当万章问孟子说:"人有言:'至于禹而德衰,不传于贤,而传于子。'有诸?"孟子回答:"否,不然也。天与贤,则与贤;天与子,则与子。……匹夫而有天下者,德必若舜禹,而又有天子荐之者,故仲尼不有天下。孔子曰:'唐虞禅,夏后殷周继,其义一也。'"② 孟子用"天与贤,则与贤;天与子,则与子",甚至孔子的"唐虞禅,夏后殷周继,其义一也"来回答万章,说明唐尧禹舜以贤能来禅让天下,夏商周以子孙来世代相传,其道理是一样的。孟子的这种解释是不能让人满意的,他在

---

① 杨天宇撰:《礼记译注》,第338、355—356、406页。
② 杨伯峻译注:《孟子译注》,第221—222页。

第四章　中国传统文化的亲缘与性别原则及《路得记》的非亲缘原则　179

亲亲原则与仁义原则发生矛盾时,采取了回避的态度,虽然孟子有任贤不避亲、仁义至上的原则,但亲亲原则的局限仍然没有得到深刻的揭示,因此亲亲原则所导致的衰败趋势是无法阻挡的。至于孟子说:"人之所不学而能者,其良能也;所不虑而知者,其良知也。孩提之童无不知爱其亲者,及其长也,无不知敬其兄也。亲亲,仁也;敬长,义也;无他,达之天下也。"①同样没有区分出天然亲情与后天仁义的区分,虽然在他看来天然亲情与后天仁义没有矛盾,但爱亲是天性,爱不亲的人却是后天的,虽然是人有仁慈之心,但要像爱亲人一样爱不亲之人却需要付出巨大的努力,孟子把恻隐之心当作从爱亲人到爱陌生人的桥梁,应该说是不充分的,亲人与非亲人是有着本质差别的,特别是在亲亲原则面前,并不能产生尚贤的原则。虽然孔孟都有把父子、君臣及国与家的内在结构关系密切联系在一起的做法,如《尚书》中所反复说的:"天子作民父母,以为天下王。"②但孔孟的哲学并没有解决这个困扰中国传统文化的老问题,甚至成为这种问题得以长久存在的合法性基础。

亚里士多德在《尼各马科伦理学》中论述父子关系时说:"生养者把子女当成自身的一部分,照拂备至,子女们则把双亲当作自己存在的来源。"二者在来源上有依赖性,但二者的依赖关系是不同的,"虽然不允许儿子不认父亲,父亲却可以不认儿子。欠债还钱,儿子对父亲所欠的债是还不完的,所以他是一个永远的负债者。债权人却可以免除债务人的债务,所以父亲可以否认儿子","对双亲最重要的是奉养,因为这好像是债务。对双亲还要像对诸神那

---

① 杨伯峻译注:《孟子译注》,第307页。
② 李民、王建撰:《尚书译注》,第222页。

样尊敬,但不是一切尊敬,因对父亲的尊敬和对母亲的尊敬不一样"①。亚里士多德主要是从两者存在的依赖性来看待亲缘关系的,而不是把亲缘关系当作一切关系的基础。由于亲缘关系的普遍性,如师生关系、同事熟人、偶然的相识与萍水相逢等是亲缘与地缘关系的表现形式,它们都与陌生人相对。亲缘关系可以成为分析政体结构的基本模式。所以亚里士多德说:"在不同的家庭中,作为样板也可以看到与政体相同之点。父亲对儿子的关系就类似于君主。父亲所关心的是儿子,所以荷马把宙斯称为父亲。一个王国愿其君主与父亲一般。在波斯父亲就像暴君,他们使用儿子像奴隶一般。主人和奴隶的关系也是暴君式的,因为一切所作所为都是主人得到。主人这样对待奴隶也许是对的,但像波斯人那样对待儿子就错了。事物不同原则也相差异。丈夫与妻子的关系看来是贵族式的。丈夫要主持值得他主持的事情,做男人所该做的事情。而那些适于妇女做的事情,让妇女们去做。如若丈夫主宰一切就会变成寡头制。因为他这样是他违反了得其所值的原则。有时妻子作为女继承人而主宰一切,这样的主宰显然不是基于德性,而是基于财富和势利,和在政体中一样。兄弟之间的关系类似富豪制,除了在年龄之间的区别外,他们都是平等的。因而,如若年龄相差过大,就不会产生兄弟般的友谊了。平民制很像一个无人做主的家庭,在这里每个成员都是平等的,主宰者软弱无力,每个人各行其是。友谊也出现于各种政体之中,与公正并存。君主对治下的臣属要仁惠,良好地对待他们。如若他们是好人,那就要照顾他们,让他们行为优良,正如一个牧羊人对待群羊那样。

---

① 亚里士多德著,苗力田译:《尼各马科伦理学》,第181—190页。

这就是荷马为什么称阿加麦农王为牧人。这种友谊是父亲般的友谊(其差别在于,父亲的恩惠更大些,他是存在的原因,这就是一种最大的赠予了。此外,他还要哺育和教育)。这同样的恩惠也要归于我们的先祖。父亲对儿子,祖宗对后代,君主对臣属的主宰是自然的。在尊长中存在着这种友谊,这就是为什么祖先们要受到崇敬。在这里也存在着公正,但不是双方相等,而是各取所值。友谊也是这样,丈夫对妻子的爱相当于贵族制中,以德性为依归,更好的人所得的多,每个人都有相应的报偿,公正也是这样。兄弟之间的友爱,似乎与伙伴的关系相同,他们是平等的,而且年龄相近。像这样一些人在大多数情况下,情感和习性都是相同的,因此类似于富豪制下的友爱。因为全体公民都力求成为平等和高尚的人,所以他们轮流执政,权力平等,他们的友谊也是这样。"① 亚里士多德清楚地分析了家庭与政治的密切联系,特别是二者结构之间互相类似与隐喻性的相互关系。所以马克思在《中国革命与欧洲革命》中论述中国古代社会的家长制结构时说:"正如中国皇帝通常被尊为全中国的君父一样,皇帝的官吏也都被认为对他们各自的管区维持着这种父权关系。可是那些靠纵容私贩鸦片发了大财的官吏的贪污行为,却逐渐破坏着这一家长制权威——这个广大的国家机器的各部分间的唯一的精神联系。"② 这种用"家"和"家长制"来隐喻社会结构的模式一直是中国传统文化的一个重要特征。韦伯也同样指出了这种隐含在中国传统文化的基本结构,他说:"在中国的等级制伦理上,仍然相当牢固地黏附着对封建的留恋。

---

① 亚里士多德著,苗力田译:《尼各马科伦理学》,第178—180页。
② 《马克思恩格斯选集》第一卷,第691页。

对封建主的孝,又被推及父母、老师、职务等级制中的上司和一切有官职的人,——因为对于所有这些人,孝在本质上是一样的。封建的忠,事实上被引申为官僚阶层内部的庇护关系。忠的基本性质是家长制的,而不是封建的,子女对父母的无限的孝,正如一再强调的,绝对居于一切道德之首。在一个世袭制国家里,孝被推及各种臣属关系,对于官员——孔子也曾做过相——来说,孝是引出其他各种德性的元德,有了孝,就是经受了考验,就能保证履行官僚制最重要的等级义务:履行无条件的纪律。这一点并不难理解。""一切社会伦理在这里不过是将与生俱来的孝顺关系引申为可以想象的诸如此类的关系。对君、父、夫、兄(包括师)和友这五种自然的社会关系的义务包括了一切无条件的制约伦理的实质。"①在传统儒家伦理中孝是一切伦理的基本原则与基础,也就是从这个角度韦伯批判了中国传统经济、政治组织结构中的纯粹个人关系性质,这种被各种亲戚、人情关系包围着的组织形式明显地缺乏以理性原则为基础的客观化特征。但是清教徒却与此根本不同,因为它首先打破了这种以天然亲缘为基础原则的共同体。正如韦伯所说:"如果说救赎预言创造了纯粹宗教基础上的共同体,那么,使这种预言陷入冲突之中并由于这种预言的出现而担心自己会失败的第一种势力便是天生的宗教共同体。谁如果不能与他的亲人、父母为敌,谁就不能当耶稣的门徒:我来,并不是叫地上太平,乃是叫地上动刀兵。指的就是这种关系。诚然,绝大多数宗教也承认世俗的孝道,但是,救世主、先知、教士、听忏悔的神父、修

---

① 马克斯·韦伯著,王容芬译:《儒教与道教》,第 207—208、260 页。

道士在信徒们的信念中最终要比血亲和姻亲本身近。"①从对神与人的关系的态度看,儒教亲亲原则就与新教的博爱伦理根本不同,儒家对人人关系的重视和对人神关系的忽略最为明显的表现就是对孝道的推崇,在传统儒家看来,孝乃是所有道德的基础,是一切美好行为的源泉,如果没有对父母的孝,也就没有了一切,所以孟子说:"杨氏为我,是无君也;墨氏兼爱,是无父也。无父无君,是禽兽也。"②连墨子这样主张兼爱的人都被称为"无父无君,是禽兽也",由此可见,对孝的终极意义的否定在儒家看来是不能容忍的。更重要的是,孝是其他伦理观念的根本,其他伦理观念都是由"孝"的观念派生出来的。当然对父亲的孝与对母亲的孝是不同的,因为在儒家哲学中不同的性别在文化中所承担的意义是根本不同的。由此可见,孝的根本含义是对父子,乃至君臣、夫妇、兄弟、师生等一切等级伦理关系的遵守,等级秩序存在乃是孝所发挥作用的社会根源。对等级制的无条件遵守无疑和韦伯的资产阶级的平等原则相违背。孝的原则不仅隐含了对于等级秩序的无条件遵守,更重要的是对于血缘关系和血缘关系派生的地缘关系的尊重,对亲人、同乡、同学,甚至是任何有缘分的人际交往的尊重,而血缘关系和地缘关系是不具有普遍性的,也就是不能作为整个社会普遍遵守的基本原则,因为,血缘与地缘不仅不是一种泛爱天下的象征,更是一种狭隘的自私自利的乡土观念的表现,这种有着非常局限性的家乡观念和以追求平等、自由的资产阶级观念是根本不同的。对血缘关系尊重的直接结果就是任何事情都是根据"人的"关

---

① 马克斯·韦伯著,王容芬译:《儒教与道教》,第307页。
② 杨伯峻译注:《孟子译注》,第155页。

系,而不是根据"事的"关系来评价,是人治而不是法制决定着社会的基本运作规则。

　　从另一个角度讲,对血缘与地缘观念的过分强调无疑否定了他者文化的价值与合理性,亲缘观念的强调必然扩展为对民族性的强调,为民族间的对话制造障碍,最终导致民族的自大或自卑。其实文化内部的辩论与文化间的辩论是密切联系在一起的,正如家庭的结构与社会阶层的结构互为一体一样。马克思和恩格斯在《共产党宣言》中讲:"人对人的剥削一消灭,民族对民族的剥削就会随之消灭。""民族内部的阶级对立一消灭,民族之间的敌对关系就会随之消灭。"①可见马克思与恩格斯从没有孤立地看待民族与民族内部的阶层问题,而是把它们联系在一起看,孤立地看待这个问题总会得出很多荒唐的结论,民族的问题是一切问题的根本与目的,它忽视了民族间的问题乃是解决民族内部问题的一个重要维度,它们在很多地方都遵循着相同的规则与策略,二者是密切联系在一起的。马克思、恩格斯始终都把工人阶级的利益看得高于民族的利益。他们在《关于波兰的演说》中说:"所有这些国家里的工人现在的共同利益,就是推翻压迫他们的阶级——资产阶级,各民族工人生活水平的平均化,他们的党派利益的一致,都是机器生产的结果,因此机器生产仍然是历史上的一大进步。从这里我们应当得出什么结论呢?既然各国工人的生活水平是相同的,既然他们的利益是相同的,他们的敌人是相同的,那么他们就应当共同战斗,就应当以各国工人的兄弟联盟来对抗各国资产阶级的兄弟

---

　　① 《马克思恩格斯选集》第一卷,第291页。

第四章　中国传统文化的亲缘与性别原则及《路得记》的非亲缘原则　185

联盟。"①总之,他们在考虑民族间的关系时,始终是和民族内部的问题结合在一起来思考。资本主义相对于封建社会在人类文化史上的进步就在于决定资本主义社会的基本原则乃是个体的,而不是出身、家庭,甚至与出身家庭密切相关的权力。个体的能力、智慧成为自身价值的最关键因素,而家族的、血缘的、传统的价值观在个体的价值观面前都显得软弱无力。马克思说:"工业较发达的国家向工业较不发达的国家所显示的,只是后者未来的景象。"②其实价值观念的革命才是真正的革命。在某些情况下,落后民族可以通过武力征服先进民族,却无法在观念上同化对方,当然我们也应该清楚在文化的哪个层面上落后民族取得了胜利,而发达的民族被打败。一个在军事经济上落后的民族与一个在军事经济上发达的民族相比总有自己的优势。所以马克思在《对华贸易》中引用了大量的材料来说明,中英不平等条约的签订,并没有促进英国商品对华的出口,反而减少了。他说:"过去有个时候,曾经流行过一种十分虚妄的见解,以为天朝帝国'大门被冲开'一定会大大促进美国和英国的商业;当时我们曾经根据对本世纪开始以来中国贸易所做的较详尽的考察指出,这些奢望是没有可靠根据的。我们曾经认为,除我们已经证明与西方工业品销售成反比的鸦片贸易之外,妨碍对华出口贸易迅速扩大的主要因素,是那个依靠小农业与家庭工业相结合而存在的中国社会经济结构。"③马克思驳斥了那种把自己的失望归结为野蛮政府的人为破坏,从而为自己海盗式的侵略作辩护的做法,指出了需要乃是根本的原因。更重

---

① 《马克思恩格斯选集》第一卷,第311页。
② 同上书,第100页。
③ 同上书,第755页。

要的是,理念之间的战争并不随着军事战争的结束而结束,与当时中国自高自大的民族自豪感相比,今日到处充斥着无孔不入的民族虚无主义,特别是在消费领域,一切向西方看齐,这使我们强烈感受到观念的更新对需要的重要意义,观念产生消费,甚至决定消费,特别是个体的消费。把亲情扩大为对国别的重视,同样是亲亲原则的另一种表现形式。柏拉图就指出过在古希腊普遍存在的根据人的国别进行错误划分的方法。他说:"这个错误就好比一个人在对人这一类存在进行划分的时候,把它分成希腊人和野蛮人。在世界的这个区域大部分人都是这样的。他们把希腊人与世上其他所有民族分开,使之单独成为一类,使其他所有民族成为另一类,而根本无视这些民族多得不可胜数,彼此之间也没有什么联系,讲得又是不同的语言。他们把所有非希腊民族混为一谈,认为这样就可构成一个真正的类别,因为它们都有一个被强加的共同名称——'野蛮人'。"①而在柏拉图看来,重要的并不是民族性,而是普遍性。正如他在《法律篇》中借助雅典人之口所说的:"我们自己并不在意这些法律来源于国外,只要我们认定它是好的。"②一个民族的内部也同样存在着巨大的差异,其差异程度在某些方面甚至超过民族之间的差异。根据民族的原则进行区分是跨文化交流中非常普遍的现象,不仅在古希腊这样,即使今天也是非常普遍。每个民族都以自己的特点作为普遍的、不可更改的、最值得赞赏的特点,以自己的特色为最值得效法的特色,而忘记了作为人类所共同具有的对真理、正义和善的追求,而自认为自己的民族就代

---

① 柏拉图著,王晓朝译:《柏拉图全集》第三卷,第94页。
② 同上书,第460页。

表着人类共同的、应该达到的理想目标,而忽视了在国别的真理、正义和善之上,是否有一种真理、正义和善为所有的民族所普遍遵循,自己民族的文化能为人类普遍的幸福提供多少值得借鉴的价值与理论资源。

当然,我们也应该看到在某种程度上孔孟的仁义观念又高于尊亲及君臣之间的忠诚观念。孔子注重对礼的尊重,在某种程度上反映了孔子对亲情的某种不信任态度以及对亲情的制约。孔子认为君臣之上有仁义,孟子更是如此。当季子然问:"仲由、冉求可谓大臣与?"孔子回答:"所谓大臣者,以道事君,不可则止。今由与求也,可谓具臣矣。弑父与君,亦不从也。"① 可见孔子也不是盲目尊重等级关系,而要以道为原则,不符合道的要求即使君主的要求也不能满足,所谓"以道事君"、"民无信不立"乃是孔子对从政的一个根本观点,信正如合同一样必须遵守,也可说是一种典型的契约论。孔子重民的思想可以说随处皆是。在他看来,君臣关系是互相的,并不以一方完全丧失自我为前提。《论语·颜渊》当季康子问政于孔子时,孔子回答说:"政者,正也。子帅以正,孰敢不正?""正"不仅仅指为统治者服务,更重要的是遵守原则与秩序,如果仅仅是为统治者,那他们就可以为所欲为了。所以季康子患盗,问于孔子,孔子就说:"苟子之不欲,虽赏之不窃。"孔子这种回答明显针对统治者的贪婪而言的。当季康子说:"如杀无道,以就有道,何如?"孔子回答:"子为政,焉用杀?子欲善而民善矣。君子之德风,小人之德草。草上之风,必偃。"由此可见,孔子的原则并不是为统治者服务,而是为了达到善的目的,君子和小人都必须遵守善的原

---

① 杨伯峻译注:《论语译注》,第117页。

则,这是统治者和民众都能获利的状态。孔子之所以反对樊迟学稼就在于他反对某些政客用形式主义方法来欺骗群众的做法,他认为从政者要以身作则来领导天下的民众,而不是用形式的方法来欺骗民众。孔子论述君子与小人的关系也是如此,主张上要好"礼、义、信",民就会望风而从,无需强制的办法,也就是《子路》中他所说的,"其身正,不令而行;其身不正,虽令不从","苟正其身矣,于从政乎何有?不能正其身,如正人何","上好礼,则民易使也"。(《宪问》)孔子始终把统治者的素质放在他思考从政的首位,统治者的一言一行都有重要意义,虽然一言兴邦、一言丧邦这种话有些不切合实际,但如果统治者能以"为君难,为臣不易"的态度来从政,那一言兴邦也是可能的,相反,如果统治者从政仅仅是为了能获得"人人都服从"这种快乐,也就是"予无乐乎为君,唯其言而莫予违也",再加上自己的恶行败德的作为,那国家的结果可想而知。(《子路》)孔子认为君主治理天下的根本方法就是先正己,再以己为榜样来号召天下的人。所以孔子反对暴力和刑法,认为人自由的行为才是根本的。刑法是被动的,而仁却是自由主体的自由行为,因而对人和社会才更有意义。孔子把仁的重要性放在君臣关系之上,在对管仲的评价上表现最为明显,虽然他认为管仲有不遵守等级的做法,但他仍然认为管仲不从一而终的做法符合更高的仁。这和后来儒家从一而终的原则相比更符合仁。当子路问:"桓公杀公子纠,召忽死之,管仲不死。未仁乎?"孔子回答:"桓公九合诸侯,不以兵车,管仲之力也。如其仁,如其仁。"子贡也问同样的问题:"管仲非仁者与?桓公杀公子纠,不能死,又相之。"孔子做出同样的回答:"管仲相桓公,霸诸侯,一匡天下,民到于今受其赐。微管仲,吾其被发左衽矣。岂若匹夫匹妇之为谅也,自经于

第四章　中国传统文化的亲缘与性别原则及《路得记》的非亲缘原则

沟渎而莫之知也？"①这种道德的善超越于亲缘关系的传统也并非仅仅存在于《论语》之中。《礼记·檀弓下》记载了齐国大夫陈子车死在卫国的故事。他的妻子和家臣商议用活人为他殉葬，并把结果告诉了陈子车的弟弟陈子亢，认为这样可以照顾他的哥哥。但陈子亢说："以殉葬，非礼也。"于是没有成功。在陈子亢看来，用活人来殉葬是不符合礼的。如果要考虑到照顾病人的话，那用妻子与家宰最好了。陈乾昔卧病在床的时候，就命令他的儿子在他死后，一定要做一个大棺材把他喜欢的两个妾放在身体的两旁。但他死后，他的儿子并不同意，说："以殉葬，非礼也，况又同棺乎？"这两个都是亲人，死者在死前告诉亲人"一定"也是考虑到亲人的可靠性，但他们的亲人却超越了亲情的界线达到了一种更为重要的善的原则，甚至礼的原则，认为礼与善应该高于亲情，所以他们的如意算盘都落空了。②　至于孟子"民为贵，社稷次之，君为轻"③的观点更是众所周知。主张"贵戚之卿"可以废掉坏君，改立好君，所谓"贵戚之卿。君有大过则谏；反覆之而不听，则易位。""异姓之卿。君有过则谏，反覆之而不听，则去。"④这种学说是孔子仁学的大发展，先秦诸子中绝无仅有的。孔子《论语·八佾》讲君臣关系要"君使臣以礼，臣事君以忠"，但孟子却说："君之视臣如手足，则臣视君如腹心；君之视臣如犬马，则臣视君如国人；君之视臣如土芥，则臣视君如寇仇。"⑤这比后来道学家所谓"君要臣死，臣不得

---

① 杨伯峻译注：《论语译注》，第151页。
② 杨天宇撰：《礼记译注》，第119—122页。
③ 杨伯峻：《孟子译注》，第328页。
④ 同上书，第251页。
⑤ 同上书，第186页。

不死"先进多了。这与孟子的性善论有关,《公孙丑章句上》所谓所谓"人皆有不忍人之心","无恻隐之心,非人也;无羞恶之心,非人也;无辞让之心,非人也;无是非之心,非人也",但是人的恻隐之心并不一定导致君臣之间的爱与礼,人和动物之间的差别并不能说明人和人之间的差别,所谓"无为而物成,是天道也",天道是无为,但人道是人为。孔子说:"天无私覆,地无私载,日月无私照。奉斯三者以劳天下,此之谓三无私。"①上天的眼中是没有亲疏的,但人又怎能与上天相提并论呢,要从人的亲亲原则达到上天爱的普遍性是不可能的,亲情并非一种完全的天然关系,它主要是一种人类行为,自然既没有亲疏,也没有道德。至于性善的观念,恩格斯在《家庭、私有制和国家的起源》中谈到恶作为社会发展的动力时说:"文明时代以这种基本制度完成了古代氏族社会完全做不到的事情。但是,它是用激起人们最卑劣的冲动和情欲,并且以损害人们其他一切禀赋为代价而使之变本加厉的办法来完成这些事情的。卑俗的贪欲是文明时代从它存在的第一日起直至今日的起推动作用的灵魂;财富,财富,第三还是财富,——不是社会的财富,而是这个微不足道的单个的人的财富,这就是文明时代唯一的、具有决定意义的目的。"②恩格斯在谈到费尔巴哈关于爱的理念时,他充分肯定了黑格尔关于恶对社会发展作用的观点,而否定了费尔巴哈关于爱的幻想。他说:"在黑格尔那里,恶是历史发展的动力的表现形式。这里有双重意思,一方面,每一种新的进步都必然表现为对某一种神圣事物的亵渎,表现为对陈旧的、日渐衰亡的、但为

---

① 杨天宇撰:《礼记译注》,第673页。
② 《马克思恩格斯选集》第四卷,第177页。

第四章　中国传统文化的亲缘与性别原则及《路得记》的非亲缘原则

习惯所崇奉的秩序的叛逆,另一方面,自从阶级对立产生以来,正是人的恶劣的情欲——贪欲和权势欲成了历史发展的杠杆,关于这方面,例如封建制度的和资产阶级的历史就是一个独一无二的持续不断的证明。但是费尔巴哈就没有想到要研究道德上的恶所起的历史作用。历史对他来说是一个不愉快的可怕的领域。"① 仅仅用性善的理念是无法解释生活的,甚至无法解释生活中善的行为。当今经济取得巨大发展,而道德秩序却出现严重失衡的情况下,我们强烈感受到马克思的真知灼见,但我们也同样感受到康德、费尔巴哈哲学思想的现实意义,虽然它带有强烈的幻想性质,但总比彻底地陷在物欲的深井里而不自觉更好些。社会的巨大进步往往以牺牲所谓的道德完美为代价,同时他认为这是一种历史的必然。所以他在《家庭、私有制和国家的起源》论述奴隶社会代替古代"氏族社会的纯朴道德高峰"时说:"最卑下的利益——无耻的贪婪、狂暴的享受、卑劣的名利欲、对公共财产的自私自利的掠夺——解开了新的、文明的阶级社会;最卑鄙的手段——偷盗、强制、欺诈、背信——毁坏了古老的没有阶级的氏族社会,把它引向高潮。而这一新社会自身,在其整整两千五百余年的存在期间,只不过是一幅区区少数人靠牺牲被剥削和被压迫的大多数人而求得发展的图画罢了,而这种情形,现在比从前更加厉害了。"②

《诗经》中也充满了对亲情的歌颂,如《诗经·常棣》对亲情的重视。诗中讲到的了兄弟的情谊对人生的意义。"凡今之人,莫如兄弟。""死丧之威,兄弟孔怀。原隰裒矣,兄弟求矣。脊令在原,兄

---

① 《马克思恩格斯选集》第四卷,第237—240页。
② 同上书,第97页。

弟急难。每有良朋,况也永叹。兄弟阋于墙,外御其辱。每有良朋,烝也无戎。"①《常棣》把兄弟和朋友进行了对比:死丧是人生中最大的事,只有兄弟最关心。急难之时只有兄弟来帮忙,而朋友只有为之长叹罢了。当然兄弟之间也有争斗的时候,但那仅仅是在兄弟之间,等到外来欺辱时,他们就会团结一致,互相帮助。所以"妻子好合,如鼓瑟琴,兄弟既翕,和乐且湛"的美景成为中国传统文化中典型的场景:父子相亲,夫妻好合,就像琴瑟一样和谐,兄弟团聚,永远和和美美,特别是"兄弟阋于墙,外御其辱"的观念对中国传统文化中家族观念的影响是巨大的。但是本诗还有另外一方面,是很少被引用的,它作为"兄弟阋于墙,外御其辱"的补充,很有意义:"丧乱既平,既安且宁。虽有兄弟,不如友生。"兄弟对于丧乱的作用和朋友对于安宁的作用是一样的。基于平等与友谊的后天的朋友和基于血缘与亲情的先天的兄弟是根本不同的两种关系,从兄弟的情爱无法过渡到朋友的友谊,更重要的是朋友的友谊是比兄弟更重要的友谊,因为亲情在一个人一生的关系中只是一小部分,更多的是同学、同事、师长、朋友等关系,他们必须用不同于血缘关系的原则来维系在一起。特别是《诗经·葛藟》就讲到了人情的冷暖对亲情的反衬:即使你称别人为父母,乞求一点施舍和同情,也没有人答应你。"绵绵葛藟,在河之浒。终远兄弟,谓他人父。谓他人父,亦莫我顾。""绵绵葛藟,在河之涘。终远兄弟,谓他人母。谓他人母,亦莫我有。"②可见,只有天生的父亲,后天的称呼是没有任何意义的。同样《诗经·旄丘》就讲述了流浪者向贵族

---

① 余冠英注译:《诗经选》,第145—146页。
② 程俊英译注:《诗经译注》,第110页。

乞求时的情景:"琐兮尾兮！流离之子。叔兮伯兮！褎如充耳。"渺小而又卑贱的流浪者,尽管叔叔、伯伯乞求不停,可他们还是充耳不闻！但《诗经》并没有对亲情做完全理论化的美化。《诗经·柏舟》就表达了对亲情的怀疑:"我心匪鉴,不可以茹。亦有兄弟,不可以据。薄言往愬,逢彼之怒。"我的心不是镜子任何人都可以照一下。也有亲兄弟,但是不可靠。我去诉苦,可他却对我发怒。可见家庭的纠纷在中国从未断过,从亲情来推导出社会与人伦的基本原则那是把高楼大厦建在沙滩上一样。正如鲁迅所说,中国历来强调四世同堂的好处和光荣,可见四世同堂的困难。鲁迅的批评是切中要害的。孟子讲人不爱父母就是禽兽,其实人和禽兽相同之处在于都爱父母儿女,而人高于禽兽之处却是人能按照一种普遍的原则来爱陌生人,来爱与自己没有任何利害关系的人,只有人才能把仁义看得高于一切。《诗经》对统治者荒淫无耻的讽刺更彰显了《诗经·黄鸟》中仁高于权、《南山有台》"乐只君子,邦家之基"的观点,君子乃是国家的根本。《诗经·墙有茨》里就讲了卫国统治者乱伦无耻的事情。卫宣公劫娶儿子的聘妻齐国女子宣姜。卫宣公死后,他的庶长子顽又与宣姜私通,并生下戴公、文公、齐子、宋桓夫人、齐穆夫人。所以诗歌说:"墙有茨,不可埽也。中冓之言,不可道也。所可道也,言之丑也。"墙上的蒺藜扫也扫不掉。宫廷里的事真是讲不出口,讲出来太丑了。《诗经·君子偕老》里对宣姜的无耻丑陋做了更强烈的讽刺。她虽然外表看起来美丽无比,"胡然而天也？胡然而帝也？""展如之人兮,邦之媛也？"外表看起来像天仙美女,其实是一个道貌岸然的草包,"子之不淑,云如之何？"行为上的丑陋真不知让人说什么才好！其实这种"爬灰"的现象在古代统治者中是屡见不鲜的。《南山》则讽刺了齐襄公与胞妹私通的乱淫无耻的行径,并用"取妻如之何?必告父母。取妻如之何?匪媒不得",来委婉讽刺他的作为。《左传·桓公十八年》记载了这件事:齐襄公和自己的同父异母妹妹鲁桓公夫人文姜私通,并设宴邀请鲁桓公,并把他杀死在回去的车子里。[①]《敝笱》则对姜氏大张旗鼓带着很多随从和齐襄公约会进行了讽刺:"敝笱在梁,其鱼鲂鳏。齐子归止,其从如云。"这种如雨水一般的随从,这种明目张胆、不以为耻反以为荣的做法真是令人啼笑皆非。《猗嗟》则被认为是讽刺鲁庄公的为人样样都行,就是忘记杀父之仇,不能制止母亲继续与襄公私通。《株林》则是陈国人讽刺陈灵公和夏姬淫乱的诗。《左传·宣公九年》、《左传·宣公十年》记载:夏姬凭借自己的美貌,和陈灵公以及灵公的大夫孔宁、仪行父私通。《诗经》以现实的手法描述了统治者对正常亲情与仁义的背弃。

《诗经》中对殉葬的描述更加强了对强权的批判与对暴君的憎恨和鞭笞。《左传·文公六年》讲:"秦伯任好卒,以子车氏之三子奄息、仲行、铖虎为殉,皆秦之良人也。国之哀之,为之赋《黄鸟》。"诗中写道:"谁从穆公?子车奄息,维此奄息,百夫之特。临其穴,惴惴其慄。彼苍者天!歼我良人!如可赎兮,人百其身。"奄息、仲行、铖虎作为在战场上能敌百人的勇士,不知见过多少血淋淋的场面,但当他们走进自己的坟墓时却忍不住浑身哆嗦。那令人恐怖的场景是可想而知的。所以作者说,苍天真是没眼,竟灭尽我们的良人!如果可以赎他的生命的话,可以用100个人来换取他的性命!所以《左传》说:"君子曰:'秦穆之不为盟主也宜哉!死而弃

---

① 杨伯峻编著:《春秋左传注》一,第151页。

民。先王违世,犹诒之法,而况夺之善人乎?'"①等级中最为残暴的结果就是使一部分人变成为另一部分人而存在的物。在古罗马的斗兽场中我们同样可以看到这样的场面,一部分人为另一部分人而存在,他所有的价值仅仅为了给他者提供残忍的娱乐或成为某种荒诞想法的牺牲品,社会的进步和残暴情景的消失并不意味着等级差异的消失。从统治者的荒淫无耻可以看到,孟子所谓"仁者以其所爱及其所不爱,不仁者以其所不爱及其所爱"是多么困难。②孟子讲:"孔子之去鲁,曰,'迟迟吾行也,去父母国之道也。'去齐,接淅而行——去他国之道也。"③由此可见,对待父母之道,并不具有普遍性,如果具有普遍性,孔子为何不以离父母之国的感情来对待他国之道呢? 由此看来,血亲是另一种不平等的关系,血亲并不可推广,从亲亲中得不出善待他者的结论,亲人幸福的理念是自我幸福的一个方面,对亲人的过分关注不仅仅是出于亲情的需要,也不仅仅是天性,更重要的是出于现实利益的需要,并不能用亲情作为最高的原则来推导出人行为的基本原则,是神、法或者是规则的完善而不是祖先和亲人的完善才是我们应该采取的态度。虽然孔子也为这个问题提出了很多至今仍有现实意义的问题,但是他的很多原则,我们认为在不同文化间大交流的时代有很大的局限性。如对权力等级的过分尊重,而不是对真理的尊重,对亲情而不是对众生平等的尊重,对利益而不是对善原则的尊重等不仅在理论上而且在现实中都出现了很多不能完满解决的问题。亲人之间的爱不仅仅是一种爱的表示,更是一种基于原始意义的情

---

① 杨伯峻编著:《春秋左传注》二,第546—547页。
② 杨伯峻译注:《孟子译注》,第324页。
③ 同上书,第329页。

感的甚至是利益的考虑,现在的问题是在血缘关系向非血缘关系的过渡中如何能超越亲亲原则,寻找到一个普遍合法性的基本原则。

苏格拉底同孔子一样尊重亲情,二者的不同在于是否还有比亲情更为重要的东西。在苏格拉底看来,全城的人只有信任遵守法律的人,除此之外,任何人包括父母、亲戚、友人等都不可能用公正的态度来对待人,法律与正义超越于任何关系之上,无论亲情、权力、财富、美丑,都要遵守同一个法律。这和孔子的亲亲仁仁是根本不同的,对血缘关系的强调,从血缘关系来推导出社会与人根本原则的做法是无法保证正义的通行与法律的贯彻的。对亲情的强调,对等级的尊重,对权力的美化等都使传统文化价值在今日的合法性必然要重新审视。在苏格拉底的眼里,没有遵守法律的城邦是不存在幸福和强大的,亲情的神圣性、权力的继承性、等级的合法性,都必须在法律的面前得到消解。黑格尔说:"儿女必须有义务与父母为一体的感觉,这是最初的直接的伦理关系;每一个教育者都应当尊重这种关系,使它保持纯洁,并培养对这一关系的感觉。……儿童在道德和心情方面所能遭遇到的最坏的事情,莫过于把一向必须尊重的那个约束放松或者割断,把它变成为怨恨,轻蔑和恶意。谁这样做了,谁就是损害了最重要的伦理。这种一体性,这种信赖,就是人赖以长大的伦理的母乳;幼失父母是一种很大的不幸。……不服从父母是头一个违反伦常的原则。"[①]苏格拉底同样尊重这种伦理,虽然他曾被控引导青年人背叛父母,但苏格拉底认为问题是当对父母的尊重与对真理正义和普遍的善的尊重发生冲突时,行为主体应该怎样?儿女都必然从天然的家庭关系

---

① 黑格尔著,贺麟、王太庆译:《哲学史演讲录》第二卷,第98—99页。

中,从自然的伦理中分离出来,这并不出于对自然伦常的背离,而是行为主体必须为作为个体的自己承担责任,直接面对普遍的伦理原则。苏格拉底认为普遍的原则应该超越于家庭观念和天然的伦理观念,人不仅要追求孝道,更要追求正义、真理和普遍的善。所以黑格尔讲:"父母与子女之间的伦理关系,在雅典人那里,比起在有了主观自由的我们这里来,还要更坚固些,还要更是生活的伦理的基础。孝道乃是雅典国家的基调和实质。苏格拉底从两个基本点上对雅典生活进行了损害和攻击;雅典人感觉到这一点,并且意识到的了这一点。既然这样,苏格拉底之被判决有罪,难道还值得奇怪吗?"①在黑格尔看来,把普遍的正义和善看得高于偶然的自然伦理,把个人行为自由看得超越于民主的意愿,把国家的意志看得高于个人基本原则的苏格拉底和当时对自然伦理、对大众意志、对个体利益更为注重的雅典社会是根本不容的,他的被处死乃是逻辑的必然,并非取决于什么出人意料的偶然因素。亚里士多德虽然强调亲情对人和国家的重要作用,但苏格拉底仍然认为正义乃是问题的根本,父子关系并不意味着一切,在父子的血缘关系之上还有更为重要的、统治血缘关系的正义、善与德性的理念。亚里士多德认为对双亲的尊重主要表现在赡养上,至于是否唯命是从那要看具体情况,但肯定不能像对神那样来对待父母,当然也不能超出善的普遍原则。所以他在《政治学》中说:"通常人是择善而行,而并非看重父辈的习规。原始人类,无论是土著还是某一劫难的幸存者,都被认为并不比现在的普通人甚至愚蠢的人优秀(有关土著的传说的确如此);如果要以它们的想法为满足,那真是太荒

---

① 黑格尔著,贺麟、王太庆译:《哲学史演讲录》第二卷,第100—101页。

唐了。即使已经设立了成文法规，人们也不应当总是一成不变。"①在亚里士多德看来，家庭的结构与国家的结构，甚至个人人格的结构，它们共同遵循的原则有着内在的一致性，对家长的尊重在国家的意识形态领域往往表现为对传统的尊重与沿袭，所以他认为不应当尊重家长和传统甚于尊重真理与原则。这也就是柏拉图为何反复强调神的完美，严格禁止神谋害神之类故事的根本原因，只有完美的神的思想所体现出的基本规则及其日常化才能超越于亲情原则之上。韦伯把儒家对宗族的重视与清教对神的重视进行了对比。他说："同儒教的对立昭然若揭，两种伦理都有自己的非理性系统：一个系于巫术，一个系于一位超凡的上帝最终不可探究的旨意。不过，从巫术中得出的结论是：为了避免神灵发怒，经过考验的巫术手段以及生活方式的一切传统形式都是不可更改的：传统是牢不可破的。反之，从超凡的上帝和邪恶的、伦理上非理性的、被造的世界关系中，却可以得出这样的结论：传统绝对不是神圣的，从伦理上理性地征服世界、控制世界是不断更新的工作的绝无止境的任务：这就是进步的'客观'理性。同（儒教的）理性地适应世界相对的是（清教的）理性地改造世界。儒教始终清醒地自我控制，维护各方面都完美无瑕的善于处世的人的尊严，清教伦理要求自我控制，则是为了把调整的标准有计划地统一于上帝的意志。儒教伦理把人有意识地置于他们自然而然地发展起来的或通过社会的上、下级联系而造成的个人关系中。除了通过人与人之间、君侯与臣仆之间、上级官员与下级官员之间、父子、父兄之间、师生之间、朋友之间的个人关联造成的人间的忠孝义务以外，

---

① 亚里士多德著，颜一、秦典华译：《政治学》，中国人民大学出版社2003年版，第54页。

它不知道还有别的社会义务。相反,清教伦理虽然允许这些纯粹个人的关系在不同神作对的情况下存在,并从伦理的调节它们,但毕竟认为他们是可疑的,因为它们都是被造物。同上帝的关系,在任何情况下都比所有这些关系重要。必须绝对避免神化被造物的过于强化的人际关系。信赖人,尤其是信赖自然属性同自己相近的人,会危害灵魂。"①在韦伯看来,只有神才能成为人世的唯一原则,有缺陷的人并不完美,也不可信,圣人也是人。《圣经》讲:"谁如果不能与他的亲人、父母为敌,谁就不能当耶稣的门徒",并非意味它反对亲情,而是反对把亲情看得高于神的原则之上,由于亲的狭隘观念而忽视了对邻人的爱,《摩西十戒》的第五条戒律"孝敬父母"就是证明,而《新约》相对于《旧约》在根本原则上的区别就是《新约》超越了《旧约》狭隘的宗族观念,只有犹太人才能得到拯救的观念,而提倡世人都因信得拯救。韦伯还把儒家的无神观念与家族观念的内在联系进行了分析。他说:"这种伦理中根本没有自然与神、伦理的要求与人类的不完备、今世的作为与来世的报应、宗教义务与政治社会现实之间的任何一种紧张关系。一个信奉儒教的中国人要尽的义务的内容,无论何时何地,都是对那些通过现存的秩序与之接近的具体的活人或死人的虔敬,从来不是对某位超凡的神的虔敬,因而也不是对某项神圣的'事业'或'理想'的虔敬。至于'道',既非事业,亦非理想,仅仅是约束人的传统主义礼仪的体现而已,它的戒命不是'行动',而是'空'。客观化的人事关系至上论的限制倾向于把个人始终同宗族同胞及与他有类似宗族关系的同胞绑在一起,同'人'而不是同事务性的任务(活动)绑在

---

① 马克斯·韦伯著,王容芬译:《儒教与道教》,第293页。

一起,作为客观化的理性化的限制,这对于经济思想无疑具有十分重要的意义。在中国,一切信任,一切商业关系的基石明显地建立在亲戚关系或亲戚式的纯粹个人关系上面,这有十分重要的经济意义。伦理宗教,特别是新教的伦理与禁欲教派的伟大业绩就是挣断了宗族纽带,建立了信仰和伦理的生活方式共同体对应血缘共同体的优势,这在很大的程度上是对于家族的优势。从经济角度看,这意味着将商业信任建立在每一个个人的伦理品质的基础上,这种品质已经在客观的职业工作中经受了考验。儒教中习以为常的不正直的官方独裁以及死要面子的独特含义造成的后果是尔虞我诈,是普遍的不信任。"[1]在韦伯看来,对亲人、血缘、家族的关照与宗教追求普遍幸福的理念是根本对立的,对血缘与地缘关系的注重成为儒家传统文化背离现代文明的一个重要因素。

我们从另一个角度可以加深对亲情关系的理解,那就是对文化中性别问题的探讨。正如《易经》所说:"有天地然后有万物,有万物然后有男女,有男女然后有夫妇,有夫妇然后有父子,有父子然后有君臣,有君臣然后有上下,有上下然后礼仪有所错。"[2]《礼记》中也这样讲:"男女有别,而后夫妇有义;夫妇有义,而后父子有亲;父子有亲,而后君臣有正。故曰:'婚礼者礼之本也。'"[3]可见,性别原则乃是自然与人生的基本原则,由于女性的出嫁与结婚生子,在人类社会中所担当的特殊身份,成为联系亲情与非亲情、血缘与非血缘关系的重要纽带,对女性特殊身份的思考成为思考亲情关系非常重要的一部分,所以《礼记》中都把婚姻当作一个非常

---

[1] 马克斯·韦伯著,王容芬译:《儒教与道教》,第288—289页。
[2] 黄寿祺、张善文撰:《周易译注》,第599页。
[3] 杨天宇撰:《礼记译注》,第817页。

重要的社会问题,不仅仅是一个家庭结婚生子的问题,它隐含了一个社会的基本原则。《周易》所谓"女正位乎内,男正位乎外;男女正,天地之大义也。家人有严君焉,父母之谓也。父父,子子,兄兄,弟弟,夫夫,妇妇,而家道正;正家而天下定矣"。① 妇人的地位也是整个社会基本原则的反映,"妇人,从人者也:幼从父兄,嫁从夫,夫死从子。夫也者,以知帅人者也。故妇人无爵,从夫之爵,坐以夫之齿。婚礼不用乐,幽阴之义也,乐,阳气也。昏礼不贺,人之序也。"②古人认为娶妻是为了传宗接代,并非为了享乐,因此不庆贺婚礼,宴请乡党也只是为了重视男女之别,贺娶妻者都说"某子使某,闻子有客,使某羞",不提贺婚一事,孔子甚至认为祭礼重于婚礼。由此可见女性在中国传统文化中的地位。家庭中夫妻的关系是最为特殊的,它是先天和后天各种关系的纽带。我们在《诗经·谷风》中就可看到在家庭关系中对女性的压迫,当然这并不意味着现在这个问题已经得到很好的解决了。诗歌一开始就以女性的口吻说:"黾勉同心,不宜有怒。采葑采菲,无以下体?德音莫违,及尔同死。"③我尽心尽力地依着你,你不该一直发怒。采蔓菁、采芦菔难道不要根?不要抛弃往日的恩情,我愿与你一同到老不分离。但是她的结果还是被遗弃。既然被遗弃,可还是不愿意离开:"行道迟迟,中心有违。不远伊迩,薄送我畿。谁谓荼苦,其甘如荠。宴尔新婚,如兄如弟。"看着喜新厌旧的如兄如弟的新人,主人公根本就不想离开,可又有什么办法呢?因为在新的家庭,她已经没有任何的意义:"宴尔新婚,不我屑以。"虽然过去她为家庭付出过巨

---

① 黄寿祺、张善文撰:《周易译注》,第281页。
② 同上书,第323页。
③ 余冠英译注:《诗经选》,第30页。

大的辛劳:"何有何亡,黾勉求之。凡民有丧,匍匐救之。"家里的所有都是她一手操办,邻里有事她都忙前忙后从不迟延。可面对"不我能慉,反以我为仇","既阻我德,贾用不售","不念昔者,比予于毒"的状况,也只好接受现实吧。《诗经·氓》作为弃妇诗更是讲得详尽,描写了被抛弃的整个过程:"氓之蚩蚩,抱布贸丝,匪来贸丝,来即我谋。"男子满脸的笑容,带着礼物来求亲。自己则对未来美好的爱情和婚姻充满了渴望和期待。"将子无怒,秋以为期","乘彼垝垣,以望复关。不见复关,泣涕涟涟。既见复关,载笑载言",在城上等待,看不见身影,就痛哭流涕,看见了,就高高兴兴。但是"以尔车来,以我贿迁"后,很快就感到,"无与士耽,士之耽兮,犹可说也,女之耽兮,不可说也",她发出了自己的感叹:女人不要与男人寻纠缠,男人寻欢,说散就散,女人如与男人纠缠一起,那就不能摆脱了。过门后虽然"三岁食贫",但还是"女也不爽"。问题很快就突显出来,"士贰其行,士也罔极,二三其德",自己任劳任怨,但男人是口是心非的,朝三暮四,前后不一,自己的痛苦只好往肚里咽,又不敢向自己的兄弟声张,怕被耻笑。"三岁为妇,靡室劳矣,夙兴夜寐,靡有朝矣。言既遂矣,至于暴矣。兄弟不知,咥其笑矣。静言思之,躬自悼矣",没日没夜的劳作,有时无终的虐待,没有地方诉说,想想当年"言笑晏晏,信誓旦旦",还不如散了呢!这个故事简单明了,婚姻的过程也就是女性被遗弃的过程,一个女性对美好婚姻的期望与幻想破灭的过程。《诗经》常常以女性的口吻来表达对男性的思念。《诗经·伯兮》讲述一个女子思念从军远征的丈夫的心情,准确形象地表达了"女为知己者容"的观点:"自伯之东,首如飞蓬。岂无膏沐,谁适为容。"女性对男性的思念不仅表达了女性对爱情家庭的寄托,更重要表现了在一个以男性为中心的社会与文化观念中女性行为与思想的焦点要以男性为转移。特别是男性社会中女性所遭受的各种压力。《诗经·将仲子》表达了女性虽然想念男友,但考虑到外在的压力,而极力控制自己的想法:"岂敢爱之,畏我父母。仲可怀也,父母之言亦可畏也。"父母、诸兄和众人的多言成为她压制内在欲望的根本原因,使她不得不把自己的情感转化为符合外在要求的行为准则。父母、诸兄、外人本是根本不同的社会人群,但他们在对待女性的要求上却具有毫无疑义的观点和立场,那就是限制女性的自由和权力,使他们更符合社会普遍认可的男女性别等级的要求,而这种等级和其他等级互相作用互相联系,不可分割。《诗经·蝃蝀》讲述一个女子自由恋爱遭到众人反对的情景:"蝃蝀在东,莫之敢指。女子有行,远父母兄弟。"虹出现在东方,不能指。女子自己要走,远离父母兄弟。她的结果就是:"乃如之人也,怀昏姻也。大无信也,不知命也。"这种人破坏婚姻,没有贞洁也不听父母之命!其实本诗的名字就有深意。《释名》"虹"下云:"虹又曰美人。阴阳不合,昏姻错乱,淫风流行,男美于女,女美于男,互相奔遂之时,则此气盛。"可见本诗命名为"蝃蝀",也就是"虹",就隐含了对女子追求自由婚姻的反对,所谓微言大义就是指此吧。虽然《诗经》中到处都有描写女性思念男性的诗,诗的口吻和视角都是女性的,但如果认为作者都是女性那一定是一个误解,因为中国女性的受教育是晚近的事,在《诗经》的时代,女性更没有受到过写出好诗的教育程度,是诗人收集加工民间诗歌的可能性最大。《诗经·采葛》则以男人的口吻表达了一个男性对女性的思念:"一日不见,如三月兮。""一日不见,如三秋兮。""一日不见,如三岁兮。"这是否表达了男性对女性的尊重,那是值得怀疑的,因为思念不仅表现了对对方的渴求,更表达了自身的需要。女性对男性思念的内容和性质就隐含了社会对女性的各种要求和规范。女性大都对美好的爱情怀有无限的向往。《诗经·女曰鸡鸣》中表达了爱人的美好,"宜言饮酒,与之偕老。琴瑟在御,莫不静好"。美酒佳肴,琴瑟和鸣,白头偕老,平平安安,真是令人神往。《诗经·褰裳》中虽然女的也讲,"子不我思,岂无他人"。你不想念我,还有别人呢。这不过是玩笑话。《诗经·大车》讲述了一个异常大胆的女子热恋情人的诗:"岂不尔思?畏子不敢。""岂不尔思,畏子不奔。""榖则异室,死则同穴。谓予不信,有如皦日。"她喜欢坐在大车里身穿毛衣的贵族,但她担心对方犹豫不决,而不敢私奔。只有自己发誓:凭天上的太阳作证,活着虽然不同室,死时一定同穴!《诗经·载驰》更是塑造了一个英勇无畏、自己主宰自己的女性形象。卫国卫戴公的妹妹许穆公夫人为了挽救卫国,要向大国求援,遭到了来自各方的反对。为此,她讲出了自己的心里话,即使在今天看来,也没有什么过时之处。"既不我嘉,不能旋反。视尔不臧,我思不远?既不我嘉,不能旋济。视尔不臧,我思不閟?"你们都说我的主张不好,但是我还是坚持自己的主张,并且认为自己的主张既谨慎又有远见。她认为她有自己的道理:"女子善怀,亦各有行。许人尤之,众穉且狂。"女人多愁善感,但女人有女人的办法。许国人不过是一些只会埋怨别人自高自大的人罢了。他们的"百尔所思","不如我所之",他们所有的想法也不如她的想法更为可行。但是她的想法是什么呢,那就是在中国传统社会中非常普遍的婚姻关系:"控于大邦,谁因谁极。"把国难向大邦控诉,谁和她相亲谁就赶来救援!中国历史上每当国力衰弱,只好以女人之身救国的办法大概是从此开始的吧。但是这并不意味着女性的形象得到了普遍的认可,女性的形象与她们现实中的地位是一致的。《瞻卬》对幽王宠幸褒姒的鞭笞扩大成为对整个女性的蔑视与反对。"哲夫成城,哲妇倾城",男人有才能强国,女子有才能毁国。"妇有长舌,维厉之阶。乱匪降自天,生自妇人。"女性的长舌多嘴是万恶之源,祸乱不是从天而降,而是来自妇人。因此不能让女性参与国事,只要她们把家务做好就行了:"妇无公事,休其蚕织。"这就是女性被塑造的过程。《诗经·斯干》就讲了如何培养贵男贤女的方法。"大人占之:维熊维罴,男子之祥;维虺维蛇,女子之祥。乃生男子,载寝之床,载衣之裳,载弄之璋。其泣喤喤,朱芾斯皇,室家君王。乃生女子,载寝之地,载衣之裼,载弄之瓦。无非无仪,维酒食是议,无父母诒罹。"卜人为君子的梦作出占卜:梦见熊罴就生男孩,梦见虺蜴长虫就生女孩。生男孩就让他穿好衣服,戴好玉璋,躺在床上,他的哭声很响亮,希望将来能做穿上鲜红祭服的君王。如果生了女儿,就裹上裼褓,给她纺线的瓦榶,放在地上安睡。希望她将来长大温顺无邪,会料理酒食,使父母无忧无虑。从这简短的几句诗就可看出,对女性的要求与待遇从出生开始就被看成与男性不同的人来对待,从开始降生的预兆,到对最后成人后所扮演角色的期望都有着根本的不同,男孩应像熊罴一样威猛强壮,哭声响亮代表着强烈的欲望,将来长大以君王为目标。女孩最好就像就像虺蜴长虫一样柔顺,正如《诗经·正月》哀叹:"哀今之人,胡为虺蜴?"长大后会料理纺织、做饭、做酒等家务,使父母安心满意就可以了。担当角色的不同当然待遇也不同,男孩子睡在床上,女孩子在地上,男孩子佩戴珠玉,女孩子只有瓦榶,男孩穿宽松的衣裳,女孩裹紧身的裼褓。男孩子征服天下,女孩子要使父母满意。这种观念虽然在今天已经受到了来自各种理论的冲击,但无论从现实解决的结果来看,还是从各种文化现象所隐含的价值取向来看都远远没有解决。

二、西方传统文化的性别原则与
《路得记》的非亲缘原则

女性在文化学中所担当的隐语意义乃是其性别角色的一个重要方面,因此在善恶、阴阳、天地、男女的二元对立中,女性往往处于弱势地位。《易经》中确实注重对"阴"的价值的张扬,但是相对于"阳"来说,"阴"的价值无疑仍然处于次要地位,所以黑格尔说《易经》中的两仪:"那两个基本的形象〔按即两仪——译者〕是一条直线(—,阳)和一条平分作二段的直线(— —,阴):第一个形象表示完善,父,男,一元,和毕泰戈拉派所表示的相同,表示肯定。第二个形象的意义是不完善,母,女,二元,否定。这些符号被高度尊敬,它们是一切事物的原则。"①《易经》中对阴阳的区分并不意味着对阴阳价值的平等肯定,甚至可以说,对阴阳区分本身就是为了从价值上区分它们。这种二元对立的根本观念与对性别区分的二元观念密切联系在一起。对阴阳观念的理解派生了对性别的基本态度,当然性别的客观存在同样是阴阳观念产生的客观条件与现实基础。黑格尔对《易经》最为不满的就是它把最感性的东西和最普遍的东西毫无任何过渡地结合在一起。他说:"中国人把他们的圣书作为普通卜筮之用,于是我们可看出一个特点,即在中国人那里存在着最深邃的、最普遍的东西与极其外在、完全偶然的东西之间的对比。这些图形是思辨的基础,但同时又被用来作卜筮。所

---

① 黑格尔著,贺麟、王太庆译:《哲学史演讲录》第一卷,第121页。

以那最外在最偶然的东西与最内在的东西便有了直接的结合。"在黑格尔看来,《易经》从卦象到对卦象解释的过渡是没有任何理论依据的,虽然理论界大都从"象征"的角度来分析,即使这样,象征物与被象征事物之间也没有必然的联系。所以黑格尔说,"我将举出这些卦的解释以表示它们是如何的肤浅","他们是从思想开始,然后流入空虚,而哲学也同样沦于空虚"①。在黑格尔看来,"天"在中国哲学中虽然是至高无上者,但它并不能代表所有至高无上的事物,因此在传教士中对"乾"能否指称上帝引起争议,也就是理所当然的了。这并不意味着黑格尔对女性的重视。欧洲文化史上对女性地位的重视也是经历了漫长的过程。恩格斯在《反杜林论》中反复引用了傅立叶关于妇女解放对社会进步意义的观点,说:"他第一个表述了这样的思想:在任何社会中,妇女解放的程度是衡量普遍解放的天然尺度。"他在《社会主义从空想到科学的发展》中同样引用了这个观点。② 性别的差异是人类社会最根本、最原始的差异,妇女的解放不仅成为社会解放的根本标志,同时也为社会的进步提供了动力。马克思在《1868年12月12日致路·库格曼的信》中也表达了同样的观点。他说:"每个了解一点历史的人都知道,没有妇女的酵素就不可能有伟大的社会变革。社会的进步可以用女性(丑的也包括在内)的社会地位来精确的衡量。"③妇女的解放不仅仅表现在法律条文上的平等。恩格斯在《1885年7月5日致盖·吉约姆－沙克的信》中说:"我深信,只有在废除了资本对男女双方的剥削并把私人的家务劳动变成一种公共的行为以

---

① 黑格尔著,贺麟、王太庆译:《哲学史演讲录》第一卷,第122—123页。
② 同上书,第三卷,第610、727页。
③ 《马克思恩格斯选集》第四卷,第586页。

后,男女的真正平等才能实现。"①平等的精神首先表现在家庭中。柏拉图在《法律篇》中借助雅典人之口说:"假定某个社会的立法是健全的、正确的,那么它必定始于婚姻法。"②在柏拉图看来,性别的关系是整个社会结构的基本关系,它反映了一个社会的基本观念,与马克思所说的女性的地位是一个社会进步的根本标志的观点是一致的,他们都强调性别的关系对整个社会结构的根本意义。当然这并不意味着柏拉图主张男女平等,正如他在《法律篇》中所说的:"由于对女性疏忽,你们已经让许多事情失控,而实际上只要将它们置于法律之下是能够做到井然有序。未加任何约束的女性并非如你们所想象的那样,是问题的一半,不是问题的两倍,甚至超过两倍,因为女性的天赋禀性比男性低劣。"因此"丈夫是妻子与孩子的优位者。"③亚里士多德在《政治学》中也发表了关于性别相同的观点:"雄性更高贵,而雌性则低贱一些,一者统治,一者被统治,这一原则可以适用于所有人类。"④亚里士多德把人的世界和动物的世界相提并论,可见,在中西文明中关于女性地位的思考,女性与男性的等级结构是共同存在的。亚里士多德在很多地方都提到了性别作为人的基本差异对社会的影响。他说:"我们看到,作为丈夫和父亲,他统治着妻子和子女,虽然这两者都是自由人。但其统治又各有不同,对子女的统治是君主式的,对妻子的统治则是共和式的。对于自然次序来说,虽然也有一些属于例外,但

---

① 《马克思恩格斯选集》第四卷,第672页。
② 柏拉图著,王晓朝译:《柏拉图全集》第三卷,第481页。
③ 同上书,第537、683页。
④ 亚里士多德著,颜一、秦典华译:《政治学》,第9页。

男人在本性上比女人更适合于发号施令。"①

在西方文学的发展中女性的形象也同样遭受到相同的描写,如女人是灾祸的一个重要来源。亚里士多德在《诗学》中谈到性格时说:"第一点,也是最重要之点,'性格'必须善良。一言一行,如前面所说,如果表明其某种抉择,人物就有'性格';如果他抉择的是善,他的'性格'就是善良的。这种善良人物各种人里面都有,甚至善良的妇女,也有善良的奴隶,虽然妇女比较低,奴隶非常贱。第二点'性格'必须适合。人物可能有勇敢的,但勇敢与能言善辩与妇女身份不合。"②以至于认为妇女爱丈夫应该甚于丈夫爱她。亚里士多德虽然承认有善良的妇女正如有善良的奴隶一样,但他把女性与奴隶并列本身就说明了他对女性的态度。他的这种态度自然与他所处的贵族阶层有关。但是希腊神话是广大民众的创作,是整个希腊文化的土壤,虽在流传过程中经过文人的加工,却同样隐含着西方文化对妇女的普遍观念。根据希腊神话,特洛伊战争是由三位女神即神后赫拉、爱与美之神阿芙洛狄特、智慧女神雅典娜受争吵女神厄里斯挑拨,为争夺最美女神的称号而引起的。战争的直接导火索则是特洛伊王子帕里斯,他在爱神的指引下,拐走了斯巴达国王墨涅拉俄斯美丽的妻子海伦。当墨涅拉俄斯与帕里斯单独决斗来决定海伦的归属时,海伦却像局外人似的坐在城墙上观看。这位受到特洛伊长老一致称赞的美人虽然决定不了自己的命运,却引起了十年的战争。整个《伊利亚特》就以阿喀琉斯的愤怒为主题的,他的愤怒的根本原因就在于联军的首领阿伽门

---

① 亚里士多德著,颜一、秦典华译:《政治学》,第23—24页。
② 亚里士多德著,罗念生译:《诗学》,第47页。

农抢夺了他的漂亮的女战俘。女性在战争面前肯定是没有地位的,她只能作为战利品而存在,像物品一样被掠夺、被转让、被决定,她自身则不能决定自身。她只能成为坏的事物的因,而不能成为好的事物的因。能引发战争的人,为何在战争中反而对战争的进程没有任何的作用呢?战争的根源往往归结为被争夺的东西——女性,而不归结于争夺者——男性,女性的错误就在于她引起了男性争夺的欲望,而男性为何要有这个欲望,那原因却不在他们自己。总之,女性的地位在神话和史诗中和男人的地位是无法相比的。那位伟大的女性,奥德修斯的妻子帕涅罗帕,聪明,美丽,一天到晚为了躲避求婚者的纠缠,为了保持自己的贞洁迎接奥德修斯的到来,白天织布晚上拆掉。他的心中只有奥德修斯,而在奥德修斯心中,她不过是一份家产而已。不管怎样她的命运总比克里奥佩斯特拉强些。这位伟大的女王在莎士比亚的《安东尼与克里奥佩斯特拉》里同样隐含了"妇女误国"的基本模式,就像海涅所说的,这位"尼罗河畔的花蛇"不仅毁掉了自己,还意味着同时代人的不幸。[①]哲学家帕斯卡尔也说,如果她的鼻子短一点的话地球的面貌将为之发生不同变化。希腊神话中最典型的"祸水"就是潘多拉。普罗米修斯盗火给人间后,宙斯想惩罚他,便造了一个礼物:貌美性诈的潘多拉,意即"众神给予了一切天赋的女人",普罗米修斯告诫他的兄弟埃皮米修斯不要接受她的求爱,但埃皮米修斯禁不住她的引诱还是接受了。潘多拉来到人间带来了一个密闭的盒子,是宙斯给她的礼物,普罗米修斯叮嘱她不要打开,但潘多

[①] 杨周翰编:《莎士比亚评论汇编》(上),中国社会科学出版社1985年版,第345页。

拉出于好奇心，偷偷把盒子打开了，无数的灾难与不幸从里面飞出来布满人间，当她盖上盒子时，里面只剩下"希望"。自此"潘多拉的盒子"成了灾难的象征。普罗米修斯被称为"先知先觉"，埃皮米修斯被称为"后知后觉"，就在于普罗米修斯预料到女性给人类带来的灾难，而埃皮米修斯则过分相信了女性。"希望"也许是美好的东西，是人类赖以生存的基础，可是在上帝被证明"死亡"之后，人们像等待"戈多"一样，在西西弗斯般荒诞的劳苦中寻找快乐，希望自然也成了痛苦的根源。潘多拉是一个众所周知的故事，但是问题的根源不在于是潘多拉制造了灾难，还是潘多拉的制造者——宙斯制造了灾难，而是，宙斯为何制造了一个女性灾难的传播者，而不是相反？如果把潘多拉的角色转换为一个男性，此故事是否还会成立？这个故事隐含了一个基本的主题却是无疑的：女性无能力制造灾难，她只能传播灾难，只能成为灾难的代名词，最后也只能成为灾难的受害者。

在《圣经·创世纪》中与潘多拉对应的便是夏娃。人类之所以受苦受难是因为亚当和夏娃违反了上帝的意志，上帝怒而将他们逐出乐园。追究起来真正的"元凶"还是夏娃，这个由男人的肋骨造成的再返还给男人的礼物。正如《提摩太前书》所说的"不是亚当被引诱而是女人被引诱"。就是因为她的好奇，人类才犯了原罪，流落在"异乡"，终生奔波不息，寻找失去的伊甸园（其实伊甸园是否曾拥有过，至今仍无法证明）。这也隐含了与上面相同的结构：在男性与女性斗争中，女性是真正的罪魁祸首，比女性更强大的男性则是受害者。把潘多拉和夏娃解释成女性而不是单个的个体，正是女性主义者所解构的逻各斯中心主义思维模式。何以从独特的个性跨越到公共的普遍性，其中的逻辑是怎样实现的？然而问题的真正的症结却是:《圣经》关于"原罪"的论述本身就已隐含了"亚当是男性的象征,夏娃是女性的象征,他们俩是整个人类的象征"这样一个前话语。所以《圣经后典·便西拉智训》中反复说:"罪由一个夫人起,因为有了她,我们全都必然死。"在《便西拉智训》里几处论述女人的章节里我们到处都可发现这样的论述:"且莫屈尊于任何女人。且莫与处女一见钟情,若然你得被迫作新郎。在街上走路时不要左顾右盼,也不要徘徊在乡间的小路上。每逢你遇上一个漂亮的女人,都要把脸扭到别处去。有许多人曾经被女人的美貌引入了歧途。美女能燃起情欲,好像她是一团火。且莫与他人妻子共同就餐,也不要与她一起喝酒。恐怕你被她的魅力所引诱,被自己的情感所毁灭。"这位伟大的智者不仅担心男性对女性的抵抗力,更是担心女性的引诱力,字里行间充满了对女性为"祸水"的恐惧和憎恨,然而男性为何要受到这般的威胁,难道他是为了女性的利益和幸福吗?不,他只是出于自己的"无法控制",出于自己的本能,正因如此他才无法控制,不是他无法控制女性,而是他无法控制自己。所以男人要自我控制,不然就无法富裕起来,因为自己的放纵而逐渐毁掉自己,控制与女性的交往是控制自己欲望的一个极为重要的一部分,因为"酒和女人往往会使聪明人做出糊涂事"。所以我们在《便西拉智训》看到"毒不过蛇,狠不过女人","比起妇人惹起的麻烦来,任何别的麻烦都不值得一提"这样的话,就不会感到很奇怪了。只有贤惠的、沉默寡言的、淑静的妻子才是男人所需要的,因为"贤惠的妻子乃是丈夫的欢乐,她有能力使丈夫日益强壮。沉默寡言的妻子乃是主的恩赐。这样的素养是无法用语言来赞美的。淑静的妻子具有无限的魅力,这是一种高贵得无法形容的品质"。① 总之男人的需要是女性赖以塑造自己的根据,只有得到男性的认可,她的价值才能得到充分的体现。当然《圣经后典》原来作为基督教《圣经》的一部分,中世纪以后,被新教徒们逐渐排除在正典之外,但这并不意味着《正典》与《后典》在关于女性的意识上有着根本的变化,更不意味着《后典》都是关于女性是祸水的描述。女英雄寡妇尤迪的故事就是一个典型,她的形象往往成为画家笔下的一个重要题材。同样《士师记》中杀死西西拉的女英雄雅亿也是一样。尤迪在敌人兵临城下的关键时刻,勇于用自己的美色,深入敌营,智取敌将之首,在民族危亡的时候,挺身而出,挽救了以色列的灭亡,而这正是男性在战争中应当担当的角色,如阿喀琉斯的勇敢和奥德修斯的智慧一样,但是他们的无能和愚笨却使一个寡妇在历史的关键时刻承担了男性应该承担的责任。但是当我们看到尤迪的救国方法时,也摆脱不了那种"美人计"的老方法:"她脱下了丧服和孀衣,洗过澡,擦上昂贵的香料。她梳拢自己的头发,扎上一条发带,穿上漂亮的衣裳,这是当她丈夫玛拿西在世的时候,每逢喜庆的日子,她才穿的衣裳。她穿上皮凉鞋,佩戴上全副名贵的珍珠宝石;戒指与耳环,手镯与足钏。她把自己打扮得这样漂亮,以致使她确信,任何男人看见她都会为之倾倒。"当我阅读到这儿的时候,自然为尤迪的英勇无畏,为她的舍己救人而感动,同时也为这种古今中外千古流传的"美人计"而感到悲哀:"以色救国"和"以色误国"的本质都是一样的,都是讲女色的巨大诱惑力与它隐含的无限危险。《后典》的被删除,并不意味着《正典》与《后典》在对女性观点上的根本对立,而是基

---

① 张久宣译:《圣经后典》,商务印书馆2004年版,第165—200页。

本保持着一致。《提摩太前书》关于女性说:"女人要沉静学道,一味地顺服。我不许女人讲道,也不许她管辖男人,只要沉静。因为先造的是亚当,后造的是夏娃,且不是亚当被引诱,乃是女人被引诱,陷在罪里。"(2:11—14)《创世纪》中关于人类诞生的最早记载成为《新约》、《旧约》对待性别关系的共同理论依据。《创世纪》中的记载是这样的:

> 耶和华神说:"那人独居不好,我要为他造一个配偶帮助他。"……耶和华神使他沉睡,他就睡了;于是取下他的一条肋骨,又把肉合起来。耶和华神就用那人身上所取的肋骨造成一个女人,领她到那人跟前。那人说:
>
> "这是我骨中的骨,
>
> 肉中的肉,
>
> 可以称她为女人,
>
> 因为她是从男人身上取出来的。"
>
> 因此,人要离开父母与妻子连合。二人成为一体。①

《创世纪》中关于女人来自男人肋骨的记载,不仅对《圣经》整个关于性别关系的基本模式产生了深刻的影响,而且通过《圣经》对西方文化产生了不可估量的影响,甚至可以说性别关系不仅因为《创世纪》的传说而更加不平等,而是性别中不平等的现实关系在《圣经》的创世理论中得到了确认,它的合理性得到了不可怀疑的论证。女性在创世神话中的弱势,隐含了她在现实中所有活动的落后,她从男人的肋骨中产生,隐含了男性为大全,而女性为部分,部分必须依附于全体,女性自然成为沉默依附的一方也就可以

---

① 《圣经·创世记》,2:18—23。

理解了。《创世纪》还记载了另一个关于女性比男性更好奇、更轻率、更容易受到引诱的故事原型：神耶和华创造了亚当后，便把他安置在伊甸园里，看守园子。园子里有生命树和分别善恶的树。神吩咐他："园中各样树上的果子，你可以随便吃只是分别善恶树上的果子，你不可以吃，因为你吃的日子必定死。"当神创造了夏娃之后，蛇就劝夏娃吃智慧树上的果子，蛇是神所有创造物中最狡猾的。一开始夏娃不肯，担心神的话会应验。它就对夏娃说："你们不一定死。因为神知道，你们吃的日子眼睛就明亮了，你们便如神能知善恶。"于是夏娃看见善恶树上的果子令人惊喜可爱，又能使人有智慧，便禁不住诱惑，就摘下果子吃，"又给她丈夫，她丈夫也吃了。他们二人的眼睛就明亮了，才知道自己是赤身裸体，便拿无花果树的叶子，为自己编作裙子"。神知道后，便问夏娃："你做的是什么事呢？"女人说："那蛇引诱我，我就吃了。"因此神对她说："我必多多增加你怀胎的苦楚，你生产儿女必多受苦楚。你必恋慕你丈夫，你丈夫必管辖你。"接着神又对亚当说："你既听从妻子的话，吃了我所吩咐你不可吃的那树上的果子，地必为你的缘故受诅咒。你必终身劳苦，才能从地里得到吃的。"[①]由此看来，《创世纪》与其说是叙述了人类原罪的根源，倒不如说叙述了人类如何由于女性的存在而堕入原罪的根源。女性由于自己的软弱而陷入罪恶，同样也使自己的男人陷入更大的罪恶。但是从另一个角度想，人类的智慧不就来自女性吗？人了解自身，反思自身，总比始终处于"赤身裸体"而毫无所知好些。亚当"本是尘土，仍归于尘土"的命运并不能归罪于夏娃。亚当终身劳苦，才能从地里得到吃的，"地

[①] 《圣经·创世记》，3：16—17。

必长出荆棘和蒺藜来,要吃田间的蔬菜。必须汗流满面才得糊口,直到归了土;因为是从土而出"。这一切都不能归咎于夏娃,因为这本来就是人的命运,不仅是亚当,也是夏娃和女性的共同命运。但是女性作为弱者始终处于被欺辱、处于受蒙骗的地位却是无疑的,也正因为如此,她才好奇,而好奇几乎是女性文学形象中最为典型的否定性性格之一,就是因为好奇,所以才喜欢打听秘密,最后泄密造成灾难。《旧约·士师记》中参孙作为以色列的士师,力大无穷,异常勇敢,曾空手撕裂一只狮子像撕裂一只三岁羊羔一样,并用一块未干的驴腮骨杀死了一千个非利士人。但这位伟大的英雄并非败于自己强大的敌人,而是败于自己喜爱的女人——大利拉。大利拉接受非利士人的银子,经过三番五次的哄骗参孙,终于诱出他的秘密:"大利拉使参孙枕着她的膝睡觉,叫了一个人来剃除他头上的七条发绺。于是大利拉克制他,他的力气就离开了他。"参孙终于被非利士人捉住,剜去了双眼,被铜链困着,在监狱里推磨。① 英国大诗人密尔顿的史诗《力士参孙》就取材于此,虽然经过密尔顿脱胎换骨的加工,但其中基本的情节没有变化。参孙的悲剧与其说是没有战胜女性的诱惑,倒不如说没有战胜自己的欲望,由于自己毫无节制的欲望而陷入悲惨的深渊。德国中世纪英雄史诗《尼伯龙根之歌》的第一部《西格弗里之死》也讲述了同样的故事。勇士尼德兰王子西格弗里诛杀毒龙,用龙血沐浴,全身皮肤成为硬甲,刀枪不入。但他也有自己阿喀琉斯的"脚后跟",因沐浴时一片菩提叶落在肩上没有沐浴龙血,成了致命的地方。可他的妻子被朝臣哈根所骗,说出秘密,他终于在泉边饮水时被枪

---

① 《圣经·士师记》,16:15—22。

刺中肩部而死。这位"德国青年的代表"(恩格斯语)就这样死在自己的妻子手里。根据北欧著名的神话集散文《艾达》,最伟大的神奥丁的儿子巴尔德尔就由于女神弗丽嘉的泄密,被瞎了眼的霍德尔用一根小小的斛寄生树枝刺穿胸部而死。这位最聪明最受人爱戴的神同样没能逃出参孙、西格弗里的命运。异常博学的人类学家弗雷泽还给我们提出了更为丰富的女性泄密的神话和民间传说:有印度的、希腊罗马的、前南斯拉夫的、日耳曼的、挪威的、爱尔兰的、蒙古的、马来西亚的、尼日利亚的、北美印第安人的等。①

把女性描绘成祸水形象,在西方文化史中绝不是偶然的。除亚里士多德外,他的老师柏拉图也有同样的看法,认为"女人、奴隶、下等人不应当为高等人所模仿",这被罗素称为"奇怪的论证"②。柏拉图的老师苏格拉底则在别人看见美女都迎上去时自己却往相反的方向跑,他认为女性容易激起男性内在的欲望,像火燃烧木材一样无法控制,但欲望属于人性中低劣的成分,应当被更高的理性所控制。与其说他反对女性不如说他反对与性相关的人的欲望。关于"堕落的造物"的命题,和针对妇女的"黑色教育学",不仅仅是一部过去的历史,也是延续至今的现实。弗洛伊德就认为男女道德标准不同,女性判断能力差,爱憎易被情感所左右,从而把对妇女心理的研究,转向对发育不良、人格缺陷、经历局限的批评,这是众所周知的事实。所以马克思讲,"根据男女关系可以判断整个文明程度"③。也许在所有人类文明的进步中,性别关系

---

① 弗雷译著,徐育新译:《金枝》,中国民间艺术出版社1985年版,第345、242、156页。
② 罗素著,何兆武译:《西方哲学史》,商务印书馆1982年版,第149页。
③ 马克思著:《1844年经济学-哲学手稿》,人民出版社1977年版,第72页。

的进步是最慢的,这与性别的差异是人类最为根本的差异有关,如果消灭了这个差异,人类的进步与解放一定达到了一个非常文明的地步。然而正如福柯所揭示的,长期以来妇女被困在她的性别上,妇女被告知,除了她的性别以外,什么地方都微不足道。医生进一步补充说,这种性别的人是非常脆弱的,她们不停地生病,还给别人带来疾病,她们就是别人的病。究其原因,"祸水"形象的定位是菲勒斯中心主义在文本中的体现,是典型的男权话语模式,是人类最古老的差异——性别差异在文本中的反映。性别关系是一种网络,它的结构决定了社会在群体之间为妇女流通所开辟的道路。女性形象模式体现了貌似客观中立的叙述者的立场、观点和利益冲动,同时也显示出性别差异及其等级模式作为人类思维模式的基本隐喻结构所具有的文化力量。对此女权主义理论家斯格特做了精辟的论述:"概念化的语言都用某种差异来表达意义,性别差异是反映差异的主要方法,因此性别成为理解意义,理解各种复杂人际关系互动的一种方法。"[①]性别差异成为人类赖以依存的叙述各种差异的基本模式,展示人类社会基本文化观念的场所,性别的差异和社会阶层的差异、种族的差异密切纠结在一起,作为一种基本的观念与结构模式互相影响、互相论证、互相说明。莎士比亚在《奥赛罗》中写奥赛罗因嫉妒杀死了苔丝狄蒙娜。所以莱辛认为奥赛罗是最完善的嫉妒教科书。其实奥赛罗的性格还是很复杂的。首先,他杀死苔丝狄蒙娜是由于受骗。作为摩尔人、黑人,他地位低下,勇而无谋,这都是他复杂处境的一部分。所以柯勒律治说:"奥赛罗不是因为嫉妒杀死苔丝狄蒙娜,而是由于伊阿古那种

[①] 李银河编:《妇女:漫长的革命》,生活·读书·新知三联书店 1997 年版,第 109—171 页。

几乎超人的奸计硬加在他身上的坚信……我们必须使我们自己站在他的立场,处在他所处的环境,这样我们就会感到这个高尚的摩尔人的痛苦……"①可见奥赛罗的悲剧更多的是由于他所处的复杂环境和敌人的奸诈造成的,嫉妒仅仅是他性格中的一部分。如果说文学史上有真正的嫉妒化身的话,那就是妇女的保护神天后赫拉(罗马神话中的朱诺)。这在罗马诗人奥维德的《变形记》中表现最为明显。《变形记》作为西方古代神话总集对西方文化文学产生了深远的影响。奥维德不仅生动地刻画了男性神的荒淫,如朱庇特、墨丘利等,更重要的是揭示了女性神的嫉妒复仇心理,最典型的便是朱诺,她除了嫉妒外几乎没有其他特点。因为她的嫉妒,朱庇特不得不把伊俄变成牛,又把卡丽斯托变成熊……其他女神嫉妒的特点也是丝毫不减,特别是在由于自尊心受到伤害或打击时,那报复的心理的发作会给她的敌人带来不可预料的灾难。如雅典娜因嫉妒阿拉克涅织布比她织得好就罚她变成蜘蛛,拉托娜因尼俄伯有七子七女自傲就把她的子女全部杀死,特柔斯的妻子杀死了亲子为妹妹报仇……至于其他女神则各有自己的特点,基本上都与激发矛盾、强烈的毁灭性有关,但最后的结局都被男性对手所击败。如:复仇女神涅墨亚斯、争吵女神厄里斯、引起特洛伊战争的美女海伦、引起阿喀琉斯休战的女俘、鸟身人面用歌声杀人的海妖塞壬、能使人变成石头而头发由小蛇组成的美杜莎……这些都已成为西方文学艺术中的经典形象。

当然神话也塑造了许多优秀的女性形象,歌颂了她们美好的爱情。如:谷物女神得墨特尔的女儿普西芬尼与冥王的爱情产生

---

① 杨周翰编:《莎士比亚评论汇编》(上),第156页。

了四季,刻宇克斯和哈尔西翁的爱情产生了"海上平静的日子"(即 Halcyon Days),尤利西斯与帕涅罗帕织不完的布,俄尔甫斯与欧律狄克的爱情,等等。但她们都是作为爱情的附属物而存在,她们真正的价值在于忠于爱情,忠于男性,在爱情的伟大中展示自己的价值,而无自己相对于男性独立存在的性格,她们的形象、性格、身份都是模糊的。她们的身份就是男性的妻子,她们的品德就是美丽和忠贞。如帕涅罗帕相对于尤利西斯而言只有"美丽"、"忠于爱情"、"等待"的性格;哈尔西翁相对于刻宇克斯也只有"等待"的性格作为其特征;欧律狄克相对于俄尔甫斯也只是一个在阴间"等待"的鬼魂而已;普西芬尼则受制于丈夫和母亲,来回奔波于地下和人间……所以伍尔芙说:"在大人物的传记中,我们常常看到她们一眼,可是又轻捷地躲到暗中去了。"①斯皮瓦克说得更简单:"她们的身份取决于各种文本中所使用的男人这个词。"黑格尔说:"爱情在女子身上显得最美,因为女子把全部精神生活和现实生活都集中在爱情里和推广为爱情,她只有在爱情里才能找到生命的支持力,如果她在爱情方面遭遇不幸,她就像一道火焰被一阵风熄掉。"②爱情成为女性体现自身价值的最重要的场所,她们没有自己独立的事业、没有自己的人生目标,只有在爱情与家庭中才能找到自己的位置。但是这种寄托在他人身上的希望,往往都会破灭,破灭的结果只有忍受和复仇两条路。爱情至上的结果只有爱情的毁灭,因为爱情本身就不是独立的,它与人的财产、地位、甚至相貌、年龄等密不可分,依附于他物之上的爱情,依附于他人之上的

---

① 弗吉尼亚·伍尔芙著,王还译:《一个自己的房间》,生活·读书·新知三联书店 1992 年版,第 55 页。

② 黑格尔著,朱光潜译:《美学》(二),商务印书馆 1979 年,第 327 页。

家庭都是把根基建立在沙滩之上,没有任何可靠的基础与保障。女性由于爱情得不到满足而复仇的形象中希腊神话中的美狄亚是最典型的。美狄亚为了与伊阿宋的爱情,背叛了祖国、家庭、亲人,泄漏了秘密,帮助伊阿宋获得了金羊毛,自己离乡背井,跟随伊阿宋逃到希腊。当伊阿宋逃到阿戈尔船上时,她的父亲和兄弟一块追来,为了保护情人,她便把跑在最前面的兄弟砍成碎块,扔到海里,让父兄忙于收尸,没有追上他们。这一切都把美狄亚从一个普通追求爱情幸福的女性,上升到为爱情不惜牺牲一切的唯情主义者的化身。当伊阿宋回到家乡,移情别恋,要娶另一位公主为妻时,美狄亚的心情是可想而知的。她为追求爱情付出了惨重的代价,同样也会为保卫爱情付出一切。她用浸透毒药的衣服烧死公主、国王,为使伊阿宋绝后,又亲手杀死了自己的两个孩子。忠于爱情的美狄亚终于变成了疯狂复仇者的化身,可见,美狄亚没有像柏拉图所说的:"把痛哭交给女人们,交给凡庸的女人们和懦夫们。"[①]美狄亚并不以弱者的身份来压抑自己的感情,接受痛苦的现实,而是始终保持了自己激昂的热情把复仇的火焰无情地烧到仇人的身上,而毫无理性的复仇欲望烧掉的将是一切。这个神话成为艺术家千古传诵的题材。欧律庇得斯的《美狄亚》就塑造了一个复仇者的形象,为此他还受到阿里斯托芬在《地母节》里的嘲弄,阿里斯托芬剧中的妇女认为欧律庇得斯诽谤了女性。古典主义大师高乃依的《美狄亚》虽然使美狄亚更加人性化,"独自进行着反对所有人的斗争",但仍没有摆脱希腊神话和欧律庇得斯对美狄亚的定性。因为把理性放在第一位的古典主义者是不可能对一个无法

---

① 朱光潜译:《柏拉图文艺对话集》,第37页。

控制爱情和复仇欲望的人大唱赞歌的。所以有人认为:"美狄亚惨遭不幸是事实,但她杀了自己的儿子来惩罚伊阿宋这般残忍不人道,只会使人震惊,将观众的怜悯转向伊阿宋。"美狄亚的过激行为自然给观众产生了恐惧的心理,但这是否就能减少伊阿宋的过错,从而使人对他产生怜悯,却是值得怀疑的。人们往往由于复仇者的过激行为而淡化了对真正元凶的关注。

不仅美狄亚的情节、题材为戏剧家所独钟,更重要的是她那作为母亲与弃妇的爱与恨相交织的复仇心理,为后世戏剧家提供了"杀子复仇"的心理原型。弗洛姆说,父爱的本质在于儿子必须服从命令,而母亲的爱则是完全相反,母亲为儿子牺牲自己。这种牺牲伦理模式与杀子复仇模式形成了鲜明对比。莎士比亚的《麦克白》中麦克白夫人为鼓励麦克白杀死国王邓肯,便说:"我曾哺育过婴孩,知道一个母亲是怎样怜爱那吮吸她乳汁的子女,可是我会在他看着我微笑的时候,从他柔软的嫩嘴里摘下我的乳头,把他的脑袋砸碎。"萨特在他的剧作《苍蝇》里也描述过这种令人胆战心寒的恐怖情境,特别是第三幕第一场关于复仇女神的描写中,第三位复仇女神的话:"俄瑞斯特斯几乎还是一个孩子,在我对他的憎恨里还有着母性的温柔,我将把他那苍白的脸蛋捧来放在我的膝上,我将轻轻抚摸他的头发……然后我会把我的两个手指一下子插进他的眼睛里去。"这种不惜一切代价的复仇所带来的残忍结果最后也不能使复仇者得到什么,得到的只有短暂的复仇欲望的满足和满足之后的恐怖。在复仇与容忍之间是否还有第三条路可以让那些柔弱的受害者得到安慰和心理的平衡呢?作为弱小者,她怎样才能达到对强者的致命一击呢?也许斩断比她更为弱小者与强者之间的关系是她更为可能实现的手段。正如鲁迅所说的那句话:

第四章 中国传统文化的亲缘与性别原则及《路得记》的非亲缘原则

"'天有十日,人有十等。下所以事上,上所以共神也。故王臣公,公臣大夫,大夫臣士,士臣皂,皂臣舆,舆臣隶,隶臣僚,僚臣仆,仆臣台。'(《左传》昭公七年)但'台'没有臣,不是太苦了吗?无须担心的,有比他卑的妻,更弱的子在。而且其子也很有希望,他日长大,升而为'台',便又有更卑更弱的妻子,供他驱使了。"① 女性作为妻子在十等之外,还始终处于丈夫的压迫之下,地位还不如儿子,更况,儿子还有希望将来成"台",成"丈夫",可女性就没有这种指望了。刘勰在《文心雕龙·史传》中说:"庖牺以来,未闻女帝也者。汉运所值,难为后法。牝鸡无晨,武王首誓;妇无与国,齐桓著盟。宣后乱秦,吕氏危汉;岂唯政事难假,亦名号宜慎矣。张衡司史,而惑同迁固,元平二后,欲为立纪,谬亦甚矣。寻子弘虽伪,要当孝惠之嗣;孺子诚微,实继平帝之体;二子可纪,何有于二后哉?"自伏羲以来,从来就没有听说过女人当帝的。周武王在《牧誓》中就讲,母鸡既然早上不打鸣,那妇女就不能参与国政,齐桓公在与诸侯的盟约里也明确写明了。汉代是因为运气不好,才碰上女人执政,后代并不能以此为据,所以宣太后扰乱秦国,吕后危害汉朝。张衡、班固、司马迁都因为糊涂才给皇后立传,刘弘虽然不是皇帝亲生的,孺子婴虽是孩子仍可以继承王位,可以立传,但是要为两位皇后立传却是不应该的。《尚书·牧誓》中记载周王(武王)说:"古人有言曰:'牝鸡无晨,牝鸡之晨,惟家之索。'今商王受,惟妇言是用,昏弃厥肆祀,弗答。昏弃厥遗王父母弟,不迪。"女人成为皇后还不能像小儿那样立传,至于其他根本没有任何地位的女性来说,她们的处境也就可想而知了。特别是在需要作出选择的关键时刻,性别的意

---

① 《鲁迅全集》(一),人民文学出版社1982年版,第227—228页。

义就是一切,这在《苏菲的抉择》中表现最为明显。当纳粹军官告诉苏菲两个孩子可以留下一个,至于哪一个留下由她来决定时,她便选择了儿子。刘小枫为苏菲从无法抉择中作出抉择而困惑,而更令人困惑的却是:苏菲何以选择儿子,她何以在生死关头抛弃与她同性的女儿,并决定了她的死?女性主义以性别来关照事物的立场在这儿还有意义吗?究其原因是苏菲对自己文化身份的认同:女性必须把男性放在自己的前面。这与波伏娃、米彻尔所反复申明的:女性不是天生的,而是造就的,妇女是文化产物的观点是一致的。这便是女权主义所极力解构的"女性是感性的创造物"的模式。这种模式认为:男性占据理性意志,女性代表肉体感情,意志与理智对身体与感情的控制和男人对女人的控制相对应。卢梭、叔本华、费希特、尼采、弗洛伊德都表达过类似观点。这与普遍流行的话语模式在内在结构上是一致的:男性更理性,女性更感性;男性注重事业,女性注重家庭;男人喜欢小说,女性喜欢诗歌;男性喜欢刺激,女性喜欢温柔;男性崇高,女性优美;男性阳刚,女性阴柔等二元对立结构都基本隐含了女性与感性一体化的模式。福柯就指出了18世纪以来西方社会出现的四大策略:第一是女性身体的癔症化(hystericization of the female body),于是出现了"神经质的女人"与"患忧郁病的女人",在这种形象里,女人的癔症化找到了它的寄托点。柏拉图早就说过:"就拿得尔福的女预言家和多多那的女巫来说吧,她们就是在迷狂状态中替希腊造就了许多福泽,无论在公的方面或私的方面,若是在她们清醒的时候,她们就没有什么贡献……像这类事情是人人都知道的,用不着多举了。"[①]柏拉图认为女预言家和女巫只有在迷狂状态下才能预知未

---

① 朱光潜译:《柏拉图文艺对话集》,第116—117页。

来,讲出真理。奥古斯丁更认为:"情感是肉体,理性是灵魂,女性是肉体的化身,男性是灵魂的化身,男性下令,女性服从的家庭是正确的。"但丁虽然不如奥古斯丁那样绝对,却也沿用了"女性是情感"的基本模式。他在《神曲》中把自己终生崇拜的贝采特丽亚当作感情与信仰的象征,而罗马诗人维吉尔则作为知识与理性的化身。虽然在但丁看来人最终还是要靠信仰获得永生的幸福,但是当他谈到女性时,仍然用"看那不幸的女人,她们抛弃了针线、梭子和纺锤而成为巫婆"。可见这种思维模式在西方文化传统中也不是无源之水。因此,女权主义理论家认为这种肉体与灵魂的完全割裂,把肉体归于女人,仅仅在男性范畴内谈论精神的思想是比邪教还糟糕的邪教。这种感性与理性、个体与集体的二元对立模式暗含了女性的从属地位,是父权制世界秩序的体现。弗洛姆说教育系统和全部家长制的价值系统的潜在判决是:不服从是一切罪恶的根源。亚当与夏娃最根本的罪过也在这里:不服从神的命令。女性文化身份既与这种二元对立的等级思维模式分不开,更与她们在现实生活中长期处于屈辱的地位分不开。倍倍尔、马克思、恩格斯、波伏娃都把女性处于弱势的原因归结于身体的弱小,女性的生理特征。福柯说:"权力基本上不是经济关系的维持和生产,而是力量关系……权利是力量关系借以展示和得到具体体现的方法。"把女性的从属地位归结为女性的身体和她的生理特征说明了人类虽然自认为高于动物世界,然而从最终的本质上看,人的世界离开动物世界并不遥远,在很多地方仍然保持着最初脱离时的特征,而没有任何进化,虽然哲学家向往着人类能够以善的原则来建立人类社会,然而人类社会内在的权力与力量关系的运作机制使我们看到,现实的两性关系离哲学家的要求还相差很远。

康德在《论崇高感和优美感》中说:"第一个把女性构想为美丽性别这个名称的人,可能或许是想要说点什么奉承的话,但是他却比他自己所可能相信的更为中肯。因为就是她们不去考虑比起男性来,她那形象一般是更为美丽的,她那神情是更为温柔而甜蜜的,她那表现在友谊、欢愉和亲善之中的风度也是更加意味深长和更加动人的。因为就是她们也不去忘记那种我们必须认作是一种神秘的魔力的东西,亦即她以之而使得我们[男性]的情绪偏向于形成对她有利的判断的那种东西,——即使如此,主要的是存在于这种女性的心灵特征之中的某些特殊风格,仍与我们男性的有着显著不同,而且主要地就由此而得出了她们是以美这一标志而为人所知。"康德虽然承认女性和男性有很大不同,但是女性作为"美丽的性别"在"美"和"善"的领域却是独特的,她的智慧"也不在于推理能力,而在于感受能力"。当然,康德也说,男性也可要求一个"高贵的性别"来和女性相对应,但这并不意味着,或理解为"女性就缺乏高贵的品质,或者男性就必定全然不要优美",更不是意味着男人要和女人争美,而变成甜甜蜜蜜的奶油小生,女人要和男人争夺智慧而变成女书呆子或 Amazon(女武士),男女都要尊重差异,遵守造化的选择,聆听造化的声音,而不要超越秩序的权力。所以康德说:"最为重要的就在于,男人作为男人应该成为一个更完美的丈夫,而妇女则应该成为一个更完美的妻子;也就是说,性的秉性的冲动要符合自然的启示在起作用,使得男性更加高尚化并使得女性的品质更加优美化。当一切都达到极致时,男人对自己的优异性就可以大胆地说:即使是你不爱我,我也要迫使你不能不尊重我;而女性对自己魅力的权威也非常之有把握,就会回答说:即使是你们内心里并不高度评价我们,我们也要迫使你们不得不爱我们。没有这样的原则,我们就会看到男人模仿女性,为的是讨人喜欢,而女人有时候(尽管是罕见得多)则装出一副男人的神态,为的是引人尊敬;但是人们所做的一切违反大自然意图的事,总是会做得非常之糟糕的。"① 但是当老年——这位伟大的美的毁灭者到来时,崇高和高贵的品质——也就是善必然要逐渐代替优美的位置,使人获得的不是可爱而是尊敬。与我们在希腊神话、莎士比亚戏剧中所看到的无数光辉女性形象作为美的精灵而打动每一个人不同,我们在《圣经·路得记》中所塑造的路得形象中看到了另一种关于女性的理想,那就是女性的爱的崇高,她的爱超越了性别、种族、亲情,她的爱乃是一切爱的代表。《圣经·撒迦利亚书》讲"耶和华的话又临到撒迦利亚:'要按至理判断,个人以慈爱怜悯弟兄。不可欺压寡妇、孤儿、寄居的和贫穷人;谁都不可心里谋害弟兄。'"正如《出埃及记》中所讲的要善待外地人:"不可欺压寄居的,因为你们在埃及地作过寄居的,知道寄居的心。"路得作为一个外乡人,一个受人轻蔑的寡妇,一个贫苦之人,在西方强大的反女性叙事传统中,《路得记》宣扬了对善的追求超越对宗族身份确认的基本原则。现实中女性的弱势地位与文学艺术中各种关于女性的描述并不意味着女性在现实中的消极无为,甚至在人类文化历史上的作为爱、宽容、美所具有的象征意义。《路得记》讲述一个名字叫以利米勒的伯利恒人由于饥荒带着妻子拿俄米和两个儿子到摩押去寄居。两个儿子娶了摩押女子为妻,一个叫俄珥巴,一

---

① 康德著,何兆武译:《论崇高感和优美感》,商务印书馆2001年版,第28—46页。

个叫路得。后来,以利米勒和两个儿子都死了,只剩下拿俄米和两个儿媳。当拿俄米要回到犹大地时,她就对两位儿媳说:"你们各人回娘家去吧!愿耶和华使你们各在新夫家中得平安!"两位儿媳放声大哭,要跟她一同回去。拿俄米就说:"我女儿们哪,回去吧!为何要跟我去呢?我还能生子作你们的丈夫吗?我女儿们哪,回去吧!我年纪老迈,不能再有丈夫;即或说,我还有指望,今夜有丈夫可以生子,你们岂能等着他们长大呢?你们岂能等着他们不嫁别人呢?我女儿们哪!"拿俄米始终把异族的儿媳当作自己的女儿,不过这不是天生的女儿而是后天的女儿。婆媳关系是中国文化中最为难处理的一件人际关系,究其原因,乃是最亲的天然关系父子母子关系与最亲近的后天关系夫妻关系交织在一起,而中国传统文化把父子母子关系看得高于一切,这在《诗经》中就可找到这样的传统。拿俄米把自己的两个儿媳始终当作自己的女儿看待,这无疑给我们以很大的启示:爱是不能仅仅局限于亲情的,爱必须由亲情扩展到陌生人的身上,扩展到邻居的身上。那种仅仅局限在亲情关系中,把亲情看得高于一切的做法并不具有普遍性,建立在亲情关系之上的人际关系并不能使所有的人都得到平等的爱。俄珥巴在婆婆的劝说下就回去了,而路得却舍不得拿俄米。她说:"不要催我回去,我跟随你。你往哪里去,我也往那里去;你在哪里住宿,我也在那里住宿;你的国就是我的国,你的神就是我的神。你在哪里死,我在那里死,葬在那里。除非死能使你我相离。不然,愿耶和华重重地降罚于我。"当她们回到伯利恒时,妇女们都叫"这是拿俄米吗?"拿俄米却说,不要叫"拿俄米",因为"拿俄米"是"甜"的意思,应该叫"玛拉","玛拉"的意思是"苦",因为她和丈夫及两个儿子满满地出去,却失去了一切,空空地回来。路得经

第四章 中国传统文化的亲缘与性别原则及《路得记》的非亲缘原则 229

常在以利米勒的亲族大财主波阿斯的田地里拣拾遗落在地上的麦穗,她的身影我们可以在法国大画家米勒的油画作品《拾穗者》中看到。按照当时以色列的律法,不准收割农田角落的庄家,并且凡掉在地上的麦穗都要留给拾穗的穷人作食物。《利未记》中说:"在你们的地收割庄稼,不可割尽田角,也不可拾取所遗落的。不可摘尽葡萄园的果子,也不可拾取葡萄园所掉的果子,要留给穷人和寄居的。"《申命记》中说:"你在田间收割庄稼,若忘下一捆,不可回去再取,要留给寄居的与孤儿寡妇。……你打橄榄树,枝上剩下的不可再打,要留给寄居的与孤儿寡妇。你摘葡萄园的葡萄,所剩下的不可再摘,要留给寄居的与孤儿寡妇。"甚至按当时的律法,为了防止寡妇在穷困中度过余生,当某人的丈夫去世,死者的兄弟就应当娶她为妻,如果死者没有兄弟,那死者最有血缘关系的人就应该娶她为妻。《申明记》中说:"兄弟同居,若死了一个,没有儿子,死人的妻不可嫁外人,她丈夫的兄弟当尽弟兄的本分,娶她为妻。"从这个角度来看,拿俄米和路得都是寡妇,她们生活的穷困与社会地位的低下是可想而知的。波阿斯却对这个外邦人非常友善,他对路得说:"女儿啊,听我说,不要往别人田里拾取麦穗,也不要离开这里,要常与我使女们在一处。我的仆人在那块田里收割,你就跟着去。我已经吩咐仆人不可欺负你。你若渴了,就可以到器皿那里喝仆人们打来的水。"并吩咐自己的仆人说:"她就是在捆中拾取麦穗,也可以容她,不可羞辱她。并要从捆里抽出些来,留在地下任她拾取,不可叱吓她。"并给路得饼和烘了的穗子吃。路得吃饱了就把剩下的带给拿俄米。因为波阿斯被路得远离父母亲人跟随婆婆到陌生异乡的行为所感动,他认为路得应该受到神的赏赐。

后来,路得在拿俄米的促成下按照以色列的习俗和波阿斯成了亲。拿俄米始终都在考虑路得的归宿和亲事,她说:"女儿啊,我不当为你找个安身之处,使你享福吗?"这和我们古代反对寡妇改嫁,特别是婆婆反对儿媳改嫁的传统相比无疑更是考虑到了儿媳的利益了。当路得怀孕生子时,夫人们对拿俄米说:"耶和华是应当称颂的,因为今日没有撇下你使你无至亲的亲属。愿这孩子在以色列中得声名。他必提起你的精神,奉养你的老,因为是爱你的那儿妇所生的,有这儿妇比有七个儿子还好。"当拿俄米抱着孩子,当他的养母时,妇人们又说:"拿俄米又得了孩子。"这孩子就是后来以色列历史上最伟大的君王之一——大卫的祖父,也是耶稣的嫡系祖先。拿俄米因为自己的儿媳的爱又重新得到了儿子,虽然这个孩子是儿媳生的,但同样能使拿俄米重新获得生命与青春。

这个西方家喻户晓的故事对我们这些宗教观念淡漠的民族有什么启发呢?特别是对于我们这个有着悠久历史传统和文化的民族有什么启发呢?应该说启发很多,但最为重要的启发就是,在人的所有关系中,最为重要的是什么,是亲情还是对陌生人的爱?这是整个故事对我们中国文化提出的最大挑战。孔子的"亲亲仁仁"在这个故事面前必须得到根本的反思。可以说这中间的人物都是超越于亲情、血缘、种族、国别之上的。他们之间只有一种关系就是爱,没有任何利益纠葛的爱。虽然波阿斯和路得也是"至亲的亲属",但最终的根源还是波阿斯所说的:"女儿啊,愿你蒙耶和华赐福!你末后的恩,比先前更大,因为少年人无论贫富,你都没有跟从。……我本城的人都知道你是一个贤德的女子。"事实上也是如此,还有和路得关系比波阿斯更亲的人,因为考虑到财产有碍,没有娶她为妻。路得被众长老比为建立以色列家的拉结和利亚,可见她受到众人的尊重。整个故事并不是讲因果报应的:因为路得做出了好事,就得到了好报,更重要的是拿俄米与路得共同得到的爱与幸福。故事并不是讲拿俄米在丈夫和两个儿子都在时的幸福生活,而是讲她在失去最亲的三个亲人时,与她毫无血缘关系的儿媳对她的爱与关怀,当然她也同样关心她的儿媳,她只是关心而已,并不能给她带来什么益处,甚至只能带来各种麻烦负担。但是路得并没有嫌弃婆婆,而是毅然跟随她,直到她获得最后的幸福。整个故事亲切感人,没有任何的激动人心之处,它只是像春雨一样灌溉着每一个充满爱的心灵。

这个故事给我们的另一个启示就是:作为与以色列有敌意的摩押人,路得如何得到了以色列人的尊重?是否有一种东西能超越于民族的利益与价值之上?我们现在仍然有很多从事理论研究的人以自身民族的传统为甲胄坚决拒斥西方文明带给我们的东西,从不相信有一种东西能超越于民族的狭隘观念之上,这不能不说是一种悲哀,他们和拿俄米、路得、波阿斯这样的普通人相比,其胸怀和修养还差得远。《申命记》讲:"摩押人不可入耶和华的会;他们的子孙虽过十代,也永不可入耶和华的会。因为你们出埃及的时候,他们没有拿食物和水在路上迎接你们,又因他们雇了美索不达米亚的毗夺人比珥的儿子巴兰来诅咒你们。"[1]无论是拿俄米、路得还是波阿斯都战胜了狭隘的民族甚至宗教观念,以真正的爱为原则来建立起人与人的真诚关系,从而使尊重、仁慈、爱、忠实超越民族的界线发挥它巨大的力量,虽然爱不是万能的,至少要比

---

[1] 《圣经·申明记》,23:3—4。

狭隘的民族主义更能给人类带来美好的前程和希望。无论基督徒怎样确信拿俄米、路得、波阿斯精神有神的指引,但我们仍然坚信,他们的行为已超越于宗教意义之上,对人类的行为具有普遍的价值。

第五章　基督教个体平等与普遍幸福的基本理念对现代中国的意义

一、神的观念与宗教的现实意义

　　由于长期受到无神论的教育，人们常常把宗教与神当成一种虚无，甚至可笑的东西来对待，从根本上忽视了关于神和宗教的理念对我们今天现实的意义。20世纪70年代以儒家伦理为传统文化的东亚文化圈，日本、韩国、新加坡等地区经济的巨大发展论证了儒家文化在新时代的意义，以韦伯为代表对儒家文明过分强调现实，缺乏神的观念的批评也受到了来自不同强调中国传统文化的学派的质疑与冲击，但随后的经济大动荡又为韦伯观点的现实意义提供了新的活力。神与宗教的观念是一种意识领域的精神现象，如果从客观存在的物质形态的角度来论证神的存在，那结论自然是可想而知的。但它对精神的影响却不是仅仅从物质的角度来论证就能解决的，对宗教与神的观念对现实的意义主要表现在神的观念对现实人的行为与心理的影响与作用上，而不是神是如何产生的，是否存在。当然神的存在方式也是它论证自身合法性的一个重要基础，但在考察人的心理与意识时不能用是否在物质形态上存在这种简单粗疏的态度来对待。苏格拉底、柏拉图、亚里士多德、康德、黑格尔、路德都强调神的存在，但他们并不是盲目地崇拜一个根本不存在的、自己创造的虚无存在，更重要的是神的具体含义，也就是神对人的行为与心理的基本要求，耶稣并不是一个对生命和精神没有任何意义的子虚乌有的东西。神的完美人格是为了解决人的精神领域的问题，为了人自身生活的意义，为了人类能够更美好地生活下去而创造的理想。我们总是用宗教史上的荒乱和无知来论证宗教和神的无意义，而忘记这些荒乱和无知本身就是背离宗教初创时本意的。对耶稣和基督教、释迦牟尼与佛教、穆罕默德与伊斯兰教，甚至孔子与儒家等，他们最初的目的都是为了人类自身的生存，但随着宗教自身的发展，它愈来愈背离它产生时的初衷，而成为人类自身存在的巨大负担。这和文化史上很多重大哲学思想的发展是一致的。总之，我们只有从爱和完美人格理想的角度才能真正理解神与宗教对整个人类文化存在与发展的巨大意义。所以黑格尔说："于阐明自然的本质或世界的生成时，柏拉图是以如下的方式开始的：'神就是善'（善是柏拉图理念世界的顶点，正如亚里士多德于讨论柏拉图学说时关于理念和关于善所写的那样）。"[①]在柏拉图的理论里，正如《圣经》中的耶稣一样神乃是完美人格的化身，虽然，生活中没有一个人能像柏拉图的神那样公正、聪明、完美，也从没有任何一个人能像耶稣那样充满爱，但他们作为理想无疑鼓舞着人去努力，总比以充满缺陷的现实的、个体的人为目标，更能使人看到自身的局限，同时也更加鼓舞人朝着自己的可能性与理想不断努力。柏拉图在理想国里提出了一个国家制度的理想，基督教则为人们提出了一个完善的人格理想，孔子也

[①] 黑格尔著，贺麟、王太庆译：《哲学史演讲录》第二卷，第224页。

同样提出了自己的人格理想,这种理想同样不可能在生活在现实中的众人中找到,只是为人的努力提供方向,这种理想在今日的我们看来也是可望而不可即的,而这正是这些理想的现实意义。在柏拉图看来,理想的国家和理想的个人是一致的,都是为了真实的普遍性而存在,一个国家如果仅仅抱住某些群体的、短暂的甚至目前的利益和制度而死死不放,它一定会在永恒的真理面前,在完善的理念面前无法找到自身的合法性而被迫退出历史舞台。考察一个国家和个体的合理性在于它是否体现了真正的理念或理想,而不是它短暂的效用。

社会阶层的变化对宗教的产生、发展与变化都具有深刻,甚至是决定意义的影响,但是,更为重要的是一种宗教一旦产生就会反过来对社会各个阶层的生活与行为方式产生重要影响,对宗教理想的不懈追求对于信徒们来说不仅仅是一种冥想的迷幻状态,更重要的是它所具有的现实性质。韦伯说:"利益(物质利益与理念的),而不是理念,直接控制着人的行动。但是,'理念'创造的'世界观'常常以扳道工的身份规定着轨道,在这些轨道上,利益的动力驱动着行动。世界观决定着,人们想——别忘了,还有能够——从哪里解脱出来,又到哪里去;或者从政治与社会的被奴役地位解脱出来,到某个此岸的未来天国去;或者从宗教仪式的不洁造成的污点,或者注进身体内的纯洁性;或者从人类永无止境、毫无意义的激情与渴望的角逐解脱出来,得到天父怀中永恒的、无限的爱;或者从占星术士想出来的星宿位置支配下的奴役中解脱出来,获得自由与分享隐藏的神性的尊严;或者从表现为苦难、困顿和死亡的暂时的框架和威胁人的地域惩罚中解脱出来,得到人间或天堂的未来存在中的永恒的幸福;或者从带着逝去时代行为的无情报应的轮回循环中解脱出来,达到永恒的安宁;或者从无聊的烦恼与琐事中解脱出来,达到无梦之眠,还有许多可能性。在这些后面,一直隐藏着一种对现实世界中被认为特别'没意思的'东西的立场,也就是这样一种要求:世界结构在其总体上是一种,或者可以、应该成为一种随便怎样有意义的'宇宙'。"①这种宗教理性主义对广大信徒的形而上要求,虽然其结果及其作用的范围极不相同,但其强烈的现实意义却是让人无法忽视的,也就是说各种宗教的教义为塑造现实信徒的行为与思维方式产生了深远的意义,无论追求宗教幸福的行为在怎样的程度上受到社会阶层利益和与之相适应的思维方式的影响。观念一旦产生,宗教原则与伦理原则的理性化一旦出现,终极价值观念的规定一旦确立,那么人的行为方式,甚至整个群体与社会的生活方式都会受到强烈影响,甚至在某些方面产生决定意义的影响。这种影响往往是在某些宗教领袖、宗教改革家,甚至是急进知识分子的带动下实现的,在某种程度上,也可以说,苏格拉底、释迦牟尼、穆罕默德、耶稣、孔子本身就是提出自己理论原则又在生活行为中加以贯彻的知识分子的形象。所以韦伯说:"当那些宗教资力很深、造诣很高的人联合成按照神的意志追求人世的生活方式的禁欲教派之后,情况就完全不同了。为使这点在本来的意义上得以实现,无疑有两个前提:其一,最高的福祉不能是冥想性质的,就是说,不能是与人世对立的永恒的超自然的存在或者可以纵情地、麻木而心醉神迷地理解的神秘合一。因为这种东西总是在日常作用之外,在现实世界的彼岸,背离了现实世界;其二,宗教信仰必须尽量去掉求神保佑方法的巫术的和圣

---

① 马克斯·韦伯著,王容芬译:《儒教与道教》,第19—20页。

事的性质。因为这些巫术和圣事总会贬低人世间行动的价值,认为它在宗教上最多只是相对重要并把救世决定寄托在非日常理性进程的成就上。如果撇开全世界到处都有的理性主义的小教小派不谈,那么,仅仅在西方禁欲的新教的重要教会与教派的形成中,就完全实现了两件事:世界的脱魔和救世道路的改变,——从冥想地'逃避世界'变成了积极禁欲地'改造世界'。"① 也就是这些伟大实践家的行为导致了宗教从天外的世界向现实世界的转化。如果这些伟大的实践家以一种纯粹自我的、心醉神迷的信仰方式来标榜自我的所谓神圣,以及自我信仰的高不可攀,在自我与广大的信众之间有意制造一个不可逾越的鸿沟,从而导致了宗教信仰与现实生活的完全脱离,找不到神与现实人间日常行为的桥梁,甚至与现实人的根本要求背道而驰,这种仅仅为所谓大师服务的宗教信仰不过是一种自我欣赏与自我麻醉的邪教罢了。真正的宗教实践家、改革家的行为虽然看起来常常是反常的,甚至是和现实原则根本对立的,但是无论是他们的出发点,还是最终归宿,他们整个的行为过程,都是活生生的现实的人,为了人能摆脱自身的各种困境而不停地奔波,宣传自己的思想与教义,他们共同的特点就是反对人无条件地沉浸在现实的存在之中,而不愿不停地提升自己,以达到完美的境界。所以韦伯说:"这种世俗的禁欲虽然是出世的,因为它看不起地位与美色、好酒与美梦、纯世俗的权力与纯世俗的英雄自用,谴责它们都是天国的对头,但是,正因为如此,它才不是冥想那样逃避世界,而是想要按照神的戒条使世界在伦理上理性化。因此,在更深一层意义上讲,比起古希腊罗马和世俗天主教的百折

---

① 马克斯·韦伯著,王容芬译:《儒教与道教》,第29页。

不挠的人的天真地'接受人世世界'来，这种世俗禁欲更加入世。那些宗教教养很高的人的仁慈与入选资格，正是在凡事中考验出来的。不过不是一般的凡人凡事，而是为神服务的、在方法上理性化了的平凡行动。理性地上升为使命的平凡行动成了救赎的保证，宗教大师们的教派在西方形成了生活方式（包括经济行动）在方法上理性化的酶，而不像亚洲那些冥想的或纵情的或麻木的神魂颠倒的人的团体那样，充当渴望脱离人世间的活动的无理智状态的活塞。"① 所以神是以人间的仁人志士为模型塑造的，宗教的爱不仅是一种理论的、抽象的、逻辑的爱，更是一种世俗的、可能的、行为上的、日常生活的伦理化。宗教并不是理论家自己挖空心思编出来的书，宗教的追求也并不是仅仅在理论上，或者是逻辑上能够自圆其说，毫无矛盾地构建自己的体系，而是始终以改变现实不合理的存在为目的，以达到他们自身的理想境界。宗教产生有自身的逻辑，并不是某些理论家想当然的产物，所以韦伯对尼采的"愤世嫉俗"、"奴隶起义"的理论进行了批驳："宗教伦理的一种十分普遍的有几分抽象的阶级限制可能是由'愤世'理论派生出来的，这种理论从弗·尼采那光辉夺目的论文问世后即名声大噪，从那时起，心理学家们也开始刻意研究它了。如果说，对怜悯与博爱的伦理神化是被亏待的人——无论是先天不足的，还是后天不济的人——的一次伦理的'奴隶起义'，也就是说，义务伦理是被诅咒去干活、挣钱的贱民反对无拘无束地生活的统治阶层的一种由于软弱无力而被压抑的报复感情的产物，那么，这显然给宗教伦理类型学中最重要的问题做出了最简单的解答。可是，对愤世本身的

---

① 马克斯·韦伯著，王容芬译：《儒教与道教》，第30页。

第五章 基督教个体平等与普遍幸福的基本理念对现代中国的意义

心理学意义的发展十分幸运,成果十分丰硕,那么在评价愤世的社会效果时也就要十分谨慎。"①无论是"愤世"理论,还是"奴隶起义"理论,都无法简单地分析出宗教自身产生与存在的现实意义。当然,在宗教的发展史上存在大量的现实与自身基本原则背离的问题。正如歌德所说:"教会规章中有许多是荒谬的。但是教会想统治,就要有一批目光短浅的群众向他鞠躬,甘心受他统治。拥有巨资的高级僧侣最害怕的莫过于让下层大众受到启蒙,他们长久禁止人民大众亲自阅读《圣经》;能禁止多久,就禁止多久。可怜的教众面对拥有巨资的大主教们会怎样想,如果他们从'福音书'中看到基督那样贫困,他和他的门徒们都是步行,态度极谦卑,而高级僧侣们却乘六匹马的轿车,招摇过市,神气十足。"②所以说每次重大的宗教改革都是对《圣经》基本教义的回归。路德在同各种腐败的宗教行为做斗争时说:"要想驳倒我,除非凭《圣经》的证据,否则,我是不会认错的。因为做任何违背良心的事是既不可靠又不谨慎的。我在这里发誓,我绝不认错:愿上帝保佑!"③这位把《圣经》译成德文的伟大改革家就是为了打破宗教的垄断,使人们能够直接聆听来自《圣经》,也就是来自耶稣的声音,并按照《圣经》的指引来决定自己的行为。歌德说:"我们还没有认识到路德和一般宗教改革给我们带来的一切好处。我们从捆得紧紧的谨慎枷锁中解放出来,由于日益进展的文化教养,我们已经能够探本求源,从基督教原来的纯洁形式去理解基督教了,我们又有勇气把脚跟牢牢地站在上帝的大地上,感觉到自己拥有上帝赋予的人的性格了。

---

① 马克斯・韦伯著,王容芬译:《儒教与道教》,第9页。
② 爱克曼辑录、朱光潜译:《歌德谈话录》,第254页。
③ 托马斯・卡莱尔:《论英雄、英雄崇拜和历史上的英雄业绩》,第154页。

无论精神文化教养怎样不断向前迈进,自然科学在广度和深度上怎样不断进展,人类心灵怎样尽量扩张,它也不会超越'福音书'中所闪耀的那种基督教的崇高和道德修养。"①歌德准确地阐述了宗教对于人生的意义:它直接给人所带来的道德上的影响和最终所要努力的目标,科学的进展不能消除人们对宗教的依赖,宗教对人的精神道德的影响是自然科学的发展所无法代替的。

《圣经》为人类最为伟大的贡献在于它的平等思想贯穿于它对人类的思考之中,平等的思想摆脱了民族的界线、财富的多少、性别的差异、宗教的樊篱,甚至道德的高低、血缘的束缚等等,只要是人人都是平等的。特别是摆脱了民族与宗教的束缚与局限使《新约》与《旧约》明显地区分开来。《旧约》认为只有犹太人是神耶和华的特选子民,得到神特别的护佑,其他不信耶和华的人与种族都将受到耶和华的惩罚。《新约》中的耶稣则因为宣布所有人都是上帝的儿子,因而使他与犹太教,特别是传统法利塞人区别开来,并最终被杀害。耶稣区分人的唯一原则就是善与恶、爱与恨,由于他鼓吹要爱仇人,在某种程度上善与恶的区别、爱与恨的分离也是非常模糊的,但这并不意味着耶稣是没有原则的,爱的原则乃是最高的原则,爱的原则超越于具体的环境、时代、种族、肤色与性别,爱只有一种,那就是对他者的关怀。《论语·宪问》讲:"有德者必有言,有言者不必有德。仁者必有勇,勇者不必有仁。"孔子与耶稣都达到了这个要求。但是耶稣身处乱世却勇于出言,勇于力行,最终遭到杀害,他的归宿与苏格拉底的死对人类的启发是一致的,对真理的追求与对善的追求一样都要遭受那些既得利益者的狭隘的社

---

① 爱克曼辑录、朱光潜译:《歌德谈话录》,第255页。

会集团的报复与杀害。但孔子就与耶稣不同,他说:"邦有道,危言危行;邦无道,危行言逊。"(《宪问》)国家政治清明言语与行为都要正直,如果国家政治昏暗那就要行为正直,言语谦逊。按照孔子明哲保身的哲学行事,耶稣的死肯定是不可能的,但教义的推行却也就可想而知了。孔子说自己:"君子道者三,我无能焉:仁者不忧,知者不惑,勇者不惧。"君子能达到三种要求,自己一样都没达到:有仁义不忧愁,具有智慧不困惑,勇敢不惧怕邪恶。子贡说这是"夫子自道也",是孔子的自我表白。① 但这并不是孔子的谦虚,孔子确实在某种程度上达到了"仁者不忧,知者不惑,勇者不惧"的境界。他周游列国,不畏艰难困苦,不畏俗人与隐士的讽刺挖苦,几次都处于生命的极度危险之中。但在追求真理方面他的明哲保身与苏格拉底的勇于赴死相比是有差距的,在追求善的方面他的保持中庸之道与耶稣的勇于就义相比也是有差距的。所以子贡对孔子"夫子自道"的评价应该说并没有真正理解孔子对自己的理想要求。钱穆说:"孔子在五十前居家授徒,既已声名洋溢,而孔子终于坚贞自守,高蹈不仕。""孔子三十以后之家居授徒,早已是一种积极态度。"②这种"积极态度"与勇于赴死的精神相比不得不说是有很大的差距。因此说孔子告季孙氏"与虎谋皮",是因为:"季氏纵不能深明孔子所陈之道义,然亦知孔子所言非为谋我,乃为我谋,故终依孔子言堕费。其实孔子亦不仅为季氏谋,乃为鲁国谋。亦不仅为鲁国谋,乃为中国为全人类谋。"③但如果考虑到充斥《论语》整部书的明哲保身,对物质利益与现实权势的关注,就会感到

---

① 杨伯峻译注:《论语译注》,第 155 页。
② 钱穆著:《孔子传》,生活·读书·新知三联书店 2002 年版,第 26 页。
③ 同上书,第 31 页。

这种境界与纯粹以真理和善为人生目的的哲学价值观念是有一定差距的,对世俗利益的考虑必然导致明哲保身,当然孔子把自己对现实利益的追求与对仁义的追求是合为一体的。《论语·公冶长》讲孔子说南容:"邦有道,不废;邦无道,免于刑戮",以其兄之子妻之。又说:"道不行,乘桴浮于海。"①孔子把自己的侄女嫁给一个在国家清明能有所作为,在国家混乱能不受刑罚的明哲保身之人。他认为在国家混乱的时候最好的选择就是找个木筏到海里去避世。他并不喜欢子路的勇敢无畏,认为那并不可取。孔子听说季文子三思而后行,便说:"再,斯可矣。"又说:"宁武子,邦有道,则知;邦无道,则愚。其知可及也,其愚不可及也。"②孔子虽然认为"三思而行"有些过分,但他认为国家有道就显示自己的才智,国家昏庸就显示自己的无知才是一个聪明人应该的作为。《论语·述而》中,孔子对颜渊说:"用之则行,舍之则藏,惟我与尔有是夫!"子路说:"子行三军,则谁与?"孔子说:"暴虎冯河,死而无悔者,吾不与也。必也临事而惧,好谋而成者也。"孔子认为颜渊和自己一样,得到使用就出来做事,得不到使用就隐藏起来,他最反对那种赤手空拳和老虎搏斗、不用船只过河的鲁莽之人,只有那种谨慎小心,善于谋划的人才能得到他的认可。《论语·卫灵公》中孔子说:"直哉史鱼!邦有道,如矢;邦无道,如矢。君子哉,蘧伯玉!邦有道则仕;邦无道,则可卷而怀之。"无论邦有道还是无道史鱼都像箭一样直,蘧伯玉则不同,邦有道就出来做官,邦无道就隐藏起来,孔子称他为"好一个君子!"孔子又说:"志士仁人,无求生以害仁,有杀生

---

① 杨伯峻译注:《论语译注》,第42—43页。
② 同上书,第50页。

以成仁。"正如鲁迅说陶渊明有空无的一面也有怒目金刚的一面,孔子有明哲保身的一面也有杀生求仁的一面。在孔子的理念中,明哲保身的理念更为重要,影响也更为深远。《论语·微子》讲:微子去之,箕子为之奴,比干谏而死。孔子说:"殷有三仁焉。"微子因为纣王的昏乱残暴而离去,箕子做了奴隶,比干因为劝谏而被杀,他们三人的命运不同,但孔子都把他们称为仁人,孔子并没有因为他们不同的选择而对他们有不同的评价。当然,明哲保身、强调现实幸福的传统与理念并不始于孔子,我们在《诗经》里就可看到这种把喜、福、禄、寿作为人生幸福根本标志的价值观念。所以《诗经》里反复讲要"祀事孔明,先祖是皇,神保是飨。孝孙有庆,报以介福,万寿无疆"(《楚茨》),神明奖赏给主祭人的幸福就是万寿无疆。"祀事孔明,先祖是皇,报以介福,万寿无疆!"(《信南山》)祭祀的完备周详,让祖先享受祭品,神明降临福气,使祭祀人能够永远长寿。"黍稷稻粱,农夫之庆。报以介福,万寿无疆!"(《甫田》)[①]农夫的祭祀在内在的精神要求上也是基本相似。这种对物质与世俗利益的重视和纯粹以真理、善为人生目的的理念是根本不同的。

　　宗教与神的基本精神并不是迷信而是一种理性化的对待世界与人生的根本态度,它重要的是指一种超越于现世生活的根本原则与理想,一种普遍的法则的合法性。这样"神"自然也就很容易转化为一切具有普遍意义的伦理原则,包括法的精神。理论家们更多的是强调宗教对现实生活中人的行为的影响。宗教并不是人挖空心思编出来的空中楼阁,也不是逻辑上或心理上想象出来的艺术品,而是历史的现实需要。更为重要的是作为理性代表的知

---

　　① 程俊英译注:《诗经译注》,第 357、362、365 页。

识分子阶层如何以一种可能的方式来影响现实中广大民众的行为,如何去推行一种日常生活的伦理理性化。正如康德所反复申明的:"宗教不是道德的原因,而是道德的结果","宗教与道德没有区别","上帝就是爱"①。"并非通过赞颂上帝,而是通过善的生活方式——在这方面,每一个人都知道上帝的意志——来试图让上帝喜悦的人,才将是对上帝做出上帝所要求的真崇敬的人。""我们感兴趣的并不是知道上帝就其自身而言是什么,而是知道他对于作为道德存在物的我们而言是什么。""必须把善的生活方式的宗教作为目的引进来。"②亚里士多德在《工具论》中谈论永恒的特性时说:"神是不朽的生命。"③苏格拉底、柏拉图与康德设定神的完美存在的最终目的并不是在于解释世界,而是以改造世界为目标。当然这种方法的合理性必须经过社会历史的检验,至少他们理论的出发点是这样的。马克思在《关于费尔巴哈的提纲》中说:"哲学家们只是用不同的方式解释世界,问题在于改变世界。"④只有从这个角度我们才能真正理解宗教对现实的正面意义。当然,在宗教的发展历史上有无数次在神的名义下进行的屠杀、侵略与迫害。但这无疑已经背离了宗教救赎的根本动机。我们把韦伯的宗教观念与马克思的宗教观念相比就很容易明白这个问题。马克思主要从宗教对当时现实的人的精神奴役和对现状的消极忍受出发来反对宗教的。这在中外文化发展的历史上无疑成了一个异常普遍的

---

① 阿尔森·古留加著,贾译林等译:《康德传》,第169—222页。
② 康德著,李秋零译:《单纯理性限度内的宗教》,第100、144、184页。
③ 亚里士多德著,余纪元等译:《工具论》下,中国人民大学出版社2003年版,第439页。
④ 《马克思恩格斯选集》第一卷,第57页。

现象:后继者对开拓者的普遍背离,无论是新教或是儒教都是这样。儒教的发展与它的开拓者之间的关系,也就是后来儒教在发展过程中与统治者利益密切结合,在多大程度上继承了或者是背离了它的开创者孔子与孟子的思想,应该成为当前理论家深入思考的根本问题。后继者对开拓者的背离在理论的发展中是一个异常普遍的现象,更重要的是研究者往往用后来者的狭隘来代替开拓者的巨大包容性,或者是用开拓者的伟大胸怀来掩盖后来狭隘自私的个体或集团的利益,往往通过理论的空谈,对现实与历史的忽视表现出来。事实上,任何伟大的开拓者都具有广阔无比的胸怀,这种胸怀正是他的后继者所缺乏的,这也是很多理论一开始异常发达,愈往后愈加衰落的根本原因。理论的兴起主要由于理论在解释现实、改造现实方面所具有的普遍的实际意义,而随着理论的发展,普遍意义的丧失,逐渐成为理论家个体或阶层所代表的集团利益的说明,这样理论的现实意义就自动消解,从而无法找回它初创时的合法性与活力。理论界往往用儒家的思想来代替孔子的思想,用基督教的思想来代替耶稣的思想,用佛教的思想来代替释迦牟尼的思想,它们不仅仅在继承中求得发展,更重要的是在背离中成就自身。甚至可以说文化史上每次巨大的发展都经历了复古与创新的争论,其本质就是理想与现实可能性的争论。康德的宗教理念在某种程度上还可以促进我们对今日普遍存在的对宗教的误解与淡漠的宗教观念进行反思。现今的观点普遍认为宗教乃是一种迷信的、虚无的、阻碍社会进步,特别是经济科学进步的一个巨大障碍。其实我们只要对宗教稍加了解就会消除这种误解。宗教的基本教义虽然与社会的阶层划分有着密切的联系,但也并非完全一致,先知虽然与社会下层有着更为密切的联系,但也绝不仅仅代表下层的观念。我们只要看一下"摩西十戒"就可知道一个宗教人的基本情怀。除了前"四戒"主要表达对神的崇拜外,其他"六戒"的内容如下:"孝敬父母。不可杀人。不可奸淫,不可与有夫之妇通奸。不可偷盗。不可作伪证陷害他人。不可贪婪,不可图谋邻人的房舍、佣人、牛和其他属于邻人的一切财物。"①至于耶稣所说的"爱邻人像爱自己"、"爱自己的仇敌",则是更高的要求了。老子也讲过,"报怨以德"、"知其白,守其辱,为天下谷"、"受国之垢,是谓社稷主;受国之不祥,是为天下王。"②这正是老子与《圣经》的相通之处。当然这种主张的消极意义也是不能忽视的。

我们也可以通过比较同时代的马克思与韦伯的宗教观念来深化对宗教现实意义的了解。马克思在《〈黑格尔法哲学批判〉导言》中说:"人创造了宗教,而不是宗教创造了人。""宗教是人民的鸦片。"③他在《1844年经济学—哲学手稿》中也说:"人奉献给上帝的越多,他留给自身的就越少。"④马克思对宗教的评价与认识主要是根据宗教在现实的发展与阶层对立斗争中所起的作用来评价的,如韦伯对儒家的评价一样,他并不是在解读儒家经典文献,而是通过解读儒家所建立所赖以生存的社会文化环境来评价儒家文化意义的。马克思对宗教的评价充分说明了宗教随着自身的发展愈来愈背离了它产生时的初衷,为了在现实中实现对人的爱而产生,但最终变成了一种对人来说的异化力量,基督教原初的观念在它逐步发展的过程中被异化成为奴役人的工具,它的目的不再是

---

① 《圣经·出埃及记》,20:1—17。
② 陈鼓应:《老子注译及评介》,第306、178、350页。
③ 《马克思恩格斯选集》第一卷,第1—2页。
④ 同上书,第41页。

为广大的民众服务,而是为了少数人愚昧和统治大多数人的行动服务,这种特性渐渐成为它自身的一部分,并慢慢背离它的初衷:没有带来幸福与安慰,反而带来了恐惧与痛苦。基督教平等观念的产生与在现实中不断的演化就是一个明显的例证。恩格斯在《反杜林论》中说:"基督教只承认一切人的一种平等,即原罪的平等,这同它曾经作为奴隶和被压迫者的宗教性质是完全适合的。此外,基督教至多还承认上帝的选民的平等,但是这种平等只是在开始时才被强调过。在新宗教的最初阶段同样可以发现财产共有的痕迹,这与其说是来源于真正的平等观念,不如说是来源于被迫害者的团结。僧人和俗人对立的确立,很快就使这种基督教平等观念的萌芽也归于消失。——日耳曼人在欧洲的横行,逐渐建立了空前复杂的社会的和政治的等级制度,从而在几个世纪内消除了一切平等观念。"①恩格斯异常准确地揭示了基督教初始的平等观念随着宗教与社会的发展如何违背了它自己的初衷,成为一种异己的统治人的力量。耶稣因为宣传众生平等,不分等级、宗族、贵贱、国别、男女,才受到来自持对立观念的统治者的打击、嘲弄与杀害。但是随着基督教的发展,这种平等的精神却越来越丧失了,最后成为一种奴役人的强大的现实力量。正如恩格斯所说的:"一切宗教都不过是支配着人们日常生活的外部力量在人们头脑中的幻想的反映,在这种反映中,人间的力量采取了超人间的力量的方式。在历史的初期,首先是自然力量获得了这样的反映,而在进一步的发展中,在不同的民族那里又经历了极为不同和极为复杂的人格化。""在更进一步的发展阶段上,许多神的全部自然属性和社

---

① 《马克思恩格斯选集》第三卷,第445页。

会属性都转移到一个万能的神身上,而这个神本身又只是抽象的人的反映。这样就产生了一神教。"①恩格斯分析了人格化的神如何从人的属性或自然的属性获得了抽象的、万能的力量,从而成为人的异化的产物。因此客观地评价基督教教义甚至是《圣经》文本中合理的现实因素,并不意味着忽视宗教在历史中的反面作用,承认宗教的现代意义,并不意味着否认宗教在人类文明历史中所曾经起过的反面作用,而是充分挖掘宗教为解决现代人精神困惑所可能提供的理论资源。恩格斯在《自然辩证法》中说:"自然研究同开创了近代哲学的意大利伟大人物一道,把自己的殉道者送上了火刑场和宗教裁判所的牢狱。值得注意的是,新教徒在迫害自由的自然研究方面超过了天主教徒。塞尔维特正要发现血液循环过程的时候,加尔文便烧死了他,而且还是活活地把他烤了两个钟头;而宗教裁判所能把乔尔丹诺·布鲁诺一下便烧死,至少已经是心满意足了。"②这充分反映了宗教随着自身的发展,随着占据统治地位,它的性质自然也随之改变,从一个被压迫的、边缘的、毫无权力和经济优势的宗教组织,改变为与王权一起统治人的工具,巨大的既得利益促使它不惜一切代价维护现状与既得利益,从拯救人的工具变成了压迫人的手段,已经远远地背离了产生时的初衷了。

恩格斯和马克思对基督教的批判主要从基督教在现实与历史中所承担的社会角色和起到的根本作用作出,而不是来自对基督教经典文献,特别是《圣经》等教义的详细解读,无论《圣经》里写着什么,都必然通过它在现实中客观的存在方式来说明自己的本质

---

① 《马克思恩格斯选集》第三卷,第667页。
② 同上书,第四卷,第263页。

与对历史发展的意义,马克思与恩格斯还追溯到宗教产生、发展中所不断显现出的新的本质性特点,这些特点决定了它随着现实的发展而变成它后来的样子。恩格斯在《路德维希·费尔巴哈和德国古典哲学的终结》中说:"宗教是在最原始的时代从人们关于他们本身和周围的外部自然界的错误的、最原始的观念中产生的。"特别是基督教在尼西亚宗教会议后成为国教。所以恩格斯说:"它在250年后已经变成国教这一事实,足以证明它是适应时势的宗教。在中世纪,随着封建制度的发展,基督教成为一种同它适应的、具有相应的封建等级制的宗教。"他在分析了路德与加尔文宗教的阶级本质后,说:"基督教进入了他的最后阶段。此后,它已经不能成为任何进步阶级的意象的意识形态外衣了;它越来越变成统治阶级专有的东西,统治阶级只把它当作下层阶级就范的统治手段。同时每个不同的阶级都利用它自己认为合适的宗教:占有土地的容克利用天主教的耶稣会派或新教的正统派,自由的和激进的资产者则利用理性主义,至于这些先生们自己相信还是不相信他们各自的宗教,这是完全无关紧要的。"①恩格斯的分析充分揭示了宗教,特别是基督教发展中,作为意识形态的宗教与经济关系、阶级关系之间的内在的必然联系。基督教的不同发展阶段正是它内在本质符合逻辑的发展,也是它的基本教义与历史环境之间互相作用的结果。恩格斯在《论原始基督教的历史》中论述原始基督教与现代工人运动之间的关联时说:"原始基督教的历史与现代工人运动有些值得注意的共同点。基督教和后者一样,在产生时也是被压迫者的运动:它最初是奴隶和被释放奴隶、穷人和无权

---

① 《马克思恩格斯选集》第四卷,第254—257页。

者、被罗马征服或驱散的人们的宗教。基督教和工人的社会主义都宣传将来会从奴役和贫困中得救；基督教是在死后的彼岸生活中，在天国里寻求这种得救，而社会主义则在现世里，在社会改革中寻求。两者都遭受过迫害和排挤，信从者遭放逐，被待之以非常法：一种人被当作人类的敌人，另一种人被当作国家、宗教、家庭、社会秩序的敌人。虽然有这一迫害，甚至还直接由于这些迫害，基督教和社会主义都胜利地、势不可挡地为自己开辟前进的道路。基督教在产生300年以后成了罗马世界帝国的公认的国教，而社会主义则在60来年中争得了一个可以绝对保证它取得胜利的地位。"①当然这并不意味着恩格斯对二者的等同，特别是二者主张的根本差异成为它们在整个人类发展史上起到不同作用的甚至相反作用的理论根据。恩格斯在分析《启示录》中的各种幻景时说："这里根本没有什么'爱的宗教'，什么'要爱你们的仇敌，为那逼迫你们的人祷告'，等等；这里宣讲的是复仇。而且全篇都是如此。危机越是临近，天上降临的灾难和惩罚越是频繁，我们的约翰就越兴奋地宣布说广大众人还是不想忏悔他们的罪恶，说神的鞭子还应该再向他们头上猛抽，说基督应该用铁杖来放牧他们，并要踹全能的神的酒醡，但又说有罪的人心里仍将顽固不化。这是一种自然的、不夹任何伪善的情感：斗争正在进行，而打仗就应当像个打仗的样子。"②恩格斯通过指出《圣经》中的矛盾来反驳《圣经》自称的神圣性和完美性。当然最根本的还是马克思与恩格斯主要关注经济对整个意识形态决定作用和宗教在现实经济和社会发展中所

---

① 《马克思恩格斯选集》第四卷，第457页。
② 同上书，第475页。

第五章　基督教个体平等与普遍幸福的基本理念对现代中国的意义

起到的负面作用。马克思与恩格斯对宗教在现实斗争中负面作用的揭示是他们整个革命理论的一部分。恩格斯在《关于共产主义者同盟的历史》中说:"我在曼彻斯特时异常清晰地观察到,迄今为止在历史著作中根本不起任何作用或者只是起极小作用的经济事实,至少在现代世界中是一个决定性的历史力量;这些经济事实形成了现代阶级对立的基础;这些阶级对立,在它们因大工业而得到充分发展的国家里,因而特别是在英国,又是政党形成的基础,因而也是全部政治史的基础。马克思不仅得出同样的看法,并且在《德法年鉴》(1844年)里已经把这些看法概括成如下意思:绝不是国家制约和决定市民社会,而是市民社会制约和决定国家,因而应该从经济关系及其发展中来解释政治及其历史,而不是相反。当我在1884年夏天在巴黎拜访马克思时,我们在一切理论领域中都显出意见完全一致,从此就开始了我们共同的工作。"①我们在马丁·路德,这个著名的宗教改革家的文选里就可以充分看到其宗教观念与马克思、恩格斯基本观念的对立。马丁·路德在《基督教的小问答》中说:"在上有权的,人人当顺服他,因为没有权柄不是出于上帝的。凡掌权的都是上帝所命的。所以,抗拒掌权的就是抗拒上帝的命:抗拒的必自取惩罚。"虽然他也说:"做官的原不是叫行善的惧怕,乃是让作恶的惧怕。"②马丁·路德这种对现实世界的认同与屈服和马克思、恩格斯对现实政权的强烈批判和永不妥协的斗争无疑是不能调和的。我们通过二者对于女性的观点的根本差异也可以看出。马丁·路德说:"你们作妻子的,当顺服自

---

① 《马克思恩格斯选集》第四卷,第196页。
② 马丁·路德著作翻译小组:《马丁·路德文选》,中国社会科学出版社2003年版,第48页。

己的丈夫,如同顺服主。因为丈夫是妻子的头,如同基督是教会的头:他又是教会全体的救主,教会怎顺服基督,妻子也要怎样凡事顺服丈夫。"①这种女性依附男性的封建思想和马克思男女平等的思想同样是根本对立的,甚至与《圣经》中的基本原则也是有出入的。

中国传统文化中关于神及其基本特性的思考,在《尚书》中就有大量的论述。首先是占卜。顾炎武在《日知录》卷一中说:"占卜之事,古代皆先人后龟。《诗·大雅·绵》:'爰始爰谋,爰契我龟。'《易·系辞》:'人谋鬼谋,百姓与能'。"商人事事必先占卜,但周后则占卜地位下降。② 占卜本质就是对超越于人之上、决定人行为与结果的事物的确认。因此《尚书》中关于上帝、神、命、天、日食、占卜、梦、自然灾害的论述很多,特别是对天与神的谈论正反映了当时人对超越于自身之上事物的根本观念。《尚书》虽然历来被当作中国最早的历史书,但在本质上,它更是一部道德教育书,不过是用历史的事实,或历史的想象来进行教育罢了。所以书中关于商的灭亡都归结为对上天与上帝的要求的违背。《尚书·汤誓》中说:"有夏多罪,天命殛之。予畏上帝,不敢不正。"夏的灭亡乃是"致天之罚"。《汤誓》是汤灭夏时的动员令,汤打着替天行道的旗号来讨伐夏桀的原因:夏桀犯了很多罪孽,上帝让我来诛杀他,我害怕上帝的命令,不敢不讨伐他。在汤看来,他讨伐夏桀,并非出于自己个人的喜好与怨恨而是出于对上帝的忠诚,是"致天之罚"。《胤征》中的"奉将天罚",《泰誓上》的"旅天之罚",《泰誓下》的"恭

---

① 马丁·路德著作翻译小组:《马丁·路德文选》,第49页。
② 李民、王健撰:《尚书译注》,第226页。

行天罚",都是一个意思,即国君的灭亡是由于他违背了上帝所赋予一个君主应该完成的历史使命。所以《胤征》在奉命夏王征伐酗酒失职的羲、和时说:"惟时羲和颠覆厥德,沈乱于酒,畔官离次,俶扰天纪,遐弃厥职。乃季秋月朔,辰弗集于房。瞽奏鼓,啬夫驰,庶人走。羲和尸厥官,罔闻知,昏迷于天象,以干先王之诛。"羲、和之所以遭受夏王的征伐,就是因为他们以酗酒为乐,失职不顾政事,败坏了德性,扰乱了上天的秩序,以至于九月初一发生了日食,他们仍然一无所知,因此该遭死罪。古人认为上帝是万物主宰,如果君王有过失,上帝便通过自然灾害或不祥征兆来警告,强迫他们改正。君王的作为应该和上天的要求保持一致,否则就会受到来自上天的惩罚,这种惩罚由更为明智的君王承担完成。所以《益稷》中记载了帝舜的话说:"无若丹朱傲,惟慢游是好,傲虐是作。罔昼夜頟頟,罔水行舟。朋淫于家,用殄厥世,予创若时。"帝舜告诫人们不要像丹朱那样傲慢,只喜欢放纵自己,不分昼夜,旱地行船,荒淫无耻,聚众淫乱,因此被剥夺继承帝位的权力。上帝意志是通过能和其意志保持一致的臣民来实现的,上帝的意志并不会自己来实现自己。《伊训》说:"皇天降灾,假手于我有命。"商的老臣伊尹用汤的德性来训导刚刚即位的太甲,忠告太甲他的先祖之所以能灭亡夏桀,乃是由于夏桀德政败坏,自取灭亡,是他们违背了上帝的要求,上帝降下灾难,借助汤的仁义灭亡了夏桀。太甲必须以先祖为榜样来完成自己的历史使命,不然他的结果也会像夏桀一样,面临被灭亡的命运,而无法得到上帝的拯救。因此他劝太甲要继承先王的德政,不断反省自己,从亲人到天下都能享受到自己的仁政,所谓"始于家邦,终于四海。"不然灭亡的命运是必然的。由此看来,《尚书》中关于上帝的观念与基督教关于上帝的观念在本质是相通的,都是指善,不过基督教的上帝更为彻底罢了。可见《尚书》中的上帝、神、命、天、日食、占卜、梦、自然的灾害等都表现了当时人们基本的善恶观念,无论是神道观念还是人道观念,无论"帝"是指上帝还是指活人阶位之中的皇帝,最后都要达到善的原则,行为的结果都取决于自身行为的性质,而不是取决于所谓的上帝保佑。因此《伊训》中说:"圣谟洋洋,嘉言孔彰!惟上帝不常,作善,降之百祥;作不善,降之百殃。尔惟德罔小,万邦惟庆;尔惟不德罔大,坠厥宗。"圣人无论在语言上还是在行为上都要完美无缺,上帝对人的看法并不是一成不变的,作善事,就会得到各种吉祥之事;作不善之事,就会遭受各种灾祸;德性再小也会为天下人带来福气,恶性再小也会导致国家及自己的灭亡。自己的兴盛与灭亡取决于自己行为的善恶,而不是取决于上帝的喜好,上帝喜欢行善之人,而灭亡行恶之人。所以《太甲下》说:"惟天无亲,克敬惟亲;民罔常怀,怀于有仁;鬼神无常享,享于克诚。天位艰哉!"伊尹告诫太甲说:上天所给的位子之所以难以保全就在于,上天并不是一直亲近某人,而是只亲近那些恭敬服从他的要求的人,人民也不会永远归顺某个君王,而是仅仅归顺那些有仁爱之心的君王,鬼神也不会一直保佑某个人,而是只保佑那些诚心诚意的人。在伊尹看来,作为伟大的君王,要想使上帝满意,达到上帝的要求,就必须努力地修养自己的德性,使天、人都从自己的英名中获得益处,否则没有不灭亡的。伊尹在《咸有一德》中讲得更清楚:"皇天弗保,鉴于万方,启迪有命,眷求一德,俾作神主。非天私我有商,惟天佑于一德;非商求于下民,惟民归于一德。德唯一,动罔不吉;德二三,动罔不凶。惟吉凶不僭,在人;惟天降灾祥,在德!"皇天用自己无上的智慧来考察天下的人,以寻求具有纯正之德的人来作天下的主人。伊尹和汤王之所以能够取代夏王,拥有天下,符合上帝的要求,就是因为自己有纯正的德性。上天之所以灭掉夏朝,让商朝来统治天下,并不是出于对商朝的偏爱,而是出于保佑有德性的人。也不是商朝请求天下的民众,而是天下的民众自动归顺于有德性的人。德性纯一就会无往不胜,德性荒乱无耻就会到处失利。吉凶发生作用从不会出现错误,吉凶的原则在于人的善恶。上帝也是根据人的德性来降福或者是降祸。占卜虽然重要,但问题的本质仍然在于人行为的善恶,如果行为不端正,没有仁德,那占卜的结果也就可想而知了。《盘庚上》说:"不能胥匡以生,卜稽曰其如台?"如果人们不能互相帮助,按照善的原则来行事,即使占卜也是没有什么意义的。《君陈》中成王也说:"至治馨香,感于神明;黍稷非馨,明德惟馨。"①只有天下大治的馨香才能感动上帝,黍稷是没有这种馨香的,只有美好的德政才有这种能感动上帝的香气。《西伯戡黎》中说,西伯攻打了黎国后,祖伊很恐慌,跑过去给商纣王说:"天子,天既讫我殷命。格人元龟,罔敢知吉。非先王不相我后人,惟王淫戏用自绝,故天弃我,不有康食。不虞天性,不迪率典。今我民罔弗欲丧,曰:'天曷不降威!大命不挚,今王其如台?'"纣王说:"呜呼!我生不有命在天。"祖伊反驳说:"呜呼!乃罪多参在上,乃能责命于天。殷之既丧,指乃功,不无戮于尔邦。"②祖伊告诉商纣王上帝要灭绝殷国的国命,占卜的贞人和神龟都无法保证有好的征兆。并不是先王在天之灵不保佑,而是纣王放纵自己,沉湎于酒色,自己不讨先王的欢心。纣王从来不考虑上帝要求,也不

---

① 李民、王建撰:《尚书译注》,第49、122、134、148、367页。
② 同上书,第184页。

考虑臣民的要求,所以臣民与上帝一起都希望国家灭亡。针对纣王所说的,自己是从上帝那里承接的天命的话,祖伊说:自己的罪孽都被上天看得清清楚楚,只知道埋怨上天,不知道反思自己,国家的灭亡也就是自然而然了。所以《论衡·卜筮篇》:"纣,至恶之君也,当时灾异繁多,七十卜而皆凶。故祖伊曰:'格人元龟,罔敢知吉。'贤者不举,大龟不兆。"《礼记·缁衣》也说:"人而无恒,不可以为卜筮。龟、筮犹不能知,而况于人乎?《诗》云:'我龟既厌,不我告犹。'"①人要没有纯一的德性是不可占卜的,如果连占卜都无法知道吉凶,那人是无可奈何的。由此看来,《尚书》中所谓的天、上帝与民意在某种程度上是一致的。《泰誓上》说:"惟天地万物父母,惟人万物之灵。"天地是万物的父母,人是万物中的灵长。像纣王那样用灭族方法来惩罚民众,用世袭方法来选拔官吏,沉溺酒色,荒淫放荡,用炮烙之刑残杀忠良,用剖腹之法残害孕妇的罪孽是无法来保证自己继承的王位的。所以周武王说:"商罪满盈,天命诛之;予弗顺天。厥罪惟钧。"商朝的罪过恶贯满盈,上天让人来诛杀它,如果自己不顺从天命,那自己的罪过就和商的罪孽是一样的。②《泰誓中》他说:"惟天惠民,惟辟奉天。贼虐谏辅,谓己有天命,谓敬不足行,谓祭无益,谓暴无伤。厥鉴惟不远,在彼夏王。"上帝是爱护民众的,君王的使命是服从上帝对君王的要求,纣王的罪孽超过了夏桀,认为自己是享受上帝的赏赐,就不遵守上帝的要求,不为天下人祈祷,说暴虐没有害处,纣王的结局就是夏桀的结局,因为他们的行为是一样的。上天并不把君王看得高于民众,而

---

① 杨天宇撰:《礼记译注》,第744页。
② 李民、王建撰:《尚书译注》,第195页。

是把君王看成完成自己护佑百姓的手段,所以他又说:"天视自我民视,天听自我民听。"上帝看到的就是民众看到的,上帝听到的就是民众听到的,上帝与民众的爱好是一致的,并没有任何的差异。武王在《泰誓下》说:"天有显道,厥类惟彰。"上帝有它自己的法则,法则的实行是无法阻挡的,也就是民众的愿望一定都会得到实现。纣王因为"上帝弗顺",不按照上帝的旨意行事,"祝降时丧",遭受灭亡的灾祸乃是上帝厌恶的必然结果,自己命运的无常,如《康诰》中说的"惟命不于常"都是因为自己的行为违背了上帝与民众的意志。《酒诰》中描述纣王:"嗣王(纣王)觲身,厥命罔显于民。惟荒腆于酒,不惟自息乃逸。厥心疾很,不克畏死。辜在商邑,越殷国灭,无罹。弗惟德馨香祀,登闻于天,诞惟民怨,庶群自酒,腥闻在上,故天降丧于殷。罔爱于殷,惟逸。天非虐,惟民自速辜。"纣王喝酒,一天到晚沉睡不醒,从来不把民众的死活放在心上,直到灭亡的那一天还没有停止行乐。上天闻到的不是他为民众祈福的香气,听到的不是他为民众祝福的声音,而是放纵淫乱的腥臭充闻于天庭之上,天降下灭亡乃是商自我断绝,并不是上帝暴虐,故意惩罚它。我们在《召诰》中可以看到这种荒淫行为的直接结果:"智藏瘝在。夫知保抱携持厥妇子,以哀吁天,徂厥亡,出执。呜呼!天亦哀于四方民,其眷命用懋,王其疾敬德。"有智慧的人躲藏起来,宫廷里充斥着无耻之徒。丈夫抱着襁褓中的婴儿,领着妻子,哀求上天,快点使商朝灭亡。上帝是哀怜天下民众的,因此他要将上天的使命从商朝转移到周朝,以便让周朝施行仁政。所以召公说:"我不可不监于有夏,亦不可不监于有殷。我不敢知曰,有夏服天命,惟有历年;我不敢知曰,不其延。惟不敬厥德,乃早坠厥命。我不敢知曰,有殷受天命,惟有历年;我不敢知曰,不其延。惟不敬厥德,乃早坠厥命。今王嗣受厥命,我亦惟兹二国命,嗣若功。"召公告诫臣民不可不以夏、殷为鉴,自己不知道夏、殷承受上天的大命多长时间,只知道它们是由于自己的德政不够而导致灭亡的,应该多想想两朝灭亡的原因,从而避免重蹈二者的覆辙。王国维在《殷周制度论》中说《召诰》为"文、武、周公所以治天下之精义大法,胥在于此",是很有道理的。可以这样讲,文、武、周公治理天下的精义大法就在于"敬天保民",尊重民意,顺应民心,而不是逆潮流而动,冒天下之大不韪。《多士》中周公代替成王强迫殷商遗民迁居洛邑时说:"肆尔多士,非我小国敢弋殷命。惟天不畀允罔固乱,弼我。我其敢求位,惟帝不畀。惟我下民秉为,为天明畏。乃命尔先祖成汤革夏,俊民甸四方。殷王亦罔敢失帝,罔不配天其泽。惟天不畀不明厥德,凡四方小大邦丧,罔非有辞于罚。"周公告诉殷国的旧臣:并不是小小的周国胆大妄为想夺取殷国的大命,而是殷国自己丧失了从上帝那里获得的大命,如果上帝不同意,那周国是不可能夺取的,周国不过是服从上帝的命令罢了。夏桀的荒淫无耻,侮慢了上帝的教导,导致夏朝的灭亡,从而导致了殷的先王成汤代替夏国的使命,使有才能的人治理天下。帝乙以前的殷王都是遵守上帝旨意的,尽心尽力地使天下人满意,但帝乙以后的纣王就违背了先王的教导,重蹈了夏桀的覆辙,可见上帝是不会把天下交给那些不施行仁政的人的。《无逸》中周公说"天命自度",用上天的要求来规范自己的行为,《君奭》中说:"罔尤违惟人","不知天命不易","天不可信。我道惟宁王德延,天不庸释于文王受命",上天是不能信赖的,自己的失败与成功都事在人为,只有美好的德性才能使上帝交给的大命得以保存延续。我们在《周易》同样能够看到这种"敬天保民"的思想,不过它以一种更为普遍化的、哲学化的方式表现出来的,也就是以尚柔的哲学理念表现出来的,"敬天保民"的思想正是这种哲学理念的一个重要表现。众所周知基督教是尚柔的宗教,但这种尚柔所隐含的坚毅、无畏同如老子所说的水一样,柔并不是弱的含义,而是以坚韧的姿态来承受一切的意思,《老子》三十六章"柔弱胜刚强",《老子》第七章:"天地所以能长且久者,以其不自生,故能长生。是以圣人后其身而身先;外其身而身存。"也同样隐含了这种"无私爱民"的思想。《周易》明显地表现在对坤德的宣扬上。《周易》认为坤德在于柔顺居后,温和柔顺必然得利,不得抢先,抢先必然偏失正道,最后导致误入迷途。《坤卦第二》说:"《文言》曰:坤至柔而动也刚,至静而德方。后得主而有常,含万物而化光。坤道其顺乎!承天而时行。"①大地极为柔顺,它的变化却刚强无比,大地极为安静,它美好的德性却流布四方。大地能够包容万物,使万物生生不息,大地的柔顺是按照自然上天的意志来运行。《谦卦第十五》说:"谦,亨。天道下济而光明,地道卑而上行。天道亏盈而益谦,地道变盈而流谦,鬼神害盈而福谦,人道恶盈而好谦。谦尊而光,卑而不可逾:君子之终也。"在乾卦看来,谦虚能导致亨通。上天的规律是给天下万物带来光明,地的规律是处于卑下,但最后能不断上升。上天的规律是使盈满的亏损使谦少的增加,地的规律是使充溢的流往低处,鬼神也给盈满的带来损害,而给谦虚的带来福气,人类的规律也是憎恨盈满而爱好谦虚。谦虚的人处于高位就会光芒四射,处于卑微之处,也是不可逾越,谦虚乃是君子要始终保持的。所以《象传》中说:"地中有山,谦;君子以衷多益寡,称物平施。"高山隐藏在地中,象征谦虚。君子应该

---

① 黄寿祺、张善文撰:《周易译注》,第30页。

取法此道,把多的给予少的,使事物能够保持平衡。所以说"劳谦,君子有终,吉","劳谦君子,万民服也",君子能够保持勤劳谦虚的德性就能获得吉祥,就能够使广大百姓归服。《尚书·大禹谟》中"满招损,谦受益,时乃天道"的理念在《谦卦》中得到了充分的体现,所以《韩诗外传》卷三中周公曾告诫伯禽说:"《易》有一道,大足以守天下,中足以守其国家,小足以守其身:谦之谓也。"可见谦虚乃是贯穿《易经》始终的一个基本原则。《系辞上传》说得更为清楚:"劳而不伐,有功而不德,厚之至也。语以其功下人者也。"辛劳而不矜夸自己的善行,有功而不自认为有德,这就是道德的极致,说明人有功德而又能谦虚于人,其结果必然是保持吉祥。《礼记·表记》中也说:"不自尚其事,不自尊其身,俭于位而寡于欲,让于贤,卑己而尊人,小心而畏义。"[1]孔子认为君子应该不夸大自己所做的事,不抬高自己的身份,做官能够节俭寡欲,碰到贤人就让出位置,自己谦卑而尊敬别人,小心翼翼而担心违背仁义的准则。

孔子对神的基本观念代表了儒家的基本观念,那就是《论语·述而》中所说的:"子不语怪,力,乱,神。"孔子不谈论怪异、力量、混乱和鬼神。当孔子生病的时候,子路请求祷告,孔子就对他说:"有诸?"子路回答说:"有之;诔曰:'祷尔于上下神祇。'"子路认为有祷告这回事,并指出了诔文中的祈祷文"替你向天地神祇祷告"来为自己证明,孔子于是说:"丘之祷久矣",孔子自己早就祷告过了。[2]从这句话可见孔子对神也是将信将疑。《论语·泰伯》中讲孔子说:"禹,吾无间然矣。菲饮食而致孝乎鬼神,恶衣服而致美乎黻

---

[1] 杨天宇撰:《礼记译注》,第721页。
[2] 杨伯峻译注:《论语译注》,第76页。

冕,卑宫室而尽力乎沟洫。"孔子对禹的做法很赞赏,因为禹自己吃得很坏,却把祭祀办得很丰盛,自己穿的衣服很坏,但祭服却做得很华美,自己住得很坏,却把水利沟渠修得很好。禹的做法真是让人无法挑剔。① 从孔子对禹的赞赏态度,"自己吃得很坏,祭祀却很丰盛,自己穿得很坏,祭服却很华美"来看孔子对神的态度与"卑宫室而尽力乎沟洫","自己住得宫室破旧,而把力量用于兴修水利上"是统一的,如果仅仅对神很好,对人却很差,孔子恐怕不会赞成。当孔子被问及人死后是否有鬼神存在时,孔子回答很犹豫,因为如果回答有鬼神,就违背了他对鬼神不了解的原则,如果回答没有鬼神就会导致人们对死人的不尊重。总之孔子对鬼神的考虑如康德对鬼神的考虑一样,都认为对神的存在的思考取决于对现实的人的行为思考的需要。所以《论语·先进》中季路问如何侍奉鬼神的方法,孔子回答得很清楚:"未能事人,焉能事鬼?"季路又问:"敢问死。"孔子回答:"未知生焉知死?"孔子和苏格拉底的观点基本是一致的,也就是了解活生生的生命乃是一个思想者首要的原则,对死的思考必须以对生的思考为前提与归宿。我们在《礼记》中也能常常看到,孔子把活人看得比死人更为重要,甚至对死人的祭祀就是为了对活人进行教导。所以《论语·先进》中记载:颜渊死的时候,他的父亲颜路请求孔子卖掉自己的车子来为颜渊置办棺椁。但孔子认为,自己的儿子鲤死的时候也是没有外椁,只有内棺,儿子都是一样的,自己不能卖掉车子来为颜渊置办棺椁。孔子讲出的原因是自己做过大夫,不可以步行。其实孔子反对把死人看得高于活人也是他不愿卖掉车子的一个重要原因。所以,当颜渊死的时候,孔子的学生很想厚葬颜渊,孔子却认为不可以。但孔

---

① 杨伯峻译注:《论语译注》,第 84 页。

子的门人还是违背了他的意愿,厚葬了颜渊,所以孔子就说:"回也视予犹父也,予不得视犹子也。非我也,夫二三子也。"颜渊把孔子当作自己的父亲,但孔子却不能把颜渊当作自己的儿子,都是他的门人违背了孔子的意愿。从孔子对颜渊的深厚情谊来看,他认为应该厚葬颜渊,但他仍然认为应该像鲤死时一样来简单地埋葬。因为他认为对待死者的态度应该是伤心,而不是厚葬。《论语·八佾》中孔子说:"人而不仁,如礼何?人而不仁,如乐何?"在孔子看来礼乐的本质在于仁,如果没有了仁,那还要礼乐干什么呢?当林放问礼的本质的时候,孔子回答说:"大哉问!礼,与其奢也,宁俭;丧,与其易也,宁戚。"孔子认为林放问得太好了,礼与其奢华,不如俭朴,丧事与其礼仪周全,不如悲哀伤心。①所以《礼记·檀弓上》说:"子路曰:'吾闻诸夫子,丧礼,与其哀不足而礼有余也,不若礼不足而哀有余也;祭礼,与其敬不足而礼有余也,不若礼不足而敬有余也。'"②在孔子看来,丧礼的本质是悲哀,而不是礼节,与其悲哀不足而礼节有余,不如礼节不足而悲哀有余。同样,祭祀也是一样,与其敬意不足而礼节有余,不如礼节不足而敬意有余,因为丧礼与祭祀的本质在于表达对鬼神上天的敬意,而不是仅仅为了展示礼仪的繁复过程。《论语·子路》孔子虽然讲:"君子于其所不知,盖阙如也。"鬼神和死都是未知的,所以他要持保留的态度。但是《论语·季氏》孔子同样讲:"君子有三畏:畏天命,畏大人,畏圣人之言。小人不知天命而不畏也,狎大人,侮圣人之言。"孔子认为,君子害怕天命,害怕大人,害怕有德者的言论。小人不知道有

---

① 杨伯峻译注:《论语译注》,第 24 页。
② 杨天宇撰:《礼记译注》,第 75 页。

天命,所以不害怕,轻视王公大人,不把圣人的话放在眼里。可见他把天命、有权势的、有道德的人是同等看待的。天命使他无可奈何,大人是他考虑现实问题的依据,而圣人则是孔子的最终追求。孔子把知天命当作成为圣人的必然条件,正如《论语·尧曰》中所说的:"不知命,无以为君子也。"他认为不懂得自己的命运,也就是自己要干什么,自己能干什么,就不可能成为君子。孔子看到了自己的历史使命,同时也看到了一种异己的力量,一种自己无法主宰的力量在左右着人与社会,也左右着自己,社会与人并不按照自己的意志为转移。但到底什么才是命运呢?君子除了追求仁义之外,还有什么对君子来说是必然的呢?《论语·阳货》孔子讲:"予欲无言。"子贡说:"子如不言,则小子何述焉?"孔子就说:"天何言哉?四时行焉,百物生焉,天何言哉?"孔子讲自己没有什么好说的了,但子贡认为,如果孔子保持沉默,那学生还有什么要记述的呢?孔子认为,上天也同样没有讲什么,四季照常运行,百物照常生长,它们按照自己的规律运转着,与上天的沉默没有任何关系,天和神都没有言说,是人在言说自己,都是人在为自己思考自己的事情。可见对鬼神的思考乃是孔子对人思考的一部分,他并没有直接思考死、神本身,把鬼、神当成一个独立的存在,而是思考死、神的存在对人的思想与行为的影响。所以韦伯在评论中国儒家哲学的神明观时说:"儒教徒的清醒处世哲学在虔诚的人遭遇不幸时毫无偏见地断言:神的意志多变(《孟子·离娄上》:'天命靡常')。一切超人的本质虽然都比人强大,但是远比非人格的至高无上的天威要低,而且也低于沐浴天恩的皇帝大祭祀。"[1]在韦伯看来,儒家的神

---

[1] 马克斯·韦伯著,王容芬译:《儒教与道教》,第74页。

的观念乃是一种纯粹的实用功利观念,缺乏对神本身特性的思考,仅仅思考神能带来的现实利害关系。也就是韦伯所说的:"人自然在完全交换基础上同这些神打交道,为多少福利奉献多少礼仪。如果某位保护神尽管接受了一切牺牲供奉和美德,仍不足以保护人们,就只能换掉它。因为只有经受了考验的真正强有力的神灵才配受崇拜。"这样就把一个超越于人之上的力量,至少是超越于个体之上的力量与个体的现实利益完全结合,甚至是融合在一起了。在人和神之间没有什么距离与张力,最后只有导致这种结论,神就是能带来现实益处的一切原因,不能带来任何现实益处的事物,就没有信仰的必要,信仰本身没有任何价值,只有信仰之后带来的现实利益才有价值,甚至是信仰价值的大小就是由信仰带来的现实利益的大小决定的。这和基督徒把信仰作为最重要的目的与归宿相比是根本不同的,所以在基督徒来说,人最大的智慧就是信仰上帝,信仰本身就是目的,就是一切,而不是信仰所带来的拯救与解脱,更不是现实的物质利益与世俗利益。所以韦伯说:"从没有任何形而上的东西和几乎没有一点宗教驻留的残余这个意义来说,儒教已经走到了或许还可以叫作'宗教'伦理的东西的最外部的边界上,儒教是如此理性,同时,在没有和抛弃了一切非功利主义标准的意义上是如此清醒,以至于除了边沁的伦理系统以外,还没有一个伦理系统能与之相比。但是,它与边沁的和一切实际理性主义的西方类型完全不同,尽管人们不停地将它与它们做着实的与虚的对比。"①

---

① 马克斯·韦伯著,王容芬译:《儒教与道教》,第32页。

二、基督教中泛爱与平等的理念对中国文化的意义

虽然儒家和基督教的神的观念都最终指向善的原则,古代神的特性与善的原则的内在一致性,并不能保证对神的思考最终导致善的原则在现实中的贯彻。但以善为目的本身与以善为达到现实利益的中介的观念是根本不同的,善如果不是目的而是手段,那善的原则就往往成为达到个体,或者集团利益的手段或工具,从而最终导致善的原则受到质疑。更重要的是把现实中人的世俗利益和关于神的本性的论述混在一起,就会导致人的最终的原则还是由人自身来决定,而无法达成一种超越于人超越于个体之上的客观原则,导致个体的利益就是一切,个体的价值或团体的价值就是最终的决定因素,其整体文化的凝聚力也就可想而知的了。所以韦伯批评中国儒家对现实利益的过分强调。他说:"中国人没有优秀的清教徒那种受宗教制约的、中心的、内在的、理性的生活方法论,对于清教徒来说,经济的成功并非终极目标与自我目的,而是考验的手段。儒家慎独的出发点是保持外表仪态举止的尊严,是顾'面子',其实质是美学的,基本上是消极的,'举止'本身并无特定内容,却被推崇,被追求。儒家君子只顾表面的'自制',对别人普遍不信任,这种不信任阻碍了一切信贷和商业活动的发展;与此相对的是清教徒对教友的信任,特别是从经济上信任教友的无条件的、不可动摇的正当性,因为它是受宗教制约的。"[①]在韦伯看

---

① 马克斯·韦伯著,王容芬译:《儒教与道教》,第296页。

来，熟悉经典文献的儒家知识分子虽然过分注重自己的现实利益，却异常缺乏各种有利于改造现实的知识结构与能力手段，仅仅是一些"活灵活现的书呆子，既无军事的与经济的理化活动活力，又不像希腊人那样看重演讲、擅长演讲"，往往把自己的现实利益与论证现实状况的合法化结合在一起，知识与权力的密切结合与整个知识分子阶层理想信念的丧失，成为现实存在的附庸，虔诚地服从世俗权力的固定秩序，优雅与尊严地履行传统，更准确地说是现实所给予的责任与义务。在这种知识分子的精神状况里最为匮乏的就是现实与理想原则的内在张力，从而缺乏改造现实的动力，丧失了作为整个民族精神先锋的价值意义。中国文化史上多次对佛教徒、道教徒，甚至是基督徒的迫害，不仅仅是由于宗教的价值观念的对立与宗教政策的偏颇，如反对他们的看破红尘与不劳而获，反对他们的逃避赋税的寄生懒惰，反对他们的背井离乡离群索居，反对他们的靠沉思冥想来拯救自我与世界，更是常常出于现实经济利益的考虑。寺院强大的经济基础常常成为宗教迫害的重要动机。当然对佛教徒、道教徒、基督徒的宽容与认可也与他们柔和的教义与给现实带来的顺服的臣民密切相关。儒教徒价值观念中人与神、此岸与彼岸、今生与来世、局限与完美等对立与张力关系的丧失最终导致对现实利益的彻底沉浸。所以韦伯说："儒教与信徒的关系，不管是巫术性质的，还是祭祀性质的，从其本义上讲，都是此岸性的，比起任何地方、任何时期的宗教关系的常规表现来，这种此岸性都要强烈得多，原则得多。无论如何，这句话是普遍适用的：信儒教的正统的中国人（不同于佛教徒），在祭祀时为自己祈祷多福、多寿、多子，也稍微为先人的安康祈祷，却根本不为自己'来世'的命运祈祷，这同埃及那种完全把自己来世命运寄托于死者保

第五章 基督教个体平等与普遍幸福的基本理念对现代中国的意义

佑成为强烈对比。"①这样现实利益就成为一切问题的出发点与最终归宿,关于神的问题就是关于现实利益的考虑。韦伯说:"这种伦理中根本没有自然与神、伦理的要求与人类的不完备、今世的作为与来世的报应、宗教义务与政治社会现实之间的任何一种紧张关系。一个信奉儒教的中国人要尽的义务的内容,无论何时何地,都是对那些通过现存的秩序与之接近的具体的活人或死人的虔敬,从来不是对某位超凡的神的虔敬,因而也不是对某项神圣的'事业'或'理想'的虔敬。至于'道',既非事业,亦非理想,仅仅是约束人的传统主义礼仪的体现而已,它的戒命不是'行动',而是'空'。客观化的人事关系至上论的限制倾向于把个人始终同宗族同胞及与他有类似宗族关系的同胞绑在一起,同'人'而不是同事务性的任务(活动)绑在一起,作为客观化的理性化的限制,这对于经济思想无疑具有十分重要的意义。在中国,一切信任,一切商业关系的基石明显地建立在亲戚关系或亲戚式的纯粹个人关系上面,这有十分重要的经济意义。伦理宗教,特别是新教的伦理与禁欲教派的伟大业绩就是挣断了宗族纽带,建立了信仰和伦理的生活方式共同体对应血缘共同体的优势,这在很大的程度上是对于家族的优势。从经济角度看,这意味着将商业信任建立在每一个个人的伦理品质的基础上,这种品质已经在客观的职业工作中经受了考验。儒教中习以为常的不正直的官方独裁以及死要面子的独特含义造成的后果是尔虞我诈,是普遍的不信任。"②当然对亲情的强调和对亲情完美性的过分渲染也是现实利益考虑的一个重

---

① 马克斯·韦伯著,王容芬译:《儒教与道教》,第195页。
② 同上书,第288—289页。

要组成部分,对传统的神化也是出于对现实利益的考虑,因为对传统的神化与对现实的美化有着内在的一致性。传统并不是一种空空的存在,它是现实存在的基础,是现实合法性的理论根据。现实也不是从无中产生,它是传统的必然延续,是传统合法性的必然呈现,是传统的必然结果。对传统的神化与对现实的美化密切结合在一起。所以对传统合法性的过分强调乃是其为现实利益寻求合法性论证的一种理论冲动。所以韦伯说:"同儒教的对立昭然若揭,两种伦理都有自己的非理性系统:一个系于巫术,一个系于一位超凡的上帝最终不可探究的旨意。不过,从巫术中得出的结论是:为了避免神灵发怒,经过考验的巫术手段以及生活方式的一切传统形式都是不可更改的:传统是牢不可破的。反之,从超凡的上帝和邪恶的、伦理上非理性的、被造的世界关系中,却可以得出这样的结论:传统绝对不是神圣的,从伦理上理性地征服世界、控制世界是不断更新的工作的绝无止境的任务:这就是进步的'客观'理性。同(儒教的)理性地适应世界相对的是(清教的)理性地改造世界。儒教始终清醒地自我控制,维护各方面都完美无瑕的善于处世的人的尊严,清教伦理要求自我控制,则是为了把调整的标准有计划地统一于上帝的意志。儒教伦理把人有意识地置于他们自然而然地发展起来的或通过社会的上、下级联系而造成的个人关系中。除了通过人与人之间、君侯与臣仆之间、上级官员与下级官员之间、父子及兄弟之间、师生之间、朋友之间的个人关联造成的人间的忠孝义务以外,它不知道还有别的社会义务。相反,清教伦理虽然允许这些纯粹个人的关系在不同神作对的情况下存在,并从伦理的调节它们,但毕竟认为他们是可疑的,因为它们都是被造物。同上帝的关系,在任何情况下都比所有这些关系重要。必须绝对避免神化被造物的过于强化的人际关系。信赖人,尤其是信赖自然属性同自己相近的人,会危害灵魂。"①在韦伯看来,儒家是受过传统经典教育的世俗理性主义的食俸禄的教育阶层,它的基本伦理原则规定了中国人主要的生活观念与思维方式。他对儒家文化的批评主要是针对儒家在中国传统文化中所起的决定作用来说的。从这个角度讲,与此说《儒教与道教》是对中国宗教的解读,倒不如说是对中国传统深层文化结构和历史现实的解读,他关注的不仅仅是儒家或道家经典文献中的记载或理论主张,更重要的是对历史的事实所产生的客观影响,有很多历史事实与儒家的理论主张也是违背的。韦伯认为儒家文化是一种世俗的文化,是一种仅仅关注现实利益与现实存在的文化,也就是从这个角度,韦伯说儒教走到了宗教的边缘。在孔子看来,鬼神乃是人死后,人之外的事情,是现实中的人所无法了解,也不应该了解的。所以他说:"务民之义,敬鬼神而远之,可谓知也。"②孔子考虑的是现实中的仁义与现实中人的幸福。既然现实还没搞清楚,那还思考什么人之外的事情呢。我们在苏格拉底的哲学中也同样能看到这种关于人生的基本观念。苏格拉底从未走出城邦,除非因为外出打仗。在他看里,城外的自然并不能给认识人和反思自己带来任何有益的东西,正如康德的结论一样,对自然的认识与对人的认识是根本不同的。同苏格拉底与康德关于神的观点不同,儒家对神的态度是基本排斥的。韦伯认为中国哲学家的神明观一直矛盾百出,他们以一种非同寻常的现实态度来看待神明,并根据自己的需要来随时调整对神的看法与态度,不是神而是人更为重要,人的需要决

---

① 马克斯·韦伯著,王容芬译:《儒教与道教》,第293页。
② 杨伯峻译注:《论语译注》,第61页。

定人对神的根本态度,甚至废除与设立。正统的儒教信奉者就更加现实:子孙满堂、福寿双全、升官发财等更为现实化的目的成为祭祀与祈祷的直接原因,至于来世与先人则处于次要地位。当然对现世幸福的追求在其他各种宗教体验中也是非常普遍的,只有那些真正意义上的信徒与得道的高僧才能达到自由地控制自我,超越于现实的境界,更为广大的信徒也仅仅是在通常意义上的拯救层面上获得一种心理上的安慰。韦伯说:"除了在基督教中仅仅在某些场合出现的例外和少数典型的禁欲教派,一切——古朴的与教化的、预言的与不预言的——宗教的福祉,首先都是纯粹此岸的;健康长寿、发财是中国、吠陀、琐罗亚斯德、古犹太、伊斯兰等宗教的预示,同样也是腓尼基、埃及、巴比伦和古日耳曼宗教的预示,也是印度教和佛教给虔诚的俗人的预示。只有宗教造诣很高的人:苦行僧、和尚、苏菲派、托钵僧才去追求某种——用那些最纯的此岸财宝来衡量——尘世以外的福祉。即使这种尘世之外的福祉也决非仅仅是彼岸的。就是在这种福祉本身不言而喻时,也不是。从心理学的角度看,眼前的、此岸的特征恰恰是与寻求解脱的人最有关的彼岸的东西。清教徒对得救的确信:确实感觉到不会失去神恩,是这种禁欲的信仰对福祉单纯从心理上的把握……所有这些状态,毫无疑问,都是为了它们本身按照感情价值直接供给信徒的东西而被追求的。"①

　　与孔孟根本不同的老庄自然哲学观念则从另一个角度阐明了中国传统文化中对于神道的理解与态度。老子对神的态度如任继愈在《老子的研究》中所说:"子产不信龙能对人有伤害,说:'天道

---

① 马克斯·韦伯著,王容芬译:《儒教与道教》,第16—17页。

远,人道迩,'但是子产还没有从理论上、从哲学世界的高度给宗教、上帝、鬼神以根本性的打击。最多不过是一种存疑主义,对鬼神采取各走各的路,'互不干涉'的态度而已,和孔子的'敬鬼神而远之'差不多。而且对'上帝',不论《诗经》、《左传》、《国语》,都还没有人敢否认它的存在,也没有人敢贬低它的至高无上的地位,只是说几句抱怨的话,埋怨上帝不长眼,赏罚不公平而已。既然恨天,骂天,可是遇到有委屈还要向天倾诉衷肠,这算什么无神论、'神灭论'呢?老子的哲学,其光辉、前无古人的地方恰恰在这里,他说天地不过是天空和大地;他说道是万物的祖宗,上帝也不例外。"①《老子》六十章讲:"治大国,若烹小鲜。以道莅天下,其鬼不神;非其鬼不神,其神不伤人;非其神不伤人,圣人亦不伤人。夫两不相伤,故德交归焉。"②老子认为,用无为的道来治理国家,鬼神是没有什么作用的,不仅鬼神,就是圣人也不起什么作用。只要无为无不为的道存在,"鬼"、"神"、"圣人"都不会来妨碍人,它们都相安无事,因此也都没有任何存在的意义。庄子也是如此,《齐物论》中所谓"六合之外,圣人存而不论;六合之内,圣人论而不议",天地之外的事圣人是存而不议论的,天地之内的事圣人只论说而不评议。在老子的思想中人的区分不是根据人与神的关系,更不是按照统治阶级和人民的关系来区分,而是按照圣人和众人的价值观念来区分的。如《老子》二十章讲:"唯之与阿,相去几何?美之与恶,相去若何?人之所畏,不可不畏。荒兮,其未央哉!众人熙熙,如享太牢,如登春台。我独泊兮,其未兆;沌沌兮,如婴儿之未孩;

---

① 《老子哲学讨论集》,中华书局 1959 年版,第 34 页。
② 陈鼓应:《老子注译及评介》,第 298 页。

偏偏兮,若无所归。众人皆有余,而我独若遗。我愚人之心也哉!俗人昭昭,我独昏昏。俗人察察,我独闷闷。澹兮其若海,飂兮若无止。众人皆有以,而我独顽且鄙。我独异于人,而贵食母。"人喜欢的与厌烦的能相差多少呢?众人所畏惧的不可不畏惧。人的内心世界真是深不可测啊!众人都高高兴兴,好像去赴宴,又好像是春游。只有我淡泊宁静,无欲无为,像纯朴的婴儿一样无忧无虑,无家可归。众人都有多余,只有我似不够,众人都清醒自爱,只有我昏昧无智,众人都有所作为,只有我按照道的原则生活而无为无不为。由此看来,老子是按照得道之人和背道之人来对人进行区分的:"人"、"我"、"众人"、"愚人"、"俗人",而不是按照通常所解释的统治者和人民来区分。《老子》第四十一章讲:"上士闻道,勤而行之;中士闻道,若存若亡;下士闻道,大笑之。不笑不足以为道。"①上士听到了道就按照道的原则来作为,中士听到了道将信将疑,下士听到了道就大笑不止,不被下士嘲笑,怎能显示道的精深幽微呢?再如《老子》第四十九章讲:"圣人常无心,以百姓心为心。善者,吾善之;不善者,吾亦善之;德善。信者,吾信之;不信者,吾亦信之;德信。圣人在天下,歙歙焉,为天下浑其心,百姓皆注其耳目,圣人皆孩之。"②圣人没有自己的私心,以百姓的心为心。善待我的人我善待他,不善待我的人,我同样善待他,这才是真正的善。守信用的人我信任他,不守信用的人我也信任他,这才是真正的守信。只有天下的圣人才能使自我归于浑朴,而众人却扩张自己的心志,圣人要使他们回归孩童般的纯真状态。由此可

---

① 陈鼓应译注:《庄子今译今注》,第227页。
② 同上书,第253页。

见,老子把人分成"圣人"、"百姓"、"善者"、"不善者"、"信者"、"不信者",圣人和百姓是不同的,百姓都专注他们的耳目,纷争不断,而圣人却要使他们回归到婴孩般的纯朴状态。当然关于"圣人皆孩之"的理解是不同的,既然回复到童真状态,就一定要有途径和方法,不可能认为圣人只要自己抱朴存真,以自己为榜样,甚至以不搅扰百姓就可以使他们自动回归纯朴状态,那无疑就是百姓自己可以回归到纯真状态,不需要圣人"皆孩之"外部强制。甚至可以说百姓自身始终处于"婴孩"的状态,就是因为"非圣人"的搅扰才变成"注其耳目"。老子没有讲清其中的原因,但是圣人的无为能使百姓自然"回到纯朴"的状态,那是值得怀疑的。既然百姓本身就是婴孩,那还需要圣人干什么呢,自然万物始终处于无欲无为的状态,是不要圣人的,那百姓需要圣人干什么呢,难道圣人存在的价值就是在于他能做到无为吗?这无疑与老子的性善论有关,人不需要改造自己,只要无为,回到本源状态就可以了,其实回到婴孩状态,本身就说明需要自我的改造。婴孩的完满和经过自我改造的完满是根本不同的。所以《老子》第五十三章说:"大道甚夷,而人好径。朝甚除,田甚芜,仓甚虚;服文彩,带利剑,厌饮食,财货有余;是谓盗夸。非道也哉。"大道坦坦荡荡,但人却喜欢走捷径,朝政腐败,农事荒芜,仓库空虚;即使这样还穿着华美的衣服,佩戴锋利的宝剑,吃着精美的食物,囤积无数的财物;这和盗匪有什么区别呢?和道的要求真是相差太远了。老子对统治者与上层人的抨击是非常明显的,但"道甚夷,而人好径",难道只有"统治者"与"压迫者"才这样吗?"好径"的人难道只有"统治者"吗?在老子看来,只有得道的人才能按照自然无为的原则来作为,普通大众是不可能的,当然穷奢极欲的统治者更与道的原则相背离。但并不是只有荒淫的统治者才这样,所以陈鼓应把《老子》第五十六章"知者不言,言者不知"解释为"智者不向人民施加政令,施加政令的不是智者"就有些不合适了。① 知者与言者并不单单是指统治者,而是指普通的众人,不然的话,老子的"知者不言,言者不知"就没有任何普遍意义了。《老子》第五十七章讲:"以正治国,以奇用兵,以无事取天下。吾何以知其然哉? 以此:天下多忌讳,而民弥贫;人多利器,国家滋昏;人多伎巧,奇物滋起;法令滋彰,盗贼多有。故圣人云:'我无为,而民自化;我好静,而民自正;我无事,而民自富;我无欲,而民自朴。'"老子这一章最为明显,"无事"、"无为"、"好静"、"无欲"主要是指圣人,所以说圣人云:"我无为,而民自化;我好静,而民自正;我无事,而民自富;我无欲,而民自朴",如果指统治者,那不就要求统治者成为圣人了吗? 文中只是说明圣人的教化作用,统治者不具有这种作用。《老子》第五十八章也是如此:"祸兮,福之所倚;福兮,祸之所伏。孰知其极? 其无正也。正复为奇,善复为妖。人之迷,其日固久。是以圣人方而不割,廉而不刿,直而不肆,光而不耀。"用"人之迷,其日固久",人们不知道福祸相依的道理由来已久,老子用这个道理来说明圣人的与众不同,只有圣人才能方正而不伤人,正直而不放肆,光亮而不炫耀,"圣人"和"众人"的与众不同并不是统治者与下层民众的与众不同。《老子》第七十章讲:"吾言甚易知,甚易行。天下莫能知,莫能行。言有宗,事有君。夫唯无知,是以不我知。知我者希,则我者贵。是以圣人被褐而怀玉。"这一章也同样说明了老子对圣人和常人的区分,在老子看来只有圣人才能真正明了无为、虚静、柔弱、不争、慈俭的意义,道的原理清楚明了,简单易行,但普通人并不了

---

① 陈鼓应译注:《庄子今译今注》,第280页。

解,更不在自己的言行中贯彻。所以真正了解《老子》言论的人是很少的,按照《老子》哲学原则来行为的人就更少了,只有得道的圣人才能外着俭朴,胸怀宝玉。可见老子首先是一个清楚的现实主义者,虽然他时刻妄想能超越现实的可能,使世人能够清静无为。就是从这个角度,老子也是知其不可而为之者,这个关于孔子最出名的评论也适合老子。《论语·宪问》中看门人说孔子"知其不可而为之",其实很多伟大的思想家都是这样,如孟子在当时七大国都只讲富国强兵的时候,孟子却强调"仁义",说:"故善战者服上刑,连诸侯者次之,辟草莱、任土地者次之。"不考虑当时的历史形势,所以司马迁说孟子"则见以为迂远而阔于事情"。① 不仅孔子、孟子,即使是老子、庄子,苏格拉底、耶稣、释迦牟尼,不都是"知其不可而为之"者吗?他们的人生理念得不到彻底地执行,自己的生、死就是哲学理念与现实原则矛盾与对立的最好证明。

　　老子哲学中尚柔贵弱的思想反映了老子对爱的根本原则的崇尚。《老子》第四十章讲:"反者道之动,弱者道之用。"《老子》第四十一章讲:"上德若谷;广德若不足;建德若偷;质真若渝;大白若辱。"这些都说明了这个问题。我们从耶稣与苏格拉底的死、释迦牟尼的放弃荣华、但丁与屈原的死、孔子的穷困、老子的隐退、刘勰的出家、王国维的自杀等都可看出死与柔弱对于人生的现实意义。老子哲学中的"不有"、"不辞"、"不为主"含有某种爱的意义,但由于老子始终坚持以"道"的立场自居,所谓"天地不仁,以万物为刍狗,圣人不仁,以百姓为刍狗",让人自得自适,同时也让人自生自灭的哲学理念成为老子哲学的根本原则,最终这种以放任,甚至以

---

① 杨伯峻译注:《孟子译注·导言》,第14页。

逃避来代替积极进取的精神超过了他的爱的精神。因此说老子始终处在社会阶层的中间,具有两重性是更为合适的。在爱的意义方面,应该说他的意义不如孔孟,虽然孔孟的爱以等级为基础。《老子》三十九章讲:"故贵以贱为本,高以下为基。是以侯王自称孤、寡、不穀。此非以贱为本也?非乎?故至誉无誉。"四十二章讲:"人之所恶,唯孤、寡、不穀,而王公以为称。"六十七章讲:"我有三宝,持而保之。一曰慈,二曰俭,三曰不敢为天下先。慈故能勇;俭故能广;不敢为天下先,故能成器长。今舍慈且勇;舍俭且广;舍后且先,死矣。夫慈,以战则胜,以守则固。天将救之,以慈卫之。"从这个角度看,老子对慈爱的论述并不亚于孔子"仁者必有勇"、孟子"仁者无敌"的伟大。耶稣、释迦牟尼都显示了老子所谓柔弱的爱的力量。《老子》七十二章讲:"民不畏威,则大威至。无狎其所居,无厌其所生,夫唯不厌,是以不厌。是以圣人自知不自见;自爱不自贵;故去彼取此。"七十五章讲:"民之饥,以其上食税之多,是以饥。民之难治,以其上之有为,是以难治。民之轻死,以其上求生之厚,是以轻死。夫唯无以生为者,是贤于贵生。"老子指出民众的饥荒、反抗、轻死等都是统治者自己造成的,统治者的横征暴敛强作乱为正是民众灾难的最终根源。老子对统治者的揭露,忧生忧民之心并不亚于孔孟。所以《老子》七十八章讲:"是以圣人云:受国之垢,是谓社稷主;受国不祥,是为天下王。"老子的这种思想甚至孔子也不能达到,因为孔子的为天下是和圣人的个人利益结合在一起的,老子却要圣人承受天下的屈辱,只有耶稣与释迦牟尼的境界才能达到吧。《老子》七十九章虽然讲"天道无亲,常于善人",五章也讲"天地不仁",上天没有偏爱,但却常和善人在一起。自然没有感情,但人有感情,八十一章讲:"圣人不积,既以为人己愈有,既以与人己愈多。天之道,利而不害;人之道,为而不争。"在老子看来,圣人应该像自然万物那样利他而不争,给人愈多而自己愈加拥有,行为天下而不自恃。老子虽有逃世的一面,但和孔子一样也有哀世之心,救世之志。但我们也应该看到老子的无为而治只适合于一种理想的状态,所谓"长而不宰"、"治大国,若烹小鲜"、"无为"、"为无为"、"无为而无不为",都来自他的"道法自然","处无为之事,行不言之教",最终达到"民忘于治,若鱼忘于水"的最终目的。更为重要的是老子的万物平等和真正意义上的人的平等还不是一回事,只能说万物的平等隐含了人的平等,但并不意味着人的平等,人的平等需要更加合理的说明。老子仅仅一般地讲万物的平等,但很少讲人的平等,甚至一到人,他也同样把人分成了很多层面,只是不像孔子那样根据权力的大小来划分人的等级,老子的差异观念对后来根据所受教育与修行的不同所进行的等级区分有一定影响。可见在老子万物平等的观念中关于人的平等的理念是很少的,这样就与基督教关于神与善、普遍的爱与平等的理念形成了对比。也就是说无论孔子还是老子对神,或者对自然的思考都没有达到一种平等的普遍幸福的理念。

亚里士多德在《尼各马科伦理学》中说:"我们不甚同意死后幸福的说法。并且梭伦也不是这个意思。""死者能否感受到善和恶的问题尚未澄清。"[①]可见亚里士多德对人死后的状况也是较少关心,更为关心现实中活生生人的状况与善恶问题。进而他说:"不应该爱一切人,而只应该爱善良的人。爱坏人是错误的,不应该爱

---

① 亚里士多德著,苗力田译:《尼各马科伦理学》,第17、20页。

坏人,爱坏人也就是让自己变成坏人。"①这和基督教的关于善的本质的理念是根本不同的。孔子也讨论过这个问题。《论语·宪问》中当孔子被问及"以德报怨,何如"时,孔子回答说:"何以报德?以直抱怨,以德报德。"在孔子看来以德报怨是不可的,如果以德报怨,那就不符合以德报德的逻辑了,应该以正直来报答怨恨。对神的思考同样是亚里士多德对人的行为与善的原则思考的根源。亚里士多德说:"在宇宙之中,人并不是最善良的。还有许多在本性上比人更神圣的东西,最明显的就是那些构成宇宙的天体。"②正如康德所认为的那样宗教来自道德,对神的思考,对死的思考有助于对活人的思考,特别是在神面前众生平等的观念更是平等观念的真正来源。中国传统文化虽然强调整体观念,一个人的价值不是取决于他自身,而是更多地取决于他在整个系统中的作用与地位,但这并不意味着每一个体的出发点和最终目标是整体与普遍的幸福,也不能决定个体从整体的利益出发,而是个体从整体的角度来考虑并最终达到自身的目标,个体的最终追求仍然是个体的幸福。西方文化传统虽然强调个体的自由与价值,但最终追求的仍然以普遍幸福的观念为最终标准,因为有平等理念的普遍存在。孔子虽然以天下的仁义为己任,但他的亲亲观念与等级思想是不可能达到一种普遍幸福的理念的。至少他没有解决如何从"亲亲"到"亲邻"的过渡,也就是没有解释清楚"亲"的普遍性,甚至可以说,"亲"本身就没有普遍性,人的出生、人的地域观念、人的阶层观念、种族观念都无法达到平等的观念。当然普遍幸福的观念在西

---

① 亚里士多德著,苗力田译:《尼各马科伦理学》,第119页。
② 同上书,第125页。

方也是近现代资产阶级革命的产物,是平等观念的必然结果,不是普遍幸福的观念产生了平等的观念,而是平等的观念能促进普遍幸福的观念。在中国传统文化中最缺乏的观念就是这种平等的观念与普遍幸福的理念了。这种观念本来应该产生在知识分子中间,通过知识分子的教育来传播,但是中国的知识分子应该说没能起到这种作用。因为他们更多地追求自身个体,甚或自身阶层集团的利益,并没有像黑格尔所说的:"一个伟人的个人目的和历史必然性相一致。"神的观念不仅与众生平等的观念相关联,神的观念同样可以替换成道德、法律、公正与正义等观念。亚里士多德说:"正如人们所说,有了超人的德性,人就成为神。这样的品质与兽性显然是对立的。神之没有德性正如兽之既没有邪恶也没有德性一样。神的品质比德性更加荣耀,兽性则与邪恶不是同种的。所以,人很少是神圣的,斯巴达人只有在赞扬极好的人时,才习惯说:这个人是神。可见在人们中兽性是极少的,而大多数是在蛮族中。有些人也由于疾病和伤残而成为兽性的。"[1]从亚里士多德关于神的品质为超人,神、人、兽的三分法的观点来看,神的理念乃是平等、规则与理想原则的根本依据。我们从《摩西十戒》中也可看出。《十戒》中的每一个字符都有着特殊的意义,十戒是犹太人最重要的律法,它的第四戒是关于圣安息日的规定,也就是为了表示对耶和华的崇拜,一周工作六日,第七日休息。很多侵略者考虑到它的神圣性就在安息日进攻耶路撒冷,如埃及的托勒密,叙利亚的安条可,还有庞培等都是在安息日攻打耶路撒冷成功的,犹太人因为拒绝在安息日战斗而被占领。但是也有例外,玛塔提亚就在安

---

[1] 亚里士多德著,苗力田译:《尼各马科伦理学》,第125页。

息日仍然坚持战斗,抵御侵略。耶稣也是这样,在安息日仍然给人治病,当他的门徒在安息日掐食麦穗时,他说,安息日是为人而设,人不是为安息日而活着,表现了极大的宽容精神,而这才是真正的基督精神。除了前四戒的规定是为了神化耶和华之外,难道其他的规定不可成为创造稳定与文明社会的举世通则吗？任何人都不能因为自己不是犹太教徒而否认自己有遵守其他六戒的义务和责任。由此看来,宗教不是道德的原因,而是道德的结果。我们不能从宗教中推导出要做善事,要爱,要履行道德义务,而是反过来,我们因为要做善事,要爱,要履行道德义务,所以要宗教的存在。宗教和道德都只有一个,它的本质是一样的,那就是爱,尽管他们的形式各有不同,上帝和神的本质同样也是爱,如果上帝或神成了压迫人屠杀人的原因与借口,那上帝和神就背离了它自身存在的理由,就再没有继续存在的必要和根据了。上帝不过是理念上的存在和道德上的公设,是道德的必然要求,而不是物理上的存在。所以康德说:"这些范畴永远只与作为理智存在者的存在者相关联,而在这些存在者那里也只与理性对于意志的关系相关联,并且永远只与实践的东西相关联,而且逾越这个范围就不再非分要求关于这些理智存在者的任何知识了。……我们依照类比推理,亦即依照我们相对于感性的东西而加以实践应用的纯粹理性的关系,认定有超感性存在者(作为上帝)的情况下,也是如此。"①在康德看来,这些"超感性领域之上的知性概念"是不算在知识之列的,它永远与实践的东西相关联,是理性与意志的必然要求。上帝是由"德性的必然完整性"和"与德性切合的幸福的可能性"决定的,也

---

① 康德著,韩冰法译:《实践理性批判》,第61页。

就是说"它必然设定上帝的存在",因为:"只有在一个无上的自然原因被认定,并且这个原因具备合乎道德意向的因果性的范围内,这个至善在世界上才是可能的。""这样,自然的无上原因,只要它必须为了至善而被设定,就是这样一个存在者,它通过知性与意志成为自然的原因(从而是自然的创作者),亦即上帝。因此,派生的至善(极善世界)可能性的公设同时就是一个原始的至善的现实性的公设,也就是上帝实存的公设。既然促进至善原本是我们的职责,那么设定这种至善的可能性就不仅是我们的权限,而且也是与作为需要的职责联结在一起的必然性;因为至善只有在上帝的此在的条件下才发生,所以这就将上帝的此在这个先决条件与职责不可分割地联结在一起,亦即认定上帝的此在,在道德上是必然的。"① 康德认为上帝之所以是一种公设,乃是因为实践的需要,它是善良生活方式的需要,它的最终目的就是为了使人能达到内心的完善。正如修身讲求"慎独"一样,神的存在对那些用良心不停约束自己的人来说,即使没有任何人揭露自己的过失,但由于万能上帝的存在而仍然使他感到有一双眼睛在始终监控着,做善事也不是为了什么利益或名声,而是为了道德与神的存在。这样,神与上帝的存在对善的意志的作用就充分显现出来。黑格尔说:"上帝在康德看来是(一)在经验中找不到的:既在外部世界中找不到,正如拉朗德所说,他曾经上整个天空去搜寻,却找不到上帝;也不能在内心世界中找到上帝,虽说神秘主义者、梦呓者自诩,他们在他们自身内就能够经验到各式各样的东西,同样也能经验到上帝和无限者。(二)康德也曾论证上帝,他认为上帝是解释世界所必须

---

① 康德著,韩冰法译:《实践理性批判》,第 136—137 页。

的一种假设,——这是实践理性的公设。但是关于这一点一个法国的天文学家曾这样答复法皇拿破仑的问题:'我没有对于这种假设的需要。'"①康德在宗教信仰中所寻求的是宗教信条对于理性和道德行为的现实意义。他把自由与真理放在个体的心灵之中,认为意志自己决定自己,一切正义和道德的行为都取决于行为者自身的自由,包括对上帝的信仰,自由本身就是自己的目的,当然自由也必须为自己的自由承担责任。康德关于上帝概念的本质就是普遍的、作为世界终极目的的善。理性要求善的原则与现实实在的原则相统一,使自然的必然性能符合自由的规律,每一个体都可能实行着善的行为,但普遍的、作为世界终极目的的完美的善只在关于上帝的预设中才能体现出来。所以黑格尔讲:"实践理性中所设定的上帝,〔在《判断力批判》中〕也必须信仰。自然界有其特殊规律;这些独立的、个别的关系或规律与善没有任何关系。但是理性的本质在于渴求统一,并且以获得统一、欲求统一当作本质的和实体的东西。善与世界的对立和矛盾是和这种同一性正相反对的;因此理性要求必须把这个矛盾扬弃,并且要求一个本身至善并且统治这个世界的力量。这就是上帝;这就是上帝在康德哲学中所占据的地位。要证明上帝的存在是不可能的。但人们却有上帝存在的要求。"②虽然康德并没有证明从现实世界的外在性如何过渡到完美的善的原则,因此他说人只能信仰上帝,关于上帝的规定乃是关于理想与人最终应该达到的理想的设定,而关于人的目标的设立与如何到达这个目标是两个根本不同的问题。康德虽然没

---

① 黑格尔著,贺麟、王太庆译:《哲学史演讲录》第四卷,第 255—256 页。
② 同上书,第 304 页。

有解决主观的确定性与客观的真理性这个二元论所带来的矛盾,最后只好把理论的基点建立在对主观自由的自信与确立上,主要是因为现实中这个矛盾的客观存在,是矛盾本身的复杂性决定的。正如现实中的直线虽然不能划得和数学中的线一样直,并不能证明数学中关于直线的定义没有任何的意义。关于上帝与善的观念也该同样对待。当然这一切都是以一种主体的自由原则为前提的。包括自由运用自己思维与控制自己行为的能力。所以黑格尔说:"这种在有关自己的事务中作自己的主宰、这种用自己的语言说话和思维的权力,同样是一种自由的形式。这是无限重要的。如果没有把圣经翻译成德文,路德也许未必能完成他的宗教改革;并且如果缺少这个形式,不以自己的语言去思维,那么主观的自由就会不能存在。因此,现在主观的自由原则已变成了宗教本身的一个环节。"①没有独立自由的主体,真正的信仰就根本不存在,一切都必须通过自认为掌握神恩的教士的媒介来思考上帝的人和依凭自己的良心直接面对上帝的人是根本不同的,理性的宗教精神和纯粹的对上帝和神的盲目信仰也是完全不同的。因此康德反对祷告,反对到教堂举行偶像崇拜仪式,那种借用宗教来达到维护个体甚至集团利益的行为,那种狂热的极端迷信就更是康德所不愿论及的了,因为它们违反了基本的宗教精神。当然我们应该把基督教的原始教义与有组织的基督教会,及后来成为国教的基督教区别开来,正如我们把孔子、孟子和儒家,及后来成为整个国家统治机器的"孔孟之道"相区别开来一样。

苏格拉底说:"我假定绝对的美、绝对的善、绝对的大等等一类

---

① 黑格尔著,贺麟、王太庆译:《哲学史演讲录》第三卷,第380页。

事物的存在。"①康德也假设上帝的存在。这种假设从理论上阐明了这个世界上没有一样东西是完美无瑕的,但人有自己的目标与理想,人要有勇气和信心来弥补现实世界与我们应该达到的理想的巨大差异。正如黑格尔所认为的那样,很多人都认为这种假设的苍白无力,随着后现代主义的发展,哲学家对所谓逻各斯中心主义的批判,这种假设的理论价值就更加被深深怀疑,但是怎样能促进人类善的行为却是理论家始终困惑不解的谜团,当理论家在对苏格拉底和康德提出自己的质疑时,康德同样知道自己所做的假设的初衷,理论家们自己提出的各种理由与解决问题的方法却更为苍白无力。绝对的善不仅仅是一切事物的出发点,更是一些事物的最终目的。苏格拉底说:"善是一切行为的目的,一切事物皆为此目的而行事,而非善以其他一切事物为目的。""快乐也和其他事物一样,它应当以善为目的,而不是善以快乐为目的。"②这与康德把《实践理性批判》作为三大批判的最终出发点与最终归宿,"美是道德的善的象征"的观念是一致的。整个苏格拉底哲学的出发点与最终归宿都是为了思考美本身、善本身、正义本身,他在《大希庇亚篇》中反复强调他所讨论、所追问的是"美本身是什么",而不是一个具体的美的对象。③ 当然这必须通过对美与善的个体的思考才能达到。他说:"当原先那种对美少年的爱引导着我们的候选人通过内心的关照到达那种普世之爱时,他就已经接近终极启示了。这是他被引导或接近和进入爱的圣地的唯一道路。从个别的美开始探求一般的美,他一定能找到登天之梯,一步步上升——也

---

① 柏拉图著,王晓朝译:《柏拉图全集》第一卷,第109页。
② 同上书,第392页。
③ 同上书,第四卷,第33—42页。

就是说，从一个美的形体到两个美的形体，从两个美的形体到所有美的形体，从形体之美到体制之美，从体制之美到知识之美，最后再从知识之美进到仅以美本身为对象的那种学问，最终明白什么是美。"①他真正追求的是"精纯不杂的美本身"、"神圣的天然一体之美"、"美的真相"、善本身与正义本身。他根本的想法就是："我们当初研究最理想的正义本身的性质时，我们想要一个正义的样板，我们假定存在着完全正义的人，问他具有什么样的性质，以同样的方式我们还涉及正义和不正义之人。我们把它们当作模型和样板来关注，凡是在它们身上所察觉的幸福与不幸都可以作为标准来判断我们自身的幸福与不幸，与他们越相似，也就越有可能得到像它们那样的幸福与不幸。我们的目的并不在于证明实现这些理想的可能性。"②苏格拉底也知道这种理想的国家非常难实现，但他仍然认为并不是完全不可能的，只要让把正义与善看得高于一切的哲学家来统治国家就有可能。苏格拉底对绝对善、绝对正义的寻求并不意味着他对现实状况的视而不见：人人争夺名利，好人一生多灾多难，而坏人相反却能享受荣华富贵，祭祀和巫师奔走于豪门之间，想尽方法使他们相信通过巫术和祭献来消除灾祸，得到神灵的祝福。恰恰相反，他正是看到了这些与他的理念根本对立的现状才高举理性的大旗，使现实能够朝着更为理想的原则前进，才假定神的存在，特别是假定神的完美性的存在，为人设定一种理想。他说："我们要说的是，假定没有诸神，或者诸神是存在的但并不关心人间事务，那么我们也用不着担心做坏事被神察觉。

---

① 柏拉图著，王晓朝译：《柏拉图全集》第二卷，第254页。
② 同上书，第460页。

假定诸神确实存在,而又关心我们,而我们有关神的知识都来自传说和诗人们描述的神谱,然而这些诗人也同时告诉我们,献祭、符咒、供奉都能够说服和收买诸神。对他们的话,我们要么全信,要么全不信。"①很明显,苏格拉底并不是一个盲目的唯心主义者,他对诸神存在的假设,乃是像康德一样出于对道德的善的需要。也就是从这个角度,他才说神是一切好的事物的因,而不是坏的事物的因。"神确实是善的,我们要永远把神描述为善。""善并不是一切事物的原因,而只是好事物的原因,不能把事物不好的原因归咎于善。""神不会像许多人所说的那样,是一切事物的因,因为神既然是善的,它也就不会是一切事物的原因。对人类来说,神只是少数几种事物的原因,而不是大多数事物的原因。世上的坏事远远多于好事,而好事的原因只能是神。至于坏事的原因,我们必须到别处去找,不能在神那儿去找。""如果有人说本身为善的神却成了恶的原因,那么我们对于这种论调要加以迎头痛击,不能让任何人把这种论调传入城邦。""它将成为我们关于诸神的法律之一,神不是一切事物的原因,而只是好的事物的原因,讲故事要遵循这个标准,诗人的创作也要遵循这个标准。"②柏拉图在《法律篇》中借助雅典人之口说出关于设定神的理念的根本原因,他说:"哪怕并非如此,那么一位更加有节制的立法家为了对年轻人产生良好影响而大胆地虚构,他能够发明比这更加有用的虚构吗?或者说他能发明一个能够更好地引导我们自愿而非被迫地去实践一切正义的理论吗?""立法家需要做的事就是把他的发明能力用于发现什么

---

① 柏拉图著,王晓朝译:《柏拉图全集》第二卷,第 322 页。
② 同上书,第 340—342 页。

样的信念有益于城邦,然后设计各种方式去确保整个共同体能始终如一地对待这种信念,比如用歌唱、讲故事、讨论等等方式。"① 而关于神的完美的设定乃是苏格拉底、柏拉图、康德关于人行为的最终目标,或者是人的完美人格的设定,而不是一种胡乱的迷信与妄想,它是关于人的必然性的思考。正如柏拉图在《法律篇》引用的古希腊的格言"甚至连神也决不能违抗必然性"②。神并不客观地存在自然界的某个地方,而是一种善的信念。他接着说:"当你提出关于诸神存在的证据,并且确信日月星辰是神或具有神性时,反对这些故事的人就会提出反驳说,无论你们如何雄辩地使用那些空洞的言辞,它们都只不过是土石罢了,不可能关心人事。"关心人事乃是神的根本目的与存在的原因,日月星辰并不关心人事,因此就不是神存在的方式。设定神的存在、为神的存在辩护、论证完美神的意义才是哲学家首要的工作。他说:"坚持诸神存在,坚持诸神是善良的,尽力说服人们相信和敬重诸神,这是我们头等重要的大事。"这也同样是康德关于神与宗教的基本思想:完美的神不仅是一种信仰,更是一种理性的需要。他们也知道自己的设定并不能改变很多人对神的各种各样的念头,更不能改变他们的性格与行为方式,使他们的行为按照神要求的方式来完成,他们不过是表达了一种对世界的美好愿望罢了。但是我们也应该明白宗教特别是基督教中所具有的爱、平等、坚韧等基本信念对个人直至整个民族精神的形成所具有的深远意义,特别是对我们这个有着千年封建历史传统的文化更是具有强烈的现实意义。《圣经》中对女性

---

① 柏拉图著,王晓朝译:《柏拉图全集》第三卷,第577页。
② 同上书,第647页。

的正面描写,如女性的爱、对信仰的忠诚、女性的宽容等的描写,是基督教对平等与爱的规则宣扬的一个重要方面,对今日的中国同样有着深远的意义,特别是很多关于女英雄的描写。其中路得的形象更是令人感动不已,没有任何的夸大,没有任何被无神论值得攻击的东西,关于婆媳之间爱的描写,对有着婆媳争执传统的中国文化来说,无疑具有非常重要的现实意义。

第六章　从孔子与苏格拉底比较看中西知识分子的两种不同理念

一、中西文化两种关于知识分子的不同理念

　　知识分子是最能体现一个民族精神传统与文化价值观念的人物，在对普遍性与个体意义思考的同时成为一个民族的精神领袖与普遍价值观念的真正代言人。知识分子作为一个民族精英分子的集合，应该以探讨民族的未来，反思它的过去，认识它的现在为目标，同时要不断反思自身的合法性。文学与文化理论的重大问题大都与知识分子的精神历程与历史命运密切联系在一起。对于我们这个民族来说，教育乃是一种异常稀缺的资源，思考知识分子对于民族发展与进步的意义就更为重要。韦伯在一篇题为《以学术为业》的演讲中提出"教师不应是领袖"，"在讲台上他们只能处于教师的位置"，"如果听任所有的学院老师在课堂上扮演领袖的角色，情况将更为严重。因为，大多数以领袖自居的人，往往是最不具备这种角色能力的人。最重要的是，不管他们是不是领袖，他们的位置根本没有为他们提供就此做出自我证明的机会。教授感到他有做年轻人顾问的职责，并享有他们的信任，他可以由此证明自己同年轻人私交不错。如果他感到，他的职责是介入世界观和

政治意见的斗争,他大可以到外面去,到生活的市场去这样做,在报章上,集会上,或无论他喜欢的什么地方。但是,在听众可能有不同看法,却被责令保持沉默的地方,让他来炫耀自己信仰的勇气,这未免太容易了。"①关于知识分子是否"介入世界观和政治意见的斗争",一定有很多争论,而这个争论正是中西文化关于知识分子根本不同理念的真正焦点。

恩格斯在《自然辩证法》中论述文艺复兴时说:"这是人类以来从来没有经历过的一次最伟大的、进步的变革,是一个需要巨人而且产生了巨人——在思维能力、激情和性格方面,在多才多艺和学识渊博方面的巨人的时代。给资产阶级的现代统治打下基础的人物,绝不是囿于小市民习气的人。"而且分析了这些巨人成功的根本原因与时代的密切联系。他说:"他们的特征是他们几乎全部都处在时代运动中,在实际斗争中生活着和活动着,站在这一方面或那一方面进行斗争,有人用舌和笔,有人用剑,有人则两者并用。因此就有了使他们成为全面的人的那种性格上的丰富和力量。书斋里的学问是例外:他们不是第二流或第三流的人物,就是唯恐烧着自己手指的小心翼翼的庸人。"②在恩格斯看来,真正巨人的产生是与时代和社会分不开的,书斋里不可能产生大师,只有迎着时代的需要,为时代的需要而奋斗的人才有可能成为时代真正需要的人。巨人与时代的真正联系并不仅仅是指他们直接对现实生活的介入,而是指他们用自己的方式提出,甚至是回答了时代所面临和亟待解决的重大问题。作为思想者的知识分子,他们对时代的

---

① 马克斯·韦伯著,冯克利译:《学术与政治》,生活·读书·新知三联书店 2005 年版,第 42—43 页。

② 《马克思恩格斯选集》第四卷,第 262 页。

作用则更是与众不同。亚里士多德对哲学思辨意义的论述,也就是对哲学的现实意义、对从事精神世界真理探讨的知识分子的现实意义的论述,清晰地说明了西方文化传统中对知识分子这个人类文化中的特殊阶层所作出的定位。他说:"哲学以其纯洁和经久而具有惊人的快乐。在政治活动之外,所寻求的是权势和荣誉以及自身和公民的幸福。不过这和政治活动是两回事,显然是被当成另外的东西来追求的。如若政治行动和军事行动以辉煌和伟大取胜,而它们是无闲暇的,并不是由于它们自身而选择,而是为了追求某一目的,那么,理智的活动则需要闲暇,它是思辨活动,它在自身之外别无目的可求,它有着本己的快乐(这种快乐加强了这种活动),它有着人可能有的自足、闲暇、孜孜不倦,还有一些其他的与至福有关的属性,也显然与这种活动有关。如果一个人能终身都这样生活,这就是人所能得到的完满幸福,因为在幸福之中是没有不完全的。如若理智对人来说是神,那么合乎理智的生活相对于人的生活来说就是神的生活。如果人以理智为主宰,那么,理智的生命就是最高的幸福。"①在亚里士多德看来,哲学思考并不是一种实践活动,而是一种自足的精神活动,作为科学家与哲学家相统一的亚里士多德始终贯穿着他的为真理而真理的思想。当亚里士多德谈到科学的价值时,他说:"既然人是为了免于无知而开始哲学的思考,很显然,人乃是为了知识而追求知识,而不是为了一种功用或用途。这也可以从全部外表的进程看得到。因为,只有当人们已经具备了一切必需(需要)的东西以及能使生活安适的东西之后,人们才开始去寻求这样一种(哲学的)认识。因此,我们不

---

① 亚里士多德著,苗力田译:《尼各马科伦理学》,第 224—225 页。

是为了另外的效用而去找寻它。因此正如我们所说,那个为了自己而不是为了别人的人乃是一个自由的人,同样地也只有哲学才是科学中真正自由的科学,因为只有它才是为了自己。"① 只有为追求真理而追求真理,为认识而认识的行为才是自由的,认识行为自己就是自己的目的和目的的实现,对真理的纯粹探求,才是一个真正的哲学家的所为。如孟子所讲:"我无官守,我无言责也,则吾进退,岂不绰绰然有余裕哉?"② 这也是贯穿亚里士多德整个哲学思想的根本理念。这种理念首先来自亚里士多德对自然的思考,因为自然本身就是为自身而存在,就是自己的目的。善也是这样,善的真正目的不是它直接带来的效用和行为,而是为了善自身,是道德理念的直接作用。黑格尔说:"在实践里面,亚里士多德把幸福规定为最高的善;——最高的善并不是抽象的理念,而是其中具有实现其自身的环节的那种理念。亚里士多德不满足于柏拉图那种善的理念,因为善的理念只是共相,而问题在于善的特性。亚里士多德说,善乃是以自身为目的的东西,——(τελειογ)如果把这个词翻译成完满,那是太坏的译法——,就是那不是为了别的缘故而是为了自身的缘故而被渴望的东西这就是 ευξαιμογτα,即幸福。绝对自在自为的实在的目的,他规定为幸福。幸福的定义就是:'按照自在自为的实在的(完善的)美德,以本身为目的的实在的(完善的)生命的活动能力。'他同时更把理性的远见当作美德的条件。他把善和目的规定为合理的活动(幸福在本质上必然属于它),至少他是从反面来加以规定,即没有远见就不是美德。——

---

① 黑格尔著,贺麟、王太庆译:《哲学史演讲录》第二卷,第286页。
② 杨伯峻译注:《孟子译注》,第96页。

一切处于感性的冲动的行为,或一般地处于缺乏自由而发生的行为,都表明缺乏一种远见。"①亚里士多德认为美德的本质就是自在自为,美德的行为就是出于对美德自身的追求,而不是以其他为目的,同时美德的前提必然是理性思考的结果,而不是感性的冲动或者是不自由的结果。与柏拉图过分强调理性的原则不同,亚里士多德承认欲望与理性都是美德的必要环节,这与柏拉图反对的审美的合理性与亚里士多德承认审美的合理性是一致的。正如黑格尔所说:"行为物质的原则完全可以归结为冲动、快乐。但理性的原则本身是纯粹形式的,并且包含着凡是应该被当作规定的,必定可以设想为有普遍效准的定律,而不至于被扬弃。行为的一切道德价值建筑在这样一个道德信念上,即这个行为之产生,是由于具有定律的意识,是由于为了这定律而行为,并由于尊重这定律和它自身而行为,并不考虑到什么东西可以使人快乐。"②道德的自由不能用任何别的东西来规定自己,它是绝对自主的,它的自由就是它的本质,就是它自身的目的。这就是哲学家被称为爱智者的根本原因,也同样是苏格拉底反复强调追求美的本质的根本原因。他常常说:"我问的是美本身,这美本身,加在任何事物上面,就使那事物成为美,不管它是一块石头,一块木头,一个神,一个动作,还是一门学问。美应该是一切美的事物有了它就成其为美的那个品质。"③苏格拉底认为要达到对纯粹美的认识必须经历几个阶段:"先从人世间个别的事物开始,逐步上升到最高境界的美,好像升梯,从一个美形体到两个美形体,到全体美形体,再到美的

---

① 黑格尔著,贺麟、王太庆译:《哲学史演讲录》第二卷,第 359 页。
② 同上书,第 289 页。
③ 朱光潜译:《柏拉图文艺对话集》,第 188—192 页。

行为制度,到美的学问知识,一直到只以美为对象的那种学问,彻悟美的本体。"他最后的目的仍然是美本身,而不是美对其他事物的依附。

也就是从亚里士多德"为自己而存在"的理念出发,散步对于哲学与美学有着特殊的意义。知识分子不仅要以功利的态度来参与完成人生,更要以审美的态度来关照反思人生。正如人生不能被走路充满,慌慌张张把自己的路走完,还要有散步的悠闲,顺便在匆忙之中反思自己的心路历程。散步因为它始终处在跑步与停止之间而呈现出中庸的哲学含义,更重要的是散步作为一种审美与旁观的态度给予散步者一种其他方法无法代替的自由思考的形态与自我反思的可能。理论家把审美与游戏看作在本质上是一致的,可游戏与审美的一个重要不同就是游戏必须参与其中,而审美的本质乃是一种静观世界的无限想象的自由。宗白华在《美学散步·小言》中有一段关于散步的议论,他说:"散步是自由自在、无拘无束的行动,它的弱点是没有计划,没有系统。看重逻辑统一性的人会轻视它,讨厌它,但是西方建立逻辑学的大师亚里士多德的学派却唤做'散步学派',可见散步和逻辑并不是绝对不相容的。中国古代一位影响不小的哲学家——庄子,他好像整天是在山野里散步,观看着鹏鸟、小虫、蝴蝶、游鱼,又在人世间里凝视一些奇形怪状的人:驼背、跛脚、四肢不全、心灵不正常的人,很像意大利文艺复兴时大天才达·芬奇在米兰街头散步时速写下来的一些'戏画',现在竟成为'画院的奇葩'。庄子文章里所写的那些奇特人物大概就是后来唐、宋画家画罗汉时心目中的范本。散步的时候可以偶尔在路旁折到一枝鲜花,也可以在路上拾起别人弃之不

第六章　从孔子与苏格拉底比较看中西知识分子的两种不同理念　295

顾而自己感兴趣的燕石。"①不仅亚里士多德是逍遥学派,苏格拉底、康德、卢梭、孔子等都是逍遥学派。当然以人生为审美的散步学派,并不意味着学术上没有逻辑的统一性。色诺芬在《回忆苏格拉底》中说:"苏格拉底常出现在公共场所。他在早晨总往那里去散步并进行体育锻炼。"②卢梭干脆把他晚年的著作命名为《漫步遐想录》,这是他"每天都在巴黎附近郊乡间作长时间漫步"的成果。③ 康德更是以散步出名,古留加在《康德传》中有形象的说明。康德在阅读卢梭的《爱弥儿》时,这本书强烈吸引了他,"以至于平时户外散步的惯例打破了,一连停止了好几天,阅读占去了全部的时间"④。晚年的康德更是如此:"午后的时间哲学家是用来散步的。散步时间(成了一桩轶闻)来到了。哥尼斯堡人已习惯于看到自己的名士缓缓地沿着同一条路线——'哲学之路'——散步,通常是一个人,低着由于高龄和冥思苦想而垂下来的头。在途中康德是尽量不思考问题的,可是一有了想法,他就在板凳上坐下,把想法记下来。"⑤黑格尔也是一样。"黑格尔喜欢在伯尔尼和楚格郊区散步","白天如有几分钟的空闲,他就到市内公园去散散步"。⑥《论语·先进》中也谈到孔子对散步,也就是"游"的看法。子路、曾皙、冉有、公西华陪着孔子坐着。孔子说:"我比你们年纪大,不可能有人再用我了。你们平时都讲没有人了解你们,如果有

---

① 宗白华:《美学散步》,上海人民出版社1982年版,第1页。
② 色诺芬著,吴永泉译:《回忆苏格拉底》,第3页。
③ 卢梭著,徐继曾译:《漫步遐想录·译者前言》,人民文学出版社1997年版,第2页。
④ 阿尔森·古留加著,贾译林等译:《康德传》,第46页。
⑤ 同上书,第173页。
⑥ 阿尔森·古留加著,刘半九等译:《黑格尔传》,第20、177页。

人要用你们,那你们该怎么办呢?"子路非常直率地回答:"有一千兵车的国家,加在大国的中间,外国的侵入,再加上饥荒动乱;我要去治理,不到三年,就可以使他们都有勇气,并且知道治国的方法。"孔子笑了笑。孔子接着问冉求:"求,你呢?"冉求回答:"方圆六七十里,或五六十里的小国家,我要是治理,不到三年,就可使民富裕。至于礼乐的事情,就等着君子贤人来了。"孔子问公西赤:"赤,你呢?"公西赤回答说:"我不敢说自己会,但我愿意学习。在祭祀的时候,或同外国会盟的时候,我愿意穿着礼服,戴着礼帽,做一个小司仪。"孔子问曾点:"点,你呢?"曾点弹琴的声音慢下来,把琴放下,回答说:"我和他们不一样。"孔子问:"那有什么关系呢?不过是各人说说自己的想法罢了。"曾点说:"暮春的时候,穿上春装,和五六个成年人,六七个小孩,在沂水旁边洗洗澡,在舞雩台上吹吹风,唱着歌回来。"孔子很感叹地说:"我同意曾点的想法啊!"①一贯积极从事于政治的孔子表达了他对人生的另一种态度,这不仅是孔子因为不能实现自己人生理想而厌世的反映。其实,这两种态度一直都是和谐地统一在他的人生理想里。孔子在很多地方都表现了他的这种想法:"邦有道,不废;邦无道,免于刑戮。"(《公冶长》)国家治理得好就得到重用,国家混乱就逃避刑法。"宁武子,邦有道,则知;邦无道,则愚。其知可及也,其愚不可及也。"(《公冶长》)宁武子在国家清明的时候就聪明,在国家混乱的时候就糊涂,他的聪明别人赶得上,可糊涂别人赶不上。"天下有道则见,无道则隐。"(《泰伯》)天下得到治理,就出来做官,天下得不到治理,就隐居。"邦有道,危言危行;邦无道,危行言逊。"(《宪

---

① 杨伯峻译注:《论语译注》,第118—119页。

问》)国家有道,语言正直,行为正直。国家无道,行为正直,语言谦逊。可见孔子并不是在任何时候都主张入世的。在无道的乱世,他的主张就是逃避,甚至反对入世,至于在无道之世获得荣华富贵更是他所不齿的。"邦有道,贫且贱焉,耻也;邦无道,富且贵焉,耻也。"(《泰伯》)国家清明,没有财富,地位低下,可耻。国家无道,财富很多,地位又很高,也同样可耻。"饭疏食饮水,曲肱而枕之,乐亦在其中矣。不义而富且贵,于我如浮云。"(《述而》)吃着粗茶淡饭,枕着胳膊睡觉,其中仍有很多乐趣,不义得来的富贵,对于他来说,就是天上的浮云。这一切都表现了孔子不愿与时同流合污的鲜明立场与坚定的信念。从另一个角度讲,孔子的从政也不仅仅是为了个人的利益而是为了道能够通行天下,使天下人都能各得其所。《论语·公冶长》讲,颜渊与季路陪孔子坐着。孔子说:"谈谈个人的志向吧。"子路说:"愿意把车马、轻便的裘装拿来和朋友一起享用,坏了而不遗憾。"颜渊说:"不愿夸耀自己的优点,也不愿表白自己的功劳。"子路对孔子说:"我们希望能听到老师的志向。"孔子说:"老人能够得到安逸。朋友能够得到信任。年轻人能够得到关心。"孔子的志向可谓远大,虽然他非常注重世俗的利益,可有多少时间他为自己的利益考虑呢? 然而世间的大多数人连子路与颜渊的境界都很难达到,更不要说孔子了。至于孔子所说的仁那更使人可望而不可即了。正如《圣经》里所讲的,一个年轻的富人要进天堂,就来找耶稣。耶稣说要进天堂必须把自己的财富分给穷人,年轻人一听就转身离开了。耶稣接着就说:"富人要进天堂比骆驼穿过针眼还难。"某些打着孔子入世旗号却到处谋私利的人想达到孔子所说的仁义,其结果恐怕和耶稣评价的富人一样吧。苏格拉底从没有离开过自己的城邦,只是因为出去打仗才被迫离开,康德也从未离开过哥尼斯堡。他们的人格与著作却千古流芳。可我们今天很多的知识分子到西方去,带来的不是先进的技术,不是进步的理念,而是依靠中西文化强弱的巨大差异而获得的"镀金"价值,成为自己获得教育资源,掌握话语霸权的资本,他们的上蹿下跳和孔子的周游列国又有什么相似之处呢！一个是胸怀天下,一个是鼠目寸光罢了。

哲学家不仅思考现实的世界,同样还必须思考世界的最终目标与理想。真理不仅仅是指理念要同现实一致,同样要求现实必须要同理念一致。不仅哲学家,任何人都必须分清"真实"和"正确"的关系,人的智慧不过是认识世界,按世界所是的样子来认识它,而人的意志的真正目的却是在于改造世界,使世界成为人的理想,成为它应当是的样子。从事政治主要是一种实践活动,实践活动就是把思想转化为一种现实存在,它需要很多的外在物质条件,实践者的动机愈高尚,事业愈伟大,那需要的外在条件也就愈宽广,但是一个思辨者却对自己的思辨一无所需,甚至越简单的生活,对他的精神活动也就越少的影响,权势与金钱并不能带来真理。更重要的是精神的思考与思辨乃是一种在意识领域对真理的探讨,并不是一种现实生活中的实践活动,也不是一种行为上的选择。因此,对精神领域的价值判断与对行为实践领域的德性和邪恶的称赞与责备根本不同,德性是某种选择,而意见只有真和假、对和错,而没有善与恶的区别。意见是对某物是什么或者它对什么有利,或者以什么方式的认识,至于采取什么样的方式,在什么时间,则是实践的选择问题,认识可以提出意见,对实践的实行有着重要意义,但并不是实践本身。很多人有着聪明的意见,但却没有做出正确的选择,这就是真理和道德,聪明和善的最为根本的区别,正如有了健康的知识并不意味着身体的健康一样。对于仅仅

第六章 从孔子与苏格拉底比较看中西知识分子的两种不同理念

具有德性的知识肯定是不够的,问题是德性如何在实践中才能得到实现,如何能够使人获得幸福,并使生活更美好。知识无疑具有重要的甚至决定性的意义,但知识毕竟是知识,和实践仍然是两个根本不同的领域。康德关于真、善、美的区分,正是直接来自亚里士多德对真理与善的区分。我们在苏格拉底的思想中则能够看到这种区分的真正开始。苏格拉底说:"我想起很久前听说过的一种关于快乐与理智的理论——也许是在梦中听到的——这种理论认为二者都不是善,善是另一种东西,它与二者都不同,比二者更好。你要知道,如果我们现在能够清楚地知道这第三样东西,那么战胜快乐就不成问题了,因为这样一来,快乐就不能继续等同于善了。"[①]苏格拉底认为智慧和善往往是一致的,虽然他们不是完全同一种东西,因为只有有智慧的人才知道善,并遵循善的原则来行事,但快乐和善往往不一致,在他看来,理性是天地之王,没有理智的快乐和动物一样,三者的重要性在苏格拉底看来,理性是最重要的,是问题的关键,而快乐只能排在最后,因为它既不是目的也不是结果,它只是人类欲望的满足,只能扰乱人的灵魂,给人带来粗心与健忘。这也是人类需要理性的节制,需要法律和秩序的根本原因。他说:"快乐不是第一位的,不是,即使所有牛和马,以及存在的每一个动物,依据它们对快乐的追求这样告诉我们,快乐也不是第一位的。当民众认定快乐对于我们的良好生活具有头等重要性的时候,他们就好像占卜者依赖鸟类一样,是在以动物为理由,把动物的欲望设定为权威的证据,而那些运用哲学缪斯的力量来

---

① 柏拉图著,王晓朝译:《柏拉图全集》第三卷,第189页。

推测这样或那样真理的理性论证所知的欲望反倒不是权威性的。"①人和动物的最大差别就在于人能根据理性的需要来节制自己的欲望,以符合善与正义的要求。亚里士多德与康德都对苏格拉底把真理与善相提并论的说法提出质疑,认为智慧和善并不是一回事,有智慧的人并不一定是善良的,同样,善良的人也不一定有智慧。《庄子·盗跖篇》中就讲述了道德的善与智慧和意志的区分。盗跖聪明绝顶,而又意志坚强,和兄弟有着同样的出身环境,但他从事的事业却截然相反。庄子讲盗跖心灵嘴巧,善于辩论,"心如涌泉,意如飘风",但他的行为却是"脍人肝而铺",恐怖异常,他批评孔子"作言造语,妄称文武,多辞缪说,不耕而食,不织而衣,妄作孝弟而徼幸于封侯富贵者也。子之罪大极重,疾走归!不然,我将以子肝益昼铺之膳"。在他看来,孔子不过是用自己的花言巧语来骗取天下人的信任,用胡编乱造的文王、武王的言行来使天下人困惑,自己不劳而食,坐享其成,乃是天下人的祸害。孔子说他:"唇如激丹,齿如齐贝,音中黄钟,而名曰盗跖。"这样不好,应该改邪归正。但盗跖却用"好面誉人者,亦好背而毁之"来反驳孔子。接着盗跖对所谓天下的仁义道德提出了自己的看法:"以强凌弱,以众暴寡。盗莫大于子,天下何故不谓子为盗丘,而乃谓我为盗跖。黄帝尚不能全德,而战涿路之野,流血百里。尧不慈,舜不孝,禹偏枯,汤放其主,武王伐纣,其行乃甚可羞也。伯夷、叔齐饿死首阳山,骨肉不葬。鲍焦抱木而死。申徒狄负石自投于河,为鱼鳖所食。介子推自割其股以食文公,抱木而燔死。尾生抱梁柱而死。子胥沈江,比干剖心。人上寿百岁,中寿八十,下寿六十。忽然无

---

① 柏拉图著,王晓朝译:《柏拉图全集》第三卷,第263页。

第六章 从孔子与苏格拉底比较看中西知识分子的两种不同理念

异骐骥之驰过隙也,不能说其志意,养其寿命者,皆非通道者也。诈巧虚伪事也,非可以全真也。"在盗跖看来,世界上最大的盗贼就是孔子,孔子应该称为"盗丘",皇帝、尧舜、大禹、汤武文王都不是什么圣王先哲,而是毫无道德仁爱的无耻之徒。况且所谓的仁义志士又有几个有好下场的呢?伯夷叔齐饿死在首阳山,尸体都无处埋葬;高洁的鲍焦抱着树木而死;正义的申徒狄背着石头自投于河中,成为鱼鳖的食物;介子推自己割腿肉给晋文公吃,但最后还是抱着树木被烧死;守信的尾生抱着桥梁被淹死。伍子胥沉江,比干被剜出心肝。这些所谓的正义之人有几个好下场呢?人生短暂,还不如保全性命重要呢!孔子自己被说得晕头转向,恐怖异常:"执辔三失,目茫然无见,色若死灰,据轼低头,不能出气。"正如他自己说的:"丘所谓无病而自炙也,疾走料虎头,编虎须,几不免虎口哉!"①接着,《盗跖篇》借着子张与满苟的对话充分表达了聪明与善的根本脱离,甚至是对立:"无耻者富,多信者显。夫名利之大者,几在无耻而信。""势为天子,未必贵也;穷为匹夫,未必贱也;贵贱之分,在行之美恶。""小盗者拘,大盗者为诸侯。桓公小白杀兄人嫂,而管仲为臣;田成子常杀君窃国,而孔子受币,论则贱之,行则下之,则是言行之情悖战于胸中也。成者为首,不成者为尾。""尧杀长子,舜流母弟,疏戚有伦乎?汤放桀,武王杀纣,贵贱有义乎?王季为适,周公杀兄,长幼有序乎?""小人殉财,君子殉名。其所以变其情,易其性,则异也;乃至于弃其所为而殉其所不为,则一也。""比干剖心,子胥抉眼,忠之祸也;直躬证父,尾生溺死,信之患也;鲍子立干,申子自埋,廉之害也,孔子不见母,匡子不见父,义之

---

① 陈鼓应译注:《庄子今注今译》,第776—780页。

失也。"①在子张与满苟看来,智慧能够使人成功,能够获得权势财富甚至是成为君王,权重一时的大臣,但这并不意味着他们有什么德性,"小盗者拘,大盗者为诸侯","成者为首,不成者为尾",他们往往是用自己的智慧,甚至是不义来获得声名,孔子和管仲都为险恶的君王服务,那依附权势的不仅仅是普通的小人,他们都被现实的利害所屈服,哪有仅仅为德性而存在的圣人呢?况且所谓的仁人志士大都以悲惨的下场来结束自己的生命,那些为世俗利益而丧失自我的人哪能算得上是有德性的人呢。所以徐复观说:"在上述的现实面与理想面的历史条件下,一般知识分子,多是在二者之间摇摆不定。即是有的为了现实而抛弃理想;亦有的因理想而牺牲现实,或者想改变现实。不过自隋唐科举制度出现后,知识分子集团的由现实中下坠,直下坠到只知有个人的功名利禄,不复知有人格,不复知有学问,不复知有社会国家的'人欲的深渊'里去了。"②当然《盗跖篇》所表达的德性与苏格拉底、亚里士多德、康德所说的德性有所不同,但对智慧与道德的区分却是一致的。

民族精神是一个民族政治、经济、艺术、科学、风俗观念等各方面所共同具有的基本特征,是一个民族,特别是它的知识分子关于人与自然、人与他者、人与自我等的基本理念,这种理念同时能在更为广大的民众中找到它的根基。其中最为重要的理念,如平等的理念、自由的理念、爱的理念,而平等的理念乃是其他理念的核心,没有平等就没有自由与爱。关于自由的理念,在黑格尔看来:"在东方世界,各民族还不知道精神或者人作为人本来是自由的,

---

① 陈鼓应译注:《庄子今注今译》,第790—791页。
② 徐复观:《中国知识分子精神》,华东师范大学出版社2005年版,第7页。

唯其如此,这样一种自由只能是情欲的放纵、粗暴和麻木不仁,只能是自然变故或者心血来潮。因此,这个人只能是专制暴君,其本身绝不是一个自由的人。只有希腊人才意识到自由,所以他们是自由的。但是,他们(还有罗马人)只知道少数人是自由的,而不知道人人都是自由的。连柏拉图和亚里士多德也不知道这一点。由于这个缘故,希腊人不仅占有奴隶,全靠奴隶来维持他们的生活,保存他们美好的自由,而且这种自由本身也多少只是一种偶然的、粗拙的、短促的和偏狭的精华。只有日耳曼民族从基督教中才意识到,人作为人是自由的,而精神的自由乃是他最独特的本性。"①黑格尔从自由的角度区分了三种民族精神:不知道自由的东方世界,专制暴君的绝对自由也不过是一种麻木不仁的放纵,根本与理性的自由不着边际;知道少数人自由的希腊人;从基督教中知道人人都自由的日耳曼人。黑格尔这时就表现出了他强烈的民族情绪,为他的名言"凡是合理的都是现实的,凡是现实的都是合理的"②做出了最好的说明。应该说基督教最为根本的概念不是自由,而是平等,不是人人在神面前的自由,而是在神面前的平等。由于中国传统文化中宗教精神匮乏,缺乏像基督教中这种平等精神的文化资源,不仅中国传统文化中平等的精神与普遍幸福的理念普遍匮乏,就是在今天,这种平等的精神也还需要进一步的宣扬,即使在知识分子的理念中平等的精神同样也是异常普遍匮乏的,甚至说就是因为知识分子中这种平等理念的普遍匮乏才导致了整个民族文化观念中平等理念的普遍缺失。在黑格尔看来,作为法国资

---

① 阿尔森·古留加著,刘半九等译:《黑格尔传》,第121页。
② 黑格尔著,范扬、张企泰译:《法哲学原理》,商务印书馆1961年版,第11页。

产阶级革命最显著的成果,自由的观念也是一步步在西方人心中扎根的,并不是一开始就深入人心的。黑格尔和赫尔德都曾把人类比作一个从东方开始向西方进行一次漫长旅途的漫游者:古老的东方是它的童年,希腊是它的青年,罗马是成年,日耳曼则是成熟的、充满活力与智慧的老年。[1] 黑格尔对中国和印度的批评,对希腊的赞扬是众所周知的。在黑格尔看来,中国强大的君权、父权控制了人的自由,没有平等、正义和信仰。印度人也和中国人一样注定要过一种没有尊严的奴隶生活。他们不愿意踩死一只蚂蚁,却对最低种姓的人视如草芥。洋溢着青春活力的希腊则使黑格尔宾至如归,充满美、自由与民主的希腊生活成了他的理想。在黑格尔看来,知识分子的首要任务就是要不断地追求普遍的理念,以文化的普遍性来衡量自身民族文化的局限性。黑格尔虽然在普法战争中受到了很大刺激,也遭到了很大损失,但他仍然希望法军获胜,因为他和歌德一样都认为拿破仑作为法国革命的继承者,将摧毁整个欧洲的旧秩序,同样也会为德国开辟新的将来。所以他兴高采烈地写道:"我看见拿破仑皇帝——这个世界精神——在巡视全城。这位伟大人物……骑着马,驰骋全世界,主宰全世界……见他一面实在令人心旷神怡。"[2]黑格尔自然知道民族差别和宗族差别是客观存在的,但是在他看来,主观精神要超越于民族之上,种族主义并不是真正理性的选择。当然,承认超越民族精神之上的普遍性价值观念的存在,并不意味着民族的虚无,那种对民族任何东西都毫无保留地加以夸张

---

[1] 阿尔森·古留加著,刘半九等译:《黑格尔传》,第123页。
[2] 同上书,第47页。

的人并不能为民族的进步带来任何积极的因素。黑格尔把学习古代文化看成人文主义教育的最重要的手段,终生对古希腊文化倾慕不已。"黑格尔说,谁不通晓古代创作,谁就白活一辈子,不知美为何物。(克莱门斯·布伦坦诺甚至这样谈到黑格尔,他为了能够真正欣赏《尼伯龙根之歌》,竟把它译成了希腊文。)"① 黑格尔的兴趣、美的理想几乎全在古代:"当他考察史诗问题时,他兴趣盎然,如数家珍地谈到《伊利亚特》、《奥德赛》。《尼伯龙根之歌》却得不到黑格尔多少好感。"② 这并不说明黑格尔盲目崇拜古希腊文化,而是在希腊文化中看到了人的共同理想。他在《哲学史演讲录》中更清楚地表达了这种观点。至少他没有把希腊文化贬得一文不值,把自己民族的所谓"根"看得异乎寻常得神圣,不管这个"根"对民族现在及未来的意义怎样。黑格尔的这种态度在中国知识分子看来是不可思议的。因为中国知识分子往往把民族的价值观念看成万古不移的东西。始终把自己民族的价值观念看得高于一切。这与他们在本质上把个体的利益看得高于一切是一致的。

韦伯在论述中国传统士与官的关系时说:"也有原则上不做官的士。这个自由活动的士大夫等级当时同印度、古希腊以及中世纪的僧侣和学者一样,体现着哲学流派的形成及其对立。尽管如此,士大夫等级本身却自认为是统一的:既有等级荣耀,又是统一的中国文化的唯一代表。对于作为整体的等级来说,充当诸侯幕僚是正常的,至少也是正常追求的收入来源和活动机会,这种关系

---

① 阿尔森·古留加著,刘半九等译:《黑格尔传》,第68页。
② 同上书,第137页。

一直是这个等级同古希腊罗马哲学家的区别,起码也是同印度俗人教育的哲学家(其意不在为官)的区别。孔子和老子都做过官,后来丢了官才过起老师和著作家的日子来。我们将看到,谋求官位(教会国家的官位)对于这个阶层的精神方式至关重要。"[1]这仍然值得今日的知识分子反思:如何在新的时代为自己定位?中国传统知识分子同样是最能体现中国传统哲学思想的人物。信奉孔孟哲学的思想者主张积极入世,而以老庄思想为人生原则的思想者则主张消极避世,《诗经·烝民》中所说"既明且哲,以保其身"是二者共同拥有的基本原则。只有少数能进入主要统治阶层外,大部分知识分子虽然信奉孔孟之道却无法获得仕途的成功,他们只好假托老庄哲学以山水为归宿,以逃避为手段。这是中国传统知识分子面临的共同问题。那些进入权力中心的知识分子始终处在权力斗争的漩涡之中,不能自拔。他们往往依附于权贵,很少有自己独立的价值观念,也无独立的人格和自由的思想。正如徐复观所说:"我国知识分子,抑压于专制政治之下,非旷代大儒,即不能完成人格精神之独立自主;而政治之主动性之被完全剥夺,更无论矣。才智之士,依附于一二悍骛阴猾之夫,以成其所谓功名事业,则饰其所主者曰'圣君',而自饰曰'贤相';圣君贤相,乃中国历史中最理想之政治格局,固不知此种格局之背后,实际藏有无限之悲剧矣。中山先生年少上书李鸿章,其内容姑不且论,要其此时之精神尚未脱离传统之政治羁绊,则彰彰甚明。若当日果因此而受知于李氏,他日且得为北洋大臣,其对中国政治之贡献,究与李氏奚若,吾不敢知矣。乃上书无成后,竟赤手空拳,创立政党,一跃而欲

---

[1] 马克斯·韦伯著,王容芬译:《儒教与道教》,第164页。

以自身组成之政党,担当国家政治问题之主责;此真表现中山先生精神生命之一大解放。中国知识分子,必先有此一精神解放,乃足以进而正视中国之问题,担负国家使命。余尝谓我国历史,仅有大奸大猾之造反,而无书生之造反,此实历史之羞,亦书生之羞。"①不要说造反,即使是生活的可能都是异常之艰难。所以《文心雕龙·程器》讲:"孔光负衡据鼎,而仄媚董贤,况班马之贱职,潘岳之下位哉?王戎开国上秩,而鬻官嚣俗,况马杜之磬悬,丁路之贫薄哉?"孔光位为宰相,却还向董贤谄媚,何况班固、马融、潘岳这样地位卑贱的人呢?作为开国大臣的王戎还卖官鬻爵,收受贿赂,更况司马相如、杜笃、丁仪、路粹这样的贫贱之人呢?所以"将相以位隆特达,文士以职卑多诮;此江河所以腾涌,涓流所以寸折者也"②。将相因为自己位置显赫就光彩照人,文人因为自己位置卑微就常常受到讽刺,这就像江河大海奔腾汹涌,一往无前,而涓涓细流却难以前行一样。《史传》中也表达了同样的感慨:"勋荣之家,虽庸夫而尽饰,迍败之士,虽令德而嗤埋,吹霜煦露,寒暑笔端,此又同时之枉,可为叹息者也。"③出身于上层人家,即使是平庸之人也要夸得很完美,困顿落魄之人,即使有美好的德性也会受到嘲笑埋没。霜露冷暖全凭着一支笔,歪曲事实,真是令人心寒。想想《梁书·刘勰传》中所说的:"勰早孤,笃志好学。家贫,不婚娶,依沙门僧佑,与之居处。"等到他写出《文心雕龙》后,"自重其文",自己虽然认为很好,但仍然得不到认可,只好"欲取定于沈约。约时贵盛,无由自达,乃负其书,候约出,干之于车前,状若货鬻者。"从刘勰自身

---

① 徐复观:《中国知识分子精神》,第55页。
② 范文澜注:《文心雕龙注》(下),第719页。
③ 同上书,(上),第287页。

的经历,可以看出他发出这样的感慨也是自己心路历程的写照。所以鲁迅认为"江河所以腾涌,涓流所以寸折"深刻地揭示了中国传统文化内在的痼疾。由此看来,古代庶人出身的士阶层虽然常常由于自身对同一阶层的贡献而被列在庶人之上,但他的社会地位却无法和有世禄待遇的士大夫相比。因此《孟子·梁惠王章句上》讲:"王曰何以利吾国,大夫曰何以利吾家,士庶人曰何以利吾身。"孟子把"士庶"当作一层,与王与大夫区分开来。我们从孔子的社会地位与人生遭遇也可看出。但是传统知识分子的社会意义并不取决于他们出身或社会地位,而是由于他们自身的行为修养与他们一贯主张的基本原则,正如孔子对整个中国文化的根本意义。总之,苏格拉底和孔子有着同样相似的个体形象。黑格尔说:"苏格拉底是各类美德的典型:智慧、谦逊、节约、有节制、公正、勇敢、坚韧、坚持正义来对抗僭主与平民,不贪财,不追逐权力。苏格拉底是具有这些美德的一个人,——一个恬静的、虔诚的道德形象。他对于金钱的冷淡是完全出于他自己的决定,因为根据当时的习惯,他教授学生是可以像其他教师一样收费的。"[1]特别是苏格拉底对欲望的控制更是成为他实现自己哲学理想的一个重要标志。他说:"至于色欲,人人虽然承认它发生很大快感,但是都以为它是丑的,所以满足它的人们都瞒着人去做,不肯公开。"[2]苏格拉底说自己,当别人看见美女都迎头而上的时候,他却往相反的方向跑。所以柏拉图在《会饮篇》中描写苏格拉底时说:"没有人能像他那样忍饥挨饿,没有人见过他喝醉。赤脚在冰上走,比穿鞋的人还

---

[1] 黑格尔著,贺麟、王太庆译:《哲学史演讲录》第二卷,第50页。
[2] 朱光潜译:《柏拉图文艺对话集》,第200页。

自在。从早上到第二天早上一直站在一个地点想问题。背着重兵器撤退。在风度方面,在言语方面古今找不出一个人可以和他相比。"①这是苏格拉底用自己的行为来实现自己哲学主张的体现。在这方面苏格拉底和孔子一样,哲学的主张与个体的人格是完全一致的,达到文品与人品的高度统一,这在中西方文化史上都是影响深远的。在主张文品和人品分离理论大行其道的今天,很具有现实意义。我们可以在他们身上发现很多相似的地方。苏格拉底智慧、谦逊,孔子也是一样,虽然他也常常发牢骚,但仍然是一个谦逊的人,特别是他"废寝忘食,乐以忘忧,不知老之将至","朝闻道,夕死可矣"的态度表现了他在真理面前的谦虚无私的真诚态度,其他"节约、有节制、公正、勇敢、坚韧、坚持正义、不贪财、不追逐权力"等个人的修行都是基本相似的。只有两点有着根本的不同。一个是孔子收取学费,当然按劳取酬是应当的,但这暗含了关于教育与追求真理的两个基本原则的不同:为费用而追求真理,还是为纯粹的真理而追求真理。另一个就是苏格拉底敢于赴死,这不符合孔子明哲保身的原则。孔子是否受到老子的影响是有争议,但孔子明哲保身的态度却在《论语》中很容易得到印证。苏格拉底是由于遵守法律,为雅典的民主制提供相反的证明而勇于赴死,和后来耶稣的勇于赴死形成了鲜明的对照。后来很多知识分子在受到强权的排挤后隐居山林,甚或"大隐隐于朝",不仅仅是受到老庄思想的影响,孔子本身就有这种避世的思想。因此,孔子的积极入世与老庄的避世在中国的知识分子身上是统一的。他们在面对社会动荡、社会矛盾激化时所采取的根本不同的态度和立场,显示了苏

---

① 朱光潜译:《柏拉图文艺对话集》,第 278—289 页。

格拉底除了对真理和善的纯粹探讨之外,并没有自身独特的个体利益,至少他对真理探讨的同时没有考虑到自身独特的利益。孔子也很少考虑自身的利益,但中国的知识分子传统由于和政权的密切关系,使得他们在讨论真理、正义与善的观念时,很难摆脱自身现实利益的束缚而采取客观的中间立场。对真理的探讨如和权力密切结合,产生的结果就会和对真理的探讨背道而驰。其他如苏格拉底和孔子不同的讲话方式也是二者哲学理念不同的重要体现。黑格尔讲苏格拉底:"他同任何人谈话,都保持着阿提卡的文雅风度的特点,不自以为是,不好为人师,不强人从己,充分保证并尊重他人的自由权力,避免一切粗暴无礼的态度。因此克塞诺封的、特别是柏拉图的对话集,成为这种优美的社交文化的最高典范。"①苏格拉底的对话精神成为西方文化传统的一部分。孔子的对话精神却在后来的承传中,在获得话语霸权的过程中逐渐消亡了。

孔子的积极从政与苏格拉底的反对从政,追求真理与追求权力是两种根本不同的理念。正如苏格拉底的信念一样:"追求真理——这是哲学的唯一任务。"这也是知识分子的唯一任务。黑格尔说:"在柏拉图看来,哲学给予个人以他所须遵循的方向,以便认识个别事物;但是柏拉图一般地把对于神圣对象的考察(在生活中)当作绝对幸福或幸福生活本身。这种生活是静观的,仿佛是无目的的,一切实际利益都消除了的。在思想的王国里自由地生活,在古代希腊哲学家看来,是绝对目的的本身。他们认识到,只有在思想里才有自由。"②苏格拉底一生都以追求真理为自己的责任,

---

① 黑格尔著,贺麟、王太庆译:《哲学史演讲录》第二卷,第52页。
② 同上书,第223页。

即使面临被控死罪也毫不反悔。他对审判官说:"假定你们愿意在这些条件下判我无罪,那么先生们,我会这样答复,我是你们感恩的和忠实的仆人,但是我宁可服从神而不服从你们,只要我还有生命和能力,我将永不停止实践哲学,对你们进行规劝,向我遇到的每一个人阐明真理。我将以我通常的方式继续说,我的好朋友,你是一名雅典人,属于这个因其智慧和力量而著称于世的伟大城市。你只注意尽力获取金钱,以及名声和荣誉,而不注意或思考真理、智慧和灵魂的完善,难道你不感到可耻吗?"①他为了追求真理而放弃一切,包括生命和财产,追求真理与善的最大的证明就是他的贫穷与一无所有,以至于最后竟无法交起罚金。他把对真理、智慧、善和正义的追求放在生命的首位,不停地反思自己的精神生活,他认为没有反思的人生是不值得活着的。作为一个哲学家和公共知识分子,他还对公众的精神生活进行考察,正如他不断地考察自己。和对西方文化影响深远的两个人都是因为自己对真理和善的追求而终身贫穷并因此而丧失生命形成对比,对中国文化影响深远的老子、庄子、孔子、孟子都没有这种结果,甚至他们都在理论上尽力地避免甚至反对这种结果,认为这种结果正是哲学思想不合时宜的表现。相反孔孟还一直把获得世俗的利益当作成功的重要标志,虽然孔子在理论上主张"饭疏食饮水,曲肱而枕之,乐亦在其中矣。不义富且贵,于我如浮云。"老庄精神主旨则是为了达到精神的自由而采取避世的态度。但也只有孔子的修养能够达到这种人生的最高境界,但是当世俗利益与对正义的追求相矛盾时,只有苏格拉底对正义追求的精神才能作为真正的行为原则。苏格

---

① 柏拉图著,王晓朝译:《柏拉图全集》第一卷,第18页。

拉底甚至都不避开死亡,认为死亡在某种意义上正是逃避比死亡更为不幸的恶的方法与途径,他认为人不应当把自己的智慧用于逃避死亡与贫穷,而应当把智慧用于逃避愚蠢和罪恶。他说:"逃避死亡并不难,真正难的是逃避罪恶,这不是拔腿就跑得掉的。以我的现状而言,年纪又大,跑得又慢,已经被二者中跑得较慢的死亡追上了,而我的原告虽然身手敏捷,但由于行不义之事而被跑得快的罪恶追上了。我离开这个法庭的时候将去受死,因为你们已经判我死刑,而他们离开这个法庭的时候,事实本身判明他们是堕落的、邪恶的。他们接受他们的判决,就像我接受我的判决。事情必然如此,我认为这个结论相当公正。"①苏格拉底不仅勇敢地面对死亡,甚至认为"那些以正确的方式真正献身于哲学的人实际上就是在自愿地为死亡做准备","哲学家不过是一个半死的人","真正的哲学家为他们的信念而死,死亡对于他们来说根本不足以引起恐慌","如果你们看到某人在临死时感到悲哀,那就足以证明他不是智慧的热爱者,而是身体的热爱者"。这在普通人是无法理解的,但在苏格拉底看来却无疑是正确的。② 死亡不过是肉体的消失,而罪恶却关系到灵魂的纯洁,一个理性的人、一个哲学家不应仅仅关心他的身体,至少应该对灵魂的关注超过对身体的关注,死亡不过是灵魂从肉体中解脱出来,处于分离的状态,并不可怕,可怕的是灵魂的堕落,一个真正的哲学家应该是按照他自己的哲学方式生活并按照他自己的哲学方式结束生命的人,是自己哲学的真正实践者,而不是为自己的哲学提供反正。从这个角度,苏格拉

---

① 柏拉图著,王晓朝译:《柏拉图全集》第一卷,第29页。
② 同上书,第60—66页。

底乃是一个反对人的欲望合理性的哲学家。他说:"难道你不认为,进行这种尝试,最成功的人就是那个尽可能接近每个对象的人,他使用的理智没有其他感观的帮助,他的思考无须任何视觉,也不需要把其他任何感觉拉扯进来,这个人把他纯洁的、没有玷污的思想运用于纯洁的、没有玷污的对象,尽可能切断他自己与他的眼睛、耳朵以及他的身体的其他所有部分的联系,因为这些身体器官的在场会阻碍灵魂获得真理和清理思想。"这与《老子》十二章"五色令人目盲;五音令人耳聋;五味令人口爽;驰骋田猎令人心发狂。难得之货,令人行妨。是故圣人为腹不为目,故去彼取此"的观点完全相似,他们都指出肉体对认识真理的负面作用,推而广之也就是物欲文明对于人的弊害。这样苏格拉底也就是性恶的理论代表。他说:"首先,身体在寻求我们必须的营养时向我们提供了无数的诱惑,任何疾病向我们发起的进攻也在阻碍我们寻求真实的存在。此外,身体用爱、欲望、恐惧,以及各种想象和大量的胡说,充斥我们,结果使得我们实际上根本没有任何机会进行思考。发生各种战争、革命、争斗的根本原因都只能归结于身体和身体的欲望。所有战争都是为了掠夺财富,而我们想要获取财富的原因在于身体,因为我们是侍奉身体的奴隶。根据这些解释,这就是为什么我们几乎没有时间从事哲学。最糟糕的是,如果我们的身体有了某种闲暇,可以进行研究了,身体又会再次介入我们的研究,打断它,干扰它,把它引向歧途,阻碍我们获得对真理的关照。我们实际上已经相信,如果我们要想获得关于事物的纯粹的知识,我们就必须摆脱肉体,由灵魂本身来对事物本身进行沉思。从这个论证的角度来判断,只有在我们死去以后,而非在今生,我们才能获得我们心中想要得到的智慧。如果有身体相伴就不可能有纯粹的知识,那么获得知识要么是完全不可能的,要么只有在死后才有可能,因为仅当灵魂与身体分离,独立于身体,获得知识才是可能的。只要我们还活着,我们就要继续接近知识,我们要尽可能避免与身体的接触和联系,除非这种接触是绝对必要的,而不要允许自己受身体的性质的感染,我们要洗涤我们自己受到的身体的玷污,直至神本身来拯救我们。"①苏格拉底把精神与肉体的对立当作人达到真理与正义的必然障碍,在他看来,肉体是个体的、偶然的、必死的东西,而精神和灵魂所最终追求的是普遍的、必然的、永恒的理念,国家、灵魂、理念必然战胜个体、肉体、偶然性也就是合理的了。也就是从这个角度苏格拉底认为幸福并不是取决于个体感受的事情,而由普遍的幸福所决定。他说:"我把那些高尚的、善良的男男女女称作幸福的,把那些邪恶、卑贱的人称作不幸的。"他甚至认为恶人不能得到惩罚就更加不幸:"恶人和作恶者在任何情况下都是不幸福的,如果他没有遇上正义和接受惩罚,那么他就更加不幸福,如果他付出了代价,从诸神和凡人那里受到惩罚,那么他就好些了。"②在苏格拉底看来,普遍的幸福才是真正应该获得、应该值得追求的幸福,个体的幸福应该建立在普遍的幸福之上,逃避惩罚乃是比作恶更大的犯罪,因此他才宁愿冒着死亡的危险来接受惩罚,不能以不正确的逃避来回应不正确的判罚。

与此相关,苏格拉底的身份与孔子所担当的,也就是他希望担当的身份就根本不同。他认为自己的一生就是从事爱智慧之学。他说:"现在我相信,我了解,神派我一个职务,要我一生从事爱智

---

① 柏拉图著,王晓朝译:《柏拉图全集》第一卷,第63—64页。
② 同上书,第350—353页。

第六章 从孔子与苏格拉底比较看中西知识分子的两种不同理念

之学,检查自己,检查他人,我却因怕死或顾虑其他,而擅离职守;这才荒谬。"①他反对参与政治。他说:"我到处巡游,席不暇暖,突不暇黔,私下劝告人家,而不敢上公庭对众讨论国是、发表政见,这也许显得离奇。其缘因,你们听我随时随地说过,有神灵降临于我心,就是迈雷托士在讼词上所讽刺的。从幼年起,就有一种声音降临,每临必阻止我所想做的事。总是退我,从不进我。他反对我从事政治。我想反对得极好;雅典人啊,你们应知,我若从事政治,吾之死也久矣,于己于世两无益也。莫怪我说实话。凡真心为国维护法纪、主持公道,而与你们和大众相反对者,曾无一人能保首领。真心为正义而困斗的人,要想苟全性命于须臾,除非在野不可。"②这样作为教育家的苏格拉底与希望作为政治家而存在的孔子就根本不同。苏格拉底终生的义务就是追求真理,追求正义和善。他始终相信神交给他的义务就是,教导城邦的人要不停地修身,获得道德,对那些不服从劝告的人,他责备他们。虽然他说过"日不过是一块石,月不过是一团土"。但他的神根本含义不过是对完美存在的信仰罢了。他为了履行神给的义务从未考虑到死对他的影响,甚至死不过是一次长眠,能使他暂时摆脱这个并不完美的世界,从而到另一个更加完美有很多伟大先知生存在那里的世界里生活,而不像孔子那样始终怀抱着明哲保身的想法来为自己准备后路。即使这样他仍然希望自己能活着,但这不是为了自己而是为了使城邦的人能更具有道德与正义。在他看来,"他是神赠予他们唯一无二的朋友,他用嘲谑的言语把自己说成马虻刺激肥大而

---

① 柏拉图著,严群译:《游叙弗伦 苏格拉底的申辩 克力同》,第65页。
② 同上书,第68页。

迟钝的马使之奔驰。他为什么从不参与公务？因为惯听的神音阻止了他；他若任公职，就要仗义而与众争，便不能生存而做不好事。曾两次在公务上为正义冒着性命危险：一次在审讯大将时，另一次是抗拒三十寡头的暴命"。① 要是孔子就早早地逃避开了。苏格拉底虽然没有担当任何公职，但他却把自己的一生花在不取任何报酬地教导城邦人和年轻人身上，并始终认为这是他义不容辞的义务和使命。由于他从不收取任何报酬，他也就更加公正而无私，他也就使他教育的对象更加自由，更加尊重苏格拉底，但二者都按照神，或者是无上的正义或善的原则来办事，而不是按照苏格拉底的话去做。因为苏格拉底从来也没有考虑到自己，从来没有自己独特的利益，包括他的生死也是为了雅典人的命运而存在。他在临死前的申辩中说："雅典人啊，我此刻的申辩远不是为我自己，如有人之所想，那是为了你们，使你们不至于因处死我而辜负了神所赠予的礼物。因为，你们如果杀了我，不易另找如我之与本邦结不解之缘的人，用粗鄙可笑的话说，像马虻粘在马身上，两种马因肥大而懒惰迟钝，需要马虻刺激；我想神把我绊在此邦，也是同此用意，让我到处追随你们，整天不停对你们个个唤醒、劝告、责备。诸位，这样的人不易并遇，你们若听我劝，留下我吧。像睡眠中被人唤醒，你们尽许会恼我、打我，听安匿托士的话，轻易杀我，从此你们余生可以过着昏昏沉沉的生活，除非神关切你们，另派一个给你们。我这样的人是神送给此邦的礼物，在这方面你们可以见得：我自己身家的一切事务，多少年来经常抛之脑后，总是为你们忙，分别个个专访，如父兄之于子弟，劝你们修身进德，——这不像一般

---

① 柏拉图著，严群译：《游叙弗伦 苏格拉底的申辩 克力同》，第48页。

人情所为。"①因为苏格拉底从未有考虑过自己的利益,他只是考虑如何具有德性,德性不应出于钱财,而是钱财应该出于德性。正如孔子的穷困一样,"饭疏食饮水,曲肱而枕之,乐亦在其中矣"。他教育的对象不仅不分贫贱富贵,同时反对收费。他在《大希庇亚篇》中说自己从没有用智慧挣到一分钱。而且认为"古代的伟人没有一个认为要为自己的智慧收费,或者认为给各种各样的听众演讲要收费,他们头脑太简单,以至于不知道金钱的无比重要"②。他的心中只有正义:"我一生无论在朝在野,总是这样一个人,不曾背义而对任何人让步,不论诽谤我的人所指为我的弟子或其他人。我不曾为任何人之师;如有人,无论老少,愿听我谈论并执行使命,我不拒绝,我与人交谈不收费、不取报酬,不论贫富,一体效劳;我问,愿者答,听我讲。其中有人变好与否,不应要我负责,因为我不曾应许传授甚么东西给任何人。"③苏格拉底以异常谦虚的态度来追求真理,时刻反思自我,体察自我与人的局限性。他在《申辩篇》中叙述自己在访问了一个自称以智慧著称的政治人物后说:"我是智过此人,我与他同时一无所知,可是他以不知为知,我以不知为不知。我想就在这细节上,我确实比他聪明:我不以所不知为知。"④更重要的是苏格拉底以追求真理为己任,不怕结怨,满怀着苦恼和恐惧,用他自己的话说就是"必须把神的差事放在首位",最后终于因此而死。关于神与死亡的关系,他们都很少考虑人死之后的事情,神也不是人死之后仍然存在的精神。和孔子"不语怪,

---

① 柏拉图著,严群译:《游叙弗伦 苏格拉底的申辩 克力同》,第67页。
② 柏拉图著,王晓朝译:《柏拉图全集》第四卷,第27—54页。
③ 柏拉图著,严群译:《游叙弗伦 苏格拉底的申辩 克力同》,第70页。
④ 同上书,第56页。

力,乱,神"一样,苏格拉底在《申辩篇》中讲到关于死的话:"怕死只是不聪明而自以为自己聪明、不知道而自以为知道的另一种形式。没有人知道死亡对人来说是否真的是一种最大的幸福,但是人们害怕死亡,就好像他们可以肯定死亡是最大的邪恶一样,这种无知,亦即不知道而自以为知道,肯定是最应受到惩罚的无知。""我不拥有关于死亡之后的真正的知识,我也意识到为我不拥有这种知识。但是我确实知道做错事和违背上级的命令是邪恶的、可耻的,无论这个上级是神还是人。"①在苏格拉底看来,并没有死去的人回来告诉人们死是怎样得可怕,希望人们不要去死,相反,在苏格拉底看来,死不过是一种长眠,是到另外一个有很多伟大人物灵魂的地方,这是和死去伟人相会的唯一方法,况且死亡的世界没有不公的审判,没有因为不同政见而被判死刑的恐怖。这当然是苏格拉底幽默的说法。无论怎样,关于死亡苏格拉底和孔子的观念基本是一致的,那就是对死一无所知和毫不关心。苏格拉底对死亡的毫不关心与他对权力和金钱的漠不关心是一致的。他在《大希庇亚篇》中说,那些古代因为智慧而出名的伟大人物,如泰勒斯学派的代表人物,一直到和他同时代相近的伟大人物,再到阿那克萨戈拉为止都不习惯于参与政治活动。②色诺芬说:"对于那些渴望听他讲学的人,他自己也没有索取过金钱的报酬。他认为,不取报酬的人是考虑到自己的自由,而称那些为讲学而索取报酬的人是迫使自己做奴隶,因为他们不得不和那些给予他们报酬的人进行讨论。他还感到惊异的是:任何自称为教导德行的人竟会索取

---

① 柏拉图著,王晓朝译:《柏拉图全集》第一卷,第17页。
② 柏拉图著,王晓朝译:《柏拉图全集》第四卷,第26页。

金钱为报酬,而不认为获得一个朋友这件事本身就已经是最大的利益,反倒深怕那些由于他们的帮助而成为光荣可敬的人们,不会对于他们的最大的恩人怀抱由衷的感激。"① 苏格拉底教育不收费,主要是因为收费是对教育者的直接约束,收费就意味着接受某种条约,承担某种义务,被动地履行某种职责。甚至意味着,不交费就不存在教育的关心。苏格拉底的教育不要收费,也是他纯粹追求真理的一个表现,不参与政治也是他为了能专心思考真理、正义、善而不被政治所干扰。苏格拉底注重对真理的探求,着重于对道德的寻求。他喜欢以朋友的身份,以平等的态度来共同探讨真理、善和美的问题。他宁愿作为真理的接生婆,而不愿作为真理的发布者来获得报酬。在他的眼里,那些为金钱而出卖智慧的人不过是些诡辩者,是智慧的出卖者。同时他也始终反思自身对真理和善与美的认识,从而使他始终以客观谦虚的态度来面对他的对话者,面对所讨论的对象。孔子则不同。孔子虽然讲"有教无类"。但他又讲"自行束修以上,吾未尝无诲焉"。(《述而》)虽然孔子的学费不是很贵,但这种收费的教育,就产生了逻辑上的问题:不"自行束修以上"者如何处理呢? 这是一个非常现实的问题,即使在今天我们还在面临这个问题:贫穷人如何受到教育? 如果这个问题没有解决,那么问题就是:我们虽然有着几千年的文明,可其中能受到教育的人却很少,受到良好教育的就更少,那我们民族巨大的精神财富又储存在哪里呢,是储存在广大民众的头脑里,还是储存在图书馆里呢? 教育的巨大差异,教育资源的巨大不平均,使得话语霸权的问题更加突出。不要说普通的文学问题,就是像《文心雕

---

① 色诺芬著,吴永泉译:《回忆苏格拉底》,第 7—8 页。

龙》这样经典的著作又有多少人读过,又有多少人真正钻研过呢?这无疑首先造成了知识分子与民间文化的巨大鸿沟。知识分子阶层自身独特利益的显著存在,使得中国传统文化的差异呈现了更为复杂的局面。因此历来的文学内部之争都和权力之争密不可分地联系在一起。

二、中国传统知识分子角色的现代转换

苏格拉底的一生是追求真理、正义的一生,而且仅仅是追求真理、正义的一生,在困苦中追求真理与正义,因此他在临死前还无法交付罚款。他为真理而生存,为真理而就义的形象与耶稣为善而奋斗,为善而赴死的形象成为西方文明两个最为光辉的理想形象。苏格拉底始终按照德尔非神庙的预言"认识你自己"而不断地反思自我。反思不是回忆而是根据理想的原则来对比自己的行为与思想,并考察它的得失。苏格拉底说:"未经省察的人生没有价值。"他不仅省察别人,同时也省察自己。正如鲁迅所说,在解剖别人的同时也更严酷地解剖自己。他首先揭露了政治家没有智慧,却自认为有智慧。接着他揭露了诗人,那些写颂神、咏史诗歌的人,他发现诗人解释自己的诗歌还不如在场其他人解释得更好,他们还因为自己的诗歌写得好就自认为其他方面也超过别人,其实并不如此。接着他访问了手工艺人,得到的结论是同样的。他们都自认为样样都通,都超过别人。因此苏格拉底得出结论,神之所以认为他——苏格拉底是世界上最有智慧的人,就是因为,"我是智过此人,我与他同时一无所知,可是他以不知为知,我以不知为不知,我想我在细节上,我确实比他聪明;我不以所不知为知"。他

第六章 从孔子与苏格拉底比较看中西知识分子的两种不同理念

最后得出的结论就是:"我秉神命出访时,发现最高的人几乎最缺乏智慧,其他较低的人却较近于有学问。"①苏格拉底以实事求是的态度来考察别人,并反思自己,正如孔子所讲的,"知之为知之,不知为不知,是知也"。只有始终以追求真理、追求正义为己任的智者才能达到这样的境界。这样就成就了中西文化史中两种知识分子不同的命运:苏格拉底及耶稣的死与孔子及老子的仕与隐。苏格拉底死前的申辩成为西方文化中光辉灿烂的经典文献。他的死显示出一个勇于追求真理的哲人的巨大精神力量,他为自己被控诉所做的正直、真诚、坦然的申诉表明了他伟大的人格力量,以勇敢、镇定的态度接受了法律判给他的死刑,并以坚定的态度拒绝了越狱,以坦然的神态来展示对自我的信心,这一切都使我们感到一个终身以追求真理为己任的智者所达到的不可超越的境界。荷马把预知未来的能力归之于快要死的人,苏格拉底的申辩表现了一个伟大的智者在如何认识他人、如何反思自我时所表现出来的英勇无畏与豪迈气概。只有孔子的"朝闻道,夕死可也"才能表达苏格拉底的这种境界吧。

在苏格拉底看来,一个真正的哲学家并不是把世俗的利益始终放在心上,而是要为永恒的正义、真理、善而思考。他说:"让我们来谈谈首要的哲学家,比较差的哲学家可以忽略不谈。他们自幼不知道去市场、法庭、议事厅,或其他公共场所的路,也从来没有听到过宣读政令,或者读过法律条文。在政治集团的斗争中谋利、集会、宴饮,与吹笛女结婚,这些事对他们来说,甚至连梦中都没有出现过。公民的高贵或低贱,或者他们的劣性是否有父母双方世

---

① 柏拉图著,严群译:《游叙弗伦 苏格拉底的申辩 克力同》,第56页。

系的遗传,对此类事,哲学家所知并不比对于大海里有多少水知道得更多。他甚至不知道自己对所有这些一无所知,如果他们离群索居,那么不是为了获得名声,而是因为实际上只有他们的身体居住在城市里,而他们的思想已将世上的这些事物视为毫无价值的。他们的思想好像插上了翅膀,如品达所说:'上抵苍穹,下达黄泉。'观察天象,测量大地,到处寻求作为一个整体的事物的真正本质,从来不会屈尊思考身边的俗事。"特别是针对泰勒斯相传在仰望天空时不慎落入井中而被机智伶俐的色雷斯女仆嘲笑,说他渴望知道天上的事情,却看不到脚下的东西时,苏格拉底说:"任何人献身于哲学就得准备接受这样的嘲笑。"① 世俗的评价并不能影响一个真正哲学家思想的价值,因为在他的心中只有真理、善和正义存在。苏格拉底以追求真理为幸福的静观的生活,与孔子周游列国,和政权密切结合的生活是根本不同的。当然孔子周游列国其目的之一是为了宣扬他的哲学思想。但是对哲学的宣扬和对哲学的实践毕竟是两个本质上根本不同的东西。我们从《论语·为政》中孔子的态度就可以看出。有人问孔子说:"子奚不为政?"孔子回答:"书云:'孝乎惟孝,友于兄弟,施于有政。'是亦为政,奚其为为政?"孔子引用了《尚书》中的话,在家孝顺父母友爱兄弟,把这种关系影响到政治上,也就算参与政治了,没有必要亲自做官。所以《论语·泰伯》中孔子说:"三年学,不至于谷,不易得也。"一个人读了三年书而不存在做官的念头,是很难得的。孔子其实是非常希望自己能有所作为的,所以他说:"天下有道则见,无道则隐。邦有道,贫且贱焉,耻也;邦无道,富且贵焉,耻也。"天下政治清明就出来从

---

① 柏拉图著,王晓朝译:《柏拉图全集》第二卷,第 696—697 页。

政,天下大乱就隐居起来。政治清明贫穷地位低下是耻辱,政治黑暗大富大贵也是耻辱,可见他在追求富贵的同时始终把仁义放在前面。所以《论语·里仁》说:"富与贵,是人之所以欲也;不以其道之,不处也。贫与贱,是人之所恶也;不以其道得之,不去也。君子去仁,恶乎成名?君子无终食之间违仁,造次必于是,颠沛必于是。"《论语·述而》中也说:"不义而富且贵,于我如浮云。"人人都喜欢富贵,他自然也喜欢富贵,但他和别人的区别就是他始终把仁义放在前面,没有仁义的富贵他是看作如浮云一般的。君子在吃饭的时候,在慌慌张张的时候,在颠沛流离的时候都不能离开仁义,何况在富贵的时候呢,所以他说,在国家混乱的时候,一个人如果能够获得富贵,所谓发国难之财,他认为这是可耻的。《论语·宪问》中他也说:"邦有道,榖;邦无道,榖,耻也。"应该在国家政治清明的时候做官拿俸禄,在国家昏乱的时候做官拿俸禄就是可耻,这个时候应该隐退。《论语·公冶长》中他说:"邦有道,不废;邦无道,免于刑戮。"国家混乱无道的时候就应该隐退装糊涂,也就是郑板桥所说的难得糊涂。其实,孔子在他所处的混乱时代,也从未放弃过努力,因此经历各种各样的冷嘲热讽,但他始终坚定不移,也就是《论语·微子》中所说的:"鸟兽不可与同群,吾非斯人之徒与而谁与?天下有道,丘不与易矣。"为了仁德能通行于天下从未间断过自己的努力。在《论语·阳货》中当阳货问他:"怀其宝而迷其邦,可谓仁乎?"他自己回答说:"不可。"阳货又问:"好从事而亟失时,可谓知乎?"他自己又回答说:"不可。日月逝矣,岁不我与。"孔子只好回答:"诺;吾将仕矣。"阳货责问孔子也是正中孔子的痛处:自己有很大的本领,却无法对国家做些有益的事情,这是和孔子所主张的仁德不一致的;自己喜欢做官,却一再地失去机会,这自然也不能算作聪明。看着时光的不断流逝,自己却无所适从。由此看来,常常说要隐居乃是自己不得志的自我解嘲。孔子的矛盾不是他语言与逻辑之间的矛盾,而是他理想的主张与混乱现实之间的矛盾,他主张应该在政治清明的时候出来做官,但混乱的时代又不能为他提供一个实现自己理想的可能,隐居的自我解嘲也就是逻辑的必然了。孔子这种积极把知识与政权密切结合的理念对中国传统文化产生了深远的影响。韦伯对中国传统文化中知识分子与官僚体制密切结合的文化特点分析得异常透彻。他认为中国传统文化中对历史的加工与想象、对他者文化的排斥与压制、对权力的全力追逐与对现实的无条件肯定等成为中国传统文化中知识分子与权力密切结合所表现出的基本特点。正如王国维指出的:"披我中国之哲学史,凡哲学家无不欲兼为政治家者,斯可异已!"①在韦伯看来,官吏是中国传统文化中各个阶层中最有权势的既得利益者。经商之人,虽然有钱,但其社会地位并不能超越于官僚之上,由于钱能通官,资力雄厚的商人用自己的金钱打通官僚阶层,这样就开通了生财之道。他说:"特别值得注意的是,根据世袭制原则,求官办事,应当'酬'谢,可是又没有法定的规定费用的清单。官员的总收入加上这笔额外的收入,首先用于支付他的职务的实际杂费和这项职务所负责的行政开支。在上级就任时以及逢年过节都得送'礼',上司的欢心影响着的命运,为了巴结上司,就得尽量送厚礼。同时他还得给上司那些非正式的谋士和下属准备丰厚的小费,只要他们能影响他的命运(如果他想拜见上司,就得一直打点到看门人)。逐级行贿,一直要行贿到宫中宦官,宦官甚至收到最

---

① 王国维著,傅杰编校:《王国维论学集》,中国社会科学出版社 1997 年版,第295 页。

高级的官员的贡物。专家们估计,仅土地税一项,官方公布的税收量与实际税收量之间的比例,就达到1:4。"①在韦伯看来,行贿乃是官僚体制的必然结果,因为"中国的官儿,是官儿也是收税人,——事实上当官儿的就是收税人,——他们有积累财富的理想机会,在世袭制国家里总是这样。"②所以对于权力的追逐成为整个中国传统文化的一个根本现象,对教育资源的垄断、对知识的垄断与对权力的垄断乃是一体化的,靠政治资本来积累财富乃是读书人的普遍梦想,同时政治资本又必须以知识资本为依托,一个人的升官发财不仅给自己,同时也给家族,甚至整个地区带来巨大的利益。经济利益的获取不是理性原则占优势的通过经济途径的获取,而更多的是一种依靠政治投机的升官发财。这样就形成了一种二者共生的根本关系。韦伯说:"只有希腊的哲学流派扶植了一种不受任何经典束缚、不受任何俸禄利益制约,仅仅为培养希腊'绅士'(集善、美于一身的有教养的人)服务的纯粹的俗人教育。中国的教育为俸禄利益服务,受经典束缚,但又是地地道道的俗人教育,一半儿打上了礼仪的烙印,一半打上了传统伦理的烙印。学校既不教数学,也不教自然科学、地理和语言理论。哲学本身既没有思辨的与系统的特征,如希腊的或者印度与西方的神学教育;也没有理性与形式主义的特征,如西方的法学教育;也没有经验案例学的特征,如拉比的、伊斯兰教的或印度教的教育。中国哲学没有产生经验哲学,因为中国哲学没有讲授专门的逻辑学,不像立足于希腊文化的西方国家和近东。逻辑这个概念对于单纯重视实际问题和世袭官

---

① 马克斯·韦伯著,王容芬译:《儒教与道教》,第110页。
② 同上书,第139页。

僚制的等级利益的、经受经典束缚的非辩证的中国哲学来说,简直是天方夜谭。它根本不知道一切西方国家哲学的这一关键问题,其含义极其清楚地体现在以孔子为首的中国哲学家的思维方式中。精神工具现实之极、清醒之极、坚持使用比喻——尤其是那些写在孔子名下的真正充满智慧的格言——这种形式与其说使人想到理性的宣言,不如说使人想到印第安酋长的表达方式。"①

中国知识分子的命运,正如孔子一样要么成为政治的中心,要么明哲保身,隐居于山野,或者是大隐隐于庙堂之上。中国知识分子大都像孔子那样积极入世,参与社会的变革,较少缺乏一种以客观,甚至旁观者的角色来反思这种社会现实与变革的态度。中国知识分子的命运往往和中国社会的变革密切相关,当然任何民族知识分子的命运都和自身民族的命运息息相关,但他们命运与历史现实的密切相关主要来自自身与现实政治斗争的密切关联,甚至是直接的参与,而不是自己思想的客观结果,因此对政治的过分参与、对利害关系的过度关注往往迷住自己的眼睛与心灵使之在关键时刻缺乏应有的眼光与胸怀,从而导致知识分子的身份仅仅成为自身社会阶层利益的代表,而忘记了民族文化代言人与民族进步的推动者的身份。中国太多的学霸,太多的官僚学者,而真正的纯粹知识分子,以对知识真理的追求而生存的知识分子是异常匮乏的。以天下为己任的口号并没有产生以天下为己任的知识分子,而是产生了大量的"著书都为稻粱谋"的为个人、集团、固定阶层而努力的知识分子。孔子的很多学生,包括孔子自己都直接参与政治,可见这已经是几千年的传统。当然部分优秀知识分子从

---

① 马克斯·韦伯著,王容芬译:《儒教与道教》,第178—179页。

政、经商并不违反什么某些先验的原则,正如《论语·微子》中子路说:"不仕无义。长幼之节,不可废也;君臣之义,如之何其废之?欲洁其身,而乱大伦。君子之仕也,行其义也。道之不行,已知之矣。"君子做官是应尽的职责,不能因为洁身自好而忘记大义,要实现自己的政治主张,就必须做官!但我们不能用孔子时代的标准来看待今日的知识分子,知识分子作为庞大的有着自身特殊利益的中间阶层,如果和政治权力结合在一起,那对知识的控制,对意识形态的控制,对信息媒体的控制就更加容易,对知识的流通,对知识资源的充分利用与合理配置就更不可想象。知识分子实现自己理想的方法很多,特别是教育对民族进步的意义。孔子认为君子不仅可以直接参与政治,还可以用以身作则的方法来影响政治。就是因为这样,孔子才反复强调统治者要自身先正,再正人。《论语·颜渊》中季康子问政于孔子。孔子回答说:"政者,正也。子帅以正,孰敢不正?"孔子认为政就是正,自己端正了,谁还敢不端正呢?季康子又问孔子:"假如杀掉无道之人,亲近有道之人,怎么样?"孔子说:"子为政,焉用杀?子欲善而民善矣。君子之德风,小人之德草。草上之风,必偃。"君子从政不必用杀的方法,自己喜欢善,民就向善。君子的道德就像风一样,普通人的道德就像草一样,风吹在草上,草必然随风倒。也就是《子路》中孔子所说的:"其身正,不令而行;其身不正,虽令不从。"自己正了,没有命令照样行得通,自己不正,即使下令,也没人服从。"苟正其身矣,于从政乎何有?不能正其身,如正人何?"端正了自己,治理国家就没有什么困难了,如果连自己都端正不了,那如何去要求别人端正呢?当然,知识分子的目的不仅仅在于自己的端正,也不是只有从政才能使人端正,而是要提出一套理念来帮助建立一套客观的规则与机制来保证社会的正常运转。特别是在我们这个有着几千年封建传统的国度里,权力和利益是密切相关的,权力的过分集中与权力的滥用密不可分,对过分集中的权力的拥有与追逐,无论怎样都很难保证它的目的只是为了大众,为了实现正义,为了实现共同的目标理想。如果把对政治的参与,与对权力的角逐作为整个知识分子阶层的一个共同认可的规则,甚至潜规则,一个毫无疑义的人生目标,那就是对知识分子身份定位的错位,因为对知识与真理的思考和追求与具体的政治行为是两个根本不同的概念。政治行为的实施与权力的运作有它自身的规则,在某种程度上它甚至与对真理的追求,对善和美的思考是背道而驰的。因此客观的、清晰的知识分子身份的定位是必然的。当然,追求真理和从事政治在理论上的区分,并不意味着知识分子在个人行为上的真与善的分离与对立,甚至为某些个体行为的言行不一辩解,在某种程度上追求真理就是对善的追求,这在苏格拉底的理论中表现最为明显,他甚至认为一个恶人行恶的根源就在于他的智慧问题,他没有在智慧上分清行善与作恶哪一个给他带来更大的坏处。苏格拉底和孔子在个人行为上都与自身的理论相统一,自身就是自己理论的践行者。与此同时,我们也应该看到知识分子的学识与信仰,真正的信仰与关于信仰的描述是不同的。克尔凯郭尔说:"你懂得如何描述信仰,这只是证明你是一个诗人;如果你描述得精彩,说明你是一个出色的诗人;但这并不证明你是一个信徒。也许你在描述信仰时可能会哭哭啼啼,这只是说明你是一个好的演员而已。"[1]信仰乃属于道德行为领域,而关于信仰的描述是属于知识和智慧领域,表演信仰的外在形式,即使表演很成功,这也只是审美的领域,二者

---

[1] 克尔凯郭尔著,杨玉功译:《哲学寓言集》,第117页。

是根本不同的,都无法代替信仰本身,信仰只有通过行为和意志来表现自身。所以中国的知识分子与《圣经》中的先知以及欧洲的知识分子如伏尔泰、雨果、左拉、萨特等相比,较少缺乏以追求真理与善为自己人生目标的特性,他们往往以孔孟、老庄的思想作为自己的人生理想,与把苏格拉底和耶稣作为自己人生理想的知识分子自然表现出根本不同的价值趋向。

余英时在《士与中国传统文化·引言》中说:"希腊哲学家所向往的是'静观的人生',而不是行动的人生;柏拉图和亚里士多德都以'静观冥想'为人生的最高境界。"柏拉图和亚里士多德都以最高的理想为人类社会的最终目标,这个目标不因时间和空间的变化为转移,是理念本身。但这并不是什么静观的人生,真正静观的人生乃是老庄的审美人生,无论自身的哲学还是哲学家自身都是以一种旁观的态度来看待世界万物与人世间的各种变化。柏拉图和亚里士多德则通过静观的态度来认识世界,从而达到改造现实世界的目的,而不是直接来改造现实,他们把自身的使命界定在认识客观世界上,但这种认识的结果完全应该称为人类改造自然与自身的理论根据。余英时说,"一部西方近代文化史基本上可以说是一个'俗世化'的过程",而"中国史上没有出现过一个明显的'俗世化'的运动"①。虽然孔孟和老庄本身就是俗世化的思考现世利益的哲学,但是这种哲学往往在特殊的情况下成为知识分子阶层的特殊理念,而不能和更为广大的民众相结合,从而为改造现实,促进文明的进步打下坚实的基础。正如韦伯所说:"这样一种知识分

---

① 余英时:《士与中国传统文化·引言》,上海人民出版社2003年版,第4—6页。

子伦理对于广大民众的作用只能是有限的。首先,受教育的差异,地域的差异,尤其是社会差异极大。"①所以,我们应该清楚地看到中国知识分子阶层有着太多独特的世俗利益,在成为整个民族精神的代表与思想者的可能性上还有一定的差距。当然这并不意味着说每一个知识分子不应该有自己个体的独特利益。周霄问孟子说:"古之君子仕乎?"孟子曰:"仕。传曰:'孔子三月无君,则皇皇如也,出疆必载质。'""士之失位也,犹诸侯之失国家也。"②孟子通过孔子的言行来说明,当官从政与知识分子的历史使命是密切相关的,当然士的从政对于推销自己的理念有巨大的现实意义,但真理与权力的结合使我们看到孟子的这种主张在今日具有很大的局限性,在某种程度上混淆了知识分子的现代使命、对真理的追求与对伦理的完善及自由的思想对于一个现代民族的意义。当然对真理的追求与对伦理的完善能完美结合在一起更好,但从社会的分工与人的局限性来看,结合在知识分子阶层身上的可能性是很小的。从政的需要与对人的社会性的强调是密切联系在一起的。理论界一致认为中国传统文化过多地强调人的社会性,从而压制了人的个性,其实,中国传统文化不仅表现了对人的社会性的强调,由于对人的现实利益的过分关注,也充分强调了每个人对自身个体利益的关注,对个体的强调从而与对社会性的强调形成一体,往往最终导致只有与个体利益相关的社会性才受到每个个体的充分关注。因此不能简单地说中国传统文化过分注重人的社会性,从而压抑了人的个性,应该说中国传统文化对人的现实利益的过分宣扬,导致了对与个体利益有关的社会性的强调。我们从中国知

---

① 马克斯·韦伯著,王容芬译:《儒教与道教》,第282页。
② 杨伯峻译注:《孟子译注》,第142—143页。

识分子发展的历史中就可看到这个问题,现实中国知识分子的精神状况也充分说明了这一点。由于权力与知识的密切结合,最终导致知识的客观性受到质疑,亚里士多德认为,国家的目的是一般的普遍的幸福,在孔子的哲学中这种观念还是存在的,但随着儒学逐步的发展,直到在整个意识形态领域占据绝对统治地位,这种观念就逐渐淡化了。亚里士多德认为人是充满理性的政治的动物,因为只有人才有道德观念,才有关于正义的、善的观念,而动物则没有。由于人的理性,人的理想必然与国家理念所体现出的普遍性相一致。他虽然没有柏拉图那种处于最高地位的理想国,但他仍然认为政治国家仍是根本的,这和西方近代以个体为基础与出发点的国家理念是根本不同的,但他仍能充分强调个体对于国家与政治的意义,从政的本质与教育的本质是一致的,那就是使国家达到普遍的幸福。然而平等的原则在中国大多数知识分子的思想中都能认识到它的意义,但这也仅仅是在思想中而已。正如黑格尔在谈到康德时所说的自由对于德国人和对于法国人不同的意义。他说:"在德国,同一个自由原则占据了意识的兴趣;但只是在理论方面得到了发挥。我们在头脑里和头脑上面发生了各种各样的骚动;但是德国人的头脑,却仍然可以很安静地戴着睡帽,坐在那里,让思维自由地在内部进行活动。康德哲学的最后结果是启蒙思想;思维并不是偶然地用来作抽象论证的东西,而是具体的了。"[①]康德的自由哲学在习惯于抽象思维的德国人那里最后终于发生了从理论的原则到自由实践的真正革命。但是黑格尔批评康德说他的道德律仅仅是形式的统一,没有任何实质的内容。他说:

[①] 黑格尔著,贺麟、王太庆译:《哲学史演讲录》第四卷,第257页。

"所谓道德律除了只是统一性、自我一致性、普遍性之外不是任何别的东西。形式的立法原则在这种孤立的境地里不能获得任何内容、任何规定。这个原则所具有的唯一形式就是自己与自己的同一。这种普遍原则,这种自身不矛盾性乃是一种空的东西,这种空的原则不论在实践方面或理论方面都不能达到实在性。康德是这样表述普遍的道德律的(人们一直就愿意建立这样的普遍形式,这也是抽象理智的要求):'根据通则来行动'(规律也应该是我自己特殊的规律)'这些通则能够成为普遍的规律'。因此这个规定乃只是抽象的同一性。这样,康德对于义务的定义(因为抽象的问题是:对自由意志说来什么是义务)除了同一性,自身不矛盾的形式外(而这种形式乃是抽象理智的法则),什么东西也没有。……这就是康德费希特道德原则的缺点,它纯全是形式的。冷冰冰的义务是天启给予理性的肠胃中最后的没有消化的硬块。"①黑格尔对康德道德哲学中纯粹从道德理念出发来提出道德要求的做法提出批评,因为康德在思考道德最基本的原则时并没有考虑到现实经验的基础。康德在《实践理性批判》中就已经回答了这个问题,原则问题和现实问题是两个根本不同的问题,就像柏拉图的理想国一样,不能因为现实的可能而否认他的合理性。正如现实中没有任何真正的直线,没有任何真正完美的道德的人一样,根本原则的来源不可能从现实中来,虽然黑格尔极力想把道德的原则和现实的经验与他的理念无限发展的原理统一起来。康德在道德的普遍原则里提出"应该"来强调理性对于感性和情欲的规定,普遍理性的要求和具体个体特殊意志的根本对立导致完善的道德只能在理

---

① 黑格尔著,贺麟、王太庆译:《哲学史演讲录》第四卷,第290—291页。

第六章 从孔子与苏格拉底比较看中西知识分子的两种不同理念

想的彼岸才能存在。对上帝的设定自然不能解决好人总是受苦、坏人总是享乐的常识,在为道德原则带来无限的神圣性为自然设定理性的目的外,同样也设定了一个永远无法克服的自然的必然与理性的自由、恶的此在与善的彼岸的二元对立,当然这种对立不仅仅是逻辑形式的对立,更是现实世界从实存到应该的对立的表现。所以黑格尔关于康德的上帝说:"那创造谐和的上帝的现实性、存在,正是这样的一种东西:这种东西,意识同时也知道它不是现实性,不是存在;意识承认上帝是为了寻求和谐,这正如儿童任意制成一个稻草人,并且彼此相约他们要装作对这个稻草人表示恐惧。承认上帝存在的理由在于有了神圣的立法者这个观念,可以使道德律赢得更多的尊重,但是这个理由和道德在于纯粹为了道德本身而尊重道德律的看法正相矛盾。"①黑格尔对康德思想中理性的绝对意义提出了质疑,对理性的理想化,对绝对的善的善意向往并不能具有任何的客观性,在现实中也不能带来任何的客观意义。但是我们却要看到康德的平等、自由、以人为目的纯粹理念乃是整个现代文明的基石,是一个伟大的哲学家为整个人类文明所作出的最为伟大的贡献。然而令人遗憾的是我们整个知识分子阶层对于这种理念的关注与贯彻非常薄弱。

孔子的现实生活与韦伯的论述充分说明了追求真理和从事政治是两个根本不同的事情,而且往往互相矛盾。柏拉图和亚里士多德都同样面临过这个问题。政治与哲学、知识分子与权力的密切结合往往导致知识分子成为现实利益的直接获得者,也就成为现实状况的理论维护者,从而使艺术或哲学相对于现实的超越性

---

① 黑格尔著,贺麟、王太庆译:《哲学史演讲录》第四卷,第293页。

得到完全的消解。孔子哲学与基督教哲学后来的发展与强大都充分说明了这个问题。知识与权力的充分结合往往最终导致对现实合理性的消极默认,而不能进行任何积极意义上的反思,导致普遍幸福观念的丧失和话语霸权的无所不在与无所不能。在亚里士多德看来,无论艺术还是哲学思想都应该超越于现实生活之上,描述必然性或可能性的人生,并不在于是否采用韵律的外在形式。他说:"即便是医学或自然哲学的论著,如果用'韵文'写成,习惯也称这种论著的作者为'诗人',但是荷马与恩拍多克利除所用格律之外,并无共同之处,称前者为'诗人'是合适的,至于后者,与其称为'诗人',毋宁称为'自然哲学家'。""诗人的职责不在于描述已发生的事,而在于描述可能发生的事,即按照可然律或必然律可能发生的事。历史学家与诗人的差别不在于一用散文,一用'韵文';希罗多德的著作也可以改写为'韵文',但仍是一种历史,有没有韵律都是一样;两者的差别在于一叙述已发生的事,一描述可能发生的事。因此,写诗这种活动比写历史更富于哲学意味,更被严肃对待;因为诗所描述的事带有普遍性,历史则叙述个别的事。""既然悲剧是对于比一般人好的人的摹仿,诗人就应该向优秀的肖像画家学习;他们画出一个人的特殊面貌,求其相似而又比原来的人更美。""为了获得诗的效果,一桩不可能发生而可能成为可信的事,比一桩可能发生而不能成为可信的事更为可取。像宙克西斯所画的人物……但是这样画更好,因为画家所画的人物应比原来的人更美。"① 文化与哲学更应该如此,更应该为人的可能性生活而思考,为人所应该遵循的普遍原则而思考,艺术与哲学的目的并不是

---

① 亚里士多德著,罗念生译:《诗学》,第 5—6、28—29、50、101 页。

第六章 从孔子与苏格拉底比较看中西知识分子的两种不同理念 335

对当前现实的消极默认,而是能够使人变得更美好。所以理论家往往在自己的艺术理念中充分表达自己的艺术理想,虽然这种理想的合理性要不断地受到来自不同历史时代的质疑。例如贺拉斯就根据自己的古典主义审美趣味对当时流行的各种怪诞的艺术风格进行了批评。他在《诗艺》中说:"如果画家作了这样一幅画像:上面是个美女的头,长在马颈上,四肢是由各种动物的肢体拼凑起来的,四肢上又覆盖着各种羽毛,下面长着一条又丑又黑的鱼尾巴,朋友们,如果你们有缘看见这幅图画,能不捧腹大笑吗?……把野性的和驯服的结合起来,把蟒蛇和飞鸟,羊羔和猛虎,交配在一起。……在一个题目上乱翻花样,就像在树林里画上海豚,在海浪上画条野猪。……把人像上的指甲、卷发雕得纤微毕肖,但是作品的总效果却很不成功。"这种在现代、后现代艺术中较为流行的荒诞风格,解构了各种关于人或动物甚至艺术既成的定义,拆散了各种中心概念,使艺术的内容成为各种毫无内在联系的散沙。贺拉斯主张以理性原则来统摄艺术中所有的构成要素,使艺术作为一个整体来共同呈现出一个相关的艺术理念。这种古典主义的审美趣味同样有它的局限性,如贺拉斯反对平等,完全反对大众价值观念的审美趣味。贺拉斯说:"观众中夹杂着一些没有教养的人,一些刚刚劳动完毕的肮脏的庄稼汉,和城里人和贵族们夹杂在一起——他们又懂得什么呢?……这些虽然引起买烤豆子、烤栗子吃的人的赞许,却使骑士们、长者们、贵人们、富人们反感,他们听了是不会心平气和的,更不会奖赏什么花环。"由此看来,欧洲艺术中的平等精神也不是一开始就有的。但贺拉斯追求艺术理想的基本原则,至今也有它的现实意义。就是从这一点出发,贺拉斯才认为:"不必让美狄亚当着观众屠杀自己的孩子,不必让罪恶的阿特柔斯公开地煮人肉吃,不必把普洛克涅当众变成一只鸟,也不必把卡德摩斯当众变成一条蛇。你若把这些都表演给我看,我也不会相信,反而使我厌恶。"因为艺术的目的不仅在于它刺激的内容和怪诞的想象,还在于它对读者最终产生的效果"寓教于乐"。但是这种纯粹以追求刺激为目的艺术,现在是大行其道了。贺拉斯对所谓"天才"的讽刺,对我们今日知识分子的精神现状也很有参考价值。他说:"由于德谟克利特相信天才比可怜的艺术家要强得多,把头脑健全的诗人排除在赫利孔之外,因此就有好大一部分诗人竟然连指甲也不愿意剪了,胡须也不愿意剃了,流连于人迹不到之处,回避着公共浴场。假如他不肯把他那三副安提库拉药剂都治不好的脑袋交给理发匠里奇努斯,那肯定他是不会撞上诗人的尊容和名誉的。""懂道理的人遇上了疯癫的诗人是不敢去沾染的,连忙逃避,就像遇到患痒病的人,或患'富贵病'的人,或患疯癫病或'月神病'的人。只有孩子们才冒冒失失地去逗他,追他。这位癫诗人两眼朝天,口中吐出些不三不四的诗句,东游西荡。他像个捕鸟人两眼盯住了一群八哥儿,不提防跌进了一口井里,或一个陷坑里,尽管他高声喊叫:'公民们,救命啊!'但是谁也不高兴拉他出来。……让诗人们去享受自我毁灭的权力吧。勉强救人无异于杀人。他自杀已不止一次,你把他救出来,他也不会立即成为正常的人,抛弃死爱名气的念头。"[1]贺拉斯的讽刺无异于对今日很多文人同样有警示作用,他们只是一心一意地想法出名,全然不顾学术的规则,内心没有任何关于真理、善和美的概念,为出人头地是求,这样的知识分子阶层对一个民族内在品质的影响是可想而知的。

---

[1] 贺拉斯著,杨周翰译:《诗艺》第 137—138、148—150、147、153、161 页。

我们传统的文论对贺拉斯这种价值理念的思考更是俯拾皆是。如《诗经·墓门》中就对诗歌的美刺作用做了形象的说明:"夫也不良,歌以讯之。讯予不顾,颠倒思予。"对于坏人,写首歌来讽刺他,但他根本不在乎,心里总是想得和人不一样。关于美刺,《诗经》提到很多处。《葛屦》中"维是褊心,是以为刺",编首歌讽刺小心眼。《狼跋》中"公孙硕肤,德音不瑕",大肚子公孙,名声不好啊。《节南山》中"家父作诵,以究王讻",家父作诗以揭露王家的凶人。《诗经》看到了诗歌的美刺作用,但它也看到了诗歌美刺作用的有限,认为仅仅美刺是不够的。《民劳》"王欲玉女,是用大谏"。王贪财贪色,要深深规劝,希望能改邪归正。《板》"犹之未远,是用大谏",执政没有远见,仅仅贪图眼前的私欲,只好用诗来讽谏。《抑》中对老臣劝告讽刺周王行为的描述可谓淋漓尽致,"靡哲不愚","哲人之愚,亦维斯戾"。智者虽然看起来像愚者一样,可他那是在装糊涂逃避刑罚。他劝周王讲话要小心谨慎,"白圭之玷,尚可磨也;斯言之玷,不可为也"。人讲的话不可能像白玉上的污点一样可以随意磨去。更重要的是做事不要愧于神明,"尚不愧于屋漏","无曰不显,莫予云觏"。不要自以为屋里黑暗,神看不见,神的来去不可揣测,神不知何时降临,那你只有自讨惩罚了。至于不仅要通过诗歌,更要"匪面命之,言提其耳",耳提面命的拳拳之心,可谓达到了极致。因此伟大的艺术家总是要充分表达自己对人生的理想。当艺术家被指责为所描写的不符合实际时,他就可以这样反驳说,这些事物是按照它们应当有的样子描写的,当然孔子、孟子、老子、庄子等都对"人应当有的样子"提出了自己的答案,但这种答案必须在新的时代,在跨文化交流的当今对自己的合理性作出反思。

权力与知识的结合直接导致文学创作与艺术理论中理想原则

的缺失。哲学如果和政权相结合最后的结果往往是话语霸权的独白。《易经·睽卦三十八》讲,"君子以同而异",君子要求大同,存小异,既和谐又分别。但更多的观点如孔子所谓"攻乎异端,斯害也已"①,攻击不同的、不正确的看法就可以消除祸患,由此可见孔子是反对不同言论的。《礼记·王制第五》讲:"作淫声、异服、奇技、奇器以疑众,杀","奸色乱正色不粥于市","禁异服,识异言"。制作荒淫音乐、奇怪服装、诡异技巧、奇邪器物用来迷惑大众的人都要杀头,奇装异彩与正色不合的服装不准在市场出售,禁止不同的言论。② 这样的独白本身就已背离了真理的方向。特别是传统哲学话语的含混性导致了权力巨大的解释空间与话语霸权的充分运作,含混性具有审美的特性,这种审美的表达方式与言说方式具有整体性、含混性、不确定性的特点,而这种特性在诗话的文体中表现更为明显,为接受传统严格训练的知识分子提供了驰骋的巨大空间,同样保证了广大民众的无言与沉默。如老子关于道的特性的表述,特别是它的浑然一体性:"有物混成,先天地生,寂兮寥兮,独立而不改,周行而不殆,可以为天地母。吾不知其名,强字之曰道,强为之名曰大。大曰逝,逝曰远,远曰反。故道大,天大,地大,人亦大。""道之出口,淡乎无味,视之不足见,听之不足闻,用之不足既。""昔之得一者:天得一以清;地得一以宁;神得一以灵;谷得一以盈,万物得一以生;侯王得一以为天下正。"老子哲学的直观性、朴素性、浑然一体性、感悟性使老子哲学,包括老子哲学最基本的概念与观点,历来就成为争论的对象,为每一个有着充分知识储

---

① 杨伯峻译注:《论语译注》,第18页。
② 杨天宇撰:《礼记译注》,第161—162页。

备的人提供了思辨与争论的各种可能性。他的辩证法也是这样。如:"信言不美,美言不信。善者不辩,辩者不善。知者不博,博者不知。"把"信言"、"美"、"善者"、"辩"、"知者"、"博"的关系矛盾的一面讲得很清楚,另一方面也使人非常困惑,因为事情也并不总是矛盾的,也有同一的一面。同样"圣人不积,既以为人己愈有,既以与人己愈多。天之道,利而不害;人之道,为而不争",把"圣人不积"中"为人"而"己愈有"、"与人"而"己愈多"的辩证关系讲得非常清楚,最后结论"天之道,利而不害;人之道,为而不争"。非常直观,没有论证,简单明了,但是天之道与人之道的关系到底如何,老子没有进一步作出解释与论证。老子重以静修身、避世自保、反对贪婪的欲望,和它后来成为养生、求仙的道家学说的主体有其内在的必然性。所以说老子重在修身,爱民治国乃是余事,老子崇尚精神的修行反对物质的贪婪,主要是为了修身。他说:"宠辱若惊,贵大患若身。何谓宠辱若惊?宠为下,得之若惊,失之若惊,是谓宠辱若惊。何谓贵大患若身?吾所以有大患者,为吾有身,及吾无身,吾有何患?故贵以身为天下,若可寄天下,爱以身为天下,若可讬天下。"可见老子是贵身,而不是忘身,他反对宠辱皆惊,外在的名利毁誉对生命的影响。当然,爱惜自己生命的人可以推及爱惜天下人的生命,但爱惜自己的生命和爱惜天下人的生命毕竟有根本不同,二者没有必然的联系。专制权贵就是只爱惜自己的生命,甚至用别人的生命来换取自身生命的安全和舒适,所谓"没身不殆"乃是老子的目的,虽然老子讲"奈何万乘之主,而以身轻天下?"难道老子心中的圣人不也重身而轻天下吗?老子警告世人不可为名利而轻视生命,就是因为修身所以老子主张静,自然本应该是动静一体的,人之所以选择静,修身是一个重要的原因。治理国家养护身心都是为了"可以长久","长生久视"。老子说"我有三宝,持而保之。一曰慈,二曰俭,三曰不敢为天下先。不敢为天下先,故能成器长。"所以苏东坡讲:"老子之学,重于无为,轻于治天下国家"是很有道理的。其实庄子更是如此,他多次提到"尧与许由天下,许由逃之","尧以天下让许由,许由不受","不以天下害生"便是证明。也就是从这个角度,朱熹说老子"只是占便宜"有些不当,但讲他"不肯役精神,须自家占得十分稳便方肯做。一毫不便,便不肯做"是有道理的,老子讲"繟然而善谋",其实孔子也讲"好谋而成",不喜欢"暴虎冯河"之人。钱穆在《老庄通辨》中反复强调老子的治世思想,他说:"故《庄子》虽有《应帝王》之篇,然其意固常在退避,不若老子之超然燕处,而有取天下之志","今《老子》书,则多言治天下,少言治国。其言治天下,必以民事为要归"。① 从另外一个角度谈到了老子哲学对现实的思考,但这并不意味着老子仅有"取天下之志",只是说明老子所言道的妙用的无限广大,而不是说老子自身想取天下。这是因为老子的道是关于自然、人类世界、人类行为的基本原则,同时也是老子保身的出发点和归宿决定的。"将欲歙之,必固张之;将欲弱之,必固强之;将欲废之,必固兴之;将欲取之,必固与之,是谓微明。"老子讲的是一个普遍的道,在人的行为中也同样适用,把它看成阴谋是各自价值判断的不同造成的。老子认为"要使其削弱,必先使其强盛,要使其废除,必先使其兴盛,要从其获取,必先给予",这是符合道的,而在孔孟之道看来自然带有阴谋的味道,但人的阴谋也必须迎合自然的内在原则才能满足自身的需要。这句话虽然含有"盛强必弱,物极必反"的道

---

① 钱穆:《庄老通辨》,生活·读书·新知三联书店2002年版,第39、63页。

理,但从语言上看,"欲"就是指人之"欲",自然哪来的"欲",自然"翕张,弱强,废兴,取与"都是自然而然,不得已而为之,只有人才能根据自身的需要来迎合自然的"自然而然"。从韩非至钱穆都看到了老子这种"好谋而成"的世故之态。"是以圣人终不为大,故能成其大。夫轻诺必寡信,多易必多难。是以圣人犹难之,故终无难矣。"从此语看来,老子虽不是什么阴谋家,却对人情世故了如指掌,当然这是与老子哲学修身保命的根本目的是一致的,不了解人情世故,怎能保身呢?这是老子明哲保身的智慧,但这种智慧老子并不主张拿来干什么不道德的事,因此讲老子是阴谋家,是有些偏颇了。"是以圣人欲上民,必以言下之;欲先民,必以身后之。是以圣人处上而民不重,处前而民不害。是以天下乐推而不厌。以其不争,故天下莫能与之争。"圣人从山谷的处下得出自己必须处下的结论,但其中的"欲"却显示了圣人的动机与目的,和自然而然是相对立的。孔孟与老庄都主张人生应该通过自我的修炼,或者是道德层面的或者是宇宙感悟体验层面的,来达到圣人的境界。特别是孔子以圣人的理想自居,反对纯粹外在的法律的约束,而主张内在的自觉的行为。他说:"道之以政,齐之以刑,民免而无耻;道之以德,齐之以礼,有耻且格。"[①]也就是自由地去履行自己的职责。因此,儒家常常把关于圣人的各种理论原则寄托在理想化的个人修养上,寄托在所谓的人的"卡里斯马"特性上。所谓卡里斯马依照韦伯的解释就是:"这个词应被理解为一个人的一种非凡的品质(不管是真的、所谓的、还是想象的,都是一样)。'卡里斯马权威'则应被理解为对人的一种统治(不管是偏重外部的还是偏重内

---

① 杨伯峻译注:《论语译注》,第12页。

部的),被统治者凭着对这位特定的个人的这种品质的信任而服从这种统治。"①一个人只有通过不断创造新的奇迹来证实自己卡里斯马的存在,即使皇帝本身也要严格按照卡里斯马原则处理。这样对英雄式的个人崇拜就成了贯穿儒家哲学思想的一个根本原则。此理论派生的直接现实结果就是根据人的愿望而不是根据神的要求来治理国家,是习俗与传统而不是法制决定一切,个人的意志成为整个社会的基本原则。把外在的强制转化为内在自由的基本思路与康德的理想是一致的,当然道德的理想乃在于出于内在的自由去执行,而不是外在的强制,但是社会的基本原则不能仅仅归结为道德的层面。孔子自身道德的完美并不能充分保证社会的安宁与幸福,更不要说和孔子相比在道德上有着天壤之别的历代统治者了。孔子虽然在理论上注重世俗利益,但他自己却胸怀天下。《泰伯》讲:"士不可以不弘毅,任重而道远。仁以为己任,不亦重乎? 死而后已,不亦远乎?""临大节而不可夺"、"任重而道远"、"死而后已"正是孔子人格的理想表现。孔子并没有"乘桴浮于海",这不过是他对时代的牢骚而已。"吾执御矣"不过是孔子的自我解嘲。孔子反对子路常常诵读"不忮不求,何用不臧"的诗句,用这种观点来安慰自己,而不主动地去进取,认为仅仅那个样子是不可能改变生活的。《宪问》孔子虽然讲:"贤者辟世,其次辟地,其次辟色,其次辟言。"贤者逃避社会,次等的择地而居,再次一等的避开不好的脸色,最下一等的避开恶言。《子张》讲:"士见危致命,见得思义。""执德不弘,信道不笃,焉能为有? 焉能为亡?"读书人看到危险就能付出生命,见到利益便能想到该不该得到。士不能贪

---

① 马克斯·韦伯著,王容芬译:《儒教与道教》,第35页。

图安逸,贪图安逸就不配称作士。求道要坚定,信道要虔诚,不然也同样不能称为真正的士。孔子注重君子与士的世俗利益,仕途就是实现个体世俗利益与仁义的重要途径。当然孔子对仁义的追求,而不是欺世盗名。《子罕》中讲:"子罕言利与命与仁。"孔子很少谈到利益、命运和仁。这是他关于世俗利益与他对人生理想的最好注脚。卡莱尔在对英雄和伟人所下的评价与判断中认为对真理真诚无私的追求才是最重要的,他说:"在我看来,真诚是伟人和他的一切言行的根基。我希望大家把这作为我关于伟人的首要定义。"他在《路德传》中说:"英雄的本色在于,不论在何时何地何种情况下,都能恢复事物的实在面目,立足于事物本身,而不是事物的表面现象。他所喜好与崇敬的东西,不论是清晰表达出来的,或是在内心深处的,都是那事物令人敬畏的现实。"[①]在卡莱尔看来,真诚地追求并传达真理乃是一个真正知识分子的历史职责。可是中国古代关于仁德的描述更多的是一种理想的人格化,而不是现实的理想人物的真实表现。《论语》关于孔子的描述就是人格理想化的集中表现。

---

① 托马斯·卡莱尔著,周祖达译:《论英雄、英雄崇拜和历史上的英雄业绩》,第50—51页。

第七章　审美特性的民族性与善的基本原则的普遍性

一、善的基本原则的普遍性

在评价传统文化与他者文化时我们首先面临的一个问题就是：千年前的孔孟、老庄，还有千年前的苏格拉底、柏拉图、亚里士多德等对我们今天到底有何现实意义？这是每一个从事传统文化研究与文化现实思考的人所首先必须面临的问题。简单地说，他们的理论对我们的现实意义就是，他们不仅从理论上，更重要的是以自身的行为为他们自己所处的时代、为他们自己的民族，同时也为所有的时代、为所有民族及整个人类的生存方式提供了一种理想的标准，甚至原则，这种标准或原则随着时代的发展进步，随着地域空间的变化与转换，有一些方面已经失去了它的合理意义，但他们关于人、关于自然、关于社会、关于自我的思考在某种程度上至今仍然是一种高不可及的范本。我们今天离他们对人生的设想、对自我修行的要求、对社会的基本原则的设想还相差甚远，他们对真理的追求、对善与正义原则的思考，对美的理想的设定都时刻激发我们对现实与自我的反思，虽然这并不意味着他们所有的思考都是合理的，甚至是可能的。在西方文化的发展史上总是常常出现回归古希腊的潮流,特别是在每次巨大的社会动荡与精神危机之时哲学家要不停地回归希腊哲学。正如恩格斯在《自然辩证法》中所说的:"在希腊哲学的多种多样的形式中,几乎可以发现以后的所有观点的胚胎、萌芽。因此,理论自然科学要想追溯它的今天的各种一般原理的形成史和发展史,也不得不回到希腊人那里去。这种见解已经越来越被接受。"① 在某种程度上讲,古希腊哲学不仅仅是一种"胚胎、萌芽",更是一种文化所必须反思,甚至要在更高的意义不断回归的理想。正如人随着自身年龄与智慧的不断增长,要在不断反思童年时代清纯与美好的基础上在更高的意义上再现它一样。中国的先秦哲学对研究中国哲学与文化的意义也是一样。

《尚书》作为中国历史上流传至今最为久远的一部历史文献汇编,被称为"中国自有史以来的第一部信史",它保存了大量远古时期思想、历史与文化的重要资料,成为研究中国古代历史文化的首选典籍之一。《尚书》虽经常被称为历史典籍,但究其实质,其主旨仍然是通过记载历代君王的言行活动、君臣之间的谈话谋议、臣下对君王的劝诫等各种历史史实来说明人与社会所必然遵循的基本原则,从这个角度说,《尚书》有很多东西应该是一种理想化的、艺术化的加工,它仅仅是出于现实的需要而激发历代的君王、大臣、民众能够为一种理想化的原则而努力,因此书中的内容并不仅仅是一种客观的历史事实,浪漫的理想化的成分随处可见。但正是因为这种理想的原则为我们思考今日文化的发展,乃至人类文化的发展提供了强烈的现实意义。可以这样说,有很多的价值理念,

---

① 《马克思恩格斯选集》第四卷,第287页。

是今日的我们也很难达到的。《尚书》的出发点由于不仅仅是为了客观地描述历史事实,而是为了提高统治者自身的修养与统治艺术,因此关于人的修行、人与人的关系、人与国家的关系、人与自然的关系的论述就成为《尚书》整本书的基本内容,也是《尚书》对今天现实最有意义的所在。如关于人自我修养的问题。《大禹谟》中的"满招损,谦受益,时乃天道",自满招致损失,谦虚得到益处,这是众所周知的话了,伯益虽然把它归结为自然的道理,但无论怎样,他关于谦虚与自满关系的思考却是任何时代与民族所共同面对的。所以《伊训》中说:"居上克明,为下克忠;与人不求备,检身若不及。"《仲虺之诰》中仲虺劝告成汤也说出了类似的话:"德日新,万邦惟怀;志自满,九族乃离。"德性能够经常增进,天下都会怀念;心高自满,即使家族内部也会四分五裂。由于《尚书》涉及的人物主要是君王大臣,因此它所提出的个体修养也就更高。所以《汤诰》中说:"尔有善,朕弗敢蔽;罪当朕躬,弗敢自赦,惟简在上帝之心。其尔万方有罪,在予一人;予一人有罪,无以尔万方。"汤告诫天下诸侯要像大禹、皋陶、后稷那样勤政爱民,如果人们有功,自己不敢隐瞒,如果自己有了罪过也不敢自我赦免,因为上帝知道得非常清楚。假如四方诸侯有过错,过错就归结为自己,如果自己有过错,也与别人没关系。这种"万方有罪,在予一人;予一人有罪,无以尔万方"的胸怀恐怕在今日也是很难达到吧。特别是书中勤政爱民的思想乃是几千年来中国传统文化的精华,可以说俯拾皆是。《大禹谟》中皋陶对帝舜的称赞:"临下以简,御众以宽;罚弗及嗣,赏延于世;宥过无大,刑故无小;罪疑惟轻,功疑惟重;与其杀不辜,宁失不经。好生之德,洽于民心。"自己简约地对待臣下,宽厚地控制民众;惩罚不连及后代,奖赏却延续子孙;过失再大都可得到宽恕,故意犯罪再小也要惩罚;罪过不清,从轻处罚,功劳不清,从重奖赏;与其杀掉无辜之人,宁可放过不守法之人;这种爱惜生命的德性,是深得民心的。至于"克勤于邦,克俭于家,不自满假","无稽之言勿听,弗询之谋勿庸。可爱非君?可畏非民",《五子之歌》中的"民可近,不可下。民惟邦本,本固邦宁。予视天下,愚夫愚妇一能胜予","万姓仇予,予将畴依?弗慎厥德,虽悔可追?"同样生动地表达了宽厚爱民的主题。爱民不仅是一个君王,乃是任何一个从事于政治活动的人所必须首要解决的态度问题。当然,勤政爱民乃是一个普遍的求善、求仁德的基本原则在政治上的反映,这种原则无论在个体的修行上还是在国家的治理上都是一致的。特别是《尚书》中关于皇天、上帝的称述对我们的启发更有意义。关于《尚书》中神的观念的争论由来已久,众说纷纭。如顾颉刚说:"西周人的古史观念实在只是神道观念,这种神道观念和后出的《尧典》等篇的人治观念是迥然不同的。又知道那时所说的'帝'都指上帝,《吕刑》中的'皇帝'即是'上帝'的互文;《尧典》等篇以'帝'为活人的阶位之称,是一个最明显的漏洞",最后得出"这种政治观念的变迁,就是政治现象从神权移到人治的进步"。[①] 无论怎样讲,《尚书》在成书的过程中经过加工是确凿无疑的,这是古今中外人类文化的共同特征。至于《尚书》中的"帝"在具体的语境中到底是确指上帝还是皇帝,这要由具体的语境来决定。但充满整部《尚书》的重民、尊重历史现实的思想是确凿无疑的。《汤誓》中说:"有夏多罪,天命殛之。""予畏上帝,不敢不正。""时日曷丧,予及汝皆亡!"《汤誓》是汤灭夏时发出的战斗动员令,夏桀为政荒淫暴虐,文

[①] 李民、王健撰:《尚书译注·前言》,第12页。

中称其"有夏多罪",但又说自己乃是,"天命殛之",替天行道,自己害怕上帝,必然要主张正义,顺应民意,因为民意乃是要消灭夏桀,"时日曷丧,予及汝皆亡"不仅是民众的呼声,同样是上帝的呼声,是正义的呼声。可见文中虽然借助上帝名义,但其尊重历史与现实必然的内在愿望还是异常明显的。所以《伊训》说:"皇天降灾,假手于我有命。"伊尹说夏桀的灭亡乃是上帝借助汤的成德来完成自己的使命,成汤正是因为自己顺应了上帝要求,才能取代夏桀,因此太甲也应该向成汤学习,来完成自己的使命。所以伊尹接着又说:"惟上帝不常,作善,降之百详;作不善,降之百殃。"上帝对待人是没有一定的,做善事,就有好的回报,做坏事,就会受到惩罚。这样,上帝的本质与善的本质也就自然统一在一起了,与鬼神一体的迷信成分也就自然淡出了。天的概念、祭祀的目的也是一样,只有顺应民众的要求,顺应客观的现实才是真正的出路。所以《泰誓上》说:"天矜于民,民之所欲,天必从之。"上天是爱护民众的,民众的想法,上天一定会满足。所以《太甲下》中伊尹一再告诫商王太甲说:"惟天无亲,克敬惟亲;民罔常怀,怀于有仁;鬼神无常享,享于克诚。天位艰哉!"上天不会固定不变地亲近某一个人,只亲近恭敬它的人;民众也是一样,不会永远怀念一个君王,只是怀念有仁德的君王;鬼神也不会一直保佑某个人,只是保佑有诚意的人。因此上天赏赐的王位很难守住啊。所以《咸有一德》中伊尹说:"天难谌,命靡常。皇天弗保,监于万方,启迪有命,眷求一德,俾作神主。非天私我有商,惟天佑于一德;非商求于下民,惟民归于一德。德惟一,动罔不吉;德二三,动罔不凶。惟吉凶不僭,在人;惟天降灾祥,在德。"[1]天命并不是恒久不变的。上天并不固定保佑哪一

---

[1] 李民、王健撰:《尚书译注》,第 105—138 页。

个朝代,只是保佑那些有纯一德性的帝王。民众也是一样,只有纯一的德性才能使民众归附,上天在降灾或降福时只关注一个问题,那就是纯一的德性。这样就把自然与人为合二为一了,都归结为人的行为是否符合德性的需要。所以占卜的成效要以德性为前提,《盘庚上》说:"不能胥匡以生,卜稽曰其如台?"如果大家不能互相救助,即使占卜哪又有何用?《太甲中》说:"天作孽,犹可违;自作孽,不可逭。"上天的灾祸是可以躲避的,但自己产生的灾祸是无法躲避的。《泰誓上》周武王谈到商灭亡的原因时说:"今商王受弗敬上天,降灾下民,沉湎冒色,敢行暴虐,罪人以族,官人以世。焚炙忠良,刳剔孕妇。弗事上帝神祇,遗厥先宗庙弗祀,牺牲粢盛,既于凶盗。乃曰:'吾有民有命!'罔惩其侮。"商王自视有臣民,天命自保,但由于造孽无数,自然无法避免灭亡的命运。《洪范》中讲:"无偏无党,王道荡荡;无党无偏,王道平平;无反无侧,王道正直。"王道平坦正直,不偏不倚,以使天下人效法。总之,善的原则乃是《尚书》所有主题中最为根本的一个原则,正如《咸有一德》中说:"德无常师,主善为师;善无常主,协于克一。"道德只有一个原则,那就是行善,行善只有一个原则,那就是要纯正如一。所以《太甲上》中伊尹反复鼓励君王要效法成汤,天不亮就起来思考问题,一直到天亮:"先王昧爽丕显,坐以待旦。旁求俊彦,启迪后人,无越厥命以自覆。"《冏命》中也有周穆王相同的话:"嗣先人宅丕后,怵惕惟厉,中夜以兴,思免厥愆。"继承先人的君位,时刻惊惧危险,常常半夜起来,思考自己怎样避免过错。勤政爱民的思想乃是弥漫整部《尚书》的基本理念,这种理念同样是千百年来流传下来治理天下的精义大法。《泰誓中》讲得更为清楚:"惟天惠民,惟辟奉天。""天视自我民视,天听自我民听。百姓有过,在予一人。"①上天爱护民众,君王侍奉上天。上天看见的就是民众看见的,上天听见的就是民众听见的,百姓的过错就是君王的过错。要让广大民众满意,只有如《周官》中所说的:"以公灭私,民其允怀。"用公心消除个人的私欲,才能使众人信服。所以《君陈》中周成王说祭祀:"至治馨香,感于神明;黍稷非馨,明德惟馨。"只有美好的德性,只有天下大治的馨香才能感动神灵,祭祀用的黍稷并没有这种香气。如果像《酒诰》中所说的纣王那样:"弗惟德馨香祀,登闻于天,诞惟民怨,庶群自酒,腥闻在天,故天降丧于殷。罔爱于殷,惟逸。天非虐,惟民自速辜。"没有美好的德性,只有聚众醉酒的熏天酒气和广大民众的怨气被上天听闻,所以殷纣的灭亡并不是上天的暴虐,而是他们自己的罪孽招致了惩罚。②《礼记·檀弓下第四》中记载的故事说明了同样的问题。天下大旱,鲁穆公召县子来询问原因。鲁公说:"天久不雨,吾欲暴尪而奚若?"老天一直不下雨,想暴晒有尪病的人来求雨。县子说:"天久不雨,而暴人之疾子,虐,毋乃不可与。"天久不下雨,而暴晒别人家有疾病的儿子,是一种暴虐的表现,不行。鲁穆公又问:"然则吾欲暴巫而奚若?"暴晒女巫怎么样?县子说:"天则不雨,而望之愚妇人,于以求之,毋乃已疏乎?"是天不下雨,把希望寄托在女巫身上,让她来求雨,这种想法并不合适。鲁穆公又问:"徙市则奚若?"罢市怎么样,县子说:"天子崩,巷市七日;诸侯薨,巷市三日。为之徙市,不亦可乎?"天子死的时候,市民在巷子交易七日,诸侯死,市民在巷子交易三日,为天旱罢市不也

---

① 李民、王健撰:《尚书译注》,第148、395、199页。
② 同上书,第367、274页。

可以吗？由此可见，自然的灾祸虽然来自自然，某些人为的行为并不能解除，但是自然的灾祸所导致的人的行为会消除或者引起更大的灾祸。至于纯粹的人为灾祸那就只有如《尚书·太甲中》所说的自己来承受了。至于《礼记·檀弓下第四》中孔子所说的"苛政猛于虎也"，纯粹是一种政治与人为的结果。

不仅《尚书》中普遍存在着这种对善的原则的一致诉求，对善的基本原则的思考同样是中国传统文化初创时期哲人们所关注的一个根本问题，它在文化初创时期其他所有重要典籍中都有全面地反映。被称为群经之首的《周易》也是这样。《周易》是我国古代现存的最早的一部哲学著作，它对中国传统文化的影响无论怎样评价都不为过。《史记·孔子世家》就说孔子"读《易》韦编三绝，曰'假我数年，若是，我于《易》则彬彬矣'"。可见《易经》对中国传统文化的深刻影响。当然，对《周易》复杂内容的解释各种各样，争议很大，正如《系辞上传》所说"仁者见之谓之仁，知者见之谓之知，百姓日用而不知，故君子之道鲜矣"。但《周易》对善与德的原则的思考却是确立它在中国传统文化中重要地位的根本原因。它通过"观物取象"的原则把自然与人文密切联系在一起，获得人与人、人与自然、人与社会的基本原则。它的内容涉及各个方面。《乾卦第一》在解释"元、亨、利、贞"时说："君子体仁足以长人，嘉会足以合礼，利物足以和义，贞固足以干事。君子行此四德者，故曰：'乾：元、亨、利、贞'。"意思是：君子要实行仁德来成为人的尊者，各种美好的会合要符合礼仪，对他物有利就符合义的原则，坚持正直的节操来行事。君子实行了这四种德行，也就符合了乾卦的要求。至于"君子以成德为行，日可见之行也。君子学以聚之，问以辩之，宽以居之，仁以行之"，也同样是乾卦对人的启示：君子必须以成就德行作为自己行动的目的,每日都要有所成就。君子要靠学习来增长知识,靠提问来使问题清楚,靠宽厚来使自己安定,以仁德来行动。一切都必须以仁德为准则,而不是为所欲为,甚至是倒行逆施,逆时代潮流而动。所以《坤卦第二》中说:"君子以厚德载物。"①君子要具有像大地那样的德性来承载一切。它的结论就是:"积善之家,必有余庆;积不善之家,必有余殃。臣弑其君,子弑其父,非一朝一夕之故,其所由来者渐矣!由辩之不早辩也。"不断行善的家族,有享受不完的福气;罪恶累累的家族,则有没完没了的灾祸。臣杀他们的君主,儿子杀死父亲,都不是一朝一夕的原因,都是渐渐发展而来的,只是作为君主和父亲的没有早日辨明罢了。这是《周易》对个体修行的基本要求,同样对于国家也是这样。《师卦第七》中说:"小人勿用,必乱邦也。"小人是不可用的,小人能带来国家的混乱。特别是《师卦》所隐含的用兵须正的思想也从另一个角度反映了《易经》所追求的善的基本原则。当然这个以善为用兵根本目的的原则在《荀子·议兵》中表达得更为明确:"彼兵者,所以禁暴除害也,非争夺也。"②用兵的目的不在于争胜掠夺,而在于除暴安良。不仅是战争,即使是争讼,《易经》也不是鼓励与赞成的。《讼卦第六》说:"讼:有孚窒惕,中吉;终凶。""以讼受服,亦不足敬也。"争讼是由于诚信被压抑所致,采取持中的态度是应当的,但不可没完没了地争讼,这样会带来凶险。所以由于争讼而获得好处,并不值得人尊敬。这和《论语·颜渊》、《礼记·大学》中孔子所一贯主张的"听讼,吾犹人也,必也使无讼乎"是一致的。讼

---

① 黄寿祺、张善文撰:《周易译注》,第9、18、24页。
② 张觉撰:《荀子译注》,第310页。

的目的就是为了消除争讼。可见孔子并不喜欢争论,更愿保持一种中和的态度。也就是《兑卦五十八》所说的:"刚中而柔外,说以利贞。是以顺乎天而应乎人。说以先民,民忘其劳;说以犯难,民忘其死;说之大,民劝矣哉!"①内心要中正刚直,但外在要柔和谦逊,这样就能使万物欣悦保持中正,顺应天理合乎民心,自己乐于身先士卒,百姓就会任劳任怨,自己犯难百姓,百姓就会拼死抵制,欣悦的意义就是要使百姓能够互相劝勉。只有这样才能达到《未济卦第六十四》所说的"先自治而后治人",只有自己端正了,才能使别人端正。孔子在《论语》中也多次提到这个问题。《论语·公冶长》中讲:"有君子之道四焉:其行己也恭,其事上也敬,其养民也惠,其使民也义。"《雍也》:"夫仁者,己欲立而立人,己欲达而达人。能近取譬,可谓仁之方也已。"《颜渊》:"克己复礼为仁。""己所不欲,勿施于人。"《宪问》:"古之学者为己,今之学者为人。""修己以敬。修己以安人。修己以安百姓。"《卫灵公》:"君子求诸己,小人求诸人。"等都是讲个体的修养是成就自我与社会人生的必由之路,这是儒家修身、齐家、治国、平天下的基本出发点,只有首先完成自我的修行,才有可能开始其他的一切。《易经》不仅主张对人应该采取一种仁德的态度,对自然万物也应该如此。《比卦第八》中说:"王用三驱,失前禽,邑人不戒,吉。"君王在打猎时三方驱赶野兽,但要网开一面,以表明自己的仁德之心。《史记·殷本纪》就记载:"汤出,见野张网四面,祝曰:'自天下四方皆入吾网。'汤曰:'嘻,尽之矣!'乃去其三面,祝曰:'欲左,左;欲右,右。不用命,乃入吾网。'诸侯闻之,曰:'汤德至也,及禽兽。'"小小的捕兽的细节

---

① 黄寿祺、张善文撰:《周易译注》,第445页。

说明了汤的伟大德性遍及到自然万物的各个角落。也就是《系辞上传》所说的:"知周乎万物而道济天下,故不过;旁行而不流,乐天而知命,故不忧;安土敦乎仁,故能爱。"爱与仁的原则不仅包括人自身,"仁"与"人"古通,还应该包括对自然万物的尊重与爱护。在《易经》看来,上天所帮助的是那些顺应天理的人,人所帮助的是那些讲求信用的人,要保住自我,就必须顺应天理,附和民意。所以《系辞下传》说:"善不积不足以成名,恶不积不足以灭身。小人以小善为无益而弗为也,以小恶为无伤而弗去也,故恶积而不可掩,罪大而不可解。"[1]人的名声是由于善的积累带来的,人的毁灭也是由于人的罪恶太大造成的,小人以为小善没有益处就不为,以为小恶没有什么害处就不消除,所以罪恶积的太多就无法掩盖,罪孽太大就无法摆脱了。人的行为的区分在于善恶性质之间的区分,而不在于善的大小与恶的大小量的区分。所以《周易》所探讨的基本原则乃是关于宇宙万物的根本大法,而不是仅仅讨论人与人之间,人与社会之间的伦理道德问题,《周易》认为整个自然之间的基本原则,也就是所谓道是一致的,所以《说卦传》中说:"昔者圣人之作《易》也,将以顺性命之理。是以立天之道曰阴与阳,立地之道曰柔与刚,立人之道曰仁与义。"在《周易》看来,天的道是阴阳之间的变化与关联,大地的道在于柔与刚的区分与统一,而人的根本原则是仁与义,所有这一切都是顺应自然的结果。

《礼记》则是十三经中在古代影响极大,而今日又较受到忽视的一部典籍。其内容庞杂乃是其他经典所无法比拟的,但它的根本问题仍然是讨论人与人之间的关系问题。《礼记》流传中的古今

---

[1] 黄寿祺、张善文撰:《周易译注》,第500、542页。

之争就是明显的例证。相比较而言,如果说汉代的古今之争以学术之争为主,较少带有政治之争的特点的话,那晚清的经学之争则更多地表现为借助于经学之争来达到政治之争的目的,古今之争成为政治斗争互相厮杀的疆场,争论双方的你死我活乃是利益与立场的不可调和导致的。其实汉代的古今之争也同样与政治上的权力分割密切相关,因为二者争论的焦点乃在于为今文、古文设立经学博士,也就是哪个学派更容易保持在学术上的统治地位,从而能更容易地垄断利禄之途。① 虽然这样,贯穿《礼记》始终的基本原则与《尚书》、《易经》、《论语》等大致是协调一致的,《礼记》最为特别的地方主要体现在它是众经书的普遍原则在具体情况下的表现、运用与细化,当然其哲理的思考也有其他典籍所无法比拟的地方,特别是《大学》、《中庸》、《乐记》中所表达的哲理对中国传统文化的影响是其他很多著作所无法代替的。《礼记》主要是通过具体的礼仪来体现儒家如何修身、齐家、治国、平天下的。如《礼记》中对死与丧事的论述。死乃是人生的大事,死有各种各样的死法,《曲礼下第二》所谓"国君死社稷,大夫死众,士死制"。国君应该为国家而死,大夫应该为众生而死,士应该为君命而死。对待丧事有各种各样的态度。《檀弓上第三》中讲:昔者夫子居于宋,见桓司马自为石椁,三年而不成。夫子说:"若是其靡也,死不如速朽之愈也。"孔子见桓司马为自己造耗资巨大的棺材就说"死后还是尽快腐朽好"。可见孔子是如何反对用一种糜烂奢华的态度来对待尸体,把自己的死看得比众生的生还重要的做法。《檀弓上第三》记载了齐国大夫成子高的一段话:"生有益于人,死不害于人。吾纵

---

① 杨天宇撰:《礼记译注·前言》,第11页。

生无益于人,吾可以死害于人乎哉?我死,则择不食之地而葬我焉。"活着要有益于人,死了不要给人带来害处。即使活着没有给人带来益处,在死的时候为何又要害人呢?要在不长庄稼的地方埋葬自己。这种高风亮节恐怕今日的我们也是很难达到吧。①《檀弓下第四》记载了季子皋埋葬他的妻子,踏坏了人家的庄稼,自己主动赔偿人家。此外还记载了另外两个截然相反的例证:齐国大夫陈子车死在卫国,他的妻子和家臣商议用活人为他殉葬,并把结果告诉了陈子车的弟弟陈子亢,认为这样可以照顾他的哥哥。但陈子亢说:"以殉葬,非礼也。虽然,则彼疾当养者,孰若妻与宰?得已,则吾欲已;不得已,则吾欲以二子者之为之也。"于是弗果用。在陈子亢看来,用活人来殉葬是不符合礼的。如果要考虑照顾病人的话,那用妻子与家宰最好了。当然陈子亢是一种讽刺的说法,最后终于没有实行用人殉葬。另一个就是:陈乾昔卧病在床的时候,就命令他的儿子在他死后一定要做一个大棺材把他喜欢的两个妾放在身体的两旁。但他死后,他的儿子并不同意,说:"以殉葬,非礼也,况又同棺乎?"殉葬已经超越了礼的许可,更况又要同棺,也就更加不可能了。因此最后没有杀掉两个妾。所以孔子说:"为刍灵者善。""为俑者不仁,殆于用人乎者!"②孔子认为用草扎的人、马来陪葬表明了人的心地善良,用制作的人俑来陪葬表明了有这种想法的人没有仁德之心,因为人俑和人太近似。孔子不仅反对用人、近似人的俑陪葬,即使用实物来陪葬,他也反对。他说:"为明器者,知丧道矣,备物而不可用也。哀哉,死者而用生者

---

① 杨天宇撰:《礼记译注》,第42、84、91页。
② 同上书,第120、122、111页。

之器也!不殆于用殉乎哉?其曰明器,神明之也。"孔子认为死人用活人的东西也是不对的,那和用活人来殉葬是一回事。死人用草扎的马、泥做的车子,这些人不可用的器物是表明死者是与活人不同的神明,死人所用的东西怎么能和活人用的一样呢?所以《檀弓上第三》记载了曾子对宋襄公用上百瓮醋、肉酱来陪葬夫人的做法。曾子说:"既曰明器矣,而又实之!"既然是明器,就不该盛满食物。① 殉葬制度在当时乃是一种普遍的制度,我们在《诗经·黄鸟》中都可以看到对殉葬情境的描述:"交交黄鸟,止于棘,谁从穆公?子车奄息,维此奄息,百夫之特。临其穴,惴惴其慄。彼苍者天!歼我良人!如可赎兮,人百其身。"奄息、仲行、𫘤虎都是很有名的良将,疆场上有万夫不当之勇,但面临自己即将要活埋的墓穴,禁不住浑身哆嗦,魂丧胆破。我们从诗歌中也能看出作者对被害者的高度同情和对殉葬制度的强烈憎恨。《左传·鲁文公六年》说:"秦伯任好卒,以子车氏之三子奄息、仲行、𫘤虎为殉,皆秦之良也。国人哀之,为之赋《黄鸟》。"②《史记·秦本纪》也有相关记载。可见《礼记》对殉葬制度的憎恨反映了善的基本原则的普遍性。所以《檀弓下第四》说,工尹商阳与陈弃疾追赶吴军时,商阳每毙一人,揜其目,并对驾车人说:"杀三人,亦足以反命也。"因此孔子说:"杀人之中,又有礼焉。"可见《礼记》认为仁德的存在是无所不在的。问题是如何把仁德的意义落实到人的每一个具体行为上。《礼记》认为对死应该采取一种人道的、善的态度,《丧服四制第四十九》所谓"毁不灭性,不以死伤生也"。人死时哭与悲伤是应该

---

① 杨天宇撰:《礼记译注》,第90页。
② 杨伯峻编著:《春秋左传注》二,第546—547页。

的,但过分的悲哀与虚假的悲哀都是不应该的。《檀弓上第三》说:"哭有二道,有爱而哭之,有畏而哭之",指出仅仅形式意义上的哭声是没有什么意义的,虽然《礼记》对人的哭声也有较为详细的要求。但《丧服小记第十五》中明确指出"养有疾者不丧服",以表示对病中服丧者的关爱,《丧服四制第四十九》规定,"伛者不袒。跛者不踊。老病不止酒肉",则出于同样对特殊人群的关爱。《礼运第九》中提出的大同世界更是众所周知:"大道之行也,天下为公,选贤与能,讲信修睦。故人不独亲其亲,不独子其子,使老有所终,壮有所用,幼有所长,矜寡孤独废疾者,皆有所养;男有分,女有归;货恶其弃于地也,不必藏于己;力恶其不出于身也,不必为己。是故谋闭而不兴,盗窃乱贼而不作,故户外而不闭,是谓大同。"同时孔子又把大同世界与自己所处的时代进行了比较:"今大道既隐,天下为家,各亲其亲,各子其子,货力为己,大人世及以为礼,城郭沟池以为固,礼义以为纪,以正君臣,以笃父子,以睦兄弟,以和夫妇,以设制度。……是谓小康。"可见,小康的世界和大同世界的相比是有巨大的差异的,其中的原因乃是大同世界是孔子依据自己善与仁的道德伦理原则对人类社会的美好设想,正如柏拉图的理想国。

《礼记》把善的原则贯穿于对整个宇宙与自然的思考,善的原则不仅运用于人类社会,同样适用于自然,也就是教导人要爱自然,爱牲畜。《王制第五》讲:"草木零落然后入山林。昆虫未蛰,不以火田。不麛,不卵,不杀胎,不殀夭,不覆巢。"草木落叶的时候才可以上山砍伐木材。昆虫没有冬眠,不能用火来烧田野。不捕幼小的野兽,不取鸟卵,不杀怀孕的母兽,不杀幼小的野兽,不捣毁鸟巢。《月令第六》中同样说:"命祀山林川泽,牺牲毋用牝。禁止伐木,毋覆巢,毋杀孩虫、胎、夭、飞鸟,毋麛,毋卵,毋聚大众,毋置城郭,掩骼埋胔。"祭祀山林河湖的时候,祭品不能用母兽。孟春禁止伐木,不能捣毁鸟巢,不可杀害幼虫、幼兽,不可掏取鸟卵,不可聚众,不可建筑城池,要掩埋遇见的尸体。《玉藻第十三》则说:"君无故不杀牛,大夫无故不杀羊,士无故不杀犬豕。君子远庖厨,凡有血气之类,弗身践也。"① 国君不能无故杀牛,大夫不能无故杀羊,士兵不得无故杀狗、猪。君子应该远离厨房,凡是有血气的动物,不要亲自观看杀害它们。善待自然和善待动物虽然与善待人是两个根本不同的问题,但是无论如何,善待自然与善待动物同样是一种善的标志,虽然我们仍然可以常常看到有些人把动物看得比人更为重要,但毕竟从对自然与动物的爱,过渡到对人的爱有着更大的可能性,所以康德说热爱自然乃是一个人心性善良的标志。当然中国的先哲早已阐明人乃自然的一部分,爱护自然就是爱护自己。《礼记》中对自然与对人的关爱是互为一体的。《祭法第二十三》说:"法施于民则祀之,以死勤事则祀之,以劳定国则祀之,能御大患则祀之,能捍大患则祀之。"② 圣王制定的祭祀制度规定:为民众制定法规的人要祭祀他,为民勤劳至死的人要祭祀他,辛勤为国的人要祭祀他,能抵御大灾的人要祭祀他,能消除大患的人要祭祀他。由此看来,名为祭祀江河山水实为苍天众生。《祭义第二十四》说:"天之所生,地之所养,无人为大。"《祭统第二十五》说:"上有大泽,则惠必及下,顾上先下后耳,非上积重而下有冻馁之民也。是故上有大泽,则民夫人待于下流,知惠之必将至也,由馁见之矣。"上面的人获得大恩泽一定要惠及下面,只不过有上下先后的

---

① 杨天宇撰:《礼记译注》,第149、176、363页。
② 同上书,第604页。

顺序罢了,而不是上面的人财富无数下面的人却遭受冻馁之苦。所以上面有大恩惠,下面的人都等着恩惠能降下来,正如祭祀中吃剩饭的礼仪所显示的那样。所以《礼记》反复强调《诗经·大雅·洞酌》中的"岂弟君子,民之父母"的观念,君对待民应该如父母对待孩子一样。《哀公问第二十七》说:"人道政为大。政者,正也。君之所为,百姓之所从也。君所不为,百姓何从?古之为政,爱人为大。""古之为政,爱人为大。不能爱人,不能有其身。"政的含义就是正,君主只有以自己的行为、用自己对天下人的爱来为民众服务才能使天下人跟随自己。所以君主应该时刻"善则称人,过则称己",而不是相反。《表记第三十二》讲:"使民有父之尊,有母之亲,如此,而后可以为民父母矣。非至德,其孰能如此乎?母亲而不尊,父尊而不亲。水之于民也,亲而不尊,火尊而不亲;土之于民也,亲而不尊,天尊而不亲;命之于民也,亲而不尊,鬼尊而不亲。"君主对待民众既要有父亲的尊严,又要有母亲的慈爱,而不能偏执一方。《缁衣第三十三》讲:"民以君为心,君以民为体。君好之,民必欲之。君以民存,亦以民亡。"民众以君主为自己的心脏,君主应该以民众为自己的根本。民众的喜好随着君主的喜好而变化,君主因为民众的爱戴而存在,也会因为民众的反对而消亡。这和孟子的重民思想是完全一致的。孟子曰:"民为贵,社稷次之,君为轻。是故得乎丘民而为天子,得乎天子为诸侯,得乎诸侯为大夫。诸侯危社稷,则变置。""仁也者,人也。合而言之,道也。"①《中庸》里也讲:"为政在人。仁者,人也。"②所以《说文》说"仁者,亲也,从

---

① 杨伯峻译注:《孟子译注》,第 328—329 页。
② 杨天宇撰:《礼记译注》,第 700 页。

人二",也就是说只要有两个人,就需要仁德的存在。由此看来,《礼记》《孟子》对君臣关系的看法比后来腐儒的保守观念更加客观真实地反映了二者的依存关系。

从以上的分析看来,先秦哲人们不仅为我们提供了最初的思想形态,为研究人类思想的形成与发展提供了学术上的依据,更重要的是提供的理想原则有很多共通之处,从今日人类发展与生存的现实来看,他们对人、自然与社会的思考与关爱,对我们反思自身的现实、展望未来的前景,仍然具有深远的意义。但是我们也应该认识到这种爱民、重民思想在今日的局限性。它的局限性首先表现在爱民重民的基础建立在等级观念与制度的基础上,统治者爱民的出发点与目的更多地是为了自己的统治与利益,而不是为广大民众的利益,并没有上升到一种普遍幸福的原则,更不是为了一种道义上的,甚至纯粹意义上的伦理的爱,所以等级观念与制度所带来的社会动荡在传统历史中从未消除过,特别是中国传统社会从未建立一种不倒翁似的中间庞大而两头较小的社会与文化机制,巨大社会阶层的对立常常导致社会的巨大动荡,社会动荡的根源从未在观念与制度上得以消除,消除的关键就在于平等意识的深入人心与制度上的充分保证。当然西方文明也不是一开始就天然地存在着平等的理念。苏格拉底的对话精神并不是现代意义上的平等或民主精神,它只是隐含了现代民主的基本雏形。苏格拉底终生追求的是正义、真理、德性、善,但不是现代意义上的民主。斯东在《苏格拉底的审判》一书中详细分析了这个问题,特别是他在《提尔塞特斯故事中的线索》一章中,通过分析色诺芬《言行回忆录》中对苏格拉底的审判及《荷马史诗》中对特尔西特斯一类提出反对意见人的态度,分析了荷马的民主与现代民主的根本差异。《荷马史诗》第二卷《阿伽门农召开全营大会试探军心》详细描写了阿伽门农要试探军心时所出现的巨大混乱,"全体将士吵吵嚷嚷从他们的船上和营帐里面回到会场,有如高声呼啸的大海的波涛在长滩怒吼,海里发出回响"。但是作为智慧象征的奥德修斯却对不同的人采取了截然不同的态度,他遇见一个国王或一个地位显赫的人物就好言相劝:

> 我的好人,我不该把你当成懦夫吓唬你,
> 你且坐下,叫其他的人也都坐下来。
> 你还不知道阿特柔斯之子心里的意思,
> 他是在试探,很快会惩罚阿开奥斯儿子们。
> 我们不是都听说他在议事会的发言?
> 你要当心他发脾气,虐待阿开奥斯儿子们。
> 宙斯养育的国王的心灵暴烈异常,
> 荣誉来自宙斯,智慧神宙斯喜爱他们。

可是当他看到普通士兵在大喊大叫时,就气愤异常,用权杖不停打他们,并且用凶恶的话来责骂恐吓他们,并极力强调等级与权力的合理性:

> 我的好人,你安静地坐下,听那些比你
> 强大的人说话;你没有战斗精神,
> 没有力量,战斗和议事你都没分量。
> 我们阿开奥斯人不能人人做国王;
> 都头制不是好制度,应当让一个人君主,
> 当国王,是狡猾的天神克洛诺斯的儿子

授予他王杖和特权,使他们统治人民。

当他看到,别人都已安静坐下,只有特尔西特斯还在吵闹时,奥德修斯很快来到他身旁,侧目而视,厉声斥责:

胡言乱语的特尔西特斯,你声音高亢,
但还是赶快住嘴,别想同国王们拌嘴。
我认为在所有跟着统帅前来的士兵中,
再也找不出一个比你更坏的凡人。
你在大会发言,不要提起国王们,
不要责骂他们,不要盯住归航。
我们并不清楚,事情会怎样发展。
……
我告诉你,这句话会成真:
我若再次发现你像现在这样发狂,
而不捉住你,剥去你的一身衣服,
那些遮丑的罩袍和衬袍,把你送到
快船旁边,你从大会场捱了一顿
可耻的打击,一路上不住地痛哭流涕,
那么我的脑袋就不会再留在肩上,
我也不会被称为特勒马科斯的父亲。

接着他就用他的权杖来鞭打特尔西特斯,打得他满身是伤,痛苦异常,泪流满面,在恐惧中揩干泪眼,用迷茫的眼睛望着欢笑的阿开奥斯人。他们在为奥德修斯鞭挞一个鲁莽的诽谤者而兴奋异常。这就是奥德修斯用武力解决的一场争论。没有平等,没有辩论,更没有爱,只有权力、武力和利益的较量。这次被斯东称为"有历史记载以来普通百姓的首次登台","一个平民在国王面前第一次行使言论自由的权力",就这样被武力镇压下去了。因为奥德修斯使用的不是平等的辩论,而是暴力和鞭挞。①

然而当我们审察特尔西特斯的言论内容时发现,他和其他国王和将领的内容基本都是一致的。他批评阿伽门农:

> 阿特柔斯的儿子啊,你又有什么不满意,
> 或缺少什么?你的营帐里装满了青铜,
> 还有许多妇女,那是阿开奥斯人
> 攻下敌城时我们首先赠给你的战利品。
> 你是否缺少黄金,希望驯马的特洛亚人
> 把黄金从特洛亚给你带来赎取儿子?
> 那个儿子可能是被我或别的阿开奥斯人
> 捆住带来。你是否还想要一个少女,
> 你好同她在恋爱上结合,远地藏娇?
> 你身为统帅,不该让阿开奥斯遭难。
> ……
> 他现在甚至侮辱比他好得多的阿喀琉斯,
> 他下手抢走了他的礼物,据为己有。
> 阿喀琉斯心无怒气太疏懒,否则这是你,
> 阿特柔斯的儿子啊,最后一次侮辱人。②

如果我们把特尔西特斯对阿伽门农的讽刺和阿喀琉斯对他的辱骂相比就会感到这并没有什么,奥德修斯的恼怒并不是因为内容的不可忍受,而是因为来自普通的士兵,按照等级与权利的原

---

① 斯东著,董乐山译:《苏格拉底的审判》,生活·读书·新知三联书店 2003 年版,第 37 页。
② 荷马著,吴士栋译:《伊利亚特》,第 32—36 页。

则,他是没有发言权的。当阿伽门农要求阿喀琉斯的女俘来作为补偿时,阿喀琉斯简直就是破口大骂:

> 你这个无耻的人,你这个狡诈之徒,
> 阿开奥斯人中今后还有谁会热心地
> 听从你的命令去出行或是同敌人作战?
> 我到这里来参加战斗,并不是因为
> 特洛亚枪兵得罪了我,他们没有错,
> 须知他们没有牵走我的羊群。
> ……
> 你这个无耻的人啊,我们跟着你前来,
> 讨你喜欢,是为墨涅拉奥斯和你,
> 无耻的人,向特洛亚人索赔你却不关心。
> 你竟然威胁我,抢走我的荣誉礼物,
> 那是我辛苦夺获,阿开奥斯人敬献。
> 每当阿开奥斯人掠夺特洛亚人城市,
> 我得到的荣誉礼物和你的不相等;
> 是我这双手承担大部分激烈战斗,
> 分配战利品时你得到的却要多得多。①

阿喀琉斯用他的勇敢和无畏表达了自己对不公平的愤慨,对阿伽门农的抗议和不满,他充满咒骂的词语表达得显露无遗。从语言的内容与表达的语气来看,阿喀琉斯比特尔西特斯的话语激烈得多了,但聪明的奥德修斯并没有什么对阿喀琉斯的不满,他只是劝阿伽门农以大局为重,通过归还阿喀琉斯的女俘来

---

① 荷马著,吴士栋译:《伊利亚特》,第7页。

换取他的重新参战。更令人感兴趣的是荷马的态度。从他对阿伽门农、阿喀琉斯、奥德修斯,特别是特尔西特斯的描写中看到他的态度:"只有特尔西特斯,舌头不羁的人,还在吵闹,他心里有许多混乱的词汇,拿来同国王们争吵,鲁莽、杂乱,只要可以引起阿尔戈斯人发笑。"特别是对特尔西特斯长相与外貌的描写更是让人感到好笑:"他在所有来到伊利昂的阿尔戈斯人中,最可耻不过:腿向外弯曲,一只脚跛瘸,两边肩膀是驼的,在胸前向下弯曲,肩上的脑袋是尖的,长着稀疏的软头发。他最为阿喀琉斯和奥德修斯所憎恨,因为他总是同他们争吵,他当时再次用尖锐的话语责骂神样的阿伽门农。"特尔西特斯这样一个长着一双"罗圈腿",其中还有一只是瘸的,并且鸡胸驼背的畸形人怎么能够被召来参加战斗呢?这不正是庄子所反复描写可以逃避战争征兵的"支离疏者"吗?问题并不在这里。荷马不是想真正客观展现、描写特尔西特斯的长相,而是通过丑化他的长相来表达对他的嘲笑与蔑视。在这里,长相和智慧被文学化手法的描写与处理统一在一起,虽然二者没有必然的联系。尽管荷马竭力把他丑化为讲话语无伦次的人,但从具体的内容我们仍然可以看到,他同阿喀琉斯一样简单明了,切中要害,而且更加礼貌中肯。而阿喀琉斯的英勇善战、奥德修斯的智慧多谋、阿伽门农作为万军统帅的形象则被荷马的语言描绘得与他们担当的角色完全在理想的层面上得到统一。但是在对待二者反对阿伽门农的态度上,荷马显然采取了截然相反的态度,美化了阿喀琉斯,丑化了特尔西特斯。

色诺芬在引用《荷马史诗》时并没有直接提及特尔西特斯的名字,但无疑隐含了对特尔西特斯一类人的基本态度。苏格拉底提到他要到另外一个地方去,可能见到很多已死的伟人,那一定让他感到死并不像普通人想象的那样可怕,其中的一个伟人就是阿伽门农。柏拉图笔下的苏格拉底两次提及特尔西特斯,都是以丑化的姿态出现的:《高尔吉亚篇》中苏格拉底谈到特尔西特斯时,认为他不过是一个普通的罪犯,死后还不配专门为伟人准备的永恒的煎熬。《理想国》苏格拉底描写埃尔游地狱时,特尔西特斯正藏在猿猴的躯体下准备转世。在《理想国》中苏格拉底却多次主张把《荷马史诗》中关于阿伽门农不好的描写删去,这与他主张对神的尊重是一致的。其实整个《伊利亚特》描写阿喀琉斯的愤怒就是因为阿伽门农不能控制对女奴的欲望而引发的。没有了阿伽门农与阿喀琉斯的缺陷,那战争由何而来呢?《荷马史诗》又由何而来呢?神能不能成为年轻人的榜样,主要看神的表现,不能靠对神的美化来达到。如果神都如阿伽门农那样无法控制自己的欲望,要想使他们不成为年轻人的坏榜样,恐怕是很困难的。

二、审美特性的民族性与善的基本原则的普遍性

我们在苏格拉底、柏拉图、亚里士多德等西方文化初创时期的哲人们的著作中虽然时有发现平等的理念,但并不代表西方文化平等理念的普遍性,即使在20世纪五六十年代美国某些州的法律仍然存在着种族隔离制度,美国黑人与白人的不平等问题也是普遍存在的,至于普通民众对种族隔离与种族歧视的态度与制度的破除还有一定的距离,所以才有马丁·路德·金领导的争取种族

平等和公民权利的广泛运动,马丁·路德·金的死则是人类为达到平等理想所必然付出的代价。究其原因,应该说《圣经》对西方文化最为重要的影响乃在于其平等理念在西方文化中的深入人心。《圣经》在中世纪的影响最大,宗教因素彻底战胜了其他非宗教因素,然而正是这种彻底的胜利,使基督教也就是《圣经》中的平等精神从未得到真正的贯彻。首要的一点就是,基督教僧侣与广大基督徒的等级区别,所有文化的资源都被他们掠夺霸占,包括如何阅读、理解上帝的话与旨意。文艺复兴对西方文化最为根本的贡献就在于打破基督教僧侣对文化的垄断,从而使广大民间文化的优秀传统重新走到历史的前台。巴赫金在《拉伯雷的创作与中世纪和文艺复兴时期的民间文化》中说:"布尔达赫认为'复兴'这个词完全不是指'古希腊科学和艺术的复兴',而在这一词的背后有一个巨大而多义的思想现象,一个根植于人类的仪式-演出活动的、形象的、智性思想思维最深层的思想现象,这也是正确的。然而,布尔达赫没有看到,也没有理解复兴的思想形象的主要存在领域——中世纪的民间诙谐文化。对更新和新生的追求、对'新的青春的渴望'渗透于狂欢节的世界感受本身,并在民间文化的具体感性形式(仪式-演出形式、话语形式)中得到了多样化的体现。这是中世纪的第二种节日生活。"①文艺复兴所复兴的不仅仅是古希腊罗马的思想与艺术,更重要的是广大的民间文化重新获得了新生,因此文艺复兴时期也是欧洲民族文化复兴的时期。巴赫金在评价《巨人传》这部对中世纪文化有着巨大冲击的巨著时说:"就拉伯雷和他同时代的人而言,'巴黎的吆喝'全然不像后世对它的

---

① 钱中文主编:《巴赫金全集》第六卷,第67页。

理解那样,是记录日常生活的文献,其后的文学中变成'日常生活'的那些东西,在拉伯雷时代贯穿着深刻的世界观意义,与'重大事件'与历史密不可分。'巴黎的吆喝'这一广场和街头生活的重要成分汇入了共同的、民间节日的、乌托邦的广场自发气氛之中。在这些'吆喝'里拉伯雷听到了全民环聚于'世界盛宴的'乌托邦的音调,听见了这些乌托邦的音调深深地潜入到生活最深处,这是一种生动具体的,有血有肉的,实际上已被认识的,有滋有味的和充满广场喧闹的生活。总之这一点完全符合整个拉伯雷的形象的特殊性质;所有的形象都把最广泛的包罗万象性和乌托邦主义与非凡的具体性、直观性、生动性、严格的局限性和技术上的精确性集于一身。"①拉伯雷长篇小说中的各种事物形象,包括人物形象同民间文化中包罗万象的深度与具体性是一致的,同生动、直观的真实历史事件是统一的,没有任何哲学抽象的概括与人为的典型化,拉伯雷把民间文化中各种物质盛宴的乌托邦主义和最富幻想的形象融入现实生活的最深处,并与片面强调所谓精神生活的中世纪官方与宗教世界观形成对立。所以巴赫金说,拉伯雷的创作贯穿着民间文化与中世纪官方文化的斗争,是对那个时代每月每日所发生的大大小小的事件做出的及时反应,是从当时生活的最深处发展起来的,拉伯雷著作中包罗万象的无限深度和广度同有限的具体性、个体性、细节性、生动性、迫切性和轰动性是密切结合在一起的。他自己也是生活的积极参加者与最热心的见证人,拉伯雷的著作与他的人生、他所处的世界是密切联系在一起的。拉伯雷的著作与文艺复兴时期其他伟大的著作也是一致的,这些伟大的著

---

① 钱中文主编:《巴赫金全集》第六卷,第211—212页。

作都面临一个共同的问题,那就是一个伟大的历史转型时期,所有的伟大作品都是对这个巨大的历史与文化的转型与交替保持着特别清醒的认识与异常明确的立场。这种交替不仅来自古代希腊文化与罗马文化的深刻影响,更是同一历史时期不同文化间的互相交流与对话,甚至是较量,这种巨大的时代交替与转折往往使占统治地位的权势话语及其所谓的永恒真理丧失其合理性,并使所有的意识形态观念面对着未来重新寻找自己的合理性。全民的富足与公正成为新时代最重要的主题,所有的民间节庆形象也都在经受长时期的文化压制后重新确认了自己的历史价值。拉伯雷小说中到处充满着乐观主义,这种乐观主义乃是建立在对广大民间文化价值充分而正确认识的基础之上的,是建立在对时代深刻的体验基础之上的,这种乐观主义反映了广大民间文化的利益与愿望。所以巴赫金说:"拉伯雷创作中使我们感兴趣的是两种文化的斗争,即民间文化和中世纪官方文化的斗争。但是,我们不止一次地指出,这一重要的路线斗争是同拉伯雷创作长篇小说那个年代的每月每日所发生的大大小小的迫切事件紧密相连的,是对它们做出的及时反映。可以直截了当地说,全部长篇小说从头到尾都是从当时生活的最深处发展起来的。"更重要的是巴赫金对拉伯雷在这次史无前例的文化转折中所采取的立场。他说:"拉伯雷在当时各种势力的斗争中占有最先进的和最进步的立场。对他来说,王国政权代表了即将来临的未来历史前景的新的社会制度,是民族国家基础的体现。因此他对教皇的自命不凡,对出于民族最高政权之上的帝国的装腔作势都抱同样的敌视态度。在这些教皇和皇帝的强权中他看到了哥特世纪消亡的历史,而在民族国家中他却看到了民族国家的历史生活的崭新的朝气蓬勃的基础,这是很直率,也是很真诚的立场。"①

从民间文化的传统与立场出发,巴赫金对整个文化研究的传统提出了自己看法。他说:"忽视特殊的民间诙谐文化,就不能正确理解文化和文学生活,不能理解人类历史上各个时代的斗争。民间文化自始至终是存在的,任何时候都不能把它同统治阶级的文化相混淆。在阐明过去各个时代的时候,我们往往过分'相信'这个时代的话语,即或多或少相信这些时代的统治阶级思想家的话语,因为我们听不到人民的声音,不善于去寻找和理解它那纯洁的、没有标志的表现形式,例如,我们至今还非常片面地想象中世纪及其文化。"②巴赫金的这种立场与方法对我们反思自身的文化传统具有深远的意义,然而我们目前在这方面做得很少,和我们强大的民间文化传统相比,可以说是微乎其微。文论传统的研究同样存在着巨大的局限。巴赫金在反思西方的文论传统时说,欧洲的文学理论是在很狭窄、很有限的文学现象的材料上产生和发展起来的,它形成于文学样式和民族标准逐渐稳定的时代,一切都已得到解决,一切都已稳定下来。西方文论是在稳定的时代占据统治地位的思想与文化对传统的理解与阐释,而更多的处于边缘的、民间的、大量的未被认识的文化被忽视。从这个角度我们反思自身的文论传统就会发现问题同样存在,而且更为明显。王国维在评价元曲时说:"凡一代有一代之文学:楚之骚,汉之赋,六代之骈语,唐之诗,宋之词,元之曲,皆所谓一代之文学,而后世莫能继焉者也。独元人之曲,为时既近,托体稍卑,故两朝史志与《四库》集

---

① 钱中文主编:《巴赫金全集》第六卷,第525—526页。
② 同上书,第551页。

部,均不著于录;后世硕儒,皆鄙弃不复道。而为此学者,大率不学之徒;即有一二学子,以馀力及此,亦未有能观其会通,窥其奥窔者。遂使一代文献,郁堙沈晦者且数百年,愚甚惑焉。往者读元人杂剧而善之,以为能道人情,状物态,词采峻拔,而出乎自然,盖古所未有,而后人所不能仿佛也。"①元之戏曲作为一代之文学,在抒情状物、辞采超拔、清新天然方面,可谓是前无古人后无来者,但这样伟大的文学仍然被遗弃在正统的文学史之外,"两朝史志与《四库》集部,均不著于录",大家硕儒皆认为不能登大雅之堂,从事这种职业的都是些不学无术的人,即使有一些学人以自己的余力来研究,也不能把握住它的精华,最后导致"一代文献,郁堙沈晦者且数百年"。究其原因,元人之曲乃是一种新兴的民间文艺:"行院者,大抵金元人谓倡伎所居,其所演唱之本,即谓之院本云尔。"②"元剧之构造,实多取诸旧有之形式也。且不独元剧之形式为然,即就其材质言之,其取诸古剧者不少",而"古剧者,非尽纯正之剧,而兼有竞技游戏在其中"。③ 王国维不仅从元杂剧的渊源,更从元杂剧的作者身份与时代环境来分析元杂剧的基本特性。他说:"元初名臣中有作小令套数者,唯杂剧之作者,大抵布衣,否则为省掾令史之属。蒙古色目人中,亦有作小令套数者,而作杂剧者,则唯汉人(其中唯李直夫为女真人)。"也就是说,无论从政治的分层上还是从民族的分野上,元曲的作者都是当时社会的边缘者,而不是所谓的主流文化的代表。王国维又从元曲产生的社会根源来解释元杂剧的基本成因:"予则谓元初之废科目,却为杂剧发达之因。

---

① 王国维:《宋元戏剧史·自序》,上海古籍出版社 2000 年版,第 1 页。
② 同上书,第 53 页。
③ 王国维:《宋元戏剧史》,第 68、58 页。

盖自唐宋以来,士之竞于科目者,已非一朝一夕之事,一旦废之,彼其才力无所用,而一于词曲发之。且金时科目之学最为浅陋。此种人士,一旦失所业,固不能为学术上之事,而高文典册,又非其所素习也。适杂剧之新体出,遂多从事于此;而又有一二天才出于其间,充其才力,而元剧之作,遂为千古独绝之文字。"①科目的废除使大量文人的才力无所适从,便从事于刚刚兴起的杂剧,从而使杂剧兴盛起来。于政治无所用心的文人,加以与政治无所粘连的杂剧,造成了元杂剧的基本特点:"元曲之佳处何在?一言以蔽之,曰:自然而已矣。古今之大文学,无不以自然胜,而莫著于元曲。盖元剧之作者,其人均非有名位学问也;其作剧也,非有藏之名山,传之其人之意也。彼以意兴之所至为之,以自娱娱人。关目之拙劣,所不问也;思想之卑陋,所不讳也;人物之矛盾,所不顾也。彼但摹写其胸中之感想,与时代之情状,而真挚之理,与秀杰之气,时流露于其间。故谓元曲为中国最自然之文学,无不可也。若其文字之自然,则又为其必然之结果,抑其次也。"他认为元曲之所以能"列之于世界大悲剧中,亦无愧色也"的原因乃是因为:"元曲最佳之处,不在其思想结构,而在其文章。其文章之妙,亦一言以蔽之,曰:有意境而已矣。何以谓之有意境?曰:写情则沁人心脾,写景则在人耳目,述事则如其口出是也。故诗词之佳者无不如是,元曲亦然。明以后,其思想结构尽有胜于前人者,唯意境则为元人所独擅。"不仅意境,就是语言也是率由己出。在王国维看来,古代文学描摹事物多用古语,很少用俗语,即使有所使用,也是偶尔用之。但元曲却大量地使用俗语,这是以往文学所没有的。元曲这种新

---

① 王国维:《宋元戏剧史》,第77页。

文体中使用新语言,在中国文学中"于《楚辞》、内典外得此而三"①。王国维采用了与传统文学价值观念根本不同的评价标准对元曲进行了新的解释,对元曲在中国文学史中的地位给予了充分的肯定,显示了王国维对民间文化的关注与重视,看到了传统文化或文学发展的转型时期,民间文化相对于上层精英文化所具有的更为合理的因素。民间文化所特有的清新、真实、幽默、刚健的风格对我们今日文化与文学的发展也同样有着巨大的现实意义。所以歌德说:"一切倒退和衰亡的时代都是主观的,与此相反,一切前进上升的时代都有一种客观的倾向。"②一个占据时代主导地位的文化意识如果仅仅只能在回忆过去的辉煌,或者幻想自己的未来中求得生活,那它存在的合理性就已经丧失了。文学的发展也是一样,特别是占据主导地位的文学形式的发展,它的动力不仅来自另外一个民族的文学的挑战,同样也来自广大民间文化的冲击。

中国传统文化的观念中很多地方缺乏平等的观念,特别是在人的深层观念中更是如此,即使在今日,我们也不能说平等与普遍幸福的理念已经深入人心,已经渗透到生活与制度的各个层面。我们非常清楚地看到城乡的差别、东部西部的差别、贫富的差别等仍然成为发展的巨大障碍。这种不平等的观念在教育中表现尤为明显,少数人或者少数地区对优势教育资源的垄断必然导致受过教育的特殊阶层成为一种典型的地位特权阶层,这种等级因素直接造成了对社会各种优势资源包括经济的、政治的、文化的资源的垄断与优先权。教育的巨大费用、教育的长期性、教育不能带来短

---

① 王国维:《宋元戏剧史》,第 98—102 页。
② 爱克曼辑录、朱光潜译:《歌德谈话录》,第 97 页。

期效用的特点等使教育的普及非常困难,如果说一个民族的绝大多数人都不能受到良好的教育,这个民族的文化水准、民族精神传统的承继一定会出现问题。例如黑格尔就认为中国人和印度人没有科学知识。他说:"通过希腊的殖民地,那极少量的科学知识就被传到亚洲内地,传到中国,这点科学知识在那里就带着一个传统的外貌维持下去,不过在中国却没有繁荣起来。中国人是笨拙到不能创造一个历法的,他们自己好像是不能运用概念来思维的;他们也显示出他们有些古老的仪器,而这些东西是与他们的日常生活作业配不上的,——所以,最自然的猜测就是:这些东西乃是来自巴克特里亚。对印度人和中国人的科学知识估计太高乃是错误的。"①中国人并不像黑格尔所说的那样"笨拙到不能创造一个历法,不能运用概念来思维"。但当时的中国并不具有同西方一样强大的现代意义上的科学传统却是事实。由于缺乏普遍幸福的理念和教育基础,从西方传来的科学知识的普及范围也仅仅局限在某些喜欢科学技术的皇帝所居住的皇宫或者大臣的深宫大院里,并不能成为给普通人带来幸福的工具,现代科学最为根本的现实意义也就消失在某些皇帝大臣对自己喜欢科学与现代科学技术发明收藏的炫耀里。当然地区发展的不平衡、地域资源本身的不同对不平等现实的存在与形成有着客观的重要意义,但不平等的理念仍然对地域发展的不平衡起着重要的甚至是决定的意义,中国城乡的巨大差异不仅是一种客观的现实,同样是一种客观的城乡不同理念的表现,也就是说,城乡之间的等级差异与根本不同的理念导致了城乡的巨大差异。同样,文化教育水平的巨大差异与语言

---

① 黑格尔著,贺麟、王太庆译:《哲学史演讲录》第二卷,第275页。

的含混、权力的运作、话语霸权的独白解释往往密切结合一起,没有平等的二元关系,所谓和平对话的原则及对多元差异的宽容与追求等一切都将是子虚乌有的幻觉。在柏拉图与孔子看来,教育的本质乃是通过理想来塑造完美的人格。其中柏拉图的理念和孔子的仁具有根本的意义。黑格尔说:"在我们意识内首先有个别的东西,直接的个别的东西、感性的实在,或者也有理智的范畴,这些范畴被我们当作最后的真实的东西。于是我们便把那外在的、感性的、真实的东西认作与理想的东西相对立。但是理想的东西是最真实的,唯一的实在;而认理想的东西为唯一实在,便是柏拉图的洞见:有普遍性的东西乃是理想的东西,真理是有普遍性的东西,思想在本质上与感性的东西相反。许多对话的内容都在于指出:凡个别的东西、都不是真实的东西,真理是有普遍性的东西;我们必须在个别内只去考虑共相。"[①]这种被柏拉图称作理念的共相真正体现了他对人类理想的思考,在他看来,那种变动的、感性的现象早晚要被理想的、具有普遍性的、自在自为的真理所代替,理念的普遍性不具有经验的个别性和具体性。所以柏拉图在教育中强调的就是普遍性,就是用普遍的理想来塑造个体,使其具有完美的人格。孔子也是如此,他同样也是按照自身关于人的理想来塑造自己,塑造弟子,塑造人。当然他们关于人的理想随着时代的发展,其现实意义愈来愈受到质疑,但这种关于教育的思想却对中西文化的发展产生了根本的影响。当然柏拉图关于真理、善、正义的理念,并没有充分论证或说明它们的来源、最终结局,甚至其合法性,只是当作他理论的直接前提和人生的根本信念接受下来,因

[①] 黑格尔著,贺麟、王太庆译:《哲学史演讲录》第二卷,第275页。

此,他们的思想不停地受到来自不同古代与现代哲学思想的质疑和攻击。孔子所受到的各种责难,还有他自身的生活状况就是最好的说明,而苏格拉底的死也同样是他哲学的最好注脚。他在《蒂迈欧》中说,一个人在描述正义的时候,并没有义务去说明正义如何可能成为现实。他的由哲学王统治的理想国,虽然是那样的虚无缥缈,就连他自己也认为,人不可能实现,只能接近这种可能性,但这种最高可能性却为人类教育设定了最高的永恒的目标,而目标的实施主要靠教育的实际过程来完成。如果没有教育来完成这种设想,那这种设想将没有任何意义。教育的落后,不仅意味着教育理念的无法实现,更重要的是导致了占有教育资源的知识分子的话语霸权,最典型的就是欧洲中世纪教士与宗教对教育的彻底垄断。由于中国悠久的历史文化,语言的特殊性,教育的落后更是导致了文化发展的严重滞后。黑格尔在论述《老子》中"道"的含义时说:"中国人的文字,由于它的文法结构,有许多的困难,特别这些对象,由于他们本身抽象和不确定的性质,更是难于表达,中文的文法结构有许多不确定的地方,洪波尔特先生在最近给雷缪萨的一封信里曾有所说明。"文字不仅决定着中国的哲学,同样也影响着中国文学理论和中国人的思维方式。"中国的语言是那样不确定,没有联接词,没有格位的变化,只是一个一个的字并列着。所以中文里面的规定〔或概念〕停留在无规定〔或无确定性〕之中。"[①]语言的不确定性常常可以引出相反的解释和结论,一个没有受过古典文化教育的人要准确地把握传统文化的精华是不可想象的。对《论语》和儒家其他任何经典的考据和文字的注解及对整

---

① 黑格尔著,贺麟、王太庆译:《哲学史演讲录》第一卷,第126—128页。

个文本的内在精神的阐释与对阅读者行为的影响必然联系在一起。黑格尔在对《圣经》的解释中说:"心灵在自己里面建设自己,在自己里面净化自己,并且又被净化;正是对于这种净化过程来说,内容乃是一个真正的内容。除了借以使心灵受到启发,借以使心灵觉醒达到自信、欢悦、忏悔皈依,引起心灵自己里面的那种过程之外,这个宗教内容没有别的用处。对于这个内容的另一种不正确的态度,就是以外在的方式来对待它,例如按照这个伟大的新注经原则而对待新约各篇,像对一个希腊作家或拉丁作家或别的作家的作品一样,加以批判,作文字的考证和历史的考证,等等。那种真正的精神的态度,是仅仅保留给精神的。以这种不相干的考据学的方式来证明基督教的原理,像正统派的人们所曾干的那样,乃是一种麻木不仁的注释的一个错误的开端,这样内容就会变成无精神的。——所以,这就是精神对于这个内容的初步关系;在这里内容诚然是重要的,但同样重要的是那神圣的和起净化作用的精神必须与这个内容发生关系。"① 对儒家经典的解释也是如此。我们不能仅仅因为某些考据学的发现就改变对儒家基本原则的认可,至于儒家经典的现代意义更是另一个无论怎样的注释都无法改变的原则问题,贯穿儒家经典的内在基本原则对今天的意义并非仅仅是一个文本事实问题,甚至相对于我们今天应该达到的原则与理想,儒家经典也仅仅是一个非常重要的理论资源和文化资源。黑格尔在评价柏拉图时也同样采取了这个观点:"我们有理由回到柏拉图,借以重新学习什么是思辨哲学的性质,但是用过度的热情把它说得一般地是如何的美妙优胜,也有些无聊。我们

---

① 黑格尔著,贺麟、王太庆译:《哲学史演讲录》第一卷,第 382—383 页。

必须站在这样的地位,这就是说,我们必须认识我们时代的思维精神的要求,或者不如说,我们必须具有这种要求。再者从语文学的观点去研究柏拉图,如史莱尔马赫先生所做的评注那样,对这个或另一个的对话去作批判的考察,看看是真的或者是伪品(按照古代人的证据,绝大部分是无可怀疑的),——这对于哲学也是多余的,这也是属于我们时代过分琐细挑剔的批评。"①柏拉图对于时代的意义取决于他哲学的基本精神与现时代精神状况的根本联系,而不是取决于对柏拉图哲学的语言考察,虽然这种考察有利于对柏拉图哲学作进一步细微的研究,但和从根本上把握柏拉图哲学的基本原则仍然是两个根本不同的问题。问题不是如何逃避这些伟大的文化遗产,而是如何继承与超越它们,正如老庄强调追求内在的精神自由而逃避外在的责任与欢乐一样,黑格尔讲:"真正的自由并不在于这种逃避享乐。逃避有关他人和其他生活目的的事物;相反地,自由乃在于意识在投身于全部现实之中时能够超出现实,不为现实所制。"②对自由的追求并不是机械性地逃避对责任的承担,而是在完成责任时充分显现自己的游刃有余。精神的自由并不是取消、忽视,甚至是蔑视精神对外在世界的客观依赖,而是磨炼、提升自身内在的精神需求时能自主地达到自由的状态。

黑格尔认为,如果一部民族史诗要使其他民族和其他时代也长久地感兴趣,它所描绘的世界就不能专属某一特殊民族,而是要使这一特殊民族和它的英雄品质与事迹能深刻反映出一般人类的东西。从这个观点出发,黑格尔认为德国的民族史诗《尼伯龙根之

---

① 黑格尔著,贺麟、王太庆译:《哲学史演讲录》第二卷,第160—161页。
② 同上书,第144页。

歌》还不如《荷马史诗》更能引起他的兴趣,在他看来《尼伯龙根之歌》不如《荷马史诗》具有更多的普遍性。其原因正如歌德所认为的那样,希腊代表人类文化的榜样,而德国本国文学并不能提供更多的关于普遍性的思考。因此他们一致反对狭隘的民族主义,那种以为民族性是自古就有、不可更移,甚至只有自己才最好的盲目自大的心理。真正成熟的民族史诗不仅要被本民族的民众所欣赏,同时还要表现人类生活的共同性,只有那种既是一般人类的又是民族的文学才是真正民族性的甚至是真正人类性的文学,真正伟大的文学应该是民族性与世界性的统一。黑格尔对民族性与普遍性的寻求是与他的哲学理念相一致的,如他关于柏拉图的对话体的论述。柏拉图用对话体来完成自己的哲学著作,这在很多哲学家看来很难从中区分出哪些是柏拉图的观点哪些是他的反对者的观点。正如黑格尔所说:"我们只有他的对话;而这种对话的形式,使得我们难于对他的哲学获得一个观念,做出明确的阐述。对话的形式包含着许多极不相同的成分和方面。……此外,柏拉图在他的对话里,并没有亲自出来说话,而只是介绍苏格拉底和一些别的人作为谈话者,——在这些人中我们常常弄不清楚哪一位真正代表柏拉图自己的意见。——这种外在的历史事实也不能算是了解柏拉图的思辨哲学的真正困难。"但是他又说:"我已经指出过,我们不能把柏拉图的对话看成是目的在于罗列多种不同的哲学而认之为同等有效,更不能把柏拉图的哲学看成从它们里面产生出来的一个折中的哲学。他的哲学宁可说是把这些抽象片面的原则在具体方式下真正结合起来的枢纽。"[①]柏拉图以对话的形式

---

① 黑格尔著,贺麟、王太庆译:《哲学史演讲录》第二卷,第 161—163 页。

表达了他对真理、善、正义和美的思考。对话的各个主体在对话中所占据的地位是不同的。柏拉图让每个对话者都尽情发言,但他却得出自己的结论。同样黑格尔对柏拉图用寓言来表达思想的言说方式提出了自己的看法。这种方式是否有利于思想的表达,还是由于自身的丰富性而有损于思想的表达呢?寓言的表达方式使柏拉图的著作本身就是伟大的文学作品。但是黑格尔不赞同用寓言故事来阐发哲学思想,因为故事的丰富性和多种解释的可能性与哲学抽象的纯粹性根本对立。他说:"柏拉图对话的神话形式使得他的著作富于吸引力,但这也是引起误解的一个根源。而人们把柏拉图的神话当作他的哲学中最优秀的部分,这已经就是一种误解了。许多哲学思想通过神话的表达方式诚然更亲切生动,但神话并不是真正的表达方式。哲学原则乃是思想,为了使哲学更纯正,必须把哲学原则作为思想陈述出来。神话总只是一种利用感性方式的表达方式,它所带来的是感性意象,这些意象是为着表象,而不是为着思想的。当思想还不知道坚持思想的立场,还不知道从思想自身出发时,这正是思想的软弱无力。像在古代那样的神话的表达方式里,思想还不是自由的:思想是为感性的形象弄得不纯净了;而感性的形象是不能表示思想所要表示的东西的。"[①]在黑格尔看来,具体的感性并不是真理,只有理智世界里自在自为的普遍性才是永恒的真理。总之,在黑格尔的基本思想中,普遍性乃是第一位的,因此,一个民族的伟大之处,就在于此。

当然平等的对话意识并不意味着相同与重合,只有异质的两个意识、两种立场、两个人之间的交流与对话才可能产生新的东

[①] 黑格尔著,贺麟、王太庆译:《哲学史演讲录》第二卷,第169—170页。

西,才可能为文化的发展带来活力。韦伯说:"儒家与道家的情况就是这样,如果有人总认为,只有中国人才能正确地、入微入细地解释儒教的话,那么,欧洲科学则在某种程度上同意这样一种见解:今天大概没有一个地道的中国人能够完全从老子(或《老子》一书的作者)的观点本来内在体验的联系中继承这些观点。"①也就是从这个角度,只有对西方文化有较为深入的了解的人才能为反思自身文化的传统提供可能,仅仅周旋于自身文化传统之内,那永远不可能产生新的东西。所以王国维在谈到治学之道时明确要求打破中西学问的界限,他在《国学丛刊序》中提出:"学无新旧也,无中西也,无有用无用也。凡立此名者,均不学之徒,即学焉而未尝知学者。""何以言学无中西也?世界学问,不出科学、史学、文学。故中国之学,西国类皆有之,西国之学,我国亦类皆有之,所异者广狭疏密尔。……中国今日,实无学之患,而非中学、西学偏重之患。"②他还对旧红学家以"本事考证"、"自传索引"为主的穿凿附会的错误做法进行了批评,指出"其作者之姓名与作品之年月,固当为唯一考证之题目",表现了冲破中西界线,唯真是求的伟大境界与宽广的胸怀。③ 只有通过中西文化的对话才能深刻认识到中国传统文化的真实状况及其现代意义。对传统文化没有原则的赞美乃是仅仅局限在书本及理论的层面上。孟子在《尽心章句下》讲:"尽信书,则不如无书。吾于武成,取二三策而已矣。仁人无敌于天下,以至仁伐至不仁,而何其血之流杵也?"孟子认为完全相信书还不如没有书,他对《尚书·周书》中《武成》一篇也只是相信很

---

① 马克斯·韦伯:《儒教与道教》,第237页。
② 王国维:《王国维论学集》,第403页。
③ 王国维:《红楼梦评论》,中华书局2004年版,第28页。

少的一部分。文中讲有仁义的人天下无敌,但是以周武王这样最仁义的人来伐商纣王这样最不仁义的人,又为何鲜血都把捣米用的木槌都漂起来了呢?可见仁义要通行于天下还是很难的。老子、庄子中对语言的本质的反思乃是众所周知的事实了,特别是《老子》八十一章中"信言不美,美言不信",《庄子·天道》中轮扁所言"然则君之所读者,古人之糟粕已夫",《易经·系辞上传》中"书不尽言,言不尽意",等等。文本的存在与客观真实的存在是根本不同的。所以柏拉图也说:"自以为留下文字就留下知识的人,以及接受了这文字便以为它是确凿可靠的人,都太傻了。"①但是我们传统文化的研究者往往局限于对传统文本的解释,而忽视,或者是故意忽视文本与文化现实的巨大差距与对立。所以韦伯在评价《诗经》时说:"同几乎所有别的伦理范畴的经典截然不同的是,一眼就看出,这里绝无任何'有伤风化'描写和哪怕仅仅想象的'下流'画面。《诗经》显然经过了系统的净化,这大概是孔子的独特贡献。编年史是有官方历史编纂学和士所修订的,其中,对古代传说的现实的改造显然超过了《旧约》,例如《士师记》中所描写的僧侣风范。孔子亲自修订的《春秋》中包括对战争过程与惩罚叛逆的简单之极、客观之极的描述,从这个角度看,它有点像上述的楔形文字纪录。如果如传说所言,孔子真的说过人们可以从这部著作中特别清楚地认识他的本质的话,那么,就得同意那些(中国和欧洲)学者的意见,他们认为:《春秋》的特点恰恰是用'礼'的观点对事实做了系统的、现实的修订,这就是'微言大义'(对当时的人来

---

① 朱光潜译:《柏拉图文艺对话集》,第170页。

说——因为对于我们来说,现实意义往往变得模糊不清)。"①可见,孔子说"诗三百,一言以蔽之,曰:'思无邪'",乃是经过加工的结果。文学作品是这样,历史的编纂更是如此,特别是各种形式的"焚书坑儒"在中国古代历史上非常普遍,那被编纂出来的书籍的可靠性是可想而知的。所以韦伯说:"整个儒教成了对传统的彻底神化。"②我们在《论语》与《孟子》中都可看到这种强烈的守旧的复古倾向。如孟子说:"诗云:'不愆不忘,率由旧章。'遵先王之法而过者,未之有也。故曰,为高必因丘陵,为下必因川泽;为政不因先王之道,可谓智乎?""规矩,方员之至也;圣人,人伦之至也。欲为君,尽君道;欲为臣,尽臣道。二者皆法尧舜而已矣。"③在孟子看来,无论是为君的道理,还是为臣的道理,都要效法尧舜,遵守先王的法律而又犯错误的是没有的,那些背叛传统的做法都是不明智的。对传统的神化必然导致对现实的凝固化,认为只有在过去才能真正找到民族传统的精华,把一个发展的不断变化的文化传统当作一个凝固的,抽象的,只有在过去,在眼前才能找到合理性的封闭状态,从而使文化传统的发展失去了动力与可能。所以每次文化的巨大变革都伴随着古与今、中与外、传统与现代的激烈争论。韦伯认为中国传统政治、经济及思想结构中一直存在着坚固的、普遍的传统主义,它一再使各种严肃的社会改革遭到失败,任何思想或现实的变革都会承受来自社会各个角落的一致反对。在中国文化中普遍存在的传统主义应当叫作"对作为不可更动的行动规范的日常习惯的精神适应与信仰","建立在这种基础之上,即

---

① 马克斯·韦伯著,王容芬译:《儒教与道教》,第166页。
② 同上书,第215页。
③ 杨伯峻译注:《孟子译注》,第162、165页。

建立在对(真的或所谓的或想象的)一再发生过的事情的敬畏的基础之上的统治关系应当叫作'传统主义权威'。建立在传统主义权威的基础之上、其合法性仰仗传统的那种统治的最重要的形式是家长制:家父、丈夫、家长、族长对家、族同胞的统治;主人和旧奴隶主对农奴、依附农、解放奴隶的统治;主人对家仆、家臣的统治;君主对家臣、内廷官吏、大臣、幕僚、封臣的统治;世袭领袖与君主(国父)对'臣民'的统治。家长制(和作为其变种的世袭制的)统治的特点是:它有一种坚不可摧的规范系统,这些规范系统之所以坚不可摧,是因为它们被视为神圣的东西,触犯它们,会带来巫术的或宗教的祸害"①。凝固的传统主义成为民族进步与文化发展的巨大障碍。对改革的反对不仅来自既得利益者,也同样来自对改革抱有极大不信任态度的社会下层民众。韦伯说:"官僚制的理性主义在这里碰上了破釜沉舟的传统主义势力,从整体上和长远的角度来看,传统主义都绝对占上风,因为它一直有影响,而且受到至亲的私人组织的支持。此外任何一种革新,不管是什么形式的,都会招致穷凶极恶的诅咒。革新似乎总有财政上的嫌疑,因此,遇到了强烈的反抗。没有一个农民会心血来潮,相信(改革的)客观动机——当然,他们几乎无一例外地倒向传统一边,尤其在他们感到祖宗孝道受到威胁时。"②内圣外王虽被儒家作为人生的最高理想,但更重要的是这种对传统的神化很大程度上是建立在一种对传统的幻觉基础之上的,内圣与外王常常是分离的,孔子自身就是明显的例证。所谓圣王大都是假想的,在中国文化的发展传统中

---

① 马克斯·韦伯著,王容芬译:《儒教与道教》,第35页。
② 同上书,第150页。

更多的是王圣，就是当权者把自己宣传为圣人。同时对传统的神化与对他者的排斥是密切联系在一起的。因此我们首先要克服狭隘的民族主义，以开放的心态来促进自身民族文化的进步，以适应新的时代，坚决反对以特殊国情为借口，来排斥外来文化，这种自高自大故步自封的民族心态只会带来更加落后的民族事实，难道只有等到第二次的挨打才能真正觉醒吗？什么叫中国的民族性？如果有一个定义的话，这个定义应该是能促进中华民族进步与发展的任何东西都是我们的民族性。从林则徐、魏源"师夷长技以制夷"的改良派，到张之洞的"中学为体，西学为用"；从曾国藩、左宗棠、李鸿章"师夷长技以自强"的洋务派，到康有为、梁启超对宪政的维新变法等，都是中体西用、夷夏之争的基本思维模式的结果；从孙中山领导的辛亥革命到五四运动，再到鲁迅对国民性所做的深刻反思，这些东西之争、古今之争，从技术，到政治，再到教育，争论的结果也就是：不是精神文明可以独立于物质文明之外，而是因为精神文明的落后才导致了物质文明的落后，中国并没有与其他国家根本不同的真理，也没有更高于其他民族的善，只有自己与众不同的民族艺术与审美方式。因此在中西文化对话中，从真、善、美三个不同的领域出发，对真和善的追求无论在内容上还是在对真理、善、正义、公正等追求的本身，都具有更大的共通性，也就是说，不能在理论的层面上认为，西方的真理不同于中国的真理，西方的善不同于中国的善。但在美的层面上，美的民族性与个性却可以，也应该得到充分的张扬。关于真理，其实是包括两个方面，第一就是事实是什么？第二是人关于自身的理想是什么，也就是人应该成为什么样子，虽然这不是一种客观存在，但这种理想在某种程度上比客观的存在更加是一种真理，正如现实中的直线不如数学理论中的直线更加接近于直线一样。当然我们也不应该忽视,正如康德所说的美是真和善的桥梁,也就是说,美具有强烈的民族性,正如美具有强烈的个性一样,但并不意味着美完全是个性的、民族性的,不具有任何的可通性。因为很显然中国人同样能够欣赏西方的伟大著作,或者说西方人也同样能够欣赏中国伟大的著作,中国人能按照西方的审美方式来塑造自己,西方人同样也能按照中国人的审美方式来塑造自己,我们不能认为《荷马史诗》、希腊悲剧、但丁的《神曲》、莎士比亚的戏剧、巴尔扎克的小说、歌德的诗歌、托尔斯泰的著作只是西方文化的经典,而不是中国文化的经典,中国人没有必要和义务来继承和传承这些经典。当然从另一个角度讲《论语》、《庄子》、《左传》、《史记》、《文心雕龙》、《红楼梦》同样能够成为西方,甚至世界文学的经典,但是它们的影响要随着中西文化差别,中西文化强烈的等级秩序的消失而逐步加强。特别是作为处于弱势的东方文化,更应该抱着一种开阔的胸怀,一种穷且益坚的态度来勇敢面对中西文化的巨大差距与等级秩序,来反思自身,发展自身。

如果我们反思一下恩格斯谈论鸦片战争失败的原因就会更加明白这个问题。他在《波斯与中国》一文中说:"这一次,英国人陷入了窘境。直到现在,中国的民族狂热似乎还只限于南方未参加起义的几个省份。战争是否将以这几个省为限呢?这样,它就不会得到任何结果,因为中国的一切要害地方都不会受到威胁。而如果这种狂热延及内地的人民,那么这场战争对于英国人将是非常危险的。广州城可以被整个毁掉,沿海能攻占的一切据点都可以被攻占,可是英国所能调集的全部兵力都不足以攻取并守住广东和广西两省。在这种情况下,他们还能再干些什么呢?"①在恩格斯看来,势单力薄的英国人是很难达到它的目的的,但是恩格斯没有充分估计到当时中国政局的腐败与没落,虽然他也说,"有一点是肯定无疑的,那就是旧中国的死亡时刻正在迅速临近",清政府正如一个行将倒下的大厦,被人轻轻一推就轰然倒地了:不仅是英国侵略者打败了中国清政府,更是清政府自己打败了自己。因为统治者为了自身的利益,根本很少考虑到民族的利益,甚至,他们发现统治落后而愚昧的民众更能从中获得好处。"攘外必先安内"、"防民甚于防寇",这是在民族矛盾与国内矛盾同时激发时,统治者往往共同的选择。所以后来大清帝国在与英国签订的条约里都规定必须英国在帮助他们消灭太平军的情况下才能开放长江的各口岸。② 因为他们自身的利益已经和民族的利益及整个社会发展的方向相对立,虽然他们一直宣称他们就是民族利益的代表,甚至是民族中的精英分子。马克思在《鸦片贸易史》中说:"中国皇帝为了制止自己臣民的自杀行为,下令同时禁止外国人输入和本国人吸食这种毒品,而东印度公司却迅速地把印度种植鸦片和向中国私卖鸦片变成自己财政系统的不可分割的部分。半野蛮人坚持道德原则,而文明人却以自私自利的原则与之对抗。一个人口几乎占人类三分之一的大帝国,不顾时势,安于现状,人为地隔绝于世并因此竭力以天朝尽善尽美的幻想自欺。这样一个帝国注定最后要在一场殊死的决斗中被打垮:在这场决斗中,陈腐世界的代表激于道义,而最现代的社会的代表却是为了获得贱买贵卖的特

---

① 《马克思恩格斯选集》第一卷,第 711 页。
② 同上书,第 730、734 页。

权——这真是任何诗人也不敢想的一种奇异的对联式悲歌。"①马克思虽然对大清帝国的"半野蛮人"表示了同情——这仅相对于英国的侵略者而言,但对它"不顾时势,安于现状,人为地隔绝于世并因此竭力以天朝尽善尽美的幻想自欺"的态度与做法,却无疑指出它必然失败与灭亡的结局。所以恩格斯在《俄国在远东的成功》中说:"摇摇欲坠的亚洲帝国正在一个个地成为野心勃勃的欧洲人的猎获物。这里又有一个这样的帝国,它很虚弱,很衰败,甚至没有力量经受人民革命的危机,而是把一场轰轰烈烈的起义都变成了看来无法医治的慢性病;它很腐败,无论是控制自己的人民,还是抵抗外来的侵略,一概无能为力。"②即使这样,大清帝国也要维护自己根本就不存在的所谓"大帝国"的形象。对此马克思在《中国和英国的条约》中说:"在第五十一款上载有英国侵略所取得的另一个大胜利。按照这一条款,'嗣后各式公文,无论京外,内叙大英国官民,自不得提书夷字'。约翰牛不坚持要称自己为神国或圣朝,只要正式文件中去除表示'蛮夷'意思的字样就满意了。在自称'天朝'的中国当局的眼里,约翰牛该是多么恭顺啊!"③大清帝国在战败的现实面前还仍然保持着这种自高自大的姿态及心理,与无孔不入的侵略者相比,它的灭亡将是不可避免的,因为它的灭亡不是外因作用的结果,不是侵略的结果,甚至不是农民起义的结果,而是它自身的彻底腐败造成的。马克思对印度传统农业文化模式消亡的评价,同样也适用于中国。他说:"从人的感情上来说,亲眼看到这无数辛勤经营的宗法制的祥和无害的社会组织一个个

---

① 《马克思恩格斯选集》第一卷,第716页。
② 同上书,第734页。
③ 同上书,第730页。

土崩瓦解,被投入苦海,亲眼看到它们的每个成员既丧失自己古老形式的文明又丧失祖传的谋生手段,是会感到难过的;但是我们不应该忘记,这些田园风味的农村公社不管看起来怎样祥和无害,却始终是东方专制制度的基础,它们使人的头脑局限在极小的范围内,成为迷信的驯服工具,成为传统规则的奴隶,表现不出任何伟大的作为和历史首创精神。我们不应该忘记那些不开化的人的利己主义,他们把全部精力集中在一块小得可怜的土地上,静静地看着一个个帝国的崩溃、各种难以形容的残暴行为和大城市居民的被屠杀,就像观看自然现象那样无动于衷;至于他们自己,只要哪个侵略者肯于垂顾他们一下,他们就成为这个侵略者的驯顺的猎获物。"就是基于这样的认识,所以他对英国的侵略者才做出了这样的评价。他说:"的确,英国在印度斯坦造成社会革命完全是受极卑鄙的利益所驱使,而且谋取这些利益的方式也很愚蠢。但是问题不在这里。问题在于,如果亚洲的社会状态没有一个根本的革命,人类能不能实现自己的命运?如果不能,那么,英国不管干了多少罪行,它造成这个革命毕竟是充当了历史的不自觉的工具。"①在马克思看来,落后的、短暂的、孤立的民族利益终究会被更为主流的、更为普遍性的历史潮流所代替。虽然马克思和恩格斯都反对关于永恒真理的理念,甚至永恒的善的理念。恩格斯在《路德维希·费尔巴哈和德国古典哲学的终结》中说:"真理是在认识过程本身中,在科学的长期的历史发展中,而科学从认识的较低阶段向越来越高的阶段上升,但是永远不能通过所谓绝对真理的发展而达到这样一点,在这一点上它再也不能前进一步,除了袖手

---

① 《马克思恩格斯选集》第一卷,第766页。

旁观惊愕地望着这个已经获得的绝对真理,就再也无事可做了。在哲学认识的领域是如此,在任何其他的认识领域以及在实践行动的领域也是如此。历史同认识一样,永远不会在人类的一种完美的理想状态中最终结束;完美的社会、完美的'国家'是只有在幻想中才能存在的东西。""这种辩证哲学推翻了一切关于最终的绝对真理和与之相应的绝对的人类状态的观念。在它面前,不存在任何最终的东西、绝对的东西、神圣的东西;它指出所有一切事物的暂时性;在它面前,除了生成和灭亡的不断过程、无止境地由低级上升到高级的不断过程,什么都不存在。它本身就是这个过程在思维着的头脑中的反映。诚然,它也有保守的方面:它承认认识和社会的一定阶段对它那个时代和那种环境来说都有存在的理由,但也不过如此而已。这种观察方法的保守性是相对的,它的革命性质是绝对的——这就是辩证哲学所承认的唯一绝对的东西。"①因此在恩格斯看来,康德超越一切时代的绝对律令不过是一种幻想而已,只在他自己的哲学逻辑之内才有效,超出了这个范围,就显示了他的幻想与软弱的性质。所以他说:"没有一个人比恰恰是十足的唯心主义者黑格尔更尖锐地批评了康德软弱无力的'绝对律令'(它之所以软弱无力,是因为它要求不可能的东西,因而永远达不到任何现实的东西)。"②从这个角度来看,孔子被称为"知其不可而为之者"也是正常的。数学中设想存在永远不可能达到的直线、圆、三角形,人类在自己的道德理想中是否也允许有一个永恒的理想,仍然值得探讨。

---

① 《马克思恩格斯选集》第四卷,第 216—217 页。
② 同上书,第 231 页。

当然,我们也应当清醒地认识到在对话的过程中平等的、自由的、多元的交流乃是一种理论的理想化的结构模式,在实际的对话中我们要时刻警惕打着全球化、多元化、价值共享旗号而推行经济沙文主义、政治霸权主义、文化霸权主义的各种阴谋。任何人都不可能采取中立的立场,无论从空间上、时间上、价值上讲都不可能存在。但是我们也应该看到如果对话者融合为一,对双方都不会带来任何的好处。所谓对话就是互相关联的不同意识、看待生活和世界的不同态度互相交流,其中的每一个声音都保持着自己独立的价值与立场,互相尊重、互相影响、互相改变,而不是互相融合、互相混淆、整齐划一,更不是自以为是地认为可以改变对方,而不被对方所改变。正如孟子在《滕文公章句上》中讲:"吾闻用夏变夷者,未闻变于夷者也。陈良,楚产也,悦周公、仲尼之道,北学于中国。北方之学者,未能或之先也。彼所谓豪杰之士也。……他日,子夏、子张、子游以有若似圣人,欲以所事孔子事之,强曾子。曾子曰:'不可;江汉以濯之,秋阳以暴之,皓皓乎不可尚已。'今也南蛮䴗舌之人,非先王之道,子倍子之师而学之,亦异于曾子矣。吾闻出于幽谷迁于乔木者,未闻下乔木而入于幽谷者。鲁颂曰:'戎狄是膺,荆舒是惩。'周公方且膺之,子是之学,亦为不善变矣。"孟子讲,他只听说用中国的一切来改变落后国家的,没有听说过用落后国家的一切来改变中国的。陈良作为楚国的士人可以喜爱孔子的学说,由南方到北方来学习,连北方的读书人都无法超过,那为何中国不可以学习更先进的呢,难道中国必然先进是一条不可改变的历史规律吗?中国 20 世纪初的历史已经证明了这个问题。孟子认为,南方蛮子许行说话怪腔怪调,来指责先圣之道,大家都背叛自己的老师向他学习,还不如曾子的态度。既然"江汉以濯之,秋阳以暴之,皓皓乎不可尚已",再没有人能比得上孔子,既然《鲁颂》里都说要痛击楚国这样的国家,周公还要攻击它,如果有人背叛自己的贤圣再向它学习,那一定是些离开高大乔木飞向深山暗沟的小鸟,不识时务,只会越来越坏了。在孟子看来,是没有向他者学习的必要的,也许当时的孟子发出这种言论是有他的现实依据的,但今日的我们却不能这样讲,因为很明显,我们已经被如孟子一样的西方人看作了"楚国",对中西文化根本差异的思考起源于天朝帝国的逐步衰落和欧洲西洋文明的入侵。中西文化强弱的巨大对比,乃是我们思考目前中西文化对话的一个首要必须面临的问题,甚至是我们反思自身传统、展望文化未来的出发点与最终的归宿。任何一个对话的主体都是活的主体,都有自己的独特观点和自己与众不同的价值取向,但是在一个强者的文化面前,自己的主导地位有时是身不由己的,弱势文化往往被当作一个被观赏的静止的死物,一个不能说话不能回答的被谈论对象。对话间的等级因素使真正对话的可能性彻底丧失,从而变成话语霸权者的单方独白。从理论上讲,理解他人文化不是用移情的方法,即用他者的眼光视角来看待他者文化,而是要用自己的眼光来看待他者的文化。历史已经证明文化的发展必然要突破文化的独白时代,独白意味着自言自语,意味着自身发展动力的丧失。文化的发展只有在多元、平等、交流的对话中才能得到发展,任何一种文化都必须采取互相尊重、互相辩论、互相补充的态度在不断的交流与对话中互相丰富,共同发展。更为重要的是我们必须清楚,民族传统的复兴必须依托于一个强大的国家,是中国的强大把孔孟与老庄推向世界,而孔孟与老庄并不能把一个贫穷落后的民族推向世界。